"成都百年往事"三部曲之一

长篇小说

好雨知时节

莫然 著

四川文艺出版社

图书在版编目（CIP）数据

好雨知时节 / 莫然著. -- 成都：四川文艺出版社，
2025.1. -- ISBN 978-7-5411-7109-3

Ⅰ.Ⅰ247.5

中国国家版本馆CIP数据核字第2024F7C600号

HAOYU ZHI SHIJIE
好雨知时节

莫然 著

出 品 人	冯　静
责任编辑	任子乐
封面设计	经典记忆
责任校对	蓝　海
责任印制	崔　娜

出版发行	四川文艺出版社（成都市锦江区三色路238号）
网　　址	www.scwys.com
电　　话	028-86361802（发行部）028-86361781（编辑部）
排　　版	四川省经典记忆文化传播有限公司
印　　刷	成都蜀通印务有限责任公司
成品尺寸	170mm×240mm　　开本　16开
印　　张	24.5　　字数　340千
版　　次	2025年1月第一版　　印次　2025年1月第一次印刷
书　　号	ISBN 978-7-5411-7109-3
定　　价	88.00元

前 言

这是一个荡气回肠的民国故事，一幅气势恢宏的历史画卷，讲述了一座城市的世俗风情，演绎了一群青年的绝妙韶华，极具故事性和戏剧性，是作者集三十余年文学创作生涯、二十部长篇小说的经验之大成的作品，堪称心血之作，也是作者近年来最重要的作品。它将给读者带来不一样的新鲜感受，对于宣传成都这座千年文化名城也不乏助力。

习近平主席号召作家讲好中国故事，就是要写中国人用血肉之躯筑成的故事，写个体生命与时代大潮的碰撞，写大时代中普通人的个体变迁。而辛亥革命的发生，是近代以来中国社会矛盾激化和中国人民顽强斗争的必然结果。它在政治上、思想上给国民带来了不可低估的解放作用，开创了完全意义上的近代民族民主革命，推翻了统治中国几千年的君主专制制度，建立起共和政体，以巨大的震撼力和影响力，传播了民主共和理念，推动了中华民族思想解放和中国社会的变革。

本书的主题意义也非常深远。因为一百多年前发生在成都的这场声势浩大、规模壮阔的四川保路运动，沉重地打击了清王朝的统治及帝国主义在中国的势力，极大地鼓舞了资产阶级革命党人的斗志，直接导致了辛亥革命的总爆发，为中国资产阶级民主革命立下了不朽的功绩。四川保路运动从最初的争取路权，发展为反对清王朝的革命运动，一举点燃了全川武装斗争的燎原之火。孙中山曾对此给予高度评价:"若没有四川保路同志会的起义,武昌革命或者要迟一年半载的。"

近年来,很多城市都在组织作家写本城故事,均以宣传本市的文化历史为主题。成都的文化厚重而广博,在几千年的岁月长河里,有着浩如星海的文化名人和杰出精英,以及他们创造的时代大势与恢宏传统,以此为索引便可挖掘出很多故事,不但属于成都,也属于世界!文化和历史总是相互交融交织共生,古往今来,杰出的巴蜀儿女灿若星河,他们以生动的人生事迹和独特的人格魅力,演绎着一段段风云历史。这是一笔值得深挖的财富,格外珍稀与宝贵,成都作家都该饱含深情地欣赏它,用精彩的文字去描述它。

为此,作者经过多年构思,决定采用成都这一百年来发生的三个重大事件,创作"成都百年往事"三部曲,以小说的形式来写好成都故事。拟分别选取1911年的四川保路事件(书名为《好雨知时节》),1949年的成都解放(书名为《晓看红湿处》),以及1994年到2010年的成都府南河综合整治工程(书名为《花重锦官城》,该工程获得"联合国人居奖")),以一户人家的三代血脉为传承,讲述这座城市流芳百年的经典故事。

楔 子

九天开出一成都，万户千门入画图。文诗洁说：我喜欢李白的这两句诗。

李白的诗太华丽了！她哥哥文光豪说：我更喜欢杜甫的诗，朴实又接地气：好雨知时节，当春乃发生。随风潜入夜，润物细无声……

不行不行！文诗洁叫起来：杜甫是个悲剧人物，而我们成都是温馨的城市。

所以还有后两句。文光豪意味深长地说：晓看红湿处，花重锦官城。

李白是四川人，杜甫在成都居住多年，唐代两大诗人都跟成都有交集，他们优美的诗作让人口角噙香。文家兄妹喜欢在夜晚的花园里谈论这些古诗词，新鲜的空气、花草的芬芳和着泥土的清香沁人心脾，让人神清气爽，欲罢不能。

这里高墙大院，青砖拱壁，是新任四川总督林汉云的公馆。假山水塘，竹林花草，样样俱全。楼台亭榭，轩廊石桌，一应铺陈。文光豪不在凤凰营当差时，就在这里小住。文诗洁则一直住在这里，跟林家姨太太明珠相处得不错。但她也问过哥哥何时才能搬离林公馆，她不想一直寄人篱下，她说：你也不能一直依附姓林的！

文光豪这时总不能说什么，林汉云不但是他的好友知音，也是他的精神偶像，他只想当一个林汉云那样的军人。另租房子要花钱，他不在城里时，也不放心小妹一人去住。但他理解小妹，在文诗洁心里，她哥哥就跟大总督一样出色！

兄妹俩此时并肩坐在长廊的一条木板椅上，微风吹过，花气拂面，阵阵生香。文诗洁凭栏望去，把夜色尽收眼底，又笑着打趣：现在没下雨啊，春天也远着呢！

文光豪看看天色，叹息着念出雪莱的诗：冬天到了，春天还会远吗？

这是1911年的最后一天，明日是阳历元旦，也是个大喜的日子——二十七岁的林汉云要娶妻了！文光豪望向天空，成都的夜幕很难看到星星，月亮更少见。但他心中却有一个白月光，那也是他胸前的朱砂痣。林汉云大婚的妻子容嘉露今年十六岁，而他却爱了她十年！明天这个年方二八的大家闺秀，就要嫁给他的好朋友了！文光豪很难描述自己的心情。他留学法国时，看过丹麦作家安徒生的童话《海的女儿》，如今他的心情跟那个人鱼公主得知王子要结婚一样。可他是个大男人，也没有人鱼的小尾巴……

就在这样的惶惑不安中，他竟突然脱口而出一个天大的秘密：明天总督大婚，大摆宴席，是想计赚邵烈风。汉云要借机智擒这个前总督，杀掉他以平民愤！

文诗洁如听惊雷，猛然抓住哥哥的手：你说什么？他要在婚宴上抓邵屠夫？

文光豪何等聪明，立刻明白了妹妹的心思：怎么，你放心不下章海涛一家？

文诗洁犹豫着说：是啊，真要那样，我该怎么办？海涛的大哥正是邵烈风的保镖，若明天他跟来保护邵屠夫，也被一起杀了，我事后怎么去面对他们兄弟俩？

文光豪也抓住妹妹的手，坚决地说：无论如何，你都不能去给海涛传消息，让他大哥别来参加婚礼，那就会暴露一切！邵屠夫对全川人民犯下了罪孽，活该报应！

文诗洁没言语，脱开了哥哥的手，目光又望向栏下的一个小铁笼，里面关着一只小白兔，那是林汉云送给她的十八岁生日礼物。当时文诗洁很感动，心想这个大总督真是善解人意，她的温和柔顺不就像只小白兔吗？何况她也属兔。但哥哥却属狗，据说属狗的人特别忠诚。有时文诗洁就想，哥哥是不是大总督跟前的一只忠犬啊！

她又望向中庭，那里是林汉云的住处，一片沉寂中，有灯烛在隐隐闪耀，飘浮着一股悠长的意味。夜幕凄迷，寒风苍凉，那个明天的新郎现在是梦还是醒？

突然一缕红光闪过，自侧门而入，在竹梢间穿梭跳动。有仆人提着一个大红灯笼，引领着两个身形俏丽的人儿走来。文诗洁看见准新娘容嘉露偕另一闺密邵雅兰同来，不禁高兴地叫道：嘉露！雅兰！我在这儿，你们快过来啊！

她们都是文诗洁的同学好友，文光豪心里明白，定是嘉露小姐在新婚前夜羞涩不安，想跟几个好姐妹聊聊，以平息心境。但人家是闺秀，按理不能在新婚前去登夫家的门，所以才从偏院进来，以免招惹闲话。文光豪情绪也不好，他跟这位心仪的闺秀非但没有开始，更没有结局，只能在彼此的应酬里敷衍一番，所以不打算见她。

别把明天的事告诉她们，否则后果难料！他叮嘱妹妹一句，就消失在黑暗中。

文诗洁却笑了，心情突然变得愉悦。在似水的夜色里，在清凉的庭院中，好姐妹相聚一堂，宛如那几棵红白相间的梅花树，在属于自己的年华里幽幽绽放，岂不快哉！三个佳人在婚前的夜话，也将穿越世间的红尘百味，在她们心中悠悠留存。

容嘉露穿一身雪白的裘服，更衬得她明眸皓齿，脸颊红润如鲜花般艳丽。这是个闻名全城的美人儿，又要嫁给年轻英俊的大总督，真是天作之合，令人羡慕。

邵雅兰却喜欢穿暗红色，她那身黑色裘服裹着一件花纹细密的暗红色旗袍，显得华而不丽、艳而不妖。她留过英，据说英国女贵族最喜欢这个颜色。文诗洁看着她那略带忧郁的笑容，更加五心不定。邵雅兰正是邵烈风的女儿，她知不知道自己的父亲明天就会命丧这个园子？我该不该把这件事告诉自己的闺密好友？

邵雅兰见她一身米色素棉袍，披着一条咖啡色的羊毛披肩，便别有深意地说：我们文大小姐，一向是以协调色打底，难道你新婚那一天，也不穿一身红？

文诗洁的脸先红起来：你说什么呀？这事还早呢！

邵雅兰幽幽地说：不会吧？你跟那个章海涛，还没缘定终身？

那边容嘉露已经急得叫起来：哎，明天要出嫁的人是我哎……

她出身世家，爷爷容景鸣是大清翰林，她四岁就读书，年龄比同学都小两岁。这两位平时均让着她，不禁一同笑起来。文诗洁还在想，不知她是否明白哥哥的心？

邵雅兰叹道：我们当然是为了你，否则才不会在这样的寒夜里来对月夜谈。

文诗洁故意打趣地看看夜空：月在哪儿？月在哪儿？我怎么没看到？

邵雅兰却意味深长地说：月亮把自己藏起来，或许就是因为我们这三位绝代佳人在这里熠熠生辉吧？其实这样的寒夜，这样的相聚，我们也都该珍惜……

文诗洁拉着容嘉露的手，真诚地说：是啊，嘉露，你明天嫁进林府，我们就是一家人了！你知道，我也是在这府中长住的人，有何不适处，你尽管找我就是。

我正要找你问问呢！容嘉露忙说：我想打听一下，他的姨太太好不好相处？

文诗洁明白了：她是烟花巷里的人，你知道林总督在江西不得志，曾过着花天酒地的日子，他们那时相识，也算一件风流韵事。林总督当时虽已跟你订婚，但你年纪尚小，是你父亲同意让林总督先娶一房姨太太，日后再跟你大婚。

邵雅兰冷笑着：这么看来，那林汉云也算一个可托付的信人，否则烟花巷里的女人，又何必带回家？听说林老夫人为了这件事，还罚他跪了好半天呢！

文诗洁又恳切地拍拍容嘉露的手：嘉露，你知道的，我一向都坚持妇女立场，那烟花巷的女人也都苦命，为了生存才去干那些事儿。我们都该对她们宽容些……

容嘉露也红着脸打断她：哎呀好姐姐，我不会去为难她，只要她不来为难我。

放心吧。文诗洁笑道：明珠跟你身份不同，怎敢为难你？以后你来了，你就是这园子的女主人，她，还有我，都得去巴结你这个大太太呢！

哎呀，该死……容嘉露急得用粉拳直打文诗洁，惹得她和邵雅兰都笑起来。

这时仆人又挑着灯笼来了，恭敬地说：两位小姐，就快宵禁了。你们府上也派人来接了，轿子就停在偏门外……

容嘉露遗憾地站起来：哎呀，什么都没来得及说，时辰就到了！

文诗洁亲切地搂着她：没关系，你明天嫁进来，我们有的是时间好好聊。

邵雅兰也遗憾地望着四周：这样的场景，这样的谈话，以后还会有吗？

文诗洁望着两个曼妙的身影，在花间草叶中飘浮而去，只见云英夹道，夜雾缭绕，不禁心生感慨。这样的良宵美景，以后还会有吗？想到这里，她竟有些不寒而栗。

夜深沉了。夜是黑暗的，冰冷的，也是蓬蓬勃勃、蓄势待发的。

文诗洁似乎看见无数的小虫子和小动物在寒冷的冬夜里忙忙碌碌，准备迎接明天的到来；更有无数的竹根花茎，就在这样的寒夜里萌发着嫩芽，要在这个春天绽出新绿。此时此刻，文诗洁急切地等待着心上人，她知道，章海涛会来秘密见她。

一个强壮的身影来到身边，在冬夜里散发着年轻男性的阳刚气息……

文诗洁看见他就笑了，眼神轻轻掠过他那棱角分明的脸颊：海涛，你来了。

章海涛握着她的手，会心地一笑：我知道你在等我。好友闺密要出嫁，你的心也活泛了，是吗？你自己准备何日出嫁？

这回轮到文诗洁用粉拳去打他：你还说呢，这么多天，你又去哪儿了？

章海涛不能说出组织的秘密，便浅浅一笑，款款坐下：身逢乱世，责任在肩，我们这一代年轻人，就是要担负起天下的兴亡……你说，我还能去哪儿？

他的话总能让自己陶醉，文诗洁醉心地望着章海涛，仿佛他嘴里吐出的那些句子都带着一些神圣与肃穆。她把自己的头靠在他肩上，海涛也将她拥得更紧，使她整个身子都贴在自己的衣衫上。文诗洁不禁用手抚摸他的衣衫，那是粗针大线缝成的粗布服，而不是他日常穿的学生装。文诗洁似乎明白了什么，心底隐隐疼痛，却又含着一丝甜蜜。她想这个男子虽然年轻，却原本就有雄才大略，心里装着家国天下、山川河流。他不属于她一个人，无论他去了哪里，干了什么，她又有何忧？

起风了，远远看见朵朵梅花随风飘落，就像片片雪花。文诗洁更紧地依偎着心爱的男子，她希望这个寒夜永远不要过去，她也宁愿那些梅花永远不要飘落，让她一年四季都能闻到那幽幽的花香，都能看到这红白相间斑斓夺目的锦绣色彩。

你有心事，能告诉我吗？章海涛这么问时，心里也柔软起来。他用手指轻轻滑过她的脸颊，那炽热的温度便刹那间传遍她的全身。文诗洁心中顿时明朗开阔，迫不及待地告诉了他一切，之后又有些紧张，同时感觉到他的呼吸也变得急促……

你是说，林汉云要利用自己的大婚，抓捕那个邵屠夫？章海涛爽朗地笑起来：好啊！他杀了那么多成都百姓，活该得此报应，我也在等待这一好戏开场呢！

那你明天会来参加婚礼吗？文诗洁担心地问，生怕章海涛也会问及他大哥。

海涛皱眉思量着：我倒希望我能来，但我不敢肯定，也不敢保证……

文诗洁的心微微失落：那你就看不到那精彩的一幕了！

海涛突然拉她站起来，两人贴得那么近，她看到他满脸都是宽慰的笑容。他说：没关系，这一幕幕大戏，最近每天都在拉开，真是精彩纷呈！

他又轻轻吻了吻她，才果断地转身：我走了，否则我会留恋不舍……

文诗洁看着他的身影踏着花径，消失在竹林丛中。她很想留住他，但又知道留不住，只能任他那动人心弦的一言一行都落在自己心里，留下一波一波的涟漪。

等她回屋上了床，却听见室外竟然渐渐沥沥下起了小雨。呵！春雨贵如油，冬雨呢？那就更珍贵了吧？文诗洁突然觉得，这雨就是洒向人间的甘露，和着瑟瑟风声与竹林抖动声，在夜里听来犹如天籁之音，竟使自己的一腔热血都与之呼应！

她不禁回想起这大半年来发生在成都的一系列波澜壮阔的事件……

1

　　成都是中国西部最大的城市,在历史上有着举足轻重的地位。

　　"成都"之名源自周朝。据《太平寰宇记》中的描述,周朝先祖周太王决定举族搬迁至岐地,"一年成邑,二年成都",此地由此得名成都。此后几千年,经历了无数个朝代,这个城市的名字一直沿用至今。

　　成都地处平原,土地肥沃,气候温润,物产丰富,素有"天府之国"的美誉,所以备受君王青睐,楚汉争霸,三国鼎立,这里都是大本营。五代十国时,后蜀皇帝和妃子花蕊夫人都特别喜爱芙蓉花,就让老百姓在城墙上种植了许多芙蓉花,每到花开时节,整座城市堪称四十里为锦绣,所以这里又称为芙蓉城,简称蓉城。

　　1911年春天,五月石榴红的季节,这座素来与世无争的城市突然爆发了一件事,令民众沸腾,怒火填膺,纷纷走上街头去宣讲演说,好似平地卷起了一股热潮!

　　这一天也是成都女中的三个学生——文诗洁和邵雅兰、容嘉露约好要去华兴街"打牙祭"的日子。她们走到一个老茶馆旁边,就去吃什么的问题发生了争执。

　　文诗洁撩了一把自己汗湿的黑发,说:我今天想吃麻婆豆腐。

　　邵雅兰用一把精致的绢扇敲敲她的头:豆腐有啥好吃的?我要吃宫保鸡丁。

　　落在后面的容嘉露赶上来,发嗲说:那算什么?夫妻肺片才是正宗的川菜。

　　邵雅兰又用扇子敲着她的肩:怎么?你想嫁人了?要去给人家当老婆?

　　容嘉露叫起来:诗洁,你看嘛,兰姐又欺负我……

文诗洁却被街头的一个情景吸引住了，指着那边：哎，快看，他们在干啥？

这是一条陈旧而繁华的长街，在青灰色的石砖、原黄色的铺板和鲜红色的店招之间，突然竖起了一片人的森林、人的海洋，成排，成峰。同样是杂色居多，但其中可供施展的空间处，却有一个米白色的身影，站在一家铺面的台阶上，俨然比其他人高出许多。那是个穿学生服的青年男子，辫子藏在有棱有角的学生帽里，显得面庞很刚毅。他五官俊秀，眼神清澈，阳光照在他身上，似乎集中了街面上所有的色彩，都洒落给他，铺展给他，把这里挥洒成一幅色彩斑斓的巨幅画卷，非常吸引人……

他正在慷慨激昂地发表演讲，每一声都那么脆亮，带着鲜明的少年感，带着勇气和个性，带着这阳光与色彩，给众人形成了直接的冲击：

同胞们，市民们，我们必须奋起反抗，夺回路权！这条川汉铁路，本是七年前由四川省留日学生首倡，经当时的四川总督锡良奏请批准，采取"田亩加赋"，以抽收"租股"为主的集股方式，由我们川人自己筹资，成立了川汉铁路公司，官商合办的！现在朝廷却宣布了"铁路干线国有政策"，规定之前所有集股商办的干线都由朝廷收回……大家说，我们能答应吗？

人海森林里回响起阵阵春雷：我们不答应！不同意他们收回路权！年轻人也挥舞着拳头，声音更是响彻行云：

对，我们不答应！朝廷强收川汉铁路和粤汉铁路的路权为国有，是想把这些铁路的修筑权施予美、英、法、德四国的银行团，跟他们订立借款合同，总额为六百万英镑……同胞们，这就是卖国啊！我们坚决不答应，强烈要求朝廷顺应民情，收回成命，维持商办原案！

底下的听众也一个个举起拳头，高声呐喊：顺应民情，收回成命，维持原案！

三个女孩子早已跑过去，由最初兴奋地看热闹，到跟民众们同仇敌忾，虽然还不太清楚整个事件，但也经历了情感的上升，变得跟周围人一样热血沸腾了。

哎，那个青年学生可真敢讲啊！从来就小心又规矩的容嘉露也不禁赞扬。

文诗洁却撇了撇嘴，显然不以为然：讲是讲得好，但他言语太激烈了……我猜他是革命党吧？革命党人就想搞暴动，未免有点血腥，我不大喜欢。

一直沉默不语的邵雅兰，这时突然说：他叫章海涛，他大哥是我父亲的保镖……对了，他读书还是我父亲资助的，没想到他却大逆不道，竟然来搞这一套！

文诗洁这才想到，邵雅兰的父亲正是四川现任总督邵烈风，收回路权既是清廷主张，宣统皇帝必然会给他父亲下旨，让其执行。邵雅兰的立场岂能跟街上这些民众一致？何况演讲人又是她父亲保镖的弟弟，这一套她肯定也不太受用。文诗洁同情地抱紧了闺密的肩头，正想给她一些安慰，台阶上又换了一个青年男子，让她看了也着实吃惊。原来那是她早就认识的吴仪民——《成都日报》的记者。

吴仪民穿一身灰色西装，配同色背心，下着黑色皮鞋。他温文尔雅、风度翩翩，气质跟那个章海涛截然不同，讲演的声量也小了许多，但仍是很煽情：

　　同胞们，父老乡亲们！这个铁路国有政策未经我们咨议院议决，违背了法律程序。这取消商办铁路，更是务国有之虚名，坐引狼入室之实祸，我们万万不能同意！

邵雅兰听完他的讲演，似乎松了一口气：哎，此人倒知书识礼，文质彬彬。

文诗洁不禁说：人家是大记者、大诗人嘛！

哦，你们认识？邵雅兰立刻瞪着他，似乎很感兴趣。

文诗洁有些不好意思。当时的社会不太开放，她跟吴仪民在一个诗社结识。文诗洁爱给报社写稿，吴仪民喜欢摄影，常给她的文章配照片。两人虽没确定关系，但文诗洁知道吴仪民喜欢自己，自己也没怎么拒绝，很多人都以为他们是男女朋友。现在她如何能搭这个话茬？连忙岔开去。不料更激起了邵雅兰的好奇心。这是个大胆率性的姑娘，为了逗引好朋友细说详情，她不惜抖落出自己内心的秘密！

好吧，我告诉你们，我喜欢那个章海涛。虽然他出身微贱，但他很有志气，读书也很刻苦努力，我爹都常说，他比我哥强多了，前程不可限量呢！

邵雅兰的哥哥邵玉笙，人称邵老四，就是个恶衙内！每日里上街游逛，拈花惹草，赌博吃酒，无所不为，行人见之都避让三分，不敢招惹。文诗洁更加同情闺密，怎会有这样一个哥哥？唉，生在这样的人家也着实烦恼，无怪乎她会爱上保镖的弟弟，如此大的反差倒也顺理成章——人总是想从自己那好比牢笼的环境里跳出来嘛！

容嘉露却不敢苟同，当下叫起来：兰姐，你怎能跟他……你们不般配呢！

邵雅兰却幽幽地说：你是说门第吧？这算什么？还不知人家是何心思呢！

她用略带幽怨的眼光望向人群，又引起文诗洁注意。循着这眼光望去，那个名字跟大海有关的青年仍在慷慨激昂地挥着拳头，说着一些鼓舞人心的话，煽动着高亢的爱国情绪。文诗洁再回头看看锦衣绣服的邵雅兰，想想她那横行霸道的父兄，又觉得挺滑稽。所谓道不同，不相为谋，这两个男女青年真能走到一起吗？

至于川汉铁路的事，三个女孩子都不太明白，家里不让她们谈论国事，学校也没开政治课，只讲些勤俭持家、贤惠做人的"妇道"，好让她们毕业后顺利嫁人。此刻她们正站在街边惶惑，不知该按原计划去"打牙祭"，还是继续在这里关心国事。

身边又陆续赶来很多人，各色各样的人全都拥向那个铺面。后面的人挤着前面的人，人叠人，拥得像几堵墙，好比在看戏一般。但细瞅众人，却是个个义愤满面，很多人的衣服都挤得皱成一团，拖着发辫的布衫上全是汗水，发出一股汗臭……

容嘉露吓得后退一步：哎呀，这么多人，我们还是走吧，快离开这里！

娇小姐！文诗洁也揪揪她的辫子，那上面扎着玫瑰色的绸带。这就是民意，民心！我们也是新青年，这就是新事物，我们多看看总是好的！

邵雅兰显然想再听下去，也说：嘉露，再等会嘛，完了请你吃西餐。

但容嘉露却是规矩的大家闺秀，于是淡然一笑，告别而去。剩下的两个闺密也不加挽留。她们都各怀心事，想再待下去。文诗洁看看邵雅兰眼里的闪光，再看看台阶上挥手高呼的青年，他脸上的汗水映着太阳的光芒，显得很不平凡，甚至很伟岸。文诗洁不得不承认，这是个一腔热血的阳光男孩，他身上有一种刚性的力量，最能打动女孩子的心。纵然她对他心生不喜，另有异议，也开始对他有几分折服。

章海涛的讲演却似乎变了腔调：

一个国家的盛衰强弱不是偶然的，我们今日的种种苦痛都是有原因的。多年来我们国家太弱小，经济不发达，民生凋敝，可说是民不聊生，又屡受列强欺负。但自从甲午战争后，民智渐开，都知道国家要强大，必须先修路。国人也渐渐明白铁路有很多好处，包括在国防上的战略意义……如今朝廷要强行收回路权，除了激起川人反对，还有湘、鄂、粤的人民也会强烈反对！我们并不孤单，我们要坚信，在这很多地方，民众都会跟我们一起呼吁，要求夺回路权！同胞们，我们的辛苦不会白费，我们一定会成功！大家都来参与啊！

真是一呼百应，民众的口号声也是响彻云霄。直到那家铺面的老板出来打躬作揖，求众人离开，别耽搁他们做生意，人群才慢慢散去，只剩下两个讲演人。

章海涛和吴仪民互相看看，也彼此拱了拱手，准备离去。原来他们并不相识，只是偶然的意见相同，便跳进同一战壕，居然携手对民众进行了讲演，效果还不错。

吴仪民主动伸手过去：认识一下吧，《成都日报》的记者吴仪民。

章海涛高兴地抓住他的手：我听说过你，大诗人！我是惠民中学的学生，章海涛。

吴仪民鼓励地朝他竖起大拇指：你的讲演水平高，可不像是普通中学生啊！

章海涛不好意思地摸摸头：我就一腔热血，平时喜欢看书。以后请你多指点……

正说着，突然两位姑娘跑过来，分别热情地跟他们打招呼。

海涛，真是你啊！邵雅兰冲到章海涛面前，有点上气不接下气。你可真够大胆的！在台上讲那些话，我都替你揪着心……海涛，以后可不准这么胡闹了！

章海涛却退后一步，似乎对她敬而远之，有些冷淡地说：是你？你怎么来了？

邵雅兰不在意地笑着：这么多人都来了，我不该来吗？

大小姐，那么多人来，是关心这路权的事，跟你有什么关系？你刚才不是说，我们是在胡闹吗？章海涛的声音更加冰冷，要不你就回去叫你爹来抓我呀！

邵雅兰惊讶地呆住了：海涛，我怎么会这样做？你知道我是……

打住！章海涛冷冷地挥手说，大小姐，我们不是一路人，你还是离开吧！

邵雅兰更加不快，都要哭出声来了，哽咽着说：你！你怎么这样？

文诗洁和吴仪民也在互相打招呼，虽很欢快，却不失沉静又矜持的态度。

吴仪民先说：文小姐，你好，没想到会在这里见到你。我真高兴……

文诗洁故作意态闲闲：是啊，这么多人都来听你们讲演，我也想听啊！

你觉得我讲得怎么样？吴仪民略有得色，微微笑道，我想听听你的评价。

文诗洁淡然一笑：跟你的为人一样，总是那么温文尔雅，但缺少火力……

那边已经火力全开，邵雅兰居然拉住了章海涛的手，他却甩开她，正欲离去。

哎，别这样！大记者见状，连忙冲过去喊，海涛，不可对密斯无理！

这一称呼是英文"小姐"的意思，便让也懂英文的章海涛驻足，挪不开脚了。

吴仪民冲过去，抓住他问：海涛，这位小姐是谁？你还没给我介绍呢！

章海涛看了泪汪汪的邵雅兰一眼，只好说：这是邵府大小姐，邵雅兰。

邵府？哪个邵府？吴仪民皱了皱眉，有些不解，不会是……

正是。章海涛又瞪了邵雅兰一眼：所以我才会这么没好气。她还说我们是胡闹！

邵雅兰低眉不语地窘在那里。文诗洁看了微微一笑，心想好个雅兰姐，在心爱的男子面前，居然也会伏低做小博取同情，确实不凡！看来爱情真会改变人，无怪乎歌德要说：哪个男子不钟情？哪个少女不怀春？这么一想，又觉得章海涛粗俗，居然不解风情！刚才还觉得他热血阳刚，对他产生了几丝好感，现在竟荡然无存了！

吴仪民却把她拉来，推到章海涛面前：我也介绍一下，这是女中的高才生文诗洁。

章海涛眼前一亮，只见一位面目清秀、五官精致、笑容可掬的小姐出现在面前。她穿一身浅绿色绸缎旗袍，镶着白色绲边和同布盘扣。那细柳般的身段堪称风姿翩然，那盈盈娇态也是楚楚动人。她不但姿色出众，温雅娴静的气质更加非同一般。这样的女子见了就让人心软、心动，欣悦、欣慕！她对自己并不言语，只是淡然一笑，就好比一阵清风拂过，他那满腔的热血和无端的不快，便都化作云烟了……

章海涛似乎变了一个人，有些结巴地问吴仪民：你们，你们怎么相识的？

吴仪民笑道：我们在一个诗社认识的，文小姐经常给我们报社投稿……

章海涛又醒过味来似的，不好意思地笑道：文诗洁，真是个好名字！

吴仪民见那邵小姐变了脸色，忙说：哎，今天真是有缘相识，不如我们好好聚一聚，各位密斯特、密斯，我请你们去吃小吃、听小曲怎么样？

不去！章海涛扭头就走：我是村野俗人，不是什么密斯特，也没这个心情……

吴仪民赶紧拉住他：不许走！我长你几岁，你要听我的，给我这个面子！

章海涛扭头见文诗洁似笑非笑地看着他，又流露出那种施施然但卓尔不群的气质，不知怎么心一软，便缴械投降了：好吧，我去。

邵雅兰自然是破涕一笑，甘愿前往，心里很感激这位大记者，居然巧手拨乌云，妙心化甘露。她还从没想过能跟喜爱的男子一起去吃饭呢！文诗洁本想拒绝，衣襟却被轻轻拉住，这样细微的举动流露出邵雅兰心中的渴望。想起邵雅兰曾经那么不可一世，她不禁嫣然一笑，回头挽住闺密的手，跟在两个男人身后，浩浩荡荡地走去。

起风了，清凉的小风似乎要把刚才那场热潮吹散，有几片花叶悄然无声地在街道上飘落。但两个男人都知道，那激荡的大潮仍在自己心中涌动。而两个女孩子却带着无法思量的心事，不知道自己日后会不会跟着前面那个男子，一路走到底？

2

成都的春天，本该是花红柳绿、草长莺飞的季节，但今年却气候反常，特别炎热。凤凰山军营的大操场上，明晃晃的太阳似乎要烤焦一切。军官和士兵在操练中都是筋疲力尽、焦躁不安。值日军官——陆军新军第十七镇五十四标二营管带文光豪，虽是军容整齐，但已满脸汗水，待操练结束，连腰间的皮带都打湿了。

他解开皮带，走进军营，只见朴素简陋的房间里，标统林汉云眉宇凝重，腰板挺直，正坐在桌案前挥毫书写。此人身量足有一米九，坐下来跟很多矮小的川人差不多高。他肩宽腰细，结实匀称，器宇轩昂，性格豪放，堪称川中少见的美男子。唯一缺点是黑眉锋下那双眼睛，时而明亮，时而无神。皆因他好色过也荒唐过，不是在战场上而是在床笫间耗去了精气神。文光豪每每数落起好友的风流韵事，总是咬牙切齿，恨铁不成钢。但人无完人，尽管如此，林汉云在他看来还是一个妥妥的标准军人。

你在写什么？文光豪坐下来问，一边用手绢抹着头上脸上的汗。

你自己看吧！林汉云把桌上的大幅纸条推向他，自己义愤满腔地站起来。

文光豪接过纸条来看，上面浓墨重彩地写着：

> 我欲此心照汗青,
> 以作胸中百万兵。
> 一朝倘待封神现,
> 定图朝歌胜羽林。

他不禁一拍桌子,喊道:好诗!好诗啊!林兄写得真好!

文光豪喜欢读诗吟诗,却写不出诗来。妹妹说他太谦虚,他却自称无才。而好友的诗在他看来,虽然也没多少诗情画意,但是充满了男儿血性,堪称好诗。

此时林汉云一拍桌子,气鼓鼓地吼道:你听说过那个什么狗屁的铁路国有政策吗?朝廷想收回的川汉铁路租股中,也有老子一份!老子家里的钱,也是血汗钱啊!我川人乡亲,我川军父兄,岂肯答应?什么破朝廷,岂有不垮之理!

文光豪连忙跳起来,恨不得去捂他的嘴:哎呀,你小声点儿!不怕掉脑袋啊?

林汉云却满不在乎地打趣说:你知道我这个人,口无遮拦,想到哪儿就说到哪儿。我这颗脑袋啊,早就摘下来别在裤腰带上,谁爱要就拿去吧!

文光豪也摇摇头,他知道好友狂放清高,林汉云也从不掩饰自己的狂放清高。虽然从小接受了封建教育,但他却在幼年时就立下雄心壮志,发誓要报效祖国,振兴国家。有时跟同事们喝醉了酒大聊其天,他还自诩为岳飞、班超、辛弃疾呢!

林汉云跟文光豪都出生于四川的一个小乡镇,两家住得挺近,均是当地的殷实人家。林汉云比文光豪大一岁半,也算总角之交。但两家的富豪程度和眼光胸怀都不同,因而林家送儿子进入四川武备学堂时,文家就晚了一步。晚这两年,就差之千里,文光豪进学堂不久,还被称为"新瓜蛋子",林汉云已因学业出众,被选送到日本去学习军事,先后进入振武学堂和日本陆军士官学校,回来后便趾高气扬,自感前途无量。从北京到江西，文光豪一路跟着这个大哥跑，却赶不上他那惊人的步伐。此时的林汉云不但在文光豪看来是人中龙凤，他自己也宣称要建功立业，名扬千古。此人虽然狂放，但也头脑清醒，他在日本远距离观望家国，又接受了先进的新思想，产生了强烈的忧国忧民之慨，并且逐渐认识到中国正处于乱世，只有掌握兵权和武力，才能具有最大的话语权，为国家做出一些改变，实现自己振兴国家的梦想。

但理想很丰满，现实很骨感。他却被分配到江西督练公所任编译科长，兼陆军小学教习。林汉云郁郁不得志，每天借酒消愁，放浪于形骸之外。他人长得帅，潇洒倜傥，逛妓院时花钱也大方，颇得老鸨欢心，娶姨太太明珠就是当时的风流韵事。他喝醉了就骂人，耍酒疯，还骑着马狂奔，有次竟动手打了几个来劝阻的卫兵。很多人反感他的狂放不羁，去江西巡抚陆鸣枝面前告状，后者只好将林汉云礼送出境。

其实陆鸣枝一直看重林汉云，觉得他性格豪放，胆识过人，今后必成大器。因此专门为他设宴送行，席间还善意地提醒他说：不傲、不狂、不嗜饮，则为长城。林汉云却十分自信地回答说：亦文、亦武、亦仁明，终必大用。一时传为佳话。

回四川后，林汉云在准岳父容士轩的推荐下，被当时四川总督邵尔培任命为督练公所的军事编译科长。转了一圈还是这个职位，林汉云非常不满，更觉怀才不遇。他虽是军官，却有着古代读书人那种骨子里的清高，所谓目不斜视、口不轻言。不了解他的人，觉得他目空一切，狂妄自负；了解他的人，却盛赞他有胆识、有抱负、有才华。

1910年，清廷废除绿营，建立新军。大省设一镇相当于师，小省设一混成协相当于旅，四川成立了陆军第十七镇。成立大会上，邵尔培很高兴，想在社会各界来宾面前炫耀一下自己的功绩，便得意扬扬地举着酒杯说：为川人庆，为川人贺。

不料林汉云突然站起来，大声反驳：卑职认为，当为川人悲，为川人吊！

邵尔培大怒，心想你一个小小的军官，竟来拆我一个大总督的台，这不是脑后长反骨吗？但是当着众人面，不便斥责他，便问此话怎讲？林汉云却不卑不亢地说：十七镇的枪炮都是日本人不要的废物，统领又非军人，真是械不可用，将不知兵。古人云：然兵犹火也，不戢自焚。此汉云之所以为川人悲，为川人吊耳！

原来邵尔培任命的十七镇统兵徐庆怀，为他自己从东北调来的亲信。此人本非军人，又在军中安置了几十个他的亲信，都非军人，林汉云因有此说。邵尔培当着众人的面，更是下不来台，只好勉强问了一句：那么依你看，谁才是将才？

林汉云当即回答：原新军标统，后调为兵备处的刘刚蓝便是。邵尔培更气，但为表现自己的修养，又问他还有谁，林汉云更是桀骜不驯，又指着四周一批从日本学成归来，却跟自己一般不得重用的年轻军官说：他们难道不是吗？

邵尔培气得脸色铁青，捻着胡子不语，眼看就要发作雷霆之怒。场面一度很尴尬，好似填满了火药，一触即发。幸有几个明眼人忙打圆场，替林汉云掩饰说，他喝醉了，说话唐突，请大总督原谅。另有人拉着林汉云躲出门去，庆典会不欢而散。

事后邵尔培赌咒发誓说，决不把这浑小子派到新军去，他也休想在十七镇任职！但林汉云的直率和胆识，却赢得了一大批年轻军官的敬佩，特别是那些有抱负有才能的军官的认同。他们认为林汉云正是值得跟随的人。文光豪也是其中之一。

不久又发生了另一件事，让邵尔培也不得不对林汉云刮目相看。

因林汉云回川后，仍是言语无状，说话百无禁忌，又有人去总督那里告状，甚至说他是革命党。但邵总督并不糊涂，也有雅量，知道从日本学习回来的士官生都是宝贝，军队里都抢着要。有点本领的人谁不狂傲？为此他特意去林汉云的寓所，想跟他谈谈，看他有何真纲。恰逢林汉云不在，墙上却挂了一副他自己写的对子，上书："爱花爱酒爱苍生，名士皮毛，英雄肝胆；至大至刚至仁勇，圣贤学问，仙佛精神。"

邵尔培看了十分感慨，觉得此人真乃文武全备，日后必是个将才。

同年秋天，邵尔培举行大阅兵，见操场上军旗猎猎，刀刺闪光，煞是壮观，不免志得意满。又让十七镇分成东军、西军，来个对抗的军事演习。邵尔培已经发现林汉云确是一员虎将，在军事上很有才能，虽然还没让他带兵，却封了一个旅长级的会办，算是高看他了。这官衔在日本留学归来的军官中也算凤毛麟角，但林汉云仍不满意。因为十七镇中除了少数川人，其余都是外省的非军人当官，川籍军官均不服。为收买人心，也为了堵住川军的嘴，邵尔培便任命林汉云为演习的裁判官，以示公平。

演习结束讲评时，林汉云趁机施展自己的口才，头头是道、侃侃而谈地批评那些外省来的军官，把他们说得一无是处。眼见那些人全都面红耳赤，他仍是毫不客气地说：这种演习形同儿戏，纯属花架子！如是这样搬上战场，必败无疑！

此言一出，四座皆惊！邵尔培又气得差点昏过去……

下属也有很多人议论说：林汉云真是胆大包天，不知天高地厚，该贬！该杀！

但邵尔培是进士出身，颇有学问，又上马驰骋，沙场点兵，历经宦海，纵横朝野，岂能没点分辨能力？他事后细想，觉得这家伙确实有才，反而更加赏识林汉云，于是打破誓言，让他进入新军十七镇，担任了一个标统。这职位相当于团长，显然是降职使用，以示惩戒。但林汉云却很高兴，因为终于实现了自己带兵的愿望。他此后就很少回家，把府中事都交给姨太太明珠掌管，自己跟长在军营里似的，一心教练手下的兵。在凤凰山安营扎寨的军官们提起林汉云，谁敢不服？这个少年英豪的名字就跟长了翅膀一样，飞遍了新军十七镇。尤其一帮川籍军官，更是唯他马首是瞻。

邵尔培不但赏识林汉云，离职时还郑重将其介绍给弟弟，说此人可堪大用。邵烈风原在川康边任守边大臣，被调往东三省的哥哥推荐，继任四川总督。他初到成都，在众人接风时跟林汉云首次见面，后者仍是那副桀骜不驯、鼻孔朝天的模样。邵烈风便断定此人年轻张狂，或许是个"绣花枕头",没对他太大重用,让林汉云心生不满。

此时因川汉铁路要被收回之事,林汉云发了一番牢骚,就约着文光豪出门,去看他的恩师兼准岳父容士轩。前不久容老先生托人带话,要跟他商谈婚姻大事。

五月的夕阳犹如一团火球,虽然不断向西偏移,仍是红通通地散发着烫人的光芒,映衬得蓝天如洗,却不见一丝白云。两个年轻军官骑着马,飞快驶出连绵起伏秀丽青翠的凤凰山,立刻就暴晒在夕阳下,身上笔挺的军装又被汗湿了。最可恼的是军帽下那根长辫子,拖在身后滑稽可笑,损坏了年轻军官的飒爽英姿,还弄得脖子底下直痒痒!一对好友时常同心同德地想:啥时候能把这破玩意儿给剪掉,岂不清爽?!

凤凰山在成都以北,离市区有十几公里。在这春夏之际,沿途风景如画。一望无际的绿野平原上,小桥流水,修竹茂林,好似一幅清新的山水图。这就是美丽的川西,自己可爱的家乡!两位年轻军官豪气顿生,都觉得生为川人,百般自傲!

他们的恩师容士轩是成都有名的士绅,其父容景鸣是大清进士,中过探花,当过翰林,天下扬名。后退隐回川,投资办学,世人景仰。林汉云和文光豪在成都武备学堂读书时,遵父亲所嘱,双双拜在容士轩名下,成了他的记名学生。其实是学堂里伙食不好,常想到容家"打牙祭",顺便聆听恩师教诲,倒也生吞活剥了不少大道理。

那时他们总会看见廊下有个六七岁的女孩,穿着锦衣华服,生得粉妆玉琢,就像个可爱的洋娃娃,口齿伶俐地诵读诗篇。声声清脆的童音入耳,在文光豪听来犹如天籁。凑近一看,女娃唇红齿白,皮肤吹弹可破,谁见了都想抱起来亲吻一下。两个年轻军官却不敢。说来可笑,男女授受不亲吗?这女孩子可是比他们小了十多岁呢!

这女孩正是后来许配给林汉云的容嘉露,而文光豪却在当时就爱上了她。

林汉云去日本留学前,便被容士轩看中,觉得此子仪表堂堂,智勇过人,今后必将前程无量,于是把女儿许配给他。林汉云留学归来该娶亲了，但容嘉露年纪尚小，还不能过门。而林汉云已是壮年，又天生一副惹人爱的帅男形象，在江西更是声色犬马，喝酒狎妓，闹得人人皆知。容士轩乃识人无数的谦和君子，理解未来女婿，便修书一封寄给林汉云，准他先娶一房姨太太，于是有了明珠在怀……

  容家虽在市中心，却占地不小，是个几进的大宅子。从祖上开始不断修缮，如今屋宇连绵，假山环抱，曲径通幽，好似一座浓缩的宫殿。更有绿树浓郁，花草芬芳，看上去满目苍翠。碧波流水的湖面上，横着一座红砂石砌成的拱桥，犹如长虹卧月。湖旁还有几畦地种着青菜，整个园子恬静祥和，好比世外桃源，让人乐而忘返。

  容老先生坐在湖边的一棵大树下，面前的石桌上摆了一盘棋，正独自弈子。他慈眉善目，常穿一身白色长衫，配一件灰皮背心，竟有几分仙风道骨。他也考上过举人，只是不愿做官，但饱读诗书，精通文墨，且仁义宽厚，气度高雅，自是谈吐不凡，让人油然而生敬意。林汉云和文光豪都是他得意门生，常被他邀来吃"九斗碗"。席间主宾三人推杯换盏，谈古论今，海阔天空，无拘无束。但要说到下棋，文光豪还能勉强支撑一阵，林汉云则是让他几子都不行，后来干脆一见棋盘就想躲开……

  容士轩指间夹了一枚棋子，抬头看林汉云想躲的样子，便淡然一笑：既来了，何必躲？今日另有烦恼事，老夫也不想跟你下棋。快过来坐，我们摆摆龙门阵。

  林汉云哈哈一笑，过去坐下：岳父，晚生一见这棋盘，就得告输，好不沮丧！

  容士轩招呼文光豪也在一旁坐下，又笑道：老夫就喜欢你这爽快的性格，人非完人，岂能样样精通？你只需能带兵会打仗，用枪杆子保护这一方百姓，就是大英雄！

  文光豪很机敏，察言观色，见老爷子虽在说笑，眉目间却带着浓浓的忧愁，心里明白了大半：容老先生，可是遇到什么不顺心的事了？说给我们晚辈听听。

容士轩把棋子尽数装于棋盒，叹道：还不是关于川汉铁路权的纷争。鸦片战争后，多亏林则徐等一批开眼看世界的人，把铁路知识介绍给国人。后来的洋务派李鸿章也认为，有必要在中国也修建铁路。但这一来，势必要进行大规模的土工作业，世世代代靠田吃饭的老百姓岂敢答应？想了好多法子，甚至暗度陈仓，朝廷才批准。

是啊！文光豪立刻跟老爷子产生了共鸣：当时铁路竟被称为"奇技淫巧"呢！

说起来真是怪丢人的！林汉云聊起这个，不禁义愤填膺：甲午战争后，朝廷被列强打怕了，只好同意给日本修建东北的铁路权。明明是我们自己的土地，却让外国人来修建铁路，这是多么屈辱的事情！所以十年前，朝廷才批准由湘鄂粤三省绅商自行承办粤汉铁路。其间英美又想插手，最后股权的三分之二竟落入比利时手中！

文光豪一拍石桌，自己都震得手痛：这个小小国，竟在我们土地上耀武扬威！亏得湘鄂粤三省人民展开了收回路权的斗争，在能相张之洞的力主下，才得以成功！

现在外国人的手，又伸到川汉铁路了！容士轩激愤地站起来，抖着花白胡须说：谁都知道，这川汉铁路的股权，是七年前我们招集川人华股自愿筹集的！当时集股章程中就有这样的规定："非中国人的股份，一律不准入股，也不准将股份售于非中国人。"近日朝廷却颁布了"铁路干线国有政策"，这等于是把路权从川人手里夺走，再卖给外国人！你们想想，这不等于变相没收了我们的财产？我们岂能答应？

老爷子慷慨激昂的一席话，犹如在面前平静的池水里投入了一颗大石子，林汉云和文光豪也都激愤地站起来，异口同声说：我们当然不答应！对，不能答应！

容士轩抖颤着两只手，分别拍拍他们的肩，愤怒地说：是啊，我们不能答应。明日我们川汉铁路公司将召开股东扩大会，商量回应的办法。你们两个年轻人，一向得我老头子器重。你们有什么好办法，也都说出来，看能不能行得通。

林汉云和文光豪对看一眼，原以为老爷子叫他们来，是要商量林汉云的婚姻大事，不料却是这样。看来这非常时期，也不是谈婚论嫁的良好时机。他们又坐下来聊了一阵，虽然都满腔愤怒，一时也觅不到良策。何况容士轩本是温仁良善之人，他的意见也不可能太过激，无非是想请朝廷"保存现有之款，求还已用之款"。总不能眼睁睁看着自己的铁路和钱都没有了，一点努力都不尽，无论如何，也得保全一样吧？就是这样委曲求全的温和主张，还得看明日的股东大会上能不能通过呢。

暮色四合，天边微暗，碧绿的池水泛起了一层银色的涟漪，容士轩才让人备好酒席，请两位吃喝了一顿。席间自然又提及此事，容士轩一再要求准女婿在保路事件中要支持乡亲们，林汉云也拍着胸脯表态，请泰山大人放心。从始至终，都没见到容嘉露的影子。林汉云知道岳父保守，未婚夫妻不得相见。文光豪却倍感遗憾。

直到两人微醉地告辞，容士轩才郑重地说，婚礼欲定在今年年底，现正请人看日子，要寻个黄道吉日。林汉云也郑重地说，一切全凭岳父做主。他父亲已逝，母亲住在乡下，没见过什么大世面。容士轩随即也承诺，这一切都不用准女婿操心。

他们走到园子里的拱桥上，却见一个俏丽的人影站在月下。原来是容嘉露。月光把她身边的景致也染成驼红色，撩人心醉。文光豪不觉想到，只要这个心爱的女孩出现，周围的景物也会随之变得鲜活生动，而他的心情则是落寞寂寥的，甚至带有某种愁怨。但他竟然喜欢这样的愁怨，因这苍凉瑰丽的情景，是独独属于她的。

林汉云也看出未婚妻有话要对自己说，却一如既往地坦荡。这又让文光豪不禁想，好朋友也许并不在乎容小姐？这时他的心又感到寒冷，透彻心骨的寒冷。

走在前面的林汉云已经开了口：嘉露，你等在这里，可是有话要对我说？

是的，一直有话想问问你。容嘉露舒缓地开了口。这个拘谨规矩的大小姐，显然是鼓足了勇气才站在这里。我想问问，你有了一房太太，为何还要娶我？

这话是小声道出，却犹如石破天惊。文光豪猛然想到，定亲时这小姑娘还不到十岁，谁也没问过她的意见，就这么定了她的终身。容嘉露身量不高，跟林汉云相差了三十多公分，未婚夫对她来说无异于巨人一般！文光豪看她面带愁色，不禁万千思绪涌上心头。他站在好友身后，中间隔着这个一米九高的大汉，他和容嘉露仿佛就是两个世界的人，有着两种不同的命运。他即使想向她伸出手去，也够不着啊！

林汉云却很镇定，只是微微一笑：大丈夫三妻四妾，都是平常事。容小姐，明珠只是姨太太，正房给你空着呢。我才跟岳父大人商定，年底就会娶你过门。

如果我不愿意呢？我不想跟别的女人共侍一夫。容嘉露绞扭着自己的两只小手，可以看出她心神不宁。她又说：我读了书，有了新思想，知道这样不道德。

林汉云走过去，轻轻搂着她，用难得的温柔语气说：别多想了，放心，我不是君王，不会有三宫六院。我娶明珠另有原因，希望你过门后别再介怀，跟她好好相处，像姐妹一样。做个一心一意侍我的良人。你还小，世界上有些事说不清楚……

他抱起容嘉露转了个身，就把她放在自己身后，却恰巧让她跟文光豪面对面。文光豪猝不及防，一时倒慌乱起来，不知该如何应付。但容大小姐并没看他一眼，就像受惊一般，拖着长裙跑出了拱桥。好似孤雁惊飞，寒塘落影，桥下冷月清照，犹葬花魂。流水汩汩，水声泠泠，说不尽的萧索之意。桥边的几朵玫瑰在夜色里绽放，散发着幽幽的清香。此时此刻，文光豪只愿心爱的女子再也不走出这园子，哪怕如这些美艳的花儿，永久地被冰封和凝结；哪怕安静地活着，寂寞地老去，也未尝不可。

两人走出院子，跳上马，飞奔回凤凰营，一路上没再说话。文光豪能感觉到，好朋友也在为那个姑娘的话而感到羞愧。他当然清楚林汉云和明珠的事，他们是有真感情的，虽然身份差异不小，但走到一起很自然。文光豪只是不明白，林汉云为何还要娶容嘉露？想到心爱的女子婚后的处境，他顿生叹惋之情，颇为她揪心……

哎，你在想什么？明亮的月光下，林汉云纵马疾驰，却回头问他。

文光豪挥鞭催马，迎头赶上，毫不客气地说：汉云，我也想替嘉露姑娘问问你，既然早有婚约，在江西时你为何要娶明珠？她也不愿跟别的女子共侍一夫吧？

林汉云在月下哈哈大笑，尽显其风流不羁的本色：自古英雄皆好色，汉云既是英雄，当然也好色！何况面对明珠那样的美女，谁能把持得住？哦，除非是老弟你，你是坐怀不乱的正人君子，道貌岸然，瞧，这不振振有词地来讨伐我了！

你真是放浪形骸！文光豪责备道，我是替嘉露鸣不平。这姑娘冰清玉洁，未染尘埃，就算你面对美女把持不住，也该做得隐蔽点，干吗还把人家娶回家？

林汉云又哈哈笑道：大丈夫酒不丧行，色不害德，我理当光明正大嘛！

文光豪却埋怨道：我看你墙上那副对子，应改为爱花爱酒爱美人了。

林汉云用马鞭指着他：好你个道德楷模！我就不信，你不爱美女？快说说，你看上了哪家姑娘？只要你说出姑娘的芳名，哪怕她不肯，我也帮你抢了来当新娘！

文光豪气得面红耳赤，口不择言：我可不像你这么骄纵，好酒贪色！

林汉云并不生气，只是大笑不止。文光豪想了想，也换了个话题：汉云，这不是在军营里，我想问你一件事：听说你在日本留学期间，曾与同盟会有过接触？

林汉云不假思索地回答：是啊，这同盟会又称革命党，他们都是排满主义，是想推翻我大清朝的。实不相瞒，当时我身边很多朋友都加入了同盟会，也有人来劝我加入。但我总觉得食人之禄，即宜死事之，而背之则不祥,不愿加入。

文光豪看着夜色中渐渐逼近的军营,不禁叹道:我没接触过同盟会,不知革命党是何主张,听说他们是要推翻清王朝,建立新的民主共和国?我倒觉得,这件事可以努力为之。目前国家灾难深重,民族危机。我们新青年也该有所作为吧?

林汉云也叹道:我也是心同此心,常常擦足摩掌,尤愤不可遏!但有什么办法呢?我辈位卑禄薄,力短心长,有志难伸。这才佯狂愤世,亢傲不羁啊!

文光豪似乎明白了什么,油然而生的暖意渐渐拂过全身。他昂然说:好啊,今日你我明志,若他日有机会一展才华,力挽狂澜,我辈定要将这世界洗得干干净净!

林汉云没再答复,似乎觉得这话逆转得太过突兀,便扬鞭纵马,向前驰去。文光豪微微一笑,也催马赶上。晚风习习,似乎要将前情旧梦,尽数吹去。

3

从华兴街一直走到东头,有个很大的店面叫钟水饺,店里卖的都是成都名小吃,龙抄手、赖汤圆、三大炮、红糖锅盔、担担面、夫妻肺片、麻婆豆腐、粉子醪糟……林林总总,应有尽有。只要你有铜钿,包你吃得欢畅,尽兴而归。

不知从何时起,这家小吃店又增加了一个新品种,不是物质的,而是精神的——一个名叫芙蓉的女子在这里唱四川清音,颇受欢迎。所谓清音,就是唱小曲。过去他们串街走巷,或在茶房酒肆,敲着竹琴卖唱,被认为是最最下贱之业。但清音又跟一般的小曲不同,它并非缠绵悱恻之音,而是高亢清脆之曲。如果说小曲是浓郁的陈年老酒,清音则是悠扬而响亮的行板，其腔调有点类似于川剧的高腔。但它跟那些令人惆怅痴迷的小曲不同，总是把人带进一个情深意长的境界，让你感到生活充满了阳光，还带着无比的新意和欢乐。不论你是上流人物还是下层平民，清音都能让你感到飘飘欲仙，从心灵深处得到最高的慰藉，似乎达到了人生最美好的境界。

而芙蓉唱的清音更是令人向往，她就像一只夜莺，唱响了川西平原；像一只云雀，飞翔在艺术的最高处。她唱腔丰富，吐字清晰，韵味十足。那脆亮的嗓音令人沉醉，婉转的歌声听来妙不可言。最绝的是她还会自己编歌词，能把四川的风土人情都编进歌词里，唱起来精彩绝伦。她又年轻美貌，虽不算国色天香，但也属绝色佳人，有着花魁一般的无边风韵。当她穿一袭清爽的旗袍登台演出，面容娇艳，身姿袅娜，好比花枝在春风里摇摆，莺声柳浪，蝶梦晨光，看得吃客们艳羡不已，大把铜钱直往台上扔，看得老板也是满脸笑意。自从他请了这位佳丽来驻店清唱，生意就好得不行，让周边其他食店的老板恨得牙痒痒，只想效仿他，也请来这么一株摇钱树。

这天吴仪民一行人走进钟水饺的店里，只见食客满座，笑语盈盈，有人浅饮低酌，有人敞开心怀，都在欣赏小圆台上的芙蓉，她正在唱自己编的新曲《唱成都》。

清早起来不新鲜，心想成都耍几天。
一出东门天涯石，二出南门五块砖。
三桥九洞石狮子，青羊宫里会神仙。
遇仙迎仙送仙桥，侧边有个二仙庵。
百花潭前双孝祠，冯家花园龙爪堰。
杜公祠挨草堂寺，浣花溪上坐画船。
转过南门武侯祠，古柏森森高过天。
文臣武臣二十八，三绝碑前人挤满。
岳飞书写出师表，龙飞凤舞真前贤。

洗面桥上祭关公，张爷庙里放生还。
浆洗街上皮匠多，南来北往二金川。
南门桥头大当铺，挤满茶馆和旅馆。
地方名胜虽为古，珍贵竹帛史料全。
成都故迹广流传，一首歌谣唱破天……

这曲子无甚新奇，但也唱得热闹，众人便奋力鼓掌，情绪激昂，都喊着再来一个！

台下一个老板模样的人，却双手抱拳，满面笑容地朝大家说：各位怜惜！芙蓉姑娘从开店唱到现在，已是两个时辰，水米没打牙。让她下去歇息一下，吃点东西，再来继续演唱好吗？待会儿定要请各位尽情欣赏佳人风采，聆听她的金嗓子。

那边芙蓉姑娘移步下台，这边吴仪民轻车熟路，带着其他三人占据了一张靠窗的方桌。他显然常来这里，因他供职的《成都日报》就在对面学道街，不时来此打尖。小二也认识他，立刻赔笑地跑来，帮着点了一堆小吃。邵雅兰很矜持，只要了一碗赖汤圆，说她想吃甜食。文诗洁点了一碗清汤龙抄手，想了想，又要了一碟"三大炮"，是蘸红糖和芝麻的糯米糕，说她们两人分吃。吴仪民点了钟水饺，为刻意跟文诗洁保持一致，也点了一碗龙抄手。章海涛却很生猛，毫不客气地点了两碗钟水饺，两份担担面。说这碗这么小，不吃双份岂能够？吴仪民便哈哈笑着，拍拍他的肩，说兄弟，管够！文诗洁却不禁想着，这小子真是个粗汉子，连吃饭都这么一往无前！

这边小吃刚端上桌，那边就出了状况。原来是个腰间别一把手枪的年轻军官，带着几个佩带武器的军士进门，大张旗鼓地占据了台子下面正中的方桌，看样子是有备而来，吓得几个食客直缩脖子。还有人见势不妙，赶紧会账，逃离此处……

老板是个明眼人，立刻迎上前去，抱拳笑道：请问客人，要吃什么？小店立刻奉上，包管让客人满意……小二，快把菜单拿来，给尊贵的客人看看。

年轻军官却把手一挥,将老板挡在一边,喝道:老子不是来吃的,是来看的,来听的!那唱清音的姑娘呢?老子要听她再唱一曲,让她赶紧上台!

芙蓉袅袅婷婷快要走进后店,听闻此声转过头来,当即脸色惨白,显然怕极了。文诗洁见了就想,兴许这年轻军官常来捣乱,店里众人都知道,这下麻烦大了!

旁边的邵雅兰也抓紧了文诗洁的手,后者见她脸色有些发白,想必也是饱受惊吓,文诗洁心中便有些发颤。再看另两个男子,吴仪民显然在紧张地注视着事态发展,章海涛却毫不在意,仍旧低头"呼哧呼哧"地大口吃面,惹得文诗洁更加不喜。

那边老板眉头微皱,伸手拦着军官说:客人稍等片刻,让芙蓉歇息一下再唱。

军官却已焦躁起来,大声喊道:芙蓉!芙蓉!格老子,你唱还是不唱?

芙蓉脸上毫无血色,身子也开始抖颤,只得低声说:小女子有些累了……

老板眼见军官就要抢上前去,连忙以身挡住,赔笑道:她真是累了,唱了半天了。改日吧,改日客人先约好了再来,让她专门为你一人唱几支……

军官上前对着老板就是一耳光,打得他一个趔趄,往后退了几步,然后喝道:你这么袒护她,她是你的小娘子吗?老子偏要今天就听她唱,唱个不死不休!

旁边的客人听说一个"死"字,都已吓得面无人色,几个机灵的连忙溜走,其余都埋头吃喝,想赶紧离开这是非之地。文诗洁也心想:不好,今天要出事!

军官已经奔过去,抓住欲逃开的芙蓉姑娘,一把就推到台上去,哈哈笑道:小娘子,快给老子唱吧!我现在不想听你唱成都了,要听你唱小寡妇上坟呢！

芙蓉吓得哭起来，泣不成声：小女子不会……

军官恶狠狠地指着她：老子几次三番前来，想听你唱曲，你总是推三阻四，不肯上台，甚至把琴弦弄断！你别不识抬举，再不唱，老子就要开枪逼你唱了！

眼看他要去拔枪，文诗洁急得推推旁边看呆了的吴仪民：哎呀，要出人命了！你这个大记者快去制止啊！这般恃强凌弱，你们报社管不管啊？

吴仪民却一缩头说：嗨，你还没认出来？他就是邵老四啊！他爹是总督，他带了人来，还有枪，今天非闹事不可！谁敢阻拦，他就会给谁一枪！

邵老四？文诗洁吃惊地回望闺密，见她满脸通红，臊得不行，那样子似想躲到桌下去。文诗洁忙说：雅兰，他是你哥？如此行事，天理不容，你还不管管他？

邵雅兰也是一缩脖子，看了旁边的章海涛一眼，小声说：你看他那么厉害，我管得了吗？除非我爹在这里，否则谁也管不了他。再说不过是唱一支曲子，有何不可？

就是不可！刚吃了两碗面两碗水饺的章海涛，突然一拍桌子站起来，大声喝道，他仗着有枪，就想杀人？我看他敢不敢开枪！我今天就要跟这小子拼一下！

邵雅兰正欲阻拦，章海涛已经飞奔向前，大喊一声：邵玉笙！你别欺人太甚！

邵玉笙已拔出枪来，却没指着芙蓉，而是指着老板，暴喝道：你快让她唱！否则我就毙了你！听见没有？我这枪子可是不认人……

老板满脸苦笑，迫不得已地对芙蓉说：姑娘，你就给她唱一曲吧？

不行！章海涛飞身上前，一把将老板和芙蓉都拉到自己身后，又冲着邵玉笙一拍胸脯：你要开枪？就冲我来吧！不准伤害无辜！这里的人全都看着，人家好好地开店，你来闹事，到底想干什么？你要是开枪伤了任何人，你老子也不会放过你！

章海涛？邵玉笙惊讶地看着他，继而就把手枪抵到他脑门上，喝道：好啊！你小子不怕死，我就让你死给别人看！在这个城市里，还有谁敢拦着我，不让我开枪？！

章海涛毫无惧色地顶着他的枪，向前走了一步，也喝道：那你就来啊，开枪吧！

不准开枪！突然间，不知从哪里来的勇气，文诗洁也冲向前去，挡在章海涛面前，大声喊道：你恃强凌弱，以暴犯事，大家都看着呢！报社记者也在，你就不怕这事儿明天上报纸，让全成都的人都来看看邵总督的儿子是个什么货色？

看见一个花朵般的女孩子突然出现在面前，邵大衙内惊讶万分。这姑娘不似那唱清音的芙蓉，而是一身书卷气，好比弱柳扶风，更加动人，只见她气质优雅，身姿婀娜，海棠娇靥，梨花雪面。一对倩目似怒似怨，一双纤手柔若无骨。如她漫抚琴弦，轻亮歌喉，又该怎样动人？邵玉笙不禁醉眼迷离，心扉摇荡，不知不觉收起了枪。

你是谁？他上下打量着文诗洁，越看越欢喜，早已把芙蓉姑娘忘在九霄云外，不禁问道，你也是这里的卖唱姑娘？你叫什么名字？你可愿为我献唱？

你真是疯了！章海涛又一把将文诗洁拉在身后，怒喝道，你以为全天下的姑娘都必须为你献唱？你是个什么东西？不过是仗着你爸的势力，在这里耍威风！

你！邵玉笙又提起枪来，指着章海涛，别以为你哥是我爹的保镖，你就可以挡我的道！让开，我要这姑娘为我献唱！我喜欢她，她就得为我唱为我歌，必须的！

你这个横行霸道的东西！章海涛咬牙切齿地说，有我在，就不准你这样！

邵玉笙又欲提枪，突然听得一声尖叫，这回是邵雅兰挡在他的枪前……

哥！她叫道，他们是我的朋友，你要敢对他们开枪，就让我先死在你面前！

怎么是你？邵玉笙深感意外地叫道，妹子，你怎么也在这儿？

还有我呢！吴仪民慢吞吞地走上前，邵老四，我是《成都日报》的记者吴仪民，我们见过一两面，你还记得吗？今天的事，我从头到尾都看见了。你若不想明天上报纸，就赶紧撤吧。否则在这非常时期，只怕一点小事染上身，也会让你后悔莫及！

邵玉笙听出他的话外之音，犹豫了一下，旁边一个士兵便即上前，附在他耳边嘀咕了几句。邵玉笙好似想起什么，立刻收枪，对部下一摆头，简单地说道：撤！

他们走出店门，所有在场的人都松了一口气。

邵雅兰歉意地对章海涛说：海涛，对不起，我哥太恶了！我怕他真敢对你开枪，就不顾一切地冲过来阻拦了……你别怪他，他就那样，看见美女就走不动路了！

章海涛冷笑一声：你哥就那个德行，可我不怕他，你也别再说了！

他转而对文诗洁说：文小姐，刚才感谢你挡在我面前，但你下次可要保护好自己。

他又对吴仪民说：谢谢你的请吃，我们今天算是饱餐一顿了！

他对众人点点头，笑了笑，不再说什么，转身走出店门。

文诗洁正欲赶上去，吴仪民却拉住她：文小姐，对不起，我刚才胆小怕事了！你知道的，我爹他……哦，我也怕给父亲惹事，所以不敢出头露面。

文诗洁点头说：理解，明白……仪民，没什么，不是所有人都像他那么勇敢。

她又对邵雅兰说：雅兰，你先回家吧，我想跟那个海涛再聊聊。

她也突兀地冲出店门，邵雅兰和吴仪民面面相觑，都心生失落，却没跟出去。

这时，只听台上孤零零站着的芙蓉姑娘突然敲起竹琴，唱起了《白娘子》里的几句词：

> 喜今朝脱离樊笼，
> 挣枷锁飞上九霄……
> 一生甘苦知多少，
> 奔向人间不动摇。

这歌词原带着几分冲出牢笼获得新生的喜庆，她却唱得悲悲切切，令不少食客都几欲流泪。邵雅兰和吴仪民听了也很感慨，前者是同情这姑娘的遭遇，虽然她们并不相识，但能想象出，她日子过得挺艰难。后者却在想，文诗洁要跟章海涛聊什么？

文诗洁冲出小吃店，奔到华兴街口，只见那个米白色身影在东边闪过，便奋力追上去。她也不知道自己想跟这个刚结识的男子聊什么，但就是想跟他加深接触。此人刚才不顾一切地冲上去，挡在那个恶衙内的枪口前，这大义之举震惊了这个年轻姑娘，她被章海涛的一腔热血所感染，立刻消去了此前的偏见，对他刮目相看。在这五月温热的午后，她追赶着一个陌生男子，竟有股"上穷碧落下黄泉"的劲头。

她一直追到东门大桥边，才追上章海涛。这是个大码头，木船沿锦江水面鳞次栉比地排列着，那都是些载货的船，多半要运货出省去。两岸有不少茶馆酒楼，都是破旧的苍蝇馆子和吊脚楼，里面穿梭着船夫、劳工和农民，大多是引车卖浆之流。他们在整日的辛劳后，也要花几文铜钱，钻进这些小馆子，喝点小酒，吃个冷啖杯，抚慰一下自己一天劳作的辛酸。而更多人却穿着破衣烂衫，甚至衣不蔽体，在江边和桥下坐着、躺着或者跪着乞讨。那都是流浪儿和乞丐，他们连吃口饱饭都是天大的庆幸！

文诗洁见章海涛站在江边桥下，望着这些不一样的景致：江上是载货丰富的货船，江边是食不果腹的饥民。视野开阔的江面上，一群雪白的鹭鸶飞来飞去。顺江望下去，江水浩渺，风景如画。江边的辛酸，江上的富余，都一浪盖着一浪滚滚流去……

文诗洁悄然走近章海涛，第一次仔细打量他：略显清瘦但很英俊帅气的脸庞，两道剑锋一般高高扬起的黑眉，黑眉下是一双深沉果决的眼睛，加上悬胆般的鼻梁，刚毅的紧闭着的嘴唇，都显示出一种跟他年龄不相称的英气勃勃。这时他正出神地凝视着江面，文诗洁沉了沉，不觉轻声问：哎，你在这里做什么？你在想什么？

章海涛头也不回，沉思着说：我在看这些叫花子啊，流浪者啊，还有那些劳动者，他们也许即将成为流浪街头的人，那都是生活在最底层的千千万万的人民……

文诗洁悚然一惊：我还以为，你还在想着那个被欺压的姑娘，唱清音的芙蓉。

章海涛回头看她，眼里有深切的哀痛：那个芙蓉也一样。文小姐，你想过没有，在我们国家，有千千万万个底层老百姓，他们生活在水深火热之中。没人同情他们，也没人为他们做主，朝廷都是主张保护富人。就像刚才那一幕，那些枪口永远对准了穷人，那些军警也永远镇压着底层的人民……这是为什么？你能告诉我吗？

文诗洁一时间张口结舌：这，我不知道。我只知道，这不公平！

章海涛点点头，眼里闪着智慧的火花，话语也带上了庄严的色彩：是的。这不公平。这些底层的人耕种土地，却没有土地；他们在工厂做工，却不拥有工厂；他们铺设铁路，建造轮船，但这一切都是为富人服务。底层人民创造了这个国家，这个国家却不管他们的死活。这样的国家公平吗？不公平！这样的制度合理吗？不合理！

文诗洁更加惊讶，没想到在这下九流的大千世界里，竟有一人如此侃侃而谈，这议论还让人闻所未闻！她忍不住问：你为什么会这么想？难道，你是革命党吗？

章海涛的眼神变得有些不安，但他很快就镇定下来，神情反而流露出一种坦荡：哦？你了解革命党吗？你知道他们的主张吗？你赞成他们的宗旨吗？

不知道，但我想了解。文诗洁犹豫着说，革命党，不是主张暴力和流血吗？

章海涛望着眼前的景致，那就像是一幅天然图画：蓝天里衬着白云，货船在平静的江面上划来划去，似乎很轻快，实则提心吊胆，无比艰辛。要在风里浪里讨生活，他们的出路在哪里？会不会在这一望无垠中与天际一同消失？他胸中涌起一股激情，那也是苦难中的一缕惊喜。他突然想滔滔不绝地直抒胸臆，尽管如此不合时宜，但理想的冲击和眼前这姑娘的魅力，却渐渐占了上风。把一切都告诉她，有何不可呢？

是的，革命总是意味着暴力和鲜血，还有牺牲。他慷慨激昂地说：类似的革命曾发生在法兰西，他们冲进了巴士底狱，解救了关在里面的底层人民，绞死了国王和王后！总有一天，我们国家也会发生这样的革命，流血牺牲也在所难免，因为，没有不流血的和平。但这流血要有价值，比生命更高的价值，那就是自由和平等，还要给人们有尊严的生活。我们怎样才能赢得这一切？那就是要打破阶级，打破这种不平等，要让这个社会公平地对待所有人。我相信在不远的将来，我们一定会看到这一切！

文诗洁听得目瞪口呆，他的话振聋发聩，也暴露了他内心深处一些不可告人的秘密。文诗洁起初为这个秘密而心惊，继而便为此而欣慰，因为他没把自己当外人，他坦诚地说出了一切。而这番话语背后，还有隐隐的真理在望，虽然她看得不太分明，也不太清晰，却让她心生羽翼，只想朝着那方向飞去；并且产生了一种渴望，渴望有朝一日，自己也能跟他在一起，朝着这方向努力，开创出一番新天地……

她不禁喃喃地说：这是你的愿望吗？以现在的时局，你的愿望能实现吗？

章海涛信心满满地说：当然能实现。只要我们早一天认清真理，我们就能奋起努力，解救自己的同胞，而且为了自己的子代后孙，燃烧起那一份血性，奔向光明！

文诗洁大为感动，更加心仪，突然发现这个男子身上有着浑然天成的少年感，那是一种纯真美好、勇往直前、赤诚又纯粹的东西。同时他又具备了青年人那蓬勃的朝气和热烈的生命力。她不觉赞赏地说：你懂得可真多！你是怎么知道的？

章海涛笑道：我看过一本翻译过来的俄文书，名字叫《沉沦》。里面就讲了很多这样的大道理。而在我看来，那不仅仅是普通平凡的大道理，那就是真理！

太好了！文诗洁忙说，能借给我看看吗？海涛，我平时怎么才能找到你？

章海涛突然有些不好意思，也趁此机会打量着这位小姐：一张白嫩的瓜子脸，两道弯弯的秀丽的细眉，眼睛乌黑明亮，清澈如水。端正的鼻子，红润的嘴唇，加上一份独特的书卷气，看上去是那么文雅俊秀、亭亭玉立，好一个比象牙雕刻还要玲珑精致的美人儿！她说话的声音流畅，清脆，娓娓动听，竟让他有些不忍离去……

他也沉了沉，才低声说：我住在学校里，就是惠民中学，在玉泉街。

哦，我知道那里，我会去学校找你借书看。文诗洁高兴地说。

两人不再言语，面对一泓江水、壮丽山河，同时感到了心胸的开阔。

4

邵玉笙带着一行人，气冲冲地走进了位于督院街的总督府。

占地颇大的总督衙门，在市民看来总是威风凛凛。高墙壁垒，树木森严，门前还有全副武装的士兵守卫。府内也有好几进，有厅有堂，各有用处，都是办公场所。后庭花园则是住宅区，楼台亭阁，水池假山，样样俱全。总督邵烈风的正妻已去世多年，只有几个平日里喜欢逛街打牌的姨太太，府中一应事物都是女儿邵雅兰打点，她办事强硬，威望颇高，邵玉笙也要让她三分。今天他却偏要跟这妹子较短长！

太阳偏西，鱼池旁边宽大的轩廊外，假山的影子被拉成一条长长的斜线，邵家大小姐才施施然地回府，手上还拿着一个色彩斑斓的大风筝。见哥哥坐在轩廊里的石桌旁，似在等她，她便微微一笑，仿佛并不意外地走过去，叫道：哥！

邵烈风其实只有一子一女，这邵玉笙排行老四，皆因上面还有邵尔培的三个儿子，算是邵家的大排行。这时他腾地站起来，妹妹以为哥哥要斥责自己今天挡在他的枪口前，岂料邵老四张口却问：那姑娘是谁？你不是说，他们都是你的朋友吗？

邵雅兰叹了口气，心中冷笑：哥哥还是这德行，看见美女就忘了一切，而且见异思迁，那个唱清音的芙蓉姑娘，大概也被他扔到爪哇国去了！本来遇到这种事，邵大小姐总是义愤填膺，绝不会向哥哥透露闺密的芳名。但今天不知怎么了，想到文诗洁居然抛下自己去追章海涛，而后者更是对自己不理不睬，她竟在强烈的嫉恨与愤慨中，做出了自己日后或许会追悔的一件事。当时她却想，说出这个名字不算啥，兄妹俩各有各的追求，或能成全两件美事，岂不快哉？！

她叫文诗洁，她哥是十七镇的一个管带。邵雅兰说完返身就走，生怕自己后悔。

邵玉笙却眉开眼笑，竟然朝她挥挥手：妹子！谢了！

本来他确实想痛骂妹子一顿，甚至给她两个耳光，谁让她竟敢在公共场合扫自己的兴？但想到那个鲜花般的女孩子，他的心就直痒痒，其他一切都顾不上了！此刻如愿以偿，正待派人去打听那姑娘的下落，一个士兵却跑来传令，让他去见邵烈风。

总督大人正在议事厅里来回踱步，他的心也好似在烈火中熬煎。

邵烈风是正蓝旗人，出身于辽东官宦世家，其兄邵尔培是清廷名臣，邵烈风的仕途却起于山西。1900年八国联军进京，他受命在山西边境阻击联军，小有战功，就频频升职。1905年，西藏发生杀害清朝驻藏大臣的"巴塘事件"，邵烈风提兵进山，击败叛军，防止了英国势力对西藏的觊觎，也算在历史上有着一项特殊的功绩。

此后邵烈风勤于政事，长期经营川边，并且在川康边界推行改土归流，马上马下，劳累勤勉，政绩颇高。他办事认真，杀伐决断，但心狠手辣，良莠不辨，经常在他管辖的区域大开杀戒，便得了个"邵屠夫"的恶名。

1911年4月，原四川总督邵尔培被调回东北任三省总督，推荐弟弟担任此职。从荒凉的边地回到富庶的成都为官，对戍边多年的邵烈风来说，无疑是一种奖赏。但始料未及的是，他上任不到一个月，便遇上了保路运动的风潮，也算倒霉至极！

5月5日，给事中石长信奏请铁路干线收归国有，收回川汉、粤汉铁路原由商民集资购买的股权，改由政府贷款修建，实则想把铁路权卖给帝国主义。经邮传部大臣盛宣怀上奏，清廷很快下旨在全国推行，并停止四川等地按租收股作为建路资金的做法，顿时激起了川、鄂、粤等省的集体反对。其中四川的保路运动最为激烈。

邵烈风到任一看，自己接手的就是个烂摊子！正值全国各省都在闹革命，推翻清政府的呼声越来越高，已经形成烈火燎原之势。成都也常有工人运动、学生游行、革命党暴乱。邵烈风只好四处灭火，成了救火队的队长，使他一提起来就是气！

邵玉笙走进议事厅，父亲正在大发脾气，对面坐着邵府的幕僚沐智贤，脸上的表情很尴尬。邵烈风的谋士不止他一人，但他最为忠心，其他人则时常借故不来。

邵烈风说：真是岂有此理！依本官看来，川人的请求不无道理，抢人饭碗如杀人父母！再说咱们自己的铁路不给国人用，凭啥卖给列强，任由他们为非作歹？

邵玉笙听了很惊奇，他不曾料到父亲是这个态度。今天在钟水饺店里，手下也曾提到这事，说非常时期，千万别犯了众怒，他这才偃旗息鼓。他尚不知道的是，邵总督并非糊涂人，他甚至上奏朝廷，陈述其中缘由，希望能取消这个铁路国有政策。但将希望寄托于一个腐朽的即将灭亡的封建王朝，又不得不说他确实糊涂了!

沐智贤苦笑道：总督大人息怒，老奴也不明白，朝廷怎会有这样的糊涂主张，居然引发了我省绅民的强烈反对。听说明日他们要召开股东大会，提出废除朝廷与四国银行团的借款条约、收回路权、惩治盛大人等一系列主张，总督大人又该如何处置？

邵烈风脸色一变，想了想才说：本官有何办法？只能但视权力之所能为，必无不为；职务所当尽，必无不尽罢了！

邵玉笙冲到他面前，大喊一声：父亲！不可！川人向来粗野、鲁莽、不怕死！我今天就遇到一位……依儿子看来，当对其毫不客气地镇压，方能解决！

邵烈风看着他怔了怔，就生气地吼道：胡说！你懂什么？

沐智贤在旁慢条斯理地说：四少，你还不知道吧？总督大人正在焦头烂额，目前形势对总督大人很不利啊！总督大人因初来乍到，也不想得罪川人，曾上书朝廷，请准川人铁路自治，朝廷却回复不准。盛宣怀早就忌恨总督大人，趁机与新任川汉铁路和粤汉铁路大臣端方联名，也上书朝廷，弹劾总督大人。且有上谕下达，让总督大人严行弹压！老奴估计那端方不是善茬，也正跃跃欲试，想夺总督大人的位呢！

邵玉笙不服气地说：可是父亲才来成都一个月，不管出了什么事，怎能怪在父亲头上？这也太冤枉了吧？父亲岂不是替朝廷背了一个大大的黑锅？

邵烈风却叹道：朝廷这回的举动，也未免太快了一些，无怪乎川人埋怨。本官这个总督是代表朝廷的，自然该替朝廷受点埋怨。川人也是责怪朝廷，并非责怪本官。可本官接署四川总督，便接过了处置四川保路事件的接力棒，责无旁贷啊！

议事厅里的一番话，暴露了邵烈风的软弱，也说明总督这个位子确实烫手，不是好坐的。当晚总督大人一夜未睡，通宵在后院沿着石板路来回漫步。他实在不明白，怎么统治中国几百年的大清朝，竟会呼啦啦如大厦即将崩塌？他这个忠心耿耿的封疆大吏，难道也会威风扫地？他从川边来成都，手下带了雄兵三千，但这点兵力在成千上万的川人面前又算得了什么？他这个四川王，会不会落个身败名裂的下场？

与此同时，另有一人也在自家花园里散步，思绪万千。此人名叫吴万乾，正是吴仪民的父亲。他也是名士家族，举人出身，曾赴日本法政大学留学，回国后任法部主事，1909年担任了四川咨议局议长，在成都乃至四川的绅士中，都是有名的人物。跟容士轩一样，他也是个谦谦君子，温文尔雅。说到革命党同盟会，他极不赞成，也不喜欢流血牺牲那一套，算是四川立宪派的首领。但事不容人，最近几天，他也被铁路收归国有之事气得心口疼！今天他跟容老先生商量好，也传令下去，明天要召开铁路公司股东和咨议局理事的联合大会，现在他的脑海里就在回旋这件事……

初夏之夜是明丽的，满园花香袭人，令他深深沉醉。他吸了几口新鲜的空气，充溢在胸间的一股恶气也渐渐消散。他想，明天的会议还是要商量先礼后兵吧。

爹！黑暗中，有人叫了他一声，原来是在报社加班的吴仪民回来了。

吴万乾微微一笑，他只有这个独子。儿子爱写诗，令他担心了几年。进报社后当了记者，吴仪民反而变得跟自己一样小心谨慎。吴万乾常对儿子说：风声雨声，声声入耳，国事家事，事事在心，但行动要慎重，这就是吴家的家传。

此时吴万乾亲切地揽过儿子的臂膀，轻声说：我来问你，儿子，你怎么看铁路收归国有这件事？你们报社对此可有报道？

儿子的眼睛在黑夜里闪着亮光，他说：我们报社正在大幅报道呢，读者纷纷来信响应。古人云，民如水，可载舟，也可覆舟。爹，这是个好时机。也许我们能打一场不流血的仗，反清复明，成立新的大汉政府。爹是博学多才、深谋远虑之人，如明日众人请爹出山任职，爹可千万别推辞啊！四川的希望都在爹身上了！

吴万乾豪气顿生，也在黑暗中摩拳擦掌：好！人往高处走，这才是生命的方向。或者我们立宪派不用流血牺牲，就可与广州的孙先生殊途同归，实现天下大同。

父子俩又兴奋地聊了一会，直到光影飘移，草色遥明，已近三更了，他们才回卧室去休息。但吴仪民躺在床上却翻来覆去睡不着，又想起自己与文诗洁的相识。

那是个美好的春季周末，文诗洁所在的女中放假，几个文学爱好者便约齐了，在金河边的一间茶社里喝茶聚会，请刚从大学毕业的记者、诗人吴仪民去讲诗歌创作。吴仪民也很重视，他想众人都是书香熏陶出来的女学生，不可怠慢。其时社会新潮涌入，穿衣打扮也可看出一个人的文化水准。于是他换上一身海蓝色的西装，玫瑰红的领带，打扮得很惹眼。果然，来参会的女学生们也都很时髦，虽然穿着各式旗袍，却加上小披风、绒线衫等装饰，展现出中西合璧的新颖风气。

但文诗洁姗姗而来，仍是一副学生打扮：浅蓝色镶月白边的上衣，黑色长裙，下面是白袜黑布鞋。淡淡装，天然样，配上高挑的身段，反而很出众，显得风姿绰约，没有一丝浓艳的感觉。吴仪民当即就喜欢上了她，念了几首自己写的小诗，便邀她单独散步。众人都看出点眉目，知趣地避开了，文诗洁却坦然大度，跟着这个端方俊气的男子沿湖边走去。修竹柳枝下，芳草花丛中，引来不少游人羡慕的眼光。

此后他们就常见面，聊诗谈文学。天空霞光万道，路上铺满鲜花，两人如能结合，吴仪民当然一百个情愿。但他们却从未深谈过。今夜吴仪民想起来，未免后悔万分。白日里自己遇事畏畏缩缩，而另一个男子却见义勇为，竟然引得文诗洁不顾一切地追随而去，说不定他们已经瓜葛深沉？吴仪民不禁在夜色中疼痛万分……

这个夜晚如此短暂，又如此漫长，好比日月幻化，风云飞扬。文诗洁也在梦中浮浮沉沉，纠缠着尘世上的生死悲喜。白日里江边的那一幕又在她梦中出现，交织着家国情怀和世态炎凉。她醒来后，就一直睁着眼睛，反复回想着章海涛说过的每一段话，那些激荡的语句让她触摸到社会的底层，并且在她心中积淀为历史的真实，她开始怀疑自己过去对革命党的误解，也包括吴仪民和他父亲的立宪主张。起床后她梳洗完毕，便拿定了主意，想再去找章海涛聊聊，主动了解他，了解革命党。

玉泉街原名老关庙街，明嘉靖年间，这里的玉泉古刹被改建成关帝庙，庙里祭祀着关羽。在三国众多的战将中，他神威勇武的气概尤为突出，千百年来最受人敬仰和爱戴。在刘备称帝、诸葛亮治理的成都，更是享受着特别隆重的礼遇，其庙宇一直香火不断。这老关庙街曾是武官们聚集宴会的场所。十年前，一个有钱的武官以慈善为名，捐了一笔钱，就庙办学，成立了这家惠民中学。再后来学校扩建，庙被拆除，但因庙内还有一口井，名叫"玉泉"，于是街名也改为玉泉街。

这所学校的教室多是由庙宇改建，均为古朴方正的平房，室内宽畅，门窗厚实，桌椅也很坚固。因四壁都是砖墙，走进去便感觉到丝丝清凉，很是惬意。文诗洁打听到章海涛的高年级教室，在门外便听到他那慷慨激昂的声音，原来他又在台上演讲。文诗洁不想惊动他，就悄没声地坐在教室最后一排，去听那让人心仪的另一番话：

同学们，我们到学校来求知求学，是为了什么？我以为就是要解决我们国家当前存在的种种问题。我们希望在这里求知识，学技能，不盲从，以便毕业后成为社会中有用的人才，能帮助国家解决一些问题，也帮助民众解除一些困难……

说得好！一个相貌机灵的矮个子同学站起来，大声说：目前我们面临的问题，就是如何保住川汉铁路的路权！同学们，我们都要积极参加这保路运动啊！

不仅如此，我们还要动员自己的家人和好友，也都来展开行动。另一个面相粗犷的高个子同学也站起来，挥舞着拳头：还有，我们这个国家的政府已经腐朽无能了，我们要借助保路事件来闹革命，趁机推翻清政府，这才是我们真正的目的！

章海涛又惊又喜地说：陈少星、华润龙，你们说得太好了！我正想跟大家商量，借着这次保路行动，我们就在学校成立一个蜀中同学会，怎么样？

满教室的同学都拍手叫好：好啊，我们就成立这个同学会！

文诗洁放眼一看，在座都是男生。这也难怪，当时男女学生不同校。但风归风，云归云，男女青年都是为了家国一体，明中暗里总会出手相援，与晨同光。

正在这时，一个马脸的中年男人出现在教室门口，喝道：什么同学会，本校不准许成立这些组织，你们快散了！散了！今天没有课，都放学回家吧！

章海涛跟陈少星、华润龙等人交换了一抹眼色，便走下台来：好吧，我们散了！

章海涛！马脸男人喝道：你尤其要给我注意，不准把那些激进的思想带到学校里来影响同学们！否则别看你是邵总督交代过的人，我们也照样开除你！

章海涛走到他跟前，凛然说：你既知道我是邵总督的人，就不怕他开除你？

你！马脸男人气恼地指着他：好，我不跟你说了，你好自为之吧！

他转身走出教室，同学们都哈哈大笑，章海涛也不屑地笑起来：这狗奴才！

华润龙走到他面前说：海涛，看来你有一个很好的护身符啊！

章海涛拍拍他的肩：待会儿我们在寝室碰面，商量起草那份《告川人书》……

陈少星却发现了后排的文诗洁，就走到她面前：这位女同学，你找谁啊？

文诗洁笑着指了指章海涛：我是女中的，来找他借书……

章海涛这才看见她，惊喜地叫起来：是你啊，你怎么找来的？

文诗洁也笑着走近他：是你讲演的声音，把我吸引来的。

同学们都笑起来，有人说：他就是大嗓门，在学校里讲演，总是拿第一！

章海涛瞪了那人一眼，又笑道：好吧，我们走，去给你拿书。

他们的寝室离教室不远，六个人一间房，上下铺。屋里有些凌乱，到处扔着脏衣服和臭袜子，散发着少年郎才有的汗味与青春气息。章海涛在自己床头的枕下找到一本旧书，递给文诗洁，不好意思地说：我们出去聊吧，这里太脏太乱了！

文诗洁和他并肩走出寝室，又碰见陈少星等人善意的笑脸，她也有些不好意思，便想告辞，但觉得来一趟不容易，就愣在那里了，一时找不到话来说。

章海涛显然心智比她成熟，也从容得多，就说：都中午了，我请你吃豆花饭吧？

文诗洁连忙答应，觉得冥冥中自有天意，他竟能找到一个合适的理由。

天气很炎热，风吹来也不凉快。这条街布满了苍蝇小馆子，显然很受学生娃青睐。章海涛把文诗洁带到一家豆花饭庄，但见堂子内挤得水泄不通，门外也站了一些人，都是衣衫褴褛的菜农、轿夫和匠人。章海涛有些局促不安地看了文诗洁一眼，生怕她嫌这里肮脏，后者却泰然自若。从那天在东门大桥边起，她就知道他会把自己带到这些地方来就餐。这里的饭食很便宜，周围都是底层人民。他们确实被这个社会抛弃了，践踏了，就像最卑微的草芥一般。他们根本拿不出几个铜钱，到这豆花饭庄里来吃一碗豆花，喝点豆花水，就是一餐了！但他们相聚仍是热情奔放，肝胆相照，在豪饮中指天画日，痛快淋漓。而章海涛显然早就跟他们的情感凝结在一起了！

章海涛的想法却很单纯，前日他跟文诗洁初见面，就发现她是一个有正义感，而且能独立思维的新女性，得知她欲了解革命党，他更是又惊又喜。章海涛确已参加了同盟会，还是其中的积极分子。他得到上级指示，知道在这风雨如磐的时期，同盟会和一些先进组织的多方人士都在展开行动，想借保路事件推翻清政府。文诗洁今天又主动来找章海涛，他也想趁机阐述同盟会的主张，争取把她发展成自己的同路人。

尽管章海涛身上没几个钱，他还是倾尽所有，大方地点了川菜中有名的回锅肉、元子汤和两碗豆花。豆花白白嫩嫩，蘸着香辣的豆瓣酱，这顿饭吃得热气腾腾，红火热闹。文诗洁见章海涛大口刨饭，脸上直冒汗水，也不嫌他粗俗了，反而觉得那就是少年郎的阳刚之气。连吃饭都这么热情奔放的人，定是赤子之心，肺腑相依，说起话来也是慷慨激昂，无所顾忌了！文诗洁突然产生了要跟他推心置腹的意愿。

章海涛抬头看她，不由得笑了：我请你吃饭，自己倒吃得欢，你怎么不吃啊？

文诗洁看看四周，小声说：我不饿，我跟你来吃饭，是想听你说说革命党。

章海涛会心地点点头，也看看四周，见众人都在推杯换盏，一醉解千愁，没注意到他们，便低声说：那是两年前，我偶然认识了一些人，他们都比我年长。我们经常聚在一起聊天，聊中国，聊世界，聊当下的混乱和未来的希望。他们都不是达官显贵，也非全然的知识阶层，包括一些出身平凡或者贫寒的底层百姓，甚至有一些富家子弟。但他们都很爱国，而且有理想，有抱负。他们希望用自己的行动来革新这个国家，改变这个民族的命运，让我们的子孙不再经受痛苦折磨，欺压凌辱，让大家可以幸福平等有尊严地活着……过了一阵，我才知道他们有一个共同的组织，叫同盟会。

文诗洁兴奋地问：同盟会，就是孙中山先生领头的那个组织？

章海涛严肃地点点头：他们成立五六年了，全称叫"中国革命同盟会"。前身是兴中会、华兴会和光复会，又称革命党。旨在推翻清政府，结束中国两千多年的封建帝制，成立一个资产阶级共和国。这也将是亚洲的第一个民主共和国。

资产阶级？民主共和？文诗洁喃喃地重复着：这些我不懂，我只知道清政府太腐朽了，应该去推翻……但是推翻一个政府，总是要流血牺牲的呀！

章海涛的脸色变得更加神圣：是啊，同盟会成立后，先后发动了多次武装起义，但都失败了，牺牲的义军将士及其家属逾万人！但是他们不屈不挠，屡败屡战，誓死要推翻这个落后腐朽的封建王朝。现在我也加入了他们，有了自己的信仰和组织，为此哪怕献出我的生命也在所不惜。为了国家，为了人民，我甘愿流血牺牲！

文诗洁沉思一会儿，说道：说起流血牺牲，我想起一个了不起的人，她就是女杰秋瑾，号称鉴湖女侠，她是妇女解放运动的先驱，是中国女权和女学思想的倡导者。她也是革命志士，为推翻封建统治而献出了自己的生命，我很崇拜她，我也想做她那样的人！

章海涛不知不觉地握起了她的手：秋瑾先参加了光复会，后又加入了同盟会，很快就成为重要骨干。你崇拜她，想成为她那样的人，你也愿意加入同盟会吗？

文诗洁有些不好意思地抽回手：这个，我要再想想。但我今天总算了解了革命党，我的心也被你点燃了……我觉得，我也想活得有尊严，这才是生命应有的颜色吧？

章海涛欣慰地说：是啊，文小姐，你思想新潮，还能独立思考，我相信不久的将来，你就会跟我们走上同一条民主革命的道路，并且甘愿为此而献身！

文诗洁点点头，郑重地说：一腔热血勤珍重，洒去犹能换碧涛。

章海涛也郑重地说：危局如斯敢献身，愿将生命做牺牲。

两人相对无言，心中却激起重重波澜。遥想革命女杰秋瑾的形象：曾经男装骑服，曾经弹铗而歌；刚柔相济，卓然独立，忧国忧民，热血忠勇。四年前，她也在密谋武装起义，却被叛徒出卖，从容就义于绍兴轩亭口，年仅32岁，真乃巾帼英雄！

饭毕，章海涛很想送心仪的女子回家，但他事情太多：要去见自己的同盟会上级，领受指示；还要跟同学们一起商量，如何成立蜀中同学会；更重要的是起草那份《告川人书》，把真理的旗帜插遍全城！

5

四川咨议局要员和川汉铁路公司的股东大会如期召开，正如容士轩和吴万乾所愿，这些身居要职的绅商们都比较温和，虽也在会上纷纷发言表示不满，大肆指责那个铁路国有政策，但却不敢有过激反应。吴万乾等人胆小怕事，害怕保路运动会演变成暴乱，只是商定了一些对策，欲举起"文明争路"的旗帜与清政府进行交涉。他们当即写文章、发通电，也组织开会演说，顺便安抚群众；另一方面又派出代表赴京请愿，强烈要求清廷俯顺民情，收回成命，维持商办原案。还恳请四川总督邵烈风代为上奏，乞求清政府暂缓接收川汉铁路，并用现金如数退还川路股款……

不料清政府却耍无赖，对四川绅商的要求置若罔闻，居然声称对川汉铁路公司已用之款和现存之款，一律换发国家铁路股票，概不退还现款。如川人定要筹还现金，朝廷必借外债，并以川省财政收入作抵押。总之一句话：要钱没有。这才激怒了温和的绅商，因为此举严重损害了他们的利益，以前投进去的钱都打了水漂！

6月13日，清政府与四国银行团签订的"借款合同"寄达成都，其夺路、夺款、卖路、卖国的原形毕露，犹如在深水里投入了一枚重磅炸弹，川人大哗，民怨沸腾！一脑子糨糊的清政府，终于亲手为自己的葬礼拉开了序幕。

6月17日，由立宪派绅商发起，在成都岳府街川汉铁路公司召开"四川保路同志会"成立大会，号召全川人民拼死"破约保路"。会上推举吴万乾和容士轩为保路会的正、副会长，提出宗旨，发布宣言，张贴文告，并派会员分路讲演，联合民众……

一时间，保路风潮如火如荼，轰轰烈烈，揭开了中国历史的新篇章！

这一天，章海涛、文诗洁、吴仪民、邵玉笙都很忙，但各有各人所忙的事。

邵老四自从那日见了文诗洁，就如同着了魔一样，立刻派人去打听那姑娘的一切。探得文小姐在女中读书，竟是自己妹妹的同学、闺密，便求妹妹从中牵线搭桥，成其好事。邵雅兰却肠子都悔青了，生怕章海涛知道此事后不齿自己，于是愤怒拒绝。其实这一个多月，她也发现文诗洁和章海涛越走越近，两人接触日深。闺密每次去见了章海涛回来，都是一脸红晕，心情激荡的样子，让人不得不猜疑他俩是相爱了，也令邵小姐心中又酸又痛。然而她毕竟是大家闺秀，必须端方矜持，岂能如小家碧玉一般吃醋？何况邵雅兰这才想到，自己从不曾向章海涛表白过，人家还不明白自己的情意。于是她一门心思地想找机会挑明这件事，哪还顾得上哥哥的心事？

邵玉笙却更加垂涎文诗洁，竟派人跟踪她，也发现她跟章海涛接触频繁，也猜想他们在相爱，妒忌心顿时大起。这天，他决定直接去跟心仪的女子碰面，也跟她挑明这件事。如她不情愿，就征得父亲意见，将她强娶回总督府！

今早临出门前，邵老四在早餐厅碰见父亲的幕僚沐智贤，心痒痒地把此事告知了他，想让他给自己出点主意。岂料知书达理的沐智贤坚决不同意，反而劝导他说：四少，此事可行不得啊！听说那文小姐是女学生，接受过新教育，是个新女性。你用强权去压迫她，你在她心里就是恶势力本身，她怎么会接受你？

邵玉笙怔了怔，忙说：可我听说，这姑娘最近跟我爹的保镖，哎，就是章峻岩的弟弟章海涛来往密切，似乎他们俩也有那个意思。嗨，如果换个人，我或许会退让，但那章海涛不过是我父亲的保镖的弟弟！他想夺我所爱，我决不退让！

沐智贤摇摇头：四少啊，我就大胆说一句，你爹在川边行务时，名声不大好，杀了不少人，也怕人报复，这才请来武林高手章峻岩，保护他的生命安全。你若得罪了那个保镖，这关系可就复杂了！难道你竟会置你爹的生命而不顾？

哼！他算老几？邵玉笙拍拍腰间的手枪：现在不是冷兵器时代了，那姓章的会几手拳脚功夫，有啥了不起？老子手里有枪，这才是硬火！

哎呀，使不得！沐智贤吓得直摆手：眼下是什么形势？听说那个保路同志会今天就要成立，你爹初来乍到就遇上这事，都快烦死了，你可别再给他惹祸！

邵玉笙也不耐烦了，一边往外走，一边说：好了，我知道了！你往下就该说，我爹不该在川边杀人了！但哪个当官的手上不沾点人血？何况又不是他亲手杀的！今天他们可别惹我，否则我动了杀机，老子手上的枪也不是吃素的！

沐智贤看着这个恶少走出总督府，只得摇头不止。他已经想过，这地方不是常驻之地。如那个保路运动演变为保路斗争，他也只好脚底下抹油，开溜了！

成都女中在月城街，这条街原是月城所在地，也即成都城墙外的瓮城。因其只有形似月牙的弯弯一段，只在防御敌人突袭或强攻时，才能起到一些延缓或护卫的作用。这瓮城也开有城门，且门洞宽畅、厚实，城上的门楼宏伟、华丽，因此除了军事上的作用，平时也成为文人雅士们登高赏月、谈诗论赋的绝佳之处。

传说后蜀皇帝孟昶最偏爱这里，在城墙上遍种芙蓉花。秋来花开，灿若云霞。他便携爱妃花蕊夫人在芙蓉树旁设宴赏花，饮酒赋诗，弹琴作乐。花蕊夫人却是冰雪聪明，锦心绣口，在后来宋太祖大兵压境，城破之际，便写了一首《述国亡诗》，云："君王城上竖降旗，妾在深宫那得知。十四万人齐解甲，更无一个是男儿！"充分展现出了一个活泼开朗的爱国女性对亡国之痛的切齿，对误国卖国者的愤怒。

文诗洁在这月城下的女中成立同学会，便以花蕊夫人的故事为警示，展现了弱女子虽无回天之力，也要对得起国家和人民的决心。她这一个多月来受章海涛影响颇深，虽然还没参加同盟会，但两人已有共同的誓言，就是要一起推翻清政府。

于是她在成立会上的慷慨放言，大有女杰秋瑾之风：

　　同学们，各国列强都言我中华孱弱，因此才来欺负我们，竟然强夺我路权！清政府官员腐朽不堪，四万万同胞饥寒交迫，贫苦卑微，国家前途何在？总得有人站出来做些什么。我们虽是女子，势单力薄，也须以国家为己任，把改造现状和建设未来的责任都担负起来！如国人都这般，那我中华必将振兴，民族才有希望！

立刻有数十人响应，参加这个女中同学会。容嘉露喜得在台下热烈鼓掌，看了脸色阴沉的邵雅兰一眼，才怏怏放下手。这一阵，邵雅兰在同学中也很孤立，曾经的她在这女中是如何趾高气扬威风八面啊！但是保路风潮一起，她爹这个总督便首当其冲，成为众矢之的；她这个总督大小姐当然也从天上掉到了地下……

在女生的欢呼中，文诗洁当选为女中同学会会长。见状，邵雅兰黑着一张脸走出教室。她低头沉思着自己今后的处境，竟跟哥哥交臂而过也没觉察。邵玉笙也无心观看妹妹的脸色，他进了女中只觉得莺莺燕燕，佳丽无数，全都面若桃花，风采夺目，深悔自己怎么没早点找到这个美人窝中来。邵雅兰回身看见哥哥，当然猜得到他是为何而来。但自己心中却已木然，闺密的生死情爱，似乎对她都无关紧要了！然而她也生出了几分感慨，不知是这时势衬托了好友，还是好友衬托了时势，她们的缘分竟在这个花季里凋落了！这一切都因为一个男子，她也自然要去找那男子说个分明。

文诗洁带着一群女生也走出教室，要跟章海涛的蜀中同学会会合，上街张贴他们起草好的《告川人书》，还要发传单，讲演，痛诉清政府引狼入室的卖国行径，强烈要求清政府收回成命。年轻姑娘们豪情满怀，却跟一个恶衙内发生了冲突。

哎，姑娘们！姑娘们！邵玉笙看见一群绝色佳人拥过来，脸都笑成一朵花了：你们要去哪儿？别走啊，我带来一坛好酒，请妹妹们陪我喝酒唱曲，岂不快活？

他今天没带随从，只身而来，但腰里别了一把枪，说话还是嘴硬。却不料对面是一群思想解放的新女性，哪能容得他如此放荡？立刻就有人站出来抢白说：你是谁？竟敢在我们女中调戏妇女！姐妹们，把他绑了关到教室里，回头再收拾他！

眼见这群姑娘冲上来，立刻就动手拉扯他，邵玉笙始料所不及，还没顾上拔枪，两只手就被按住了！痛得他大叫起来：哎，各位姐姐妹妹，我不是来找你们，是来找文、文小姐的！她如此才貌，让我见了难忘，我喜欢上了她，想娶她为妻……

他双眼直瞪，寻找着文诗洁，并急于表现自己的倾慕与迷恋。不料这正是女孩儿家最反感和最厌恶的，于是他立刻被视为肮脏的浊物。不等文诗洁表态，脸上已经挨了几耳光，打得他大叫起来：你们竟敢打本公子？你们知道我是谁吗？

文诗洁这才冷冷上前，沉着地说：这不是邵大总督家的四少吗？我们打的就是你！告诉你，而今的时代，不是你总督之子作威作福的时代了！我们女中学生，个个都是追求自由、平等和解放的秋瑾！你若再冥顽不灵，还想做你那恶衙内的春秋大梦，还想调戏和欺压民女，甚至强娶良家妇女，我们就会把你脸上打出花儿来！

这番话让邵玉笙听得惊心动魄，在他看来本该楚楚动人的年轻姑娘，不知为何都变得这般强悍有力！她们那争相竞放的青春之花开得如此浓烈诱人，却又夺人心魂，似乎要溅出血泪来，让他惶惶然而不敢去摸腰间的枪，只得眼睁睁看着这一群花朵似的女子走出他的视野，走向他所畏惧的大千世界了！

章海涛多日来跟陈少星、华润龙等同学一起谋划，反复磋商，写成了上千字的《告川人书》，其中心内容如下：

　　四川同胞们，中国之所以积弱，诚然由于列强的侵略，但也因政府的昏庸无道。现今又出现了卖国求荣的铁路公有政策，好似在努力图亡！目前我川人应懂得路存省存、路亡省亡的道理，七千万同胞应团结起来，共争路权，反对盛宣怀等人欺君卖国的行径。四川各州府也应唤起志士，成立有领导有组织的保路同志协会。这样一呼百应，力量更大，不怕朝中卖国者再专横，也不怕英、德、美、法四国银行团再凶狠，他们一定会有所畏惧，让步废约……

文书后面又大胆写道：

同胞们，我们除了保路以救亡图存，还要一举推翻这个腐朽的政权。最简单和最直接的办法，就是学习法兰西革命，推翻专制，排满自主，平均地权，建立共和，还我一个清朗朗的独立民国！

这份《告川人书》之所以来得如此大胆，竟然提出了共和的主张，当然是由于革命党的推波助澜。其实这个年间的革命党，本来执着于一种典型的英雄史观：他们是英雄，老百姓是群氓。他们认为所谓革命，就是先知先觉解放后知后觉，以英雄解救群氓。所以从兴中会开始，所有的革命和起义，本质上都是少数人的密谋暴动，根本不存在发动群众这个概念。他们一直认为，革命是不需要动员的，动员了底层百姓就会泄密，对革命弊多利少。当然，革命党人也不仅是居高临下，他们对老百姓还是心怀慈悲的，可谓悲天悯人。他们的革命行动，很大程度就是为了把老百姓从奴隶状态中解救出来，既有民族解放的意义，也有反抗暴政的价值。这种感觉赋予了他们决然的革命正当性，所以，虽然革命党这几年来组织了多次造反起义，而且绝大多数都失败了，但被捕后的革命党人当叛徒的极少，慷慨赴义者却比比皆是。

但保路运动一开始，有着极高革命责任感的同盟会成员就意识到，这可能是一个鼓舞群众发动革命的好时机。当四川绅商们还想以"良民"姿态进行抗争时，他们立刻开始到处串联，煽动演说，欲利用保路运动来推翻清政府。借保路之面具，行驱除鞑虏、恢复中华、创立民国之实。可以说，革命党人利用自己的组织，尽力在背后操纵保路运动，使之全面开花，进而演变为对清政府的一场斗争。章海涛也是在上级的具体指示下，才拿出了这份《告川人书》。

快要过午时，文诗洁领导的女中同学会和章海涛领导的蜀中同学会，两拨年轻人在岳府街口相遇了。女生还带有几分羞涩，男生却磊落大方，主动打招呼。

章海涛先对文诗洁扬扬手：诗洁，你们来了？好啊，新青年，新女性嘛！

文诗洁自信地扬起头，激昂地挥舞着拳头：是啊，我们女中也成立了同学会，海涛，我们要坚信，我们的努力已经发芽生长，开花结果了！

章海涛指指那条人气沸腾的大街：是啊，你看，那里都快热开锅了！

这群年轻人一齐看过去，只见岳府街上人群拥挤，热闹非凡，各式各样的人都朝着铁路公司的大门奔去，摩肩接踵，又汇成一条多姿多彩的河流……

此前，中国多数老百姓对于革命和造反都相当冷淡。他们对清政府也很不满，但还没到揭竿而起的地步。城市居民倒有几分热心，但却良莠不齐，多是被裹胁和随大流。因此，自信满满想当穷人救星的同盟会员，总是哀其不幸，怒其不争。他们还会想着：我辈冲锋陷阵，九死一生，为同胞谋幸福，你们坐享其成，居然还胆小如鼠！谁知这次的保路运动却让革命党人大跌眼镜！

立宪派的绅商同样如此，原本他们发起这次运动，也是想为立宪而请愿，甚至想借立宪跟满人进一步分权。正是朝廷的昏庸无能，才把他们逼到这一步，一怒之下，愤而同情革命，不帮朝廷却帮"乱党"。尽管如此，他们也没想到，一向吃苦耐劳的四川民众，居然有这么大的火气和血性！这一天络绎不绝地拥到岳府街来，要参加"四川保路同志会"的人，绝对数以千计！负责入会签名的吴仪民等人手忙脚乱，也应付不了一群又一群黑压压地赶来，热心要求入会的成都民众……

章海涛看清了这一点，就对文诗洁说：我们的《告川人书》贴满了街头，已经分发完毕。走，大家去帮着同志会做点工作，他们现在肯定需要人！

文诗洁也高兴地对女生们挥挥手：走，我们都去帮忙……

于是章海涛领头，毫不客气地用力往前挤去。其他男生也努力地紧随其后，还要帮着力气小的女生，冲到铁路公司门口的那道照壁前，这时他们才看到吴仪民。

哎，吴先生！章海涛挥着两只手，奋力喊道：要我们过来帮忙吗？

正忙着指挥众人签名的吴仪民，看见这群年轻人也高兴地叫起来：好啊，我这边太忙了，正需要人手，你们都过来吧。快看，签名入会的人太多了！

章海涛他们挤到照壁下摆着的几张桌子前，见那几个签名簿都用完了，毛笔也快用秃，墨水也都要干了。章海涛连忙指挥几个男生再去购买簿子和笔墨，文诗洁则指挥女生们帮着吴仪民宣传保路会的要旨。这时人已经越挤越多，也有人挤到跟前来，却不知怎么办才好；还有人在签字台前犹豫着，迟迟没有下笔。

女生们便跟着吴仪民一起，用两只手围着嘴，做成喇叭状地喊道：

不要挤！不要挤！签名入会的人先到这儿来！

保路同志会，热心民众都应该参加！

反对卖国！签名入会，不收会费！

签完名就往里走！里面有地方，正在开会，还有演讲……

人群听了这些呼喊顿时明白，纷纷踊跃签字参加。还有人想捐款，吴仪民却笑着阻拦拒不收钱。不久去买文具的男生回来了，章海涛又让他们引领众人进了铁路公司的大门。远远听见里面人声嘈杂，有人在大声讲演，还有人在放声痛哭……

章海涛心里十分欣慰，他此时尚不知这保路会的宗旨及领导人是谁，但那些平日里道貌岸然的绅商，这次竟跟革命党跳进同一个战壕，而且正如他在《告川人书》里写的那样，成立了一个有领导有组织的保路同志会，真是和光同尘，与有荣焉！

吴仪民见签名的人少了些，这才有空问文诗洁：最近没见到你，干什么去了？

文诗洁笑道：我在忙着筹备女中同学会，有时候也跟海涛他们一起，上街去发传单，讲演，动员民众，破约保路啊！

吴仪民见她和章海涛一道而来，两人时有目光的交流，也猜知他们近日来往甚多。他也在想，必须找个时机对心爱的女子剖白心意。但苦于最近报社太忙，报上每天都要发表他写的激烈文章和报道，哪有时间谈情说爱？看来只有放一放了。他又想，文小姐向来对男子冷若冰霜，大约不会轻易交心。何况章海涛不过是个世俗之人，她也不大可能对他动心。他相信文诗洁的感情是不会沾染任何尘埃的！

此时好多人又纷纷跑出来，都嚷嚷着说：要去请愿了！闲人快让开……

接着走出来一群派头十足的绅商，有穿长袍马褂的，也有穿西装和公服的，年龄大小都有。吴仪民除了他爹之外还认得几个，都是咨议员或股东，章海涛和文诗洁则全都不识。他们只知道民众今天觉醒了！不只是这些有钱有势的绅商，还有一直受欺压的穷苦百姓，他们都按捺不住自己的怒火了！这把火烧起来，四川就会红遍天！

仅仅几天时间里，全川各地就纷纷响应，成立了保路分会。各民族人民、各阶层人士，都争先恐后地加入保路运动的行列中。而在成都市，更是每条街道均设立了保路协会，超过十万民众参加了"四川保路同志会"。以争路为中枢的全川反帝爱国联合阵营的形成，把这场保路斗争推向了有组织有领导的新阶段。

6

章海涛和文诗洁、吴仪民一直忙到夕阳西下，才结束了签名活动。吴仪民又想约他俩去吃小吃，因有同学在，且也忙了一天，有些乏了，章海涛和文诗洁便双双推辞，倒把个一心想搞试探，好摸清状况的吴仪民弄得怏怏不快。他纵然有心单约文小姐，但当着章海涛的面也不敢贸然行动，只怕太过草率，反而造成不良后果。

他们分手时，岳府街已变得清冷，长长的巷陌里，只剩下薄薄的烟尘在风中轻扬。但三个人的心境却有不同：吴仪民固然有些失落，文诗洁和章海涛却很兴奋。尤其是后者，他觉得这个世界正在改变，或许改朝换代也有可能。他自懂事和读书起，就感到清政府气数已尽，百代沉浮，皆有命数。命数尽时，自是亡时。

在大好的心情下，章海涛决定不回学校，回家去看看二哥章心田。

他家住在君平胡同，因街口有一块从天而降的石头，故这里也被人称作支矶石街。这块石头可不小，据说是天上织女垫织机的宝石。石头一直立在街口，近日却听说要移到别处。这个美丽传说给这条清静的小街增加了神秘色彩。巧了，章海涛的二哥也是个织蜀锦的能工巧匠。

蜀锦从唐代开始，就是成都的一张名片。章海涛和文诗洁在东门大桥的码头上，看见开出的每一只船上都装满了"成都造"，而蜀锦则是其中的佼佼者。

四川可能是世界上最早养蚕、缫丝和织绸的地方。早在春秋战国时期，就有蜀人把用蚕丝织成的帛（锦的雏形）运到秦国去卖。秦并蜀后，成都就建立了专门生产蜀锦的"织锦坊"。而蜀锦最兴盛的时期则是唐代，当时的蜀锦织造精良、图案精美、新品辈出。其织造技术中，有一种束综提花机得到普及，使得织锦色彩转换达到数十种之多，还能呈现出不同风格的纹样。这表明蜀锦的织造工艺在当时就已达到巅峰，不但织造技术高超，图案花样丰富，在色彩上也有一绝，称为"草染"——即以植物色素染锦，使之色彩绚丽，而且经久不褪色，堪称一绝！这些蜀锦除了向皇宫进贡，也通过丝绸之路远销海内外，其价值昂贵，不可低估。

而章心田则是新一代蜀锦织造的传承人，他很小就拜师入徒，才不过二十郎当岁，其织造技术在成都已经是独一无二。于是几年前就在家中安了一台束综提花机，自己独立操作。他心思机巧，匠心独运，正在织一幅长达九米的《锦城交子图》，上面约有五百人在交易，商铺林立，人头攒动，其壮观的市景象不亚于《清明上河图》。且用料独到，色彩鲜艳，泾渭分明，俨然一幅大美的画卷，堪称稀世珍品。

人类的交易从以物换物，到以珠宝、金银铜铁为币，再到以纸卷为币，每一次创新都推动了社会的发展与变革，而"交子"这种产物却诞生在成都。

还在北宋时期，成都便出现了世界上最早的纸币——交子。它或许发源于某个商人的奇思妙想，但也是成都社会经济发展的必然，同时和成都的特殊地理位置有关。最初交子只是作为一种存取款的凭据，在宋仁宗的支持下，改由成都十六家有实力的富商联合经营，并设立了益州交子务。后徽宗时改交子为"钱引"，使用范围扩大，在世界货币史上都占有了重要地位，也反映了成都当时的经济繁荣状况。

因当时成都在造纸和印刷方面都拥有全国领先的技术，有世界上最早的水纹纸和"四川印本"的品牌，各大富商又造出了交子专用纸，这种纸币采用了统一质地、统一颜色，还设计了漂亮的图案——"印用屋木人物"，并用朱、墨两色套印。

这幅《锦城交子图》的起始部分，就有几种"交子"的精美图案，好比色彩斑斓的印章一般镶在其上。它以成都特有景观摩诃池、散花楼、解玉溪、东大街等为场景，以川西民俗生活为内容，虽才织到一半，但那华美优雅的建筑，栩栩如生的人物，绿树红花的装点，莺歌燕舞的场景，似有一股久远的气息扑面而来，生动再现了这座千年古城的繁华昌盛，好比一卷大气磅礴的史诗，让人看了竟有种莫名的激动……

章海涛曾好奇地问二哥：你怎么想到把这交子交易的情景都织到锦里去？

章心田正在那架高约二米五、长七八米的织机上织锦，他从容地丢梭、推动，每织一行，再拿起木杆推动横梁一次，脚底踩动踏板一次，显示出了他对机械的熟练掌握。织锦技术高超而复杂，虽效率不高，却蕴藏着蜀锦织造的"密码"。常人若无这份匠心，是无法用经线起花，再用染色的熟丝线交织出这般提花织锦来。

章心田一边织锦一边作答：在唐贞观年间，我们四川就有织工把王羲之的《兰亭集序》织到了蜀锦上，开创了织锦的先河，被唐太宗奉为至宝。我想这蜀锦的纹样有瑞锦、对雉、翔凤、游麟等，又融合吸收了波斯的纹饰特点，不但可以织花鸟兽纹等图案，还可以织文字，更可以织人物，这也是一种时尚款呢！

章海涛再观其图，只觉赏心悦目，心旷神怡。他被二哥天赋的织锦才能和杰出的设计所倾倒，不禁吟诵出杜甫称颂蜀锦的两句诗："花罗封蛱蝶，瑞锦送麒麟。"

这天章海涛回家，刚走到街口，就看见一匹马踏在那块大石旁，马上骑着蛮横的邵衙内，他举起手里的枪正对着自己。暮色苍茫中，章海涛猛然吃了一惊！

为了能与父亲保镖的弟弟正面接触，一向懒怠的四少竟在章家门前等了许久。巷子里的光线很昏暗，他都快打瞌睡了。忽见章海涛来到马前，他立刻精气神十足地抽出枪来，对准了情敌，大声喝道：姓章的，你从现在起，不准再接近文小姐！更不准跟她谈情说爱！否则我就打烂你的脸！你信不信？我真要开枪了！

章海涛捕捉到他的色厉内荏，冷笑道：你有什么权力来干涉我的行动？我和文小姐如何来往，轮不到你来强行阻拦！我们是否谈情说爱，你也管不着！

平时就张扬狂放、无恶不作的邵老四，现在真是急了！他在女中文诗洁那里没讨到好，只得来找章海涛的碴。他怎能容许一个平民子弟跟文小姐相爱？

你他妈的给老子滚远点！他忍不住破口大骂：文小姐是属于老子的！老子决不允许她跟别的男人，尤其是你！你算哪根葱？若不是我爹供你读书，你现在就是一个衣不遮体的流浪汉！你有什么资格接近文小姐？她都不会正眼看你的！

一股火气冲上头，章海涛能清晰地听见自己心跳的声音。尽管对着黑洞洞的枪口，他也决不能退让；否则他会看不起自己，心爱的女子也会看不起自己。他瞧瞧四周幽深的小巷，悄无人影的门户，心想只有豁出去了！看这小子是否真敢开枪！

邵老四，你可真霸道！他也大声说：那天你想强占那个唱清音的姑娘，今天又想霸占文小姐这个良家妇女！你问过她的意思吗？她怎么就属于你了？

邵玉笙气急败坏地挥舞着手里的枪：不管怎么说，反正你必须退出，不能再跟我争这个姑娘！否则，不管你哥跟我爹怎么样，老子手里的枪子儿可是不认人！

章海涛冷冷地说：你就死了这条心吧，不管怎么样，我也决不会相让！

邵玉笙气得又用枪指着他：好啊！你这小子，你是不要命了？

章海涛不屑理会地绕过他的马前，向自己家门走去，一边冷冷地说：你要开枪，就开吧，没人拦着你。你也别这么拦着我，我要回家了……

好小子！你真是不怕死了！邵玉笙说着，就朝他后脑勺放了一枪。

章海涛闭上眼睛等死，但这颗子弹却从他头顶飞过，打在对面的砖石墙上。接着邵玉笙丢了枪，左手握着右手，环顾四周叫道：是谁用石子儿打了我的手？

是我！一个人影从不远处的树上跳下来，踏在青石板路的脚步坚韧而无畏。

大哥！章海涛回头看见章峻岩，惊喜地叫起来，毕竟刚在鬼门关上走了一遭。

章峻岩！邵玉笙也叫道：你别忘了自己的身份！你可是我爹的保镖！

但我更是海涛的哥哥！章峻岩走到弟弟身边，坚定地扶住了他的肩，眼睛深情地望着他：三弟，你先回家，告诉老二，我随后就回来。

章海涛信任地点点头，但他进了自家门洞，便隐身在此，注视着外面的动静。

邵玉笙左手握着右手，跳下马来，又呵斥章峻岩：你弟弟挡了我的道，明白吗？他要不给我赶快滚开，再妨碍我跟文小姐的关系，我早晚会要了他的命！

章峻岩俯身捡起地上的手枪，双手恭敬地递给邵玉笙，冷冷地说：四少，是我弟弟不好，不该碍了你的事，挡了你的道……但你看在我全身心护着你爹的分上，也该给我这个面子。你跟那姑娘的事，你们自己去解决，别再来打扰我弟弟。

他转身走开，又大声说：一个男人要去追一个姑娘，关别人什么事？凭自己的本事就成。四少，你好自为之，快回府吧！恕我不远送。

邵玉笙气得咬紧牙，把手枪来回掂了掂，到底放下了再开一枪的打算。他爹这个保镖武艺高强，能使各种暗器飞刀，还会双手打枪，自己在他面前肯定讨不到便宜。刚才定是他早就看见自己骑在这马上等了，却不知藏身在树上还是屋顶上，只用一颗小石子击中自己手腕，就使得枪子儿偏高了几分，否则他弟弟早没命了！

章海涛听得马蹄声渐渐远去，才闪身出来，迎向哥哥，欢笑着问：哥，你几时回来的？是不是听见了我跟那小子的对挑？他可真不是个东西！

章峻岩却沉下脸来，呵斥弟弟：他再不是个东西，他爹也是你哥的东家！你还别忘了，他邵家是我们章家的大恩人！是什么样的姑娘闪瞎了你的眼？你就不能让给他吗？刚才若不是我早就看见他骑在马上等在我家门前，怕他对咱章家不利，才藏身在一棵树上相机而动，你今天就去见阎王爷了，知道吗？

　　章海涛一时说不出话来。章家三兄弟确实跟邵烈风渊源颇深：当年章家在川康边讨生活，家里一贫如洗，最后连开垦出来的几亩地也典当了出去。为埋葬父亲，兄弟三人在川康边的路上跪求行人，只有从旁经过的邵烈风出手资助。他得知章峻岩一身好武艺，又出高价聘他为保镖，再把他的两个弟弟都早早安置在成都，才成全了老二的织锦技术，以及老三的读书生涯。章峻岩一直把邵烈风视为自己的恩人。

　　此时章峻岩见弟弟不答话，情知让他别接近那个文小姐做不到，只得长叹一声。二弟更是一心织锦，对世事不闻不问。他们却不知，章心田也有了所爱的女子。

　　章家是个破旧的小院，几年前才用章峻岩的薪金租下，修整了一番。这小院形状狭长，进门有一棵桂花树，旁边的花草很零乱，显然无人打理。没有堂屋，迎面是个还算宽敞的过道，两旁各有两间平房。左边是章心田的卧室和织机房，右边是章峻岩的卧室，另一间是厨房兼餐厅。院子底部还有两间打横的平房，那是章海涛的卧室和杂物间。平时大哥和三弟都很少回来，这院子就是老二的天堂。

　　此时在他的织机房里，轻轻响起了一段女声的清唱：

　　　　自那日回来后神思缭乱，
　　　　常见有人影儿闪烁面前，
　　　　我与他惺惺惺两情相恋，
　　　　似这等美姻缘佳偶天然。

　　章峻岩和章海涛走进来，听见这曲子都吃了一惊。大哥是浑然不知，小弟却略通戏曲，知道唱的是川剧《佘赛花》。他再细看那女子，更加吃惊，原来竟是唱清音的姑娘芙蓉！老大老三却不知老二是如何跟这女子结识的。

原来高品质的蜀锦均用乡村里的植物提取颜色来染成，如兰草、姜黄、紫草、红花等。而织工把锦织成后，都会拿去锦江中漂洗，使其更具光泽，纹路分明、色彩鲜艳。"锦江"得名便缘于此。在江边濯洗蜀锦的多为年轻女子，美女、美锦、美景融为一体，成了一道美不胜收的风景线。唐代诗人刘禹锡曾写诗来描绘这幅情景："濯锦江边两岸花，春风吹浪正淘沙。女郎剪下鸳鸯锦，将向中流匹晚霞。"

几年前，芙蓉正是这锦江边上的濯锦女，她不但手脚伶俐，而且嗓音清亮，喜在濯锦时唱小曲，招来无数人旁观，也引起了蜀锦艺人章心田的关注。

这一天江边泊满了大木船，船里装着茶叶、瓷器，也有蜀锦，都是成都下扬州的重要货品，让人不禁想起李白的两句诗："濯锦清江万里流，云帆龙舸下扬州。"众多浣锦女在江边濯锦，五颜六色的锦缎，如花似朵的女子，堪称锦上添花！

当时尚在织锦坊打工的章心田，来到江边收自己织的锦，听见一个女子正在引吭高歌，那是川剧《别洞观景》的一段经典唱词，听来特别应景：

江山哪，如画就。我站在桥上观锦绣，
姹紫嫣红满神州……

这云雀般高亢清亮的歌声，让章心田听得如醉如痴。他本是个木讷之人，却不禁上前搭话，问那唱曲的女子：小妹，你叫什么名字，唱得真好听！

那是个寒冷的冬天，江水清洌冰凉，芙蓉赤着两脚站在江边，两手也冻得通红地在濯锦。她看了章心田一眼，并不回答，又转腔换调，唱了一首杜甫的名诗：

锦城丝管日纷纷，半入江风半入云。

此曲只应天上有，人间能得几回闻。

虽没有丝竹竞奏，章心田已经心神激荡。他见这个濯锦女衣衫破烂，但面容秀丽，更兼有一副响彻行云的好嗓子，顶风冒雨，忍饥受寒在江边濯锦，实在太可惜了！便温和地跟她攀谈。两人一来二去，逐渐亲近，芙蓉于是接受章心田的好意，由他推荐到华兴街的钟水饺店去驻唱清音。店里的照壁上挂着一幅"蜀中芙蓉"的织锦，自是章心田奉送的杰作。这个原名就叫小妹的孤女，从此便以芙蓉为艺名了。她和章心田的关系也因蜀锦和唱曲而结缘，不久便衍生为情人。只是章老二太羞涩，没告诉自家兄弟。不料今日芙蓉带着一些劝业场对面"盘飧市"的卤菜来给他下酒，却碰见了章家两兄弟。老二再不好意思，也只得趁机挑明自己与这女子的关系。

他怯怯地开口说：大哥，三弟，这是芙蓉，我的……我的相好。

章海涛高兴地叫起来：二哥有未婚妻了？祝贺！你配得上最好的女子！

芙蓉也认出他就是那日见义勇为替自己挡枪的年轻人，惊喜地叫道：你就是心田的弟弟？那天真要好好感谢你！原来我们是一家人啊！

章海涛看了诧异的二哥一眼，知道他事后会去问短长，便意味深长地说：是啊，我们不是一家人，就不进一家门嘛！以后我就叫你二嫂了。

章峻岩见这女子红了脸，很情愿的样子，又见二弟脸上露出难得的笑容。纵然还不知那女子的来历，也只好冲他们点点头，算是默许了他们的关系。

章心田高兴地说：咱们兄弟今日难得相聚，芙蓉带了一些下酒菜，我跟她去做饭，大家好好吃一顿。大哥，我还给你留了一瓶郎酒，你先吃着喝着……

他放下织机，领着芙蓉去做饭。章峻岩好酒，也跟去厨房，先喝起来。

章海涛独自回房，想起那芙蓉跟二哥原是两个世界的人，有着两种不同的命运，却鬼使神差，兜兜转转，进了一家门。而自己跟文诗洁原本也是两个世界的人，却在这个花开的季节里相知相遇，似乎打上了同心结。他自然是喜欢文小姐的，刚一见面就喜欢上了，正所谓一见钟情。可人家是何心思，他却不知。不料今日那个恶少竟打上门来，似乎有意坐实这一点。他想到这里真是思绪万千，不知所终……

他打开房门，进了自己那间摆设简陋的屋子，却见床前一灯如豆，竟有一个人影儿在灯光里晃动。他又吃了一惊，仔细看去，却是邵雅兰等在这里。

你几时来的？他惊问：我们怎么没看见你？

邵雅兰沉吟着，不知该如何回答。其实天还未暗她便来了，这院里杂草丛生，破败不堪，却是她心中的乐园。她曾几次跟章海涛来过，算是熟门熟路。刚才她却看见哥哥横马立枪在街口，也怕他对心上人不利，便躲在街角后，看见了完整的那一幕，这才松了口气。章家兄弟进院时忘了关门，她也跟进来，又看见了芙蓉，也猜想到她与章家二哥的关系。现在她心里也是纷乱不已，一时竟找不到话来说。

两人的思绪都伴随着窗外刮起的小风和落叶，纷乱无声，各人的这份心思又如何能理清？许多疑虑也都涌上了心头，想起过往，真不知该喜还是忧。

其实这几年在成都，虽是一个住学校，一个住在伯父家里，他们却常见面。每个月邵雅兰都会去学校，把父亲寄来的学费和生活费交给章海涛。那时他对邵家大小姐也不曾轻慢，还满心怀着感激之情。后来渐渐懂事与成长，他已明白对方如此苦心，蕴藏着对自己的极大好感；而他虽对她并无爱意，但也不可能那般薄幸，将往日的恩情视作烟云。有时两人还能淡然地聊两句，算是惺惺相惜。如一直这样下去，一切或许会顺理成章，偏偏章海涛加入了同盟会，对自己的身份和立场更加认清，便跟军阀豪强誓不两立。也知自己与邵小姐是流水中的两片落叶，任由他们如何漂转，都无法再有任何交集。他又偏偏认识了文诗洁，真正的感情随之产生，虽还没交心，但那瞬间的陶醉，深情的眼神，内心的萌动，已流露一切。如今再面对邵小姐，便觉胸中十分压抑。如她还对自己有那份情意，他便只愿自己不曾认识这个人了。

邵雅兰见他远远地在一张破椅上坐下，却不说话，似乎两人之间隔着一道深深的鸿沟，而且是没有丝毫交集的陌生人，一丝凉意也慢慢爬上心底。但既是自己找上门来，这份心意无论如何须让他得知，至于结果如何，却顾不上计较了。

你们今天去参加保路同志会了？她先开口问：你是跟文诗洁在一起？

文诗洁这三个字深深触动了章海涛，他顿时变得笑意吟吟：是的。我们在一起。

他这话说得如此轻巧，邵雅兰却如遭猛击，想到昨日种种，心中极为不悦！

不料你竟如此！她一字一句地吐出，声音极低，嘴角含有一丝冷漠与轻蔑。

章海涛轻皱眉头，但很快又神色如常，温和地说：是啊，她还是你的闺密……

如今却是我的情敌！有种无法抗拒的力量使邵雅兰再也忍不住，从床上一跃而起，厉声说：章海涛，难道我对你的情意，你一点都不知道？你不明白我爱着你？

听她直率道明，章海涛反而轻松起来，便笑道：可我并不爱你。邵小姐，我没有唐突你的意思。你知道我家境贫寒，跟你门不当户不对。何况我对你爹还有看法……这个且不说，如今是我川人保路废约的关键时刻，我也没心思谈这些。

邵雅兰心里一片冰冷——他也知这是保路废约的关键时刻？自己的爹爹处境艰难，她却不顾一切地来找他剖白心迹，竟惨遭拒绝！难道也要她摸出一把枪，跟哥哥一样顶在他脑门上，强逼他顺从？不！她刚才都看见了，即使那样，这小子也没顺从！可见他有多么强硬！邵雅兰想到这里，不禁惭愧又后悔，早知如此，她真不该来这里。她不但使自己置身于一个尴尬的境地，也辱没了邵家的家风。父亲若知道她和哥哥都在这个小巷里丢尽了脸，怕是也会用枪顶住他们兄妹俩的脑门吧！

邵雅兰意会心到，已缓缓站起，故作轻松地说：既如此，我也不必待下去了！

章海涛却顿生叹惋之心，只是不便表露，也起身说：好走，不送！

邵雅兰轻轻打开门，走到月光明丽的院子里，只见平时荒败的情景，在夜色中都变了样，竟也是树木葱郁，花草流香，清新宜人，让她心神俱荡。但想到今日便永远逝去的爱情，她又不禁悲从中来。今天这盘棋，必须承认自己输了，输给了温温婉婉的闺密文诗洁。棋局如人生，落子便无悔，输了也要输得干脆利落！

再用余光回身看那间破平房，只见章海涛伫立门外，似在相送。但她心中再也没有只言片语来跟他道别，从此两人便无瓜葛，前缘旧事，都已湮没在夜色中。

7

历史上，四川就是一个多事之地。为了稳固统治，秦国以张仪筑城，在成都构建起最早的城市模型：大城和少城。唐朝又以高骈筑城，凭借全新的城市格局，奠定了现代成都的基本风貌。到了明清，出于同样的原因，成都地界上再一次兴起城池建设。除了大城还有皇城，也即蜀王府，修建于明朝初年。而少城又称为满城。

成都是西南重镇，清廷派有一支八旗兵驻防。清朝又实行"旗汉分治"，旗人和当地居民要分开住。于是清政府下令修建专供满人居住的满城。这满城就在少城内，以长顺街为中线，开辟官街8条，大小胡同42条。满兵不过数千人，加上满人不过两万。但满城却修得十分壮观，街道平直，树木繁多，金河穿城而过，环境相比大城内更为舒适幽静。

而宽窄巷子则是当年只供兵丁驻扎的胡同，直到清朝灭亡后，才成为这百年历史的最后遗存。至此，成都形成了"三城相迭"的城市格局，即大城在东南西北四门，满城居西，皇城居中。又有"两江抱城"的地理环境，即统称为锦江的府河与南河在合江亭汇合，像一串美丽清亮的珍珠，镶嵌在这座西南名城之上。而从1664年起，康熙、雍正、乾隆三朝的历任封疆大吏都组织过对成都大城的恢复和建设，历时120年，使建成后的成都大城"楼观壮丽，城堞完固，冠于西南"。

成都的满人拥有很多特权：驻守的八旗军由成都将军管辖，四川地方官员不得过问。而将军衙门则是成都最重要的署衙，内中有演武厅、军器库、火药局等军事设施。为了进行民族隔离，满城的各城门都有兵丁把守警戒，汉人一般不得入内。

其时的八旗将军名为那拉端仪，恰好是川汉铁路和粤汉铁路大臣端方的远房侄儿，虽然两人的关系并不深，但也算有一份渊源。最近听得盛宣怀正在提议，欲奏请朝廷派端方为督办大臣，率领湖北新军来川督办收回铁路一事。端仪将军很高兴，早晨起来就在花厅内写了一封信欲寄给端方，里面还写了一首赞美诗：

　　独承皇恩出征中，仰借天威建奇功。
　　烟消烽火千里远，将军才是真英雄。

写完之后，封了火印寄出，他心里痛快，就想去看看住在偏院的女儿。

正值清朝末年，朝廷穷困，那些原本给满人的特殊待遇都有所削减，满人缺少资金来源，也变得生活艰难。还有人把空闲的房屋租给当地居民，以换取生活费用，族人知道了也睁只眼闭只眼不去管。端仪自然不存在这些问题，最近才花了不少银子把这个将军府修缮一新，包括厅堂上那块御赐的大匾，也被油漆彩画得焕然一新。蓝底金字大匾上，"西川柱石"这四个字华丽尊崇。他家只有独生女儿那拉慧敏一人，居所却宽大无比，除了轩庭正屋，偏院还有一排砖瓦平房。但中间隔着一个荷花池塘，只有一道水榭长廊能走过去，似乎成了两个院子。端仪知道女儿故意这样做，是想遮盖一些事，平时也不去管。今天他偏要去看看，好提点一下女儿。

他出了正厅，绕过一排茂盛的夹竹桃，穿过浓荫苍郁的青松古柏，到了荷花池塘。只见塘里的荷花红白相间，开得正艳，衬着那些碧绿的枝叶，宛如西湖美景。他在心里感叹着：这美丽的家园，这静好的生活，还能继续下去吗？

刚满二十岁的女儿那拉慧敏，正跟两个丫头莲儿、欣儿一起，带着一群孩子在紫藤架下读书。他们读的是《弟子规》，那群孩子穿得周吴正王，读得朗朗上口：

> 弟子规，圣人训。首孝悌，次谨信。
> 泛爱众，则亲仁。有余力，则学文。
> ……
> 亲所好，力为具。亲所恶，谨为去……

端仪不动声色地走过去，慧敏看见他，便机警地停止诵读，让两个丫头带孩子们去玩，自己起身恭迎，温婉地笑道：阿玛今天怎么想着过来看女儿？

端仪也温和地笑道：你又在教他们读书？我记得这《弟子规》里，下面两句应该是"父母呼，应勿缓；父母命，行勿懒"，你怎么略过去不念了？

慧敏感叹道：阿玛还不知道？这些孩子都没有父母了……

那么你呢？端仪带着教训的口气："父母教，须敬听；父母责，须顺承！"怎么我让你把这些孩子放出去，你却不听不从？今天看来，这些孩子又增加了几个？

慧敏恭敬地低下头：阿玛，我是在救他们，也是在救阿玛你。

救我？端仪生气地说：你不知如今什么情势？汉人成立了保路会，要跟朝廷对着干！实则为乱党想借机推翻大清！若成了，非但我大清不保，这满城也不保！

我知道。慧敏含泪望着父亲：可是阿玛，我们满人不该反省自己吗？入关三百年，我们到底为老百姓做了哪些好事？都是炎黄子孙，为何要制造民族隔膜？还有你这个将军驻守成都，又为川人做了什么好事？这些孩子都是孤儿，或因贫困或因战争失去了父母！你不救人于水火，却只管向朝廷邀功请赏，索取军饷，还跟那些贪赃枉法的官员为伍，让越来越多的孩子失去了父母！我收留这些孩子，就是为了化解他们心中的仇恨，洗清阿玛手上的血迹！否则这样下去，我大清才是真正的不保！

女儿向来温婉柔顺，即使不听取自己的意见，也从不当面反抗。今天却意气昂扬地说了这么多！端仪一时间无言以对，只得望着天空叹息。夏日的天空竟非晴朗一片，只见蔚蓝色的空中，有一大片乌云渐渐罩过来，显然要下一场暴雨了！

慧敏继续说：阿玛，你不能只看自己头上这片天，作为统治者，也得想想你治下的民众，想想他们需要什么，我们应为他们做些什么，这样我们自己才能心安。

端仪不料女儿竟如此劝自己，他只能叹息着说：这些孩子失去家庭和父母，或者跟我有关，但这并非我的本意。我是朝廷命官，这时候，只能为朝廷着想！

他离开这个女儿在家中私设的孤儿院，只听那些孩子们又在吟诵：

亲有过，谏使更。怡吾色，柔吾声。
谏不入，悦复谏。号泣随，挞无怨⋯⋯

端仪听着，在心里感叹：这么好的女儿，该找个好人家，赶紧把她嫁了！

端仪将军今日本欲去见总督大人邵烈风，只是跟女儿见面后，他原本想说的话改变了一点尺度，这也算是女儿给他积的阴德吧。他走到门前，只见黑云压城，那雨快要下来了！他便不骑马，而是坐着四人小轿去了总督府。

等他来到督院街，刚下轿，天上就打了几个闷雷，接着铜钱大的雨点泼将下来，顿时风狂、雨猛，老天爷说变天就变天了！幸亏总督府上的兵丁看见他的官服，立刻打着一把黄油伞，把他接进了府，端仪将军只是打湿了一点裤脚和袍靴。

邵烈风这几日真好比坐在火山上，又好比热锅上的蚂蚁，惶惶不可终日。

成都成立了四川保路同志会，十万民众热情参加，各郊县纷纷响应。成立大会那天，就有几十个绅商来总督府请愿，他接见了；对方口吻中有许多对朝廷不恭之词，他只好忍了；他们要求他代奏之事，他也答应了。依他之浅见，盛宣怀之流签那个条约确属卖国之举，但这些声称是代表民意的绅商们，竟要挟朝廷收回成命，那简直就是造反啊！什么同志会？明明是乱党嘛！乱党就该杀！否则这帮不逞之徒将越发嚣张狂妄，再这样搞下去，他这个总督将来还能统治四川吗？

但沐智贤等几个高参、谋士、幕僚，却跟那些绅商们一个语气，口口声声说让他注意民心啊，民情啊，民气啊！还说什么历史上就有孟姜女哭倒长城，如今四川可是七千万人呢！再加朝廷无能，国库空虚，还是善意安抚、化解为妙……

正在焦头烂额，一筹莫展，听说端仪将军来访，邵烈风忙说快请！他冒雨来到中庭，为表诚意，伞都没打，不顾淋湿官服有失礼仪，赶紧拱手，将之请到中堂。主宾坐下，邵烈风又喊兵丁快去沏上好的雨前茶来，冲了鲜开水，这才有了笑意。

哎呀，端仪大人，本官实在太高兴了！他来不及寒暄，就迫不及待地说：将军一直驻扎成都，对于前几日绅商们成立四川保路同志会之事，有何高见？

端仪见他如此急迫，诧异地皱起了两道黑眉：总督大人总管四川军民政务，难道自己没有主见？四川人民向来驯顺，若非这铁路事件发生，从未有过丝毫反抗啊！

是啊！邵烈风叹道：所以我才听从大哥之见，来当这四川总督。谁知就因这一念不满，川民竟闹到如此地步！那些曲曲折折的事，本官初来乍到，该如何应对啊？

端仪笑道：总督大人即做了朝廷命官，自然是听从上意，只要圣旨下来，君命如何就如何。否则还有一条路，如不愿奉诏，那就挂冠而去嘛！

邵烈风却焦躁起来：将军说得轻巧！食人之禄，忠君之事，这点道理谁不明白？但将军也知道，如今皇上还是黄口小儿，朝中做主的都是一帮亲贵，昏庸老朽，政治没有丝毫改进！什么风调雨顺，国泰民安，那是想也别想了！这么多年来，外有洋人欺压，内有义和团、红灯照，现在又是什么同盟会、革命党……真是四面八方都冒着浓烟起了野火！这时候搞什么国有铁路政策，那还不是努力图亡吗？

端仪气得一拍桌子站起来：总督大人，请注意言辞！这些诽谤之词，怎能出于总督大人之口？我大清朝历经数百年而不倒，乱党几次起义，不都失败了？

将军大人莫急，听我仔细道来。邵烈风冷笑说：你只知其一，不知其二。这次川汉铁路收归国有，除了盛宣怀之流想问四国银行借六百万英镑，又以推广铁路为由，向日本横滨银行借得一千万日元！这等行径，还不是亡国之道吗？

哦？端仪倒抽一口冷气，又坐下去：东洋人也参与此事了？

是啊！邵烈风意味深长，话锋一转：要说朝廷行事，确实让人不容。所以政令既出，便与民意相左。但保路同志会兴起，又跟革命党无异，本官只怕引起川人暴乱，因而惶惶然……将军既来府中，本官便请教将军，可否献策，助本官平乱？

端仪本有这个打算，但听了女儿的话后，也有些惶惶然，不禁喃喃地说：盛大人一直秉持借款救国论，本来无可厚非。但又借了东洋人一千万，便是利令智昏了！他就是个邮政大臣嘛！如此上欺朝廷，下压我们四川，确实无耻之极！

邵烈风立刻说：是啊，所以本官才难办啊！如今请愿保路的绅商去了京城，却被朝廷驳回。本官帮他们请奏，上谕也不批准，只说让本官弹压，这可怎么好？

端仪想了想，试探地说：总督大人，这四川的事，还不是你自己说了算？就算为了此事，杀他一个两个甚至好多个，上谕也不会加以责难……

不！邵烈风忙说：本官从不滥杀无辜！但要保一方平安，杀戮或不可免。

端仪弄清了邵烈风的心思，原来总督大人想脚踩两只船，两边都不得罪。端仪是满人，自然站到朝廷这边，不愿看到属地腥风血雨，同样也不愿看到革命党成功，亡了清朝。于是他便端出自己真实的想法，道出了他今日前来的真实目的：总督大人，你我都是忠心耿耿，拥护和爱戴朝廷的好臣子，永远都不会如革命党人那样，反对朝廷，反对政府。但我们可以认清事实，反对盛宣怀那样的卖国贼！我们更不忍看见朝廷为奸臣所蒙蔽，把重要的路权拱手让与洋人，使瓜分之祸接踵而至。那样即便不至于亡国，但却足以造成内乱，给革命党人以口实。更可能引起四万万国民离心离德！因此，本官建议总督大人最好采取"拖"的办法，看能否行得通。至于拖到什么时候，那就要看天意如何了，本官也没有更好的办法……

其实对于"拖"之计策，端仪还有个想法，就是拖到叔父端方到来之际。那时他将会同叔父，想出一些让民心满意的好办法。现在却不用再说下去了。

他这番话道理充足，邵烈风自然赞同。但见将军要告辞，他忙拱手说：谢谢将军献计献策。相信真要到了事情无可挽回时，将军也会尽全力来支持本官！

端仪听他之言，有借满军来弹压民众之意，便不悦地说：这就不必了，总督大人麾下便有数千兵丁，何况还有凤凰山十七镇的新军啊！听说有个叫林汉云的年轻标统，是个文武全才，总督大人若能用好他，何愁保路事件不烟消云散？

邵烈风听了一怔，却没往心上去。几个月后，当林汉云的大刀砍向他，他才重又想起今天的事。若他当时听了端仪的话，起用林汉云，自己这颗头能否保住？

端仪走时雨还没停，反是雷声越响，闪电越猛，黑压压的乌云成团地向着总督府翻滚而来。邵烈风站在中庭前，看着溅在地面上的雨点子，回想起自己与林汉云第一次见面的情景。那也是个下雨天，似乎老天都不赞成他们那次的会面。

新任四川总督驾到，是个稀罕的大场面。那天虽大雨倾盆，但本省的文武官员还是到齐了，都去城北驷马桥迎接。邵烈风本是从西边藏族聚居区而来，却选择自城北驷马桥入城，当然有其深意，可说是要给部属们一个下马威。相传这座桥的得名，与汉代文学家司马相如有关。该桥原名升仙桥，因川人司马相如才华出众，立志高远，为了实现抱负，他离开家乡赶往京城时，踌躇满志地在升仙桥的门廊上写道："大丈夫不乘高车驷马，不过汝下。"但他仕途并不顺畅，失意后便有了"凤求凰"之举，遇到富家小姐卓文君，因佳妻相助，他才得到皇帝的赏识。后被汉武帝封为中郎将，前往巴蜀宣谕圣旨。他乘着浩浩荡荡的仪仗马车回成都时，经过此桥，受到成都民众的热烈欢迎。这段故事也流传开来，成为千古佳话，这桥便改名为驷马桥。

邵烈风经过此桥也是豪情满怀，前呼后拥，威风凛凛。八抬大轿落地后，他矜持地下了轿，接受官员的参拜。此时部属都匍匐在雨地上不敢高声，却见一位身量很高的年轻将军站在人群后微笑着，态度不卑不亢，在他看来真是无礼之极！

这人是谁啊？他有几分恼怒地问手下。

一个幕僚忙说：此人就是总督兄长推荐的林汉云，现任十七镇的一个标统。

原来是他？邵烈风当时很不高兴：就一个初出茅庐的刺儿头嘛！

只见那比常人都高的林汉云，挺立在风雨中，神情带着冷峻和轻蔑。邵烈风更加不喜，他不如哥哥慧眼识人，于是跟文武双全的林汉云失之交臂。后来幕僚们屡次提到过此人，他都不在意，也没对其加以重用。可以说，两人算是无缘吧！

8

林汉云昨日收到一封信，邀他去城中的大东旅社面叙，落款竟是一个日本人——桥野正夫。林汉云不想跟东洋人打交道，但又有几分好奇：值此风雨如磐之际，日本人来凑什么热闹？他向来特立独行，便不跟任何人打招呼，独自去了。

他骑马依着信上地址，来到城东南的锦官驿街。这是当年的成都驿站，乃交通最便利之处。在通信落后的古代，驿站兼具邮局和政府招待所的作用，几百年来都是驿马飞奔，尘土飞扬。但当时的驿站都设在荒郊野外，随着城市建设的发展和逐步扩大，这里也形成了街巷，修起了楼堂馆所。时至清末，这条锦官驿街东起滨江路，西止黄伞巷，北跨孙家巷和存古巷、大同巷，并且坐拥位居成都的各国招待所。

大东旅社是一座貌不惊人的小洋楼，但门墙都修得极为坚实，门外种了几棵樱花，点明了它的国籍和身份。林汉云从不知在成都还有日本人的办事处，又称为什么"会社"。他踏进底楼，发现这里完全是东洋式的装修风格，即洋楼围着中间一个庭院而建，庭院里遍种花草，真乃异国风情。他曾留学日本，竟觉得有种亲切感……

哈哈！看来林先生也喜欢我们日本啊！他背后有人彬彬有礼地说。

回头看去，是一个操着熟练中国话的小个子日本男人，嘴角上有一撇胡子，比他矮了一头都不止，跟此人说话得弓着腰，极其不舒服，他便只是微微一笑。对方也善解人意，立刻自我介绍说，他就是发出邀请的桥野正夫，然后把他引到一处茶室。房间自然是榻榻米，正对着庭中的花草树木，风景怡人。林汉云脱了皮靴，不管不顾地坐在锦绣绸缎的垫座上，腰背一伸，好舒服！跟这些东洋人，还客套什么？

桥野正夫又笑眯眯地说：林先生，你座下可是名贵的蜀锦，其价如金啊！

在你们东洋人眼里，我们的东西都是最好的！林汉云不客气地问：桥野先生，你我素不相识，你发帖子请我来，到底为了何事啊？我可不会织锦。

桥野正夫哈哈笑道：虽然素昧平生，但林先生到底在我们日本留过学，说起来，我今天也算是他乡遇故知啊！没别的意思，就想请林先生再尝尝我们的美味。

他拍拍手，几个穿着艳丽和服的女子便推门进来，给他们面前的小方桌呈上许多日本菜式，都用中国瓷器盛装，红黄绿紫，色香俱备，除了海鲜，样样不缺……

林汉云却迟疑起来，紧盯着桥野正夫：你今天请我来，就为了吃日本菜？难为你们在这大西南能做出这些美食，我也很喜欢，但我可不吃不明不白的东西！

桥野正夫呵呵笑道：放心！在你们的国土，我不敢给你下毒！只是听说林先生豪放，平生喜欢美食、美酒和美女，我这里可样样不缺啊！林先生尽管享受就是。

那几个日本美女已经围坐在林汉云身周，居然伸手给他喂食，又持手巾给他擦嘴，竟不容他拒绝！林汉云暗自冷笑，心想这些美人计施到老子身上，老子可是全盘接受，将计就计！于是他毫不推让，该吃吃，该喝喝，尽显其狂放潇洒的本性……

吃饱喝足了，他才把那几个美女推到一边，嘲笑着问：我记得你们日本人吃完饭后，还要漱口剔牙，讲究得很啊！现在漱口水呢？牙签呢？怎么不见？

桥野正夫有些狼狈，忙说：是我考虑不周，你们快取漱口水和牙签来……

哎，不用了！林汉云连忙摆手：我们中国人饭后也剔牙，但更讲究，不会当面搞这一套，那是对人不恭……好了，饭也吃了，酒也喝了，有什么话就直说吧。

桥野正夫拖到现在，只好实话实说：林先生，你知道吗？你们川人正在闹什么保路的事，我们日本也有份。你们朝廷也向我日本横滨银行借了一千万呢！

什么？林汉云一骨碌站起来，不敢相信地指着他：你胡说八道！

怎么会呢？桥野正夫也只好站起来，仰头对他说：但这一千万日元，可是我们主动借给你们盛大人的。因为按照某个条约，你们不能只向四国银行贷借款，也得向我们日本贷借款。东洋西洋应该平等待遇，你们不借都不行，是不是呢？

什么狗屁逻辑！林汉云气得一脚踢翻小方桌，红红绿绿的菜式流淌了一地。几个日本女子赶紧去收拾。桥野正夫忙把林汉云拉到落地门窗前，打开通风……

新鲜的空气吹进来，林汉云也冷静下来，又扭头问：桥野先生，我们朝廷向你们借款，你找我来干啥？我只是个军人，不过问政治和经济。

桥野正夫说：我请林先生来，是想跟你讲句公道话：我们借款给你们政府，是要帮你们修建铁路，没别的意思。我们就事论事，这该是件好事啊！主动借钱给你们，那也是好意啊！可不能一笔抹杀。你们盛大人也说，借款救国嘛！中国那么穷，也需要邻国帮助。不料你们川人强烈反对，还搞什么保路会！林先生是文武双全的奇才，手下有兵丁，令岳父又是成都有名望的士家，还是保路会的副会长。我希望林先生为我们日本说句话，或者帮助我们安抚民众，消除民怨，我们对此必有重谢！

什么？林汉云叫起来：你找我来，是想让我当你们的代言人啊，休想！我虽是军人，不懂政治，但也知道不能助纣为虐，帮助你们分裂国家，欺压同胞！

他转身走向门口，桥野正夫一挥手，那几个和服美女就扑上去，抱住了林汉云！看来日本人早知道林汉云爱美贪色，料定了他会屈服于这群东洋女的温柔乡中，如此咄咄逼人不讲客套，已经是算无遗策了，似乎不挑起事端不肯罢休！林汉云这才发现，今天不仅是场鸿门宴，更是可怕的陷阱，其中暗藏凌厉的机锋。就算他力大无穷，有着三头六臂，被这么多玉手柔荑拉扯着，也是跳进黄河洗不清了……

突然门被大力踢开，一个全副武装的年轻军官陪着一个盛装打扮的少妇走进来，那少妇喝道：我是林汉云的如夫人明珠，谁敢对我夫君无礼？！

那军官也喝道：这里是大清的领土，你们这群东洋人想干啥？

桥野正夫在旁见势不妙，连忙挥手斥退那群东洋女，赔笑道：别误会，我们是请林先生来喝美酒吃美食，更难得有这么多美女侍候他，真乃人生美事啊！

明珠上前挽着有几分窘迫的林汉云，朝他微微一笑：夫君，我们走吧，让我回去给你煮一壶好茶，清清肠子败败火，这东洋菜吃了，怕是不好消化啊！

林汉云心底涌起一股甜蜜，深情地对她说：好，我们走。

他们不看桥野正夫和那群美女一眼，两人手臂相挽，走出这间屋子。

年轻军官上前对桥野正夫说：收起你的坏心眼，他不会上当的！

桥野正夫不由得心中一慌，两眼紧盯着他问：那么，你是谁？

军官冷冷地说：我就是你也下了帖子来请，却没吃你这一套的文光豪！

文光豪是精细之人，他接到邀请函，也没跟林汉云商议，却先派人去锦官驿打探，得知大东旅社就是桥野正夫的公司。原来日本人也想争夺川汉铁路权,好分得一杯羹,四国列强也同意日本在川汉铁路拥有一部分股权。为此桥野正夫急于在成都找到一个恰当的代理人,阻止川人夺回路权。打听到林汉云身份特殊,又以好色闻名,便想勾引他,让他为自己效力。文光豪发现此事对好友不利,而林汉云已经潇潇洒洒地去赴宴了。他只好紧急通知姨太太明珠,两人赶到酒馆,撞破此事,救走林汉云。

出了大东旅社,已是夕阳西下。林汉云把明珠送进一顶轿子,自己上了马,一句话也不说,就径直打马往前奔去。文光豪知他有点窘,也有点恼,可能认为自己不给他面子,居然把明珠都搬来了。于是策马赶上去,想跟他辩解一番。

汉云,你听我说!文光豪两腿用力夹马,大声道:据我调查,你今天跟桥野正夫的这场会面,完全是日本人的诡计!他们想借你的手,破坏川人的保路运动!

好啊!林汉云回头用马鞭指着他,不悦地说:你这个好朋友,为啥不早点告诉我,提醒我,反而看着我掉进他们的陷阱,还把明珠也搬来,让她目睹我出丑!

文光豪无奈地笑笑:我不知你也收了他们帖子!等我明白过来再去找你,才听说你出军营了。我怕自己一人赶去,说服不了你,这才找到明珠……

林汉云气恼地说:好啊!知道好色是我的弱点,别人会利用这个,你还不帮我!

文光豪又好气又好笑:平时我提醒你还少吗?我一直对你说,要洁身自好,要注意生活细节,别太贪恋美色!可是你听了吗?你总是辩解说,自己是伟丈夫,大帅哥,有人主动投怀送抱,你怜香惜玉,不忍拒绝……我还能再说什么?

林汉云气急败坏地挥着马鞭:好了好了,总是你对!谁像你似的冰清玉洁!我看以后什么样的女子才能入了你的眼,你若一辈子不近女色,我才佩服你!

文光豪有些无可奈何，他不愿两人因此而生嫌隙，看看分手的岔路快到了，自己也有话要对好友说，就提议两人下马歇会儿，去一家茶馆喝口茶。林汉云也明白自己好生无理，若不是文光豪发现了东洋人的阴谋，前来解救，今天还不知是何结局。于是欣然同意，跳下马来，找到街边一处茶馆，两人都拴好了马，进去喝茶。

茶馆多也是成都一大特色。此时成都街巷共有516条，其中茶馆就有454家。成都人对茶馆的热爱近乎痴迷，时常天刚亮就出了门，冲开蒙蒙晨雾，直奔热气腾腾的茶馆，喝下滚烫清香的茶水，才觉得回肠荡气，神清气爽，遍体通泰。

文光豪与林汉云进了合江亭上的长廊茶社，时近黄昏，这里仍是人声鼎沸。他们找到一个靠江边的位置坐下，茶博士就来了，一手提壶，一手托着两套茶具，那是包括了茶盖、茶碗和茶托的"盖碗茶"，相传是唐代德宗年间，西川节度使崔宁之女发明，后世人人称便，这种特有的饮茶方式就向其他地区发展，最终遍布江南。

此时茶博士抬手之间，茶托便滑到他们面前，然后盖碗咔咔端坐到茶托上，茶博士一手提壶，一手翻盖，眨眼间一条白线点入茶碗，香喷喷的茶便已沏好。两人都往竹椅上一靠，不约而同地看向江面，只见江水被晚霞映照得艳波涟涟，余晖静静地洒在青花瓷茶具上，静谧的空气中流淌着一种清新的芬芳，周边的喧闹声也都安宁下来，正是两个好友促膝谈心的时刻。他们相视一笑，刚才的不快已经消解。

文光豪喝了一口香茶，不慌不忙地说：你岳父和吴万乾领着川人成立了四川保路会，成都有十万民众参加，郊县可能还更多……此事你怎么看？

这事我早已料到了！林汉云也喝了一口茶，思索着：对此我的心思很复杂。一方面我也痛恨朝中那些卖国贼，一方面我又怕事情闹大到不可收拾的地步！光豪，你还没看出来？这哪是简单的路权之争？背后肯定有革命党在支持，甚至是操纵！我辈军人只应听从朝廷之命，即使我们对铁路公有政策不满，又能怎样？

文光豪笑指着他：哎，汉云，我觉得你这口风可是变了哈！前不久你还义愤填膺地说，朝廷干出这等昏庸之事，就应该垮台呢！

林汉云连忙拉下他的手，看看四周，小声说：我的想法是变了！我这才发现形势很危急啊！虽然我也切齿痛恨那个盛宣怀，然而事与愿违，川人当真成立了什么保路会，只怕本地的哥老会、同盟会，将形成一股强大的政治力量，全都携起手来反对朝廷，那时你我军人该怎么处？我们个人的那一点股份，又算得了什么？

文光豪用一双清亮的眼睛望着好友：反对朝廷又怎么样？汉云，这段日子我想通了，也对你说实话，大清朝在我心中已经死了！康乾盛世，繁荣富强，万国来朝，不就是断送在他们手里吗？我们号称新军，但士气不振，军心不稳，打不过八国联军，也打不过义和团与红灯照。因为朝廷民心尽失……不如我们一起反了吧！

你怎会说出这种话？林汉云震惊地盯着他：光豪，难道你也是革命党？

当然不是。文光豪微笑着：或者说，现在还不是。以前我对革命党有些错误的看法，觉得他们总在组织起义，太激进也太血腥。但最近我接触了一些同盟会成员，才明白他们的真正目的是推翻专制，排满自主，建立共和，那真是太切合中国实际了！听说孙中山先生汇聚各类各型的革命派别，成立一个统一的同盟会时，便精练出十六字的口号："驱除鞑虏，恢复中华，建立民国，平均地权。"这样的国家，你不向往吗？这个努力的方向，我们年轻人不该争取吗？反正我是愿意参加了……

光豪，你太不该了！林汉云气恼地打断他：我看你完全中邪了！你说的那都是政治，国家大事非同儿戏，岂是我们一介武夫可以掺和的？军人的天职就是服从朝廷。我们拿着政府的钱，岂能去做出卖朝廷，甚至推翻他们的事？这样的事不忠不义，至少我做不来！光豪，我也不能让你去参加！你听我的话没错……

文光豪也坚决地打断他：不，没有政治的军人就是炮灰！汉云，你还不知道吧？如今凤凰营也是人心难测，大家都在选择自己的前途。你还是清醒点吧！

这么说，我们军营里也有革命党？林汉云抓住他的手：快说，是谁？

我不能告诉你，出卖朋友的事，我可不干。文光豪抹去他的手：汉云，你还不明白？清廷就是一只破船，快要沉到底了！我们不能给它陪葬啊！

就算这样，我也不相信什么同盟会啊革命党的！林汉云不悦地说：他们天天喊着要推翻清政府，他们有多少大炮？多少枪弹？他们那一套能救中国吗？

文光豪不禁气恼，反来质问他：那依你说，我们该怎么办？

世局太乱，还是静观其变吧。林汉云起身说：还不知今后，谁是赢家呢！

文光豪心生不快，觉得这个好兄长也难免有迂腐的地方。但他情知自己说服不了他，只有等以后另找机会。于是长叹一声，也起身说：好了，我们回吧！

他们走出茶馆，已经暮色四合。文光豪回军营了，林汉云便回自己府中。他此时还没买宅子，在城中租了一个小院，平时就是明珠和文诗洁住着。

院子不大，进门就是一座小假山，上面爬满藤萝苔藓，好比一道郁郁葱葱的天然屏风。沿着一条弯弯曲曲的碎石子小路，绕过假山旁边的小池塘，穿过几棵桂花树和紫薇树，迎面就是小客厅和几间平房，庭院四周也是绿荫遮盖。屋里的布置淡雅素净，家具陈设全都舒适轻便，雕花木窗上挂着几幅浅蓝色的丝绸帘子，青灰色的方砖地面擦得干干净净。林汉云走进小客厅，明珠正躺在一张美人榻上等他。

他跟姨太太是在江西产生的恋情。当时林汉云郁郁不得志，便放浪形骸，无所不为。那天他来到当地有名的醉香楼，进门便听见一阵悠扬婉转的琵琶声。听说是从北京新来的妓女明珠，弹得一手好琵琶，那真是大珠小珠落玉盘。他立刻要召见这个姑娘，只见明珠身材高挑，气度娴雅，端庄秀丽，哪像个烟花女子？她怀抱琵琶，满脸忧愁，弹了一曲《汉宫秋月》，那如泣如诉的曲调顿时打动了年轻军人的心。林汉云惊奇不已，对这女子印象深刻，一见钟情地爱上了她。

后来老鸨安排酒菜，让两人私下面谈。酒过三巡，明珠突然幽幽地说：小女子仰慕将军已久，今日有缘相见，真是老天垂怜！小女子也是激动不已啊！

林汉云惊讶地问：我们素昧平生，今日第一次见面，何来仰慕一说？

明珠抿唇一笑：将军豪放，骑烈马，打卫兵，出狂言……谁人不知？

那都是本官少年轻狂。林汉云不好意思地说：希望姑娘别再提起……

稍倾，明珠缓缓道出身世。她原名郑玉良，出身于北京郊外一个殷实人家，父亲中过秀才，便把几十亩薄田租出去，开个私塾教村人读书，颇受邻居尊重。不料庚子年八国联军攻入北京，一队英国兵血洗村庄，父母兄长不幸罹难。她才十三岁，躺在血泊中昏过去，才幸免于难。姥爷闻讯来寻亲，含泪把她领回家。几年后姥爷去世，无良舅舅见她长相清秀，便把她卖到北京八大胡同。她学会技艺年长后，却不愿接客。老鸨打骂几次不见效，又托客人把她远卖到江西，这才有幸与林汉云相见……

林汉云的心弦被她深深拨动，立刻同情地允诺，要筹钱赎她。明珠听了惊喜万分，是夜两人珠联璧合，感情更加升温。可是明珠身价不菲，林汉云一直花天酒地，也没存下几个钱。在文光豪等朋友的资助下，又得江西巡抚陆鸣枝出面斡旋，老鸨不敢索要高价，身世悲惨又多才多艺的明珠这才跳出火坑，嫁给林汉云为妾。

此后明珠便跟着林汉云回四川。她深明大义，处事稳重，把个姨太太当到极致，在林府有着不可取代的重要位置，谁也不敢小看她。文小姐在女中住校读书，平时很少回来，明珠除了料理家事，也陪邻家太太打麻将，与四邻相和。若林汉云跟文光豪回来，明珠便亲自下厨，花样翻新地做菜，又陪他们喝酒。她还跟着邻家太太学会了做四川泡菜，用指尖掐了，看着红红白白鲜鲜嫩嫩，最为下饭。林汉云有时也带同僚回来吃饭，明珠接待客人仪态大方，谁不说林标统娶了一个好太太？

这时林汉云见了姨太太心怀忐忑，生怕她追究自己独会东洋人，责怪自己险中小日本的招。不料明珠却起身握着他的手，微微一笑说：怎么这时才回来？吃饭没有？我给你包的小馄饨，肉鲜皮薄。还有才煮的梅花茶，清醇甘甜，你最爱喝。

林汉云一愣，随即爽朗地笑道：你不怪我把那些东洋美女搂在怀了？

瞎说！明珠嗔道：我看得很清楚，明明是她们把你抱在怀！谁叫我的夫君如此英俊、如此帅气，异国女郎看了也喜欢呢！不怪你……

林汉云叹息着搂紧她的腰身，只觉盈盈一握，不禁心荡神驰。虽是恩爱夫妻，但有些话必须说明，以免日后成为话柄。于是他说：还是要怪我，差点着了东洋人的道！我以为自己能把握住，不会上当。谁料他们竟一拥而上，让我防不胜防！还好你跟光豪来了，否则若有人信了小日本的挑拨离间，我给军营也难交代……

别再说了！隔墙有耳。明珠温柔地用手封住他的嘴：我看小日本是来者不善，回头你还要跟光豪说好，这事儿让他别透露出去，免得给你惹麻烦。

放心吧。林汉云拉下她的手，微笑着：光豪是我的好兄弟，今天多亏了他。

那就好。明珠轻声说：我也认为他很好，你以后该多听他的话。

林汉云点点头，把她的手搁到自己胸前，感到一阵暖意：不吃饭了，去喝茶吧。

两人走向雕花屏风的另一面，那里有个燃着的小茶炉，上面煮着一个精致的小茶壶。林汉云仍是搂着明珠的腰身，两人紧紧偎依着坐下。

明珠细心地翻开小茶壶的盖子,见那些清香洁净的花瓣,正在水中甜蜜地翻滚着。林汉云将明珠拥得更紧,欢喜地看着她在炉上煮茶,眼里都是柔情,那不快的一幕已经烟消云散。

9

转眼到了赤日炎炎的八月初,四川仍得不到北京的任何确切消息。对于成立保路同志会,坚决反对铁路公有一事,朝廷也没有明确回复,更谈不上顺应民情。赴京请愿的人回来了,说根本没见到摄政王,便被盛宣怀之流挡在皇宫外。领头请愿的人名叫彭俊辉,是四川咨议局的副议长,分管财务。随行的人叫冯长立,是川汉铁路公司工程师,两人谈起北京之行,都是痛不欲生!虽然只是四川的两个代表,但他们都说,只要能为民请愿,那他们就甘冒很大风险,甚至准备好流血流汗去牺牲的……

这一天是阳历8月5日,天气又热得快要冒烟了!红艳艳的太阳挂在天幕上,川汉铁路公司宽敞的轩廊上,一丝风也吹不进来。保路同志会的头头脑脑们,还是穿得周吴郑王,但一个个都摇着纸扇子,人也气得快要冒出火星来了!

彭俊辉正在痛哭流涕地诉说着:当时我们在皇宫外等了很久,真是想撞门了!我们只是反对铁路政策,反对盛大臣,并非反对朝廷啊!我们也想把真相告诉朝中的其他大臣,痛斥盛宣怀欺君罔上,媚外营私。但他势力太大,我们斗不过啊!不瞒你们说,当时我真想找到珍妃跳的那口井,我也跳进去!好警醒世人……

有人幽幽地说:珍妃不是自己跳下井,是慈禧太后派人把她推下井的。

又有人喝道:别煞偏风,好好听他们汇报,才是正经……

冯长立相对冷静，也诉说道：须知我们带去的不仅一纸公函，而是咱川人的心愿。我们也曾想过，要把赞成争路的在京同乡都联合起来，成立北京保路协会，抵制卖国求荣的盛宣怀！我们也想打通庆亲王的门路，联络其他不满盛氏的权贵。后来才得知，庆亲王也气得生病了，说是这个卖国集团妄改了诏旨。总之，我们发现自己在京孤掌难鸣，派去广州、长沙、武昌等处的代表，大概都会无功而返！

为什么？吴万乾气得站起来，使劲用扇子敲打桌面：盛宣怀就那么难搞吗？现在不但本省成立了保路会，北京、上海、汉口，只要有四川同乡会的地方，也都成立了！人心奋激如此，足使宵小破胆！那盛宣怀还不收手，听从民心和民情吗？

彭俊辉擦去眼泪，神秘地说：我们在北京看到了那个借款合同的全文，上面明说，以后铁路所需轨道及附件都由汉阳铁厂生产。这下子原本朝不保夕的工厂，顿时就生意兴隆起来。而盛宣怀正是这家厂子的大老板！我们这才恍然大悟，为何盛宣怀竟悍然不顾全国人民反对，要把铁路收为国有，原来是他自家有这么大好处！你们想想，这牵涉到个人利益的事，还能反对得了吗？那盛宣怀岂能轻易让步啊！

这下子会场炸开了锅，人们纷纷站起来，七嘴八舌地嚷道：

不行！越是这样，我们越是要反对到底！

朝廷又不是他盛宣怀一个人的，现在把事情搞清楚了，就更要反对了！

如今川汉铁路已经用去四百万两巨款，他一个邮传部大臣，说收走就收走了？他眼里还有没有我们四川绅商、四川民众？难道我们还不该反到底吗？

容士轩最清醒，他也站起来，把折扇一挥，让这场喧嚣平静下来，然后才说：以前我们没看见合同全文，见识真是太小了。原来川汉铁路收归国办，还有个人的好处在里头！一句话，盛宣怀真是利令智昏了！但我们心里仍然要清楚：这个反对，要反到什么时候？我也想问问你们，这场保路运动，我们的最终目的是什么？

最终目的？吴万乾迟疑起来，看看众人：这个，你们有数吗？

大家也都面面相觑，显然五心不定。在这个保路同志会中，吴万乾虽是正会长，但容士轩才是真正的主心骨。若不是他在其中运筹帷幄，只怕众人就像萤火虫一样，亮闪闪一阵就完了。但正副会长的心思原本都一样，就是别把事情闹得太激烈了，只要邮传部把全部路款都退还，他们也可能不会再反对铁路国有。不料盛宣怀太强硬，不但不还款，近日还扬言要派人来铁路公司查账，说账目有问题！这一来，谁知盛大人还会抓住什么题目去做文章？于是就连温和的立宪派也忍无可忍了……

容士轩让大家都坐下来，又一五一十地分析事情给大家听。他沉静地说：

凭良心讲，我们四川绅商修建铁路，光明正大，为国为民，自己掏了钱，哪有再来贪污的道理？但盛宣怀这个人，却在欺负我们川人。追根究底，他若能把我们四川和广东、湖南、湖北都来个同罪同罚，我们便无话可说。但实际上呢，盛宣怀大约认为广东人华侨多，接近洋人，大商贾也多，有钱有势。因此对粤汉铁路的商股，他就是报多少退多少。湖南人素来强悍，又是出革命党的地方，盛宣怀不敢惹，民股也照退不误。湖北呢，股款不多，湖广总督又跟端方交好，听说也压下来了。唯独对我们四川，却是迥然不同！我们筹集的这一千五百万两银子，都是川人的血汗钱！不但不退，还说要查账！我看是想栽赃吧！他们夺了川人的路权，还想吞掉川人的路款，真真可恶至极！事同一律，而对付各异，这不就是欺负我们川人吗？

一个股东气冲冲地站起来，满头冒汗，脸红筋涨地问：容先生，你说得再清楚不过了！我们也都听明白了！那你说说看，我们应该怎么办？

容士轩慨然说：还有什么好办法？我们只有反抗到底了！

吴万乾是立宪派的主要人物，在保路运动中一直保持着高度克制。他预先就跟容士轩商量好，要先礼后兵，以良民姿态去进行抗争。于是保路同志会通电上告清政府，诉说民情，反对此事；又派人去北京上诉，不料均无果。今天听了众人一番话，吴万乾才明白自己太天真了！当权者根本不在乎老百姓的死活，也不理会他们绅商的苦苦哀求，只会一条路走到黑！盛宣怀等人更是一意孤行，决不肯让步。

其实在一个月前，盛宣怀就做出了更缺德的事：他竟收买了川汉铁路公司驻宜昌总理李青，宣布他为政府委派的国家铁路公司驻宜昌总理，明摆着就是直接跨过铁路公司，把路权强行收回了！四川股东闻讯，连夜开大会，针锋相对地宣布开除李青，并向朝廷发文指出，盛宣怀的做法不当，应当严惩。继而，保路同志会又在成都召开了万人大会，无数人跳上台去痛哭讲演，呼吁川人要拼死保路。但朝廷仍然不理不睬，显然没意识到后果严重——你们就一帮小老百姓，还怕你们闹起事来顶破天不成？

吴万乾想到这里，也忍无可忍地站起来，拱手说：多亏容先生点拨。盛宣怀真是欺人太甚！以为我们川人好相与？这次碰着保路同志会了，那就跟他干到底吧！

其他人也纷纷站起身，热烈地说：对，我们就跟他干到底！

原本这些绅商成立保路同志会，也是一时激奋，很多方略都没想好，只知道要采取行动。有人甚至随波逐流，连最终目的都不清楚。经过容士轩这么鞭辟入里的一分析，爽快明朗地道出了事实真相，众人才统一了思想。就这样，保路斗争日趋激烈，终于冲破了立宪派本想"文明争路"的束缚，又进入一个新阶段。

这天的川汉铁路股东和保路同志会的联合会议，一直开到黄昏日暮，一群乌鸦呱呱叫着飞过庭院，他们这才商量出一个"杀着"：决定全市相机罢市、罢工、罢课，并且号召成都民众积极呼应，结结实实地给那盛宣怀一个厉害的耳光！

他们立刻分头采取行动：一方面派人上街继续讲演，四处通知，号召市民准备参加"三罢"；一方面派人去起草那份至关重要的《川人自保商权书》，好作为传单散发。由于吴会长的儿子是有名的大记者、笔杆子，这件事顺理成章地落到他身上。

这天晚上，吴万乾又在自家花园里踌躇了很久，他并不情愿由儿子来起草这份日后肯定会惹祸的文书，但他身为保路同志会的会长，又无法推托。这时一个白色的人影朝他走来，原来是身穿一袭长衫的吴仪民。老爹在夜色下打量儿子，见他白衣飘飘，一条黑辫子拖在身后，满脸书生气，玉树临风，却不如往日那般雍容华贵。不禁感慨：妻子去世后，自己太少关心儿子，该给他娶妻了！

但眼下大敌当前，无关风月，怎好讲这些？吴仪民见父亲一脸愁容，也有几分不解。待他知晓了事由，却没立刻回应，不知为何，心中只是懒懒的，提不起精神来。吴万乾这才发现，儿子其实有些憔悴，只是神情被月光点染，显得超然了些。

仪民，你怎么了？吴万乾关心地问：是不是生病了？

吴仪民心想：是病了，相思病。但这些话如何对父亲说？他今年二十三岁，早该娶妻了，父亲却忙得顾不上。自己看上了文小姐，又可能被别人捷足先登……

突然一个激灵，他竟福从心至，想到一个好主意——对，就去找那个章海涛合作，写这份文书，顺便打探他和自己跟文诗洁的情缘哪个深，哪个浅。

我去找几个笔杆子来写吧。他对父亲说：我们又不署名，事后谁也不知。

吴万乾微微点头，这才放下心来，觉得儿子这几日也成熟了不少。

次日吴仪民赶到惠民中学，学校里正在考试，准备放暑假。原本七月底就该放假，但市里闹保路运动，难免耽搁了几天课，马脸教师很不高兴。此人是学监，恰好就姓马，因脸长个子矮，同学们就叫他马大郎。此刻他正守在章海涛的教室前，他觉得这个学生不安分，生怕章海涛会挑头闹事。今天考的是国文，如今学校废除了八股，改习策论，考试出题也都不难。章海涛文思敏捷，文字却简洁洗练，有同学洋洋洒洒上千字，他却很快交卷了。出得门来，瞪了马大郎一眼，便看见了吴仪民。

仪民，你来了。他高兴地迎上前：正好，今天学校打牙祭，快跟我走！

这个中学有人出资，食堂规模还不小，长长一排打通的平房，八人一桌，桌上都铺着白色台布。这是马大郎的功劳，校长经常不在，他这个学监就监督到食堂里来了，包括菜肴和餐具都要检查。厨房师傅也听他的，否则只怕学生会闹学潮。这个食堂还有好处，可以点私菜，只要你有钱，便可吃好点。吴仪民知道章海涛一定是囊中羞涩，看他掏出几张皱巴巴的饭票，立刻抢到卖菜的窗口前，先去点了菜。

要一份青椒回锅肉，一份麻婆豆腐！他又对章海涛说：现在蒜苗不好吃了。

章海涛笑着点点头，他是大度之人，并不推辞，就跟吴仪民坐在一张靠墙的桌边，大口吃起饭来。吴仪民却小口小口吃着，等对方添了第三碗，才把事情告诉他。

这么说，事态要升级了？章海涛眼睛一亮：保路会决定"三罢"了？好啊！

他们让我起草这份《川人自保商榷书》，可我最近大病一场，精神很不好。昨日还躺了一天，只怕再劳累，病就会翻。今天吃了药，才勉强支撑着来找你。吴仪民说着，故意装出病恹恹的样子，他也确实没吃几口饭，似乎碗都快端不起来了！

章海涛已经明白，就笑道：所以你来找我，想让我干这事！好啊，请我吃了一份回锅肉，就要起草这么重要的文书？那么便宜啊？哎，你不会是装病吧？

怎么会？吴仪民忙说：你上次不是起草过那份《告川人书》？我看过，写得不错。你有国文功底，我俩一起干，大不了我再请你吃九斗碗嘛！

哈！用不着！章海涛把最后一口饭填进肚子，爽快地说：好，我们一起干！

两人随即来到吴仪民所在的《成都日报》社，找了间没人的小屋子，忙了个通宵。中途两人分别出去过，章海涛说是去一家药铺，帮吴仪民拿点药，其实是去找他的同盟会领导庞逢书，他正是那家大通药店的老板，也是成都同盟会负责人。上级立刻指示章海涛，要利用这次起草文书的机会，揭露清政府卖国夺路的丑恶行径，激励四川七千万同胞幡然醒悟，团结一致，共图自保。吴仪民却是出去买了两碗担担面，这面是小碗装，味道极好，但分量不足。说是给两人当夜宵，却不够章海涛几口吞的！

窗外东方微明，这份文书终于起草好，可以交给报社去付印了。

吴仪民见章海涛揉着眼睛欲离开，忙拉他坐下：先别走，熬了一晚上，我请你喝杯咖啡吧。是我一个朋友从英国带回来的，醇香浓厚又提神，保你喜欢。

咖啡？章海涛调皮地吐了吐舌头：那黑乎乎的东西还挺苦，我不喜欢。

吴仪民趁机道出自己纠结了多日的事：海涛，你还年轻，你不知道，咖啡不苦，相思才苦呢！你道我如何生病？就是相思病啊！你可知，我爱上了文小姐？

章海涛吃了一惊，他是个聪明人，顿时间，便生出满腹疑团：哦？

吴仪民见他假意不知，只好点明：你跟文小姐最近都在一起，你跟她……

我跟她只是一般朋友。章海涛坦然说：你既对她有情，为何不跟她挑明？

吴仪民在微曦的光线里打量他，见他一身素净的学生服，却英姿勃勃，风度翩然。一双眼睛清澈有神，眉目俊朗，气宇不凡。一条黑辫子盘在头顶上，更显得干净利落。这样的年轻人仿佛与世俗无关，但他又怎能对世间之事完全不知？

于是吴仪民干脆地说：自那天在钟水饺，你替她挡了枪口，她再不理我……

什么？章海涛满脸惊讶：这么说，竟是我挡住了你跟她的关系？

"成都百年往事"三部曲之一

他不禁拧起两道黑眉,犯了愁思。没想到除了邵玉笙那个恶衙内,还另有一个温润如玉的翩翩公子喜欢文诗洁!他竟不知,文小姐如此惹人爱!可是他不也这样吗?萍水之逢,不问来处,立刻就喜欢上她。但要论到情缘二字,显然这吴公子应该排在前。现在他才完全明白,此人为何昨晚要拉他一起来写文书:既是合作,也是试探,甚至还有告诫和警示……现在怎么办?他见吴仪民一脸愁云地靠在窗前,竟不忍去看他那双含有泪水的双目。有情的人才有泪,而他此刻没有泪,也该没有情吧?他的眼光投到桌上的那一沓稿纸上,想到昨晚自己跟这个男子携手并进,把那万千爱国之情,都化于指尖笔下,在纸上龙行凤走,水墨飘香,字字珠玉,又化作投枪和匕首,去唤醒千千万万的同胞,是多么痛快淋漓!现在岂能为了风月之事,就坏了革命大业?须知吴公子的父亲,却是保路同志会的领袖呢!章海涛想到这里,只觉得那文小姐就是天上的月亮,清冷明亮而遥不可及,他够不着,也不想去够了!

吴仪民已经等不及,便说:海涛,我们初相识,可我有个不情之请……

章海涛望着对方期待的眼神,微微一笑:不用说,我已经明白了!

他在窗口洒下的朝霞里,意气潇洒地一扬头:你放心吧,我走了。

他走出报社,走到街面上,温暖的阳光落到他身上,心里却有几分寒意。随即他又一扬头,急急离开了。事情太多,他哪里顾得上去怜惜个人的情感?

次日,吴仪民与章海涛合力完成的《川人自保商榷书》,便在成都满天飞,通过报贩子、小报童,包括亲友邻居,飘进了每家每户和各种各样的人心里……

《川人自保商榷书》的开头是这样写的:

中国现在时局,只得亡羊补牢,死中求生,万无侥幸挽救之理。凡扼要之军港、商埠、矿产、关税、边地、轮船、铁道、邮便与制造军械、用人行政,一切国本民命所关之大本,早为政府立约擅给外人……危机四伏，一触即发……然四川东连两湖，西连藏卫，南连云贵，北连陕甘。夔门剑阁，古称天险。铁路轮船，尚未大通。以比各行省，外人插足尚浅，势力亦薄。今因政府夺路劫款，转送外人，激动我七千万同胞幡然醒悟，两月以来，团结力、坚忍力、秩序力，中外鲜见，殊觉人心未死，尚有可为。及是时间，急就天然之利，辅以人事，一心一力，共图自保……谨将自保条件，分列于后，愿我七千万同胞，及仁人志士，付诸议会，讨论一是，指定方针，或得万一之幸！

下面平列了甲乙丙丁四项具体办法，包括保护官长、维持治安、编练国民军，制造枪炮台、保护铁路工厂和水电，优待军警家属，筹备自保经费……

因执笔人之一章海涛的背后有同盟会指示，《川人自保商榷书》以巧妙而隐晦的言辞，一方面要求川人"竭尽赤诚，协助政府，厝皇基于万世之安"，一方面又号召川人"如有卖国官绅从中阻挠，即应以义侠赴之，誓不两立于天地！"文书中虽无"暴动""革命"等激烈言辞，但实际上是以"商榷"地方自治为名，鼓吹四川独立。几天之内，这份文书就不胫而走，深入人心，传遍全川，极大地鼓舞了民众的士气。

与此同时，保路运动开展得更加有声有色。特别股东大会每天都在进行商议，各种风潮也水涨船高地兴起来。成都城内是各条街巷都有分会，各行各业都有分支，教师学者、农夫苦力、商人士兵、僧侣教徒等各界人士，甚至连卖菜的、磨刀的、引水卖浆者，包括章二哥等织锦匠，芙蓉她们唱清音的都成立了保路协会。不仅有了自己的组织名称，还以各种形式集会演说，呼号奔走，发表了不少声讨卖国贼的热血文章，在全市乃至全川都掀起了群众性的反帝爱国热潮……

年轻人更积极，章海涛他们惠民中学的蜀中同学会，文诗洁她们的女中同学会，都直接转成了保路同学会。容嘉露没参加，邵雅兰不赞成，三个闺密渐行渐远，几乎没有来往了。有一天吴仪民来女中找文诗洁不遇，却偶然碰见了邵雅兰，两人难免停下来聊了两句。邵雅兰听吴仪民说，《川人自保商榷书》竟是他跟章海涛共同起草的，也不过叹息一声罢了。自从那日章海涛拒绝了她，她脑子里时而思绪万千，时而又空空如也。外面闹得天翻地覆，她总在想：这一切又与我何干？即便她父亲是总督，府外经常挤满了请愿的人们，或有人哭，或有人闹，她却置若罔闻，置之不理。

章海涛的学校里，马大郎突然宣布，今年不放暑假了！说是怕学生们回乡后，再去跟着闹风潮。他还宣布说，若有同学不听从，是要记大过甚至开除的！

这一天，章海涛正在鼓动大家传看《川人自保商榷书》，同学们也在海阔天空地聊着，有人开玩笑地说：再过几日，只怕城里的瞎子、聋子、哑巴，也要成立保路同志会了！章海涛也高声大嗓地说：是啊，我们不达目的，决不罢休！

马大郎突然走进来，喝道：章海涛！你又在闹事？你再闹，我就开除你！

章海涛很气愤，自从这个马大郎管理学校，似乎就把他盯得最紧！无论是报到、缴费、考试……样样都对他严加管束。他也多次被学校记过处罚，大名经常在公告牌里挂出来，在众目睽睽中被羞辱。之所以没被开除，还是因为有邵烈风这个保护伞。而他被羞辱被压制，又恰恰是因为他家境贫寒，是个寒门学子！

于是他毫不示弱地瞪着马大郎：全城人都在保路废约，你还想当卖国贼啊？

马大郎又指着他说：你胆子不小，再这样闹下去，我还要把你当乱党抓呢！

同学惶恐，连忙上前劝解，说是不放暑假了，大家随便聊聊……

章海涛却挣开众人，无所畏惧地说：我就要反对你这个学监的强行打压！

马大郎气得指着他，还想大放厥词，突然陈少星跑进来，举着一封信大喊：罢课了！罢课了！有人给我们学校发了信来，说是全城的学堂都罢课了！

马大郎一把抢过他手里的信，打开来看了看，就撕得粉碎，黑着一张马脸走开。在他身后，章海涛振臂一呼，同学们立刻跟在他身后，欢快地拥出教室……

这一天正是8月24日，群众性的罢课、罢工、罢市终于爆发。皆因此前吴、容二人又坚持"先礼后兵"，率领股东们多次去总督府，想见邵烈风，都被他拒绝。邵烈风这样做，也确实被整怕了！股东会的那帮老爷，几乎每天都来这督院街吵吵闹闹。以前的官府衙门多清静，多威严，现在却成了沸沸扬扬的大会场！经常挤着上百人甚至几百人，盛暑时节，够热够闷吧？邵烈风经常觉得自己气都喘不过来，一身大汗淋淋。为了顾全这个总督的面子，他也曾接见过股东们，但这帮人却跟他大喊大叫，非要他代奏上传……这不是为难他吗？他哪儿像个手操生死大权的四川王啊？

前日就闹得更凶，有个股东在议事厅外大喊：邵大人，你还不出来见我们啊？你是真不在乎这七千万人的生死啊？若你同意跟我们一起保路，川人将永远记住你的丰功伟绩，你也肯定会青史留名！否则你定是遗臭万年啊！快出来吧……

邵烈风忍无可忍，率性脱去官服，穿着一身青纱大褂就走出来，对面前站着的几百人喝道：你们这些人天天来闹，还要怎么样？你们成立这保路会，闹得人心不安，堪称乱党，有乘机图谋起事之嫌！朝廷已有严旨，让本官拿办不贷！你们还敢诽谤朝廷是在卖国！你们设身处地为本官想一想，你们还要本官怎么样？

人群怔了怔，继而爆发出沸沸腾腾的吵闹声，都在要求他顺应民意。否则就是跟盛宣怀一个鼻孔出气！有人丢砖头瓦块，有人喊口号，更多人则是拍巴掌和顿脚来表示赞成。吴、容二人虽知道这样闹不行，但群众激越的情绪难以平服，也只好听之任之。邵烈风却气得转身又进了议事厅，然后散在厅堂外的几十个兵丁就拥上来，把这院子围得水泄不通。吴、容二人变了脸色，生怕今天要出意外……

不料等了一阵，邵烈风的幕僚，那个斯斯文文的沐智贤就出来说：各位大人请回去休息吧，这样闹是没用的。你们都不知道，朝廷也把邵大人逼得很紧！时常下旨给他，说蜀中太嚣张，股东参与鼓煽闹事，让邵大人即行禁止！若有违抗，立刻严拿惩办！邵大人真是没办法了，他说再这样闹下去，他也决意辞官告退了！

沐智贤说完，再把厅外扫视一番，只见股东们有些意外惊愕，但几十张汗脸上仍然是气愤愤的，找不到一丝他所希冀的同情。他只得长叹一声，又道：邵大人说，像他这样做不了主的总督不当也罢！他实在不愿再担负虚名，而实受其害了！

沐智贤走进厅堂，仍听得外面一阵激动呼喊，似在叫道：邵大人辞官不辞官，我们管不着，但他在位一天，就要为民做主！我们只求还我路权，还我路款！

此后邵烈风再不愿接见任何请愿的绅商，保路会原本拟定的先礼后兵成为僵局。昨日股东绅商们不顾天气炎热，又在总督府的庭院里待了一整天，吃没吃的，喝没喝的，站没站的，坐没坐的，大家都累坏了！一直坚持到天黑，眼看没有任何希望了，保路同志会的头头脑脑们才做出了这个罢工、罢课、罢市的决定。

10

"三罢"的决定只是权宜之计，保路同志会原本也想保路保权，适可而止。不料朝廷态度强硬，吴、容等人也是被逼无奈，这才发出通知，说政府信奸逼民，民众呼吁无望，只得号召全川农人罢耕，商人罢市，工人罢业，学堂罢课，以此来抵制。正值盛夏，大部分学生都已放假，罢课只是说说而已。罢耕也不大可能，农人都面朝黄土背朝天，听不见时世的呼喊。但罢业罢市就厉害了！尤其是成都人，没想到这保路风潮搞来搞去，竟至牵涉到自己的日常生活，一茶一饭，连生计都困难了！

尽管如此，大家也都明白，罢业罢市乃保路会的最后手段，必须坚决支持！因而从8月25日起，很多店铺便关门歇业。尤其在一些闹市街区，有商铺老板甚至故意把店打开又关上，四处响起一片噼里啪啦的上铺板关门声。也有人站在店铺外，或喜笑颜开，或神色不安。一堆一堆的邻居好友都在门口摆家常，却是毫无怨言：

关了算了！关了算了！反正大家也都活不下去了！

就是，这叫官逼民反，不关铺子，难道安心当亡国奴？

为了保路爱国，我们莫得话说，大家要关一起关！要死一起死！

也有人惊慌失措，六神不安地问：关了铺子，没有营生，我们怎么活？

或者问：关上铺子不做生意，真能吓倒他龟儿子，把路权还给我们？

还有人小声问：政府会不会派人来强行取消？甚至开红山（开枪打人）哦？

又有人大声武气地说：他龟儿子不敢，我们成都人有好几十万呢！

一个年轻警察走来，大家以为他要干涉自己，不料这警察却举手高呼：打倒卖国贼！成都人民团结起来，一律关门不开市，看他龟儿子吃啥子！

众人都轻松地笑起来。这时又有几个轿夫抬着一顶空轿子走来，无所适从的样子。大家便喊他们：快放下轿子！放下来，都不准做生意了，也不准抬轿子！

轿夫们迟疑了一下，便放下轿子，甩手甩脚地走开，又惹得众人笑起来。

天快黑了，市民还在自己店铺外看热闹。这时才见一些家庭主妇慌慌张张跑来，说没有柴米油盐了，怎么办？有个妇人抱怨说：罢市也早点跟我们讲嘛,家里一点准备都没有,吃啥子喝啥子?她夫君连忙掩住她的口,大声说:各位高邻,莫听她的,妇人啥都不明白!说话不小心,该让她给大家认个错。旋即又呵斥那妇人说:你只顾家里头吃啊喝的,这是国家大事,你懂不懂?把那妇人吓得惊惶溜走了……

但罢市三天后,很多问题都暴露出来:市民买不到食物和日用品,农民的米粮和蔬菜进不了城,粪水垃圾也出不了城。保路同志会立刻召集各街正和各协会负责人开会,又商定一个特别通告,要求柴米油盐一切饮食照常发卖,患病上街问药者和残疾者准许坐轿子。还让各条街巷都推选出一个有威望明事理的人,帮着维持秩序,不得在街上聚众闹事,以免人多嘴杂,生出是非。在热烈的巴掌声中,结束了这个会议。成都人都深以为自豪,这惊天动地的大规模罢市,市民居然都通情达理,没有闹出什么大事故来。只是街上难免冷冷清清,很少有人出来走动了。

这一天,位于华兴街的劝业场却热闹起来。原来是邵烈风派他的几个幕僚,由沐智贤带着,和他儿子邵玉笙一起去劝市民开业。人们都闻讯赶来,想听听总督大人究竟怎么想的。罢市好几天了,邵烈风还未发表过任何意见呢!

对邵总督来说,那一纸《川人自保商榷书》就是挑战书了。他看完后气得将其撕成粉碎,在府里大发脾气,把朝廷和川人都骂了个遍。这阵子他很不好过,从大哥邵尔培那里得知,清政府嫌自己办事不力,欲派端方换掉自己。盛宣怀也早就提议过,要派端方为督办大臣,率领湖北新军来川督办这收回铁路一事。端方也跃跃欲试想取代邵烈风,听说此时他已率新军上路,但又患得患失,怕走后武昌会出事。因此尚在观望中,行进很慢。而成都的保路运动却风起云涌,一发不可收拾,已经由请愿活动演变为罢业罢市。但朝廷却不肯让步,还不断催促邵烈风赶紧镇压,说不给民众一点颜色看,他们永远不知道天高地厚!然而邵烈风却明白,他治下的民众要求并不高,但凡有条活路,谁会拿自己吃饭的营生和家伙来闹事?人家辛辛苦苦攒了一点钱要修铁路,你们朝廷一句话就拿走了，铁路没了，钱也没了，还让不让人活命了？邵烈风这个四川王觉得，自己能理解老百姓的心情：你不让我活吗？好，那你也别过了！

于是这次总督大人和幕僚们的意见空前统一：劝降！派出多批人马，包括各级官员，在城中四处劝老百姓开业。人不够用，儿子也上了，正好，他能代表老子！

成都市区的街坊设置类似于棋盘布局，在两宋时期就已形成。因成都人天生的创新精神，这种带着桎梏性质的里坊又被打破，突破了"坊"和"市"的界限，生意遍地开花更加兴隆。但这个城市也有店铺集中的繁华地段，那里各种稀奇物品应有尽有，人来人往十分热闹。华兴街正是这样，这条繁华的街区是连接东大街和劝业场的黄金通道。劝业场里商铺云集，是成都近代最早的商场，后改名为商业场，落成于宣统元年，是成都商业文明和最具城市特色的鲜明表征。场内是一条步行街，两边皆列店铺，有一百余家，洋广百货、绸缎布匹、玻璃玉器、书画古玩、工艺陶瓷、中西大菜、山珍海味，应有尽有。场内共有三层，楼上回廊四合，栏杆围绕，昼夜灯光闪烁，犹如后来的上海滩大都会一般繁华。正所谓："万井云错，百货川委，高车大马决骤乎通逵，层楼复阁荡摩乎半空……奇物异产，瑰琦错落，列肆而班市……"

这是罢市的第七天，市民已经习惯了艰苦的生活，正在咬牙坚持。下午时分，一群不顾炎热而穿戴齐整的官员来到紧闭铺门的劝业场前，让人敲起了铜锣。听到锣声，约有上百人来到场前，沐智贤便登上一个临时搭成的演讲台，朝台下拱手说：

各位市民，各位同胞，各位有名有姓上得了台盘的君子们：本人沐智贤，是总督的门生，奉总督之名来向各位劝解。邵大人说，市民这次的争路很文明，三个多月没有一点出轨的行动。但这次罢业罢市，就有点出格了！邵总督希望，大家仍然商商量量，一切文明到底，官民还是可以合作嘛！邵大人的意思，还是期望这次的罢业罢市，股东会和同志会能自动取消，各行各业，该干啥还干啥。邵大人保证，只要不闹出太大动静，也即不暴动，不出事，他绝对不干涉……大家说，怎么样？

下面的市民都是小老百姓，哪遇到过这样的阵仗？便你看我，我看你，都不知怎么办才好。沐智贤见场边上佩枪的邵老四朝自己比着大拇指，又强硬地说：

别说我们眼下还有大清朝廷的章程，就算是东洋西洋那些立宪的国家，哪能像我们四川这样吵吵嚷嚷闹风潮的？哎，就算你有千般道理万般想法，可是跟市面上有啥关系？茶坊酒肆戏园子，大家该吃吃，该喝喝，尽管锣鼓喧天地热闹去嘛！这件事情过后，大家乡里乡亲的，仍然抬头不见低头见，有啥必要搞得这么血浸？大家都来罢市，生意不做了，没吃没喝不说，都拥到街上来，人心浮动啊！倘若被乱党利用了，生出是非，闹起事来，或者搞什么暴动，总督大人能不干预吗？这一干预，就可能出意外，那不只是口角打架哦！有可能开红山哦！那枪子可不长眼哦……

他正说得起劲，听众也渐渐往后缩，一个个都被吓住了似的。突然不远处传来一阵清亮的女声，原来是一群女学生在文诗洁的带领下走来，齐声吟诵着一首诗：

保路同志听我讲，罢工罢市为哪桩？
朝廷夺我铁路权，四川人民齐反抗！
一百四十余州县，携手形同革命党。
清朝政府已卖国，大江南北皆纷攘。
四面楚歌欲惊魂，万里江山为战场。
试看锦城之今日，众志成城谁能挡？

沐智贤还没反应过来，邵玉笙却已看见文诗洁，他连忙几步跳到那个幕僚身边，有点结巴地说：来了！她来了！她就是那个冤家，那个我喜欢的女子……

这首诗当然是女诗人文诗洁写的，虽是打油味道，却把事情说得很明白，也带有鼓动性质。这几天，她跟女中的同学们也都罢课，纷纷走上街头去宣传和游行，给市民宣讲"三罢"的好处。诗歌受人听，效果也不错，这首诗也成了投枪和匕首。

因她在诗里用了"革命党"三个字，竟然把沐智贤惊吓得跌下台来，发着抖地问邵老四：她、她……她是革命党吗？四少，你喜欢的女子竟是革命党？你疯了？

邵玉笙是个银样镴枪头，虽然他今天佩着枪，带着人，但不知怎么的，看见这群女生就打怵，联想到那天在女中的遭遇，头皮直发麻。这时文诗洁已经趁机登上那个演讲台，亮起她的金嗓子，也开始向市民们喊话。她口齿伶俐地说：

同胞们，市民们，你们可不要上当啊！既然保路同志会决定罢业罢市，我们就要坚持到底，不达目的不罢休，不见胜利不收手！眼下我们的生活是有些困难，但我们的眼光要放长远些，要去争取全川人民更大的利益，还要为国家富强的前途着想。别信那些当官的话，他们啥时候跟我们老百姓官民一致了？他们若是爱民如子的好官员，保路运动还会闹到这个地步？同胞们，市民们，我们的利益才是一致的！我们的心是热的，血也是热的，我们都爱国，所以才参加了保路同志会。我们死也不能让盛宣怀等人卖国！我们一定要坚持到底！要夺回路权！夺回我们的铁路款！

她这番话深入浅出，市民即便听不懂那些大道理，但最后两句话是明白的，于是一阵巴巴掌就热烈地响起来，还有人满意地笑道：这个女子真会说话！

文诗洁又带领女同学们高呼口号：不达到争路目的，决不开市！

市民也纷纷举手高呼：对！不管你们说得天花乱坠，这市老子罢定了！

邵玉笙气不打一处来，真想拔出枪来对准心爱的女子！但看着越聚越多的人群，到底不敢犯了众怒，却又气不过，便朝文诗洁喊道：你这女子，真是胆大包天！好吧，你等着，我迟早要把你娶进府来，当我的老婆！那时我再好好教训你！

这话太突兀，大家听了都莫名其妙。有人却反应过来，便指着他笑道：这个邵老四，今天要给我们唱一出《王老虎抢亲》……不，是给我们吃一桌满汉全席！

其他人有明白的，也都笑得拍掌顿脚。邵玉笙气得又想拔枪，沐智贤却按住他的手说：四少，不可！你想让他们齐心对付我们？那我们会吃亏的，快走吧！

邵玉笙挣扎着不想走，目光死盯着文诗洁：不行，我得给她点颜色看……

你要给谁颜色看？一个男子突然出现，原来是温文尔雅的吴仪民，但他那张脸已经气得涨红了！他也紧盯着邵玉笙说：告诉你！文小姐是属于我的！她跟我早就定了亲！你最好离她远点，别再去打搅她，否则我就在报上公布你的恶行！

邵玉笙怔了怔，哈哈大笑起来：原来文小姐这么惹人爱呀！居然有三个男人喜欢她，还都不肯放弃……好，吴大记者，你想要她，得问我的枪子答应不？

你这个欺行霸市的恶少！吴仪民一生气，也顾不得自己用词不当，扬起拳头威胁道：你有枪，我们有拳头，还有文章，都不是吃素的！你别再想耀武扬威了！

邵玉笙还想说什么，沐智贤忙把他拉走：快走吧，否则形势对我们更不利……

他知道今天在劝业场的劝业失败了。更麻烦的是，他发现总督大人的儿子竟然跟保路同志会领导人的儿子，爱上了同一个有革命党嫌疑的女子，这可如何是好？他在回府路上，才知道那个年轻人跟吴万乾的关系，于是一再叮嘱没眼水的四少，这事万万不可行。邵玉笙却继续没眼水地嚷着说他一定要强娶那个文小姐！

这边人散后，文诗洁才淡淡地问吴仪民：你刚才跟那邵玉笙说什么？

吴仪民干脆把心一横，坚决地说：我告诉他，你已经是我的人了！

文诗洁回头向那群女生摆摆手，让她们先回家，一边淡然说：你胡说……

吴仪民连忙跑到她面前，正色道：我没胡说，诗洁，我喜欢你，也想保护你，不让你再受那个恶少的欺负。我想，你若愿嫁给我，住进我家，就安全了……

可是，我并没爱上你呀？文诗洁神情平和：我一直以为，我们只是朋友。

吴仪民的心怦怦乱跳，这话让他暗暗吃惊，他目光里闪过一丝疑虑，决定把话问个清楚明白：可我一直以为，我们超出了朋友关系。是不是因为那个章海涛……

文诗洁不悦地皱了皱眉：我们两人的事，跟他有何关系？

对呀！吴仪民活跃起来，脸上有了笑意：这小子虽然读了几年书，但不过是个粗人，家境也不好。若不是邵总督格外施恩，他连学都上不起，你怎么会看上他？

文诗洁的脸色却严峻起来，也正色道：我们的认识有差距。我觉得海涛并不粗鲁，我原以为他粗鲁的地方，其实都是他的率真豪放，是他生龙活虎的少年感……

吴仪民大吃一惊：你竟这么看他？你喜欢他？怪不得你最近对我很冷淡！

这是两回事！文诗洁有些不耐烦：你怎么不明白？我跟他的事，也跟你没关系。

吴仪民也终于失去耐心，不由得叫道：这么说，你真是跟他好了？你爱上了海涛？可我明明告诉了他，我对你有这份心意，他也答应了，把你让给我……

你说什么？文诗洁又惊又怒，冷冷地瞪了吴仪民一眼，就转身跑开。

吴仪民欲追上去，想了想才作罢。他似乎明白了，有些话永远不能说出口。

当晚在总督府，邵烈风与子女也有一次不平常的谈话。那是沐智贤不敢隐瞒，回府后就把四少的爱情问题汇报了。邵烈风听后沉吟不语，因为沐智贤已经打听到文小姐的身世。总督听说她哥哥是林汉云的手下，两人关系密切，更不乐意了。最近风闻凤凰营有革命党，还没查清楚，怎么又钻出这件事？邵烈风深悔妻子死后自己没再娶正房，几个姨太太就知道吃喝玩乐打麻将，都管不到子女头上。他让人去把儿女叫来，准备盘问一番，也教训一番，这个节骨眼儿上，决不能让他们自由恋爱。

正好邵玉笙也等不及了，他风风火火地跑进议事厅，见父亲背着他负手而立，也顾不得礼仪，就上前喊道：父亲，儿子想娶亲了！要娶文家小姐文诗洁……

大胆！邵烈风一脸沉郁，回身喝道：那文小姐是什么人？你打听清楚了吗？据说她有革命党嫌疑！你是疯了？还是傻了？娶这样的女人上门，是想自取灭亡吗？

爹！邵玉笙再不明事理，也知道父亲对此事不满，便嘟囔着：她、她不是革命党，是个漂亮乖巧的女子……对了，她正是妹妹的同学，就让妹妹来说罢。

邵雅兰脸色苍白，嘴唇青紫，就跟大病一场似的。她也跟吴仪民一样害了相思病。在她这个年纪，爱而不得是最痛苦的事，何况对方各方面条件都比自己差。但她每天早晨醒来就想到他，想到那个桀骜不驯的少年。她只觉得胸口在撕扯着疼痛，有时仿佛颈部被水草缠绕着，竟至呼吸困难。如今兄长又去纠缠文诗洁，而这位闺密正是她所爱的男子心中喜欢的女子！这一切真是太不可思议了！她看看兄长，又看看父亲，再看看那个名字就挺智慧的谋士，不知说什么好，只是深感愧疚，觉得有些无颜见人……是啊，他们兄妹俩可是这座城市里最尊贵的青年，却得不到自己所爱！

邵玉笙见妹妹不语，顿脚道：妹子，你不也喜欢章海涛吗？是父亲出钱才让他成了读书人。现在他竟敢横在你我之间，居然抢走了文大小姐！我怎能让他如愿？

天哪！这事儿可太复杂了！沐智贤脸色变白了，喃喃地说：怎么狗扯连环，都纠结到一起了！四少，小姐，你们再这样闹下去，会让你父亲有多为难啊？一个总督保镖的弟弟，一个保路同志会会长的儿子，一个新军管带的妹妹……

是啊！你们怎么不替你爹想想？邵烈风气得双手发抖，指着一双儿女：目前局势糟透了！你爹来成都上任，就碰到这个烫手的炭圆，成天扑火都来不及！你们两个不来帮我平事，反而给我添堵。过了这一阵，你们要找什么样的男人女人不行？

邵玉笙也一脸气恼地瞪着妹妹，似乎这一切过错全怪她，并且振振有词地指责道：就是啊，你来添什么乱？有本事就把那个章海涛抢走！别让他来坏我的事！

邵雅兰欲哭无泪，她见父亲脸上挂满了焦虑，女儿总是心疼父亲，兄妹俩中，也只有她不愿伤害父亲。此时她对父亲的担忧，已经超过了自己爱情的伤痛。

爹！她连忙上前抓住父亲的手，叹息着：放心吧，我知道该怎么做了！

邵玉笙也明白父亲绝不会同意自己娶文诗洁，怏怏不快，又无可奈何。

兄妹俩走后，邵烈风便对沐智贤说：看好老四，还有，把这事透露给峻岩……

兄妹俩出了厅堂，失望的悲凉便爬上心尖，使他们都无心观赏这清幽的夜色。

邵玉笙叹息着问妹妹：哎，你主意多，打算怎么办？

邵雅兰低眉沉思：哥，放手吧！我了解诗洁，就算没有海涛，她也不会委身于你！哥只是看上了她的美貌，但天下绝色何其多，她不是第一个，也不是最后一个。

说得轻巧！邵玉笙跺脚道：我不会放弃！爹说得对，我再等待机会吧！

邵雅兰望着哥哥离去，嘴角扬起一丝无奈的笑意。她自然比哥哥有心计，为阻止文诗洁跟章海涛接触，她已派人送信到凤凰营，把文诗洁最近的行踪告诉了她哥。这样做也许没有实际效果，只为慰藉她心中的寥落与失意，抑或是为了夺回一时之意气。邵雅兰自视甚高，觉得自己不该是这样的命运，也不能辜负了这韶华流年。何况她每天一闭上眼，脑子里全是那个少年的卓尔不凡，其他人全是过眼之客了！

文光豪收到总督府一个兵丁送来的信，立刻明白了一切。邵大小姐虽然年轻，却不是好相与的！闺密之间发生了这种事，尽管此中曲折还不清楚，但也让他担忧，只怕妹妹会受到伤害。文光豪也在猜疑章海涛的身份，他不但是邵烈风保镖的弟弟，还可能是革命党！文光豪觉得妹妹也太任性了，如此由着她可怎么行？

文光豪连夜骑马赶回林府，妹妹正在后花园逗那只小兔子玩。月亮温婉的光辉洒在阶前，勾勒出一个美丽的倩影。这样的女子多脆弱，真是人畜无害。文光豪但愿时光在这一刻停驻，让这倩影永远凝结着世间的美丽，在他眼前静静呈现……

哥怎么回来了？文诗洁发现他，高兴地站起来：哥，最近发生了好多事！

文光豪拉她在旁边的石凳上坐下，亲切地看着她：好，那你都告诉哥吧……

妹妹便讲起来，都是些保路同志会的事，包括"三罢"，却没讲她自己。

文光豪叹息着，时间不多，他还要回军营，只得长话短说：你没说自己。这些事是不是你跟一个名叫章海涛的小伙子一起干的？你们俩现在是什么关系？

哥！文诗洁的语气里含着娇嗔：你怎么知道他的名字？谁告诉你的？

是你的好友邵小姐。文光豪抓住妹妹的手：告诉哥，你是不是爱上他了？

如此单刀直入，文诗洁猛吃一惊，觉得好难答复，因为这是她还没想好的事。她抬头看着天上的明月，在静谧的夜空里，它又大又圆，满含着清幽和神秘的柔光。她仿佛看到那个少年的面容：朗朗眉目，落落神采，正是大好青春的样子……

这一刻文光豪已经明白，原来那少年在妹妹心里如此之重！他连忙问：他是革命党吗？诗洁，你是个女子，应该离他远点，离这些革命和暴乱都远点……

为什么？就因为我是女子？文诗洁突然站起来：千百年来，革命和暴乱都是男人的事，而女子则是男人抢夺的目标，是战争的猎物。但也有女子变成了战士，古时有花木兰，如今有秋瑾，她们都是巾帼英雄。我虽不才，也想做她们那样的人！

文光豪也站起来，喝道：诗洁！这就是你去女中读书，读出来的新思想？哥不想让你接触那个章海涛，还因为革命党是暴烈的！弄不好，是要死人的！

文诗洁却说：不，我接触海涛，是觉得自己生命里缺少了什么，要去找回来。他身上那种朝气蓬勃的生命力，还有时刻勇往直前的斗志，都让我钦佩！我从没见过这样的年轻人，哥，我想跟他交朋友，想成为他那样的人，你不能阻拦！

文光豪不禁长叹一声，革命党，同盟会，原来有这么大魅力！自己想拉着好朋友林汉云参加而不能，妹妹却一个劲儿地要钻进去！看来也只能由着她了。况且他自己的心，又何尝不是被妹妹这番话点燃了血性，在胸腔里激动地跳跃着……

同一轮月亮下，章峻岩在君平胡同自家院子里跟弟弟的谈话就更加简短。

他听了沐智贤的暗示，也是心急如焚。邵大人只让这个幕僚传话，却没说明他的意思。但沐智贤又说，邵小姐似乎大病一场，经常黑着眼圈，显然在失眠，可能就是为了他这个弟弟心痛之至！怎么办？邵大人不仅对章家有恩，手上还握有重兵，倘若一怒之下翻脸，便是要了那对情人的性命也有可能！章峻岩一刻也不敢耽搁，立刻赶回家。若弟弟不在家，他只好赶去中学里把这个大逆不道的弟弟揪回来！

章海涛恰巧回家拿了东西，正要出门，兄弟俩刚好在院子里碰见了。

章峻岩一把揪住弟弟，明确地问：大小姐喜欢你，你为啥拒绝她？不要命了？

这话说得好重，章海涛哭笑不得。哥哥也该知道，邵老四不准他去爱，邵小姐又偏要他去爱，虽然对象不同，但也太霸道了！就算爱一个人总要经历些风波，但这也太过分了！他还有没有去爱与不爱的自由啊？倘若主子和奴才就是这样，那么这种阶级关系更要去推翻！去焚毁！哪怕是化作灰烬，也要自由地燃烧！

章峻岩见弟弟一直不语，又心疼又无奈，只好放缓了语气：他们有权，也有枪！他们会要了你的命！明白吗？有了命，才有爱，否则一切都不存在了！

就这些？章海涛冷冷地问，仿佛这还不够似的。

是的，他不在乎，他无所谓！无论前面有什么样的危难在等着他，他也要做自己的主人！但他知道，这些道理跟哥哥讲不通，哥哥是心疼自己的。他只能转身走开，知道兄弟间已经有了嫌隙。章峻岩望着弟弟走出视野，不由得头脑发涨，身子无力，不知以后如何去面对总督大人。

次日早晨，章海涛在学堂刚起床，就接到一个流浪儿送来的信，文诗洁约他去摩诃池边的散花楼见面。摩诃池边树木很多，一片绿荫，满目清凉。散花楼是隋朝杨秀所建，虽然雕梁画栋的色彩有些破旧，但仍不失为一座古色古香的明丽楼台，登高望远，尽览风光。李白曾写诗称颂之："日照锦城头，朝光散花楼。金窗夹绣户，珠箔悬银钩。飞梯绿云中，极目散我忧。暮雨向三峡，春江绕双流。今来一登望，如上九天游。"

章海涛在散花楼的最高一层找到了文诗洁,她怀抱一本书,倚着栏杆,看着下面的风景,很悠闲的样子。章海涛却知她心里并不轻松。或许也有人去打压她了?

这里真是好风光啊!他走过去,微笑着:这天也真好,也无风雨也无晴。

说得好!文诗洁回头望他:我们都该像苏东坡那样,一蓑烟雨任平生!

她的话说到了他心尖里,他低头看着她抱的书:书看完了?你要还我?

她扬起那本书:这书太好看了!我想看了再看,就让我来保管,好吗?

送给你了!他干脆地说:或者你就替我收藏,我需要时,再找你拿……

他们并肩相依,望向楼下的摩诃池,见那清亮的湖水里有一对鸳鸯正自由自在地游着。满湖景致,满园风光,掀起了两人心底的波澜,让他们渐渐沉醉……

章海涛突然转头轻唤:诗洁,这些天,我有好多话要对你讲……

我都知道了。文诗洁娇嗔地看着他:你答应了吴仪民,要把我让给他!我就想来问你,我是一个物件吗?你竟要把我让出去?就算我是国宝,你有这个权利吗?

我……章海涛顿时惊慌起来,他还没有跟女孩子打交道的经验。他想说:你在我心里,就被我视若珍宝!他也想说:邵老四拿枪逼着我,我也不肯放弃你……

文诗洁却不遑多让,已经明确地说:不论是一个物件,或者一件国宝,也只有一个人才配拥有。海涛,我原以为,你会有这样的感觉,这样的感觉也只属于你!

在突如其来的深情里,章海涛的眼睛湿润了。他坚定地拥住这个女孩子,真挚地说:以前是我错了……这样高贵的馈赠,我要定了,而且永不辜负!

他想起那个温润如玉的翩翩公子，此人心中纵有再多怪怨，也只得由他去。他也不去想大哥和邵老四那边会是怎样的情景。因为他面前这个女孩子，不但是珍宝，而且是他这辈子都该守护的天女。上天即已注定，任谁都是徒劳！

好风如水，掠起了文诗洁额前的刘海，她闭上眼睛，安心倚在章海涛怀里，任自己的思想轻松飞翔，任心里开出许多美丽的花，美到了极致，好似要盛放出来……

11

八月下旬，群众性的罢市罢业风潮在成都发端，迅速席卷全川各地，也有郊县跟随，蓬勃兴起。十天后，仍不见效，朝廷继续不理不睬，总督府悄无声息。但稍有见识的人都知道，这是暗流涌动，两下里都憋足了劲，看谁先让步。

这段日子，坐立不安的岂止邵烈风，吴万乾和容士轩也同样焦躁不安。前者一直是成都立宪派的首领，后者呢，也不大赞成流血杀戮，两人都算有识之士，更不愿这场抗争落入革命党之手，把清政府的天下送给同盟会。奈何宣统皇帝太小，而宗室中的蠢货又太多，所以历史经常会因一些偶然事件而拐弯。

9月5日晚，就是个历史出现拐点的时刻。此时吴家父子正在自家花园里谈论世事，儿子的言谈也让老子深感意外，他居然说成都的"三罢"已经陷入窘境！

不，是朝廷陷入了窘境！吴万乾断然说：如今全川上下都动员起来，每次开会都哭声震天，那是在为朝廷哭丧啊！他们就要应对无方，只好向我们妥协了！

爹，你在做梦吧？吴仪民也毫不留情地说：尽管如此，朝廷仍然执迷不悟，邵总督的态度也很强硬，听说他们还要派端方进川，那就明摆着要来硬的啊！

吴万乾有点迟疑：但面对一波一波的请愿，还有罢市浪潮，朝廷又能怎样呢？

吴仪民也思索着：儿子不是在质疑父亲，但也开始怀疑你们立宪派的主张，包括我们这次的保路运动，是不是太温和了？似乎与洋人信奉的耶稣不谋而合，打左脸给右脸，打不还手，骂不还口……这种温和的改良，能见效吗？会长久吗？

吴万乾不料父子俩也意见不合，正难以回答，突然一个仆人走来说，容先生求见。接着夜色里就缓缓走来了容士轩，他的白色衣衫在黑暗里凸现，格外醒目。

哎呀，容先生怎么来了？快请坐！吴万乾连忙迎上去，指指旁边的石凳。

吴仪民见难得出府的容士轩居然独自前来，估计他有重要事跟父亲商谈，便朝老人家拱手见礼，然后悄然隐退。今晚他确实有些激进，可能是受了那天文诗洁的影响。这姑娘居然冷冷地拒绝了他，难道真是被章海涛那个革命党拉过去了？吴仪民丝毫不怀疑章海涛就是革命党！当时的中学生，向往革命者也居多。他对同盟会之流不甚了解，但是单从爱情这方面来说，立宪派就输给革命党了！虽然吴仪民坚信，革命党如果胜利了，那也是靠流血牺牲和刀枪棍棒打出来的，并非讲道理说服了人。然而他的个人际遇既然跟政治前途都联系上了，在这紧要关头，他自然不想选择立宪派。

夜已深了，吴家花园静寂无声，只听见几处虫鸣和池塘里的蛙声。仆人端来两杯茶后也悄然退去，吴万乾抽着雪茄，容士轩含着自己带来的水烟杆，两点火星在黑暗中不停闪烁，两个世故深沉的绅商都在思考着应该如何向对方开口。

吴万乾喷了一口雪茄烟，先发问：容先生此刻前来，可有什么新的方略？

是啊，必须有个新方略了！容士轩叹息着：我们一直在翘首等待，盼望朝廷能让步，看来也是等不到了！眼下我们得有个新举措，否则这僵局又如何开解？

吴万乾谦逊地说：容先生知道，兄弟平生的短处就是谨慎过余，还请指教……

容士轩放下水烟袋，掏出一方手帕来擦汗，足见他心里也有些紧张：按说呢，邵烈风那个总督也当得窝囊！听说他上一回奏，遭一回训……再这样下去，怕是朝廷也会让他滚蛋了！听说要让武昌的端方来接他的印。既如此，我们就再为难他一下，也算是给他撑住了腰杆子来说话。万乾，我们下一步提出抗租，如何？

抗租？吴万乾有些吃惊：这主意倒是高明，但也来得太陡了！须知我们四川是天府之国，自古以来就备受朝廷重视。周边的云南、贵州、甘肃、新疆、西藏等地素来贫穷，一直都靠四川顶着，一旦我们不缴纳钱粮，整个西南地区都得乱套！

容士轩不慌不忙地站起来：所以，这才是真正的杀着啊！如今朝廷不让我们活了，那他们也别过了！万乾，我们明天就召开股东大会，还有保路同志会，大家商议一下，如果都同意，那就发布公告，号召全省都来抗粮抗捐抗税，如何？

吴万乾迟疑了一下，又在心里掂量了几下，便点点头：也好，恐怕只有这样，结结实实地跟他们干一场，朝廷才会重视我们川人的呼吁……

分手时，两人都在各自的思想里沉默着，不知今晚这个决定是祸还是福。不经意间，天空中竟然飘起了小雨，洒落在各个喧闹与寂静的角落，似乎要把世间的尘埃都洗净。这也是留客的雨，容士轩却不再停驻，他匆匆而去，想尽快采取行动。

次日的股东大会开得异常激烈，正副会长关于抗捐抗税的提议如一石投水，激起千层浪，股东们有赞成也有反对。反对的人是怕这一拳打出去仍然落空，朝廷照旧没反应，那时又如何收得回来？赞同的人则呼声更高，早已七嘴八舌地喧哗开来……

有人说：朝廷专制，蔑视民意，我们也该重拳出击！

又有人说：朝廷安心跟七千万川民作对，我们必须拿出最后的手段了！

还有人说：国都要亡了！四川都难保了！还说什么？一致通过……

反对的人又说再想想，三思而后行。

去北京请愿就憋了一肚子气的彭俊辉拍案而起，喝道：还想什么？今天的川民已经变成一座火山，谁再来耍心眼，论短长，谁就被人所不齿！这熊熊烈焰燃烧起来，除非你能决天河之水，否则休想把它扑灭！

冯长立也跟着说：谁不赞成容老先生的这个提议，那就请他明天到街上去，在大众面前讲演一番，看大众能不能接纳你的意见？会不会骂你一通？

反对的人只好连连拭汗，叹道：群情激烈如此，我们还能说什么呢？

真是风起云涌，潮起浪高！原想适可而止的人都改变了主意，于是全票通过。

四川各地的群众也确实按捺不住心中的怒火了！次日，保路同志会的通告一经发出，川人便热烈拥护，一呼百应，甚至闹腾得激烈万分！格老子！还是《红楼梦》里林黛玉说得好：不是东风压了西风，就是西风压了东风。大家拼了！

果然，清政府也终于急了！本来这几年就国库空虚，川人竟敢抗捐抗税，这跟造反还有什么区别？朝廷重臣们很快达成一致，立刻下令让邵烈风全力镇压，用激烈方式去对付那些可恶的刁民！同时催促端方火速率武昌新军入川平乱。端方担任了川汉铁路和粤汉铁路的督办大臣后，便与盛宣怀一个鼻孔出气，觉得国有铁路，有何不好？借款修路，更可保险完成。反之若川汉铁路把持在川人手里，路款收支，毛病很多，自己鞭长莫及，无从染指，不如连锅端走为妙。而依附盛宣怀等重臣，也于他的前程有利，难不成自己多年宦途，反被川人断送了不成？

所以端方也跟盛宣怀一道，不断给邵烈风施压，一封封电报都在指责他，说川人负隅顽抗，朝廷半步也不能退让，看来对付四川的保路运动，确实只有用枪炮这种极端手段了！

这天晚上，邵烈风又收到清政府内阁发来的一封措辞严厉的电报：

> 川汉铁路自奉旨收归国有，川人即思反抗，川督代奏，已有旨意严斥！今停工生事，更别有私意于其间，乃川人计无所逞，又另滋事！以致人心惶惑，于地方治安，大有影响。地方官不能晓谕弹压，实已将历次谕旨全行违背！现责成川督遵照前旨，严重对付。否则不足以遏乱萌，而靖地方。若再不照此办理，将派重臣赴川查办，将其治罪……

这简直就是一道死命令了！邵烈风也早就忍无可忍。他认为那份《川人自保商榷书》不仅是保路同志会的宣传品，也是一根危险的导火索，所提条件隐含独立意味，俨然有共和政府之势。既为革命党人发动武装起义大造了舆论，也为自己急于寻找机会镇压保路斗争提供了口实。他不敢怠慢，当晚也召集开会，商量如何行动。这时能给他出主意想办法的人，在几个幕僚中也只有沐智贤。于是他把此人和儿子都叫来，一起商议对策。他先让邵玉笙把那封电报念了一遍，才问沐智贤有何主意。

沐智贤思忖着说：真是变生不测啊！其实成都人"三罢"没几天，已快坚持不住了，才有这个新点子。而盛宣怀之流就知道一味弹压，也未必是良策！若总督大人要来个痛快的，只图一条枪杀到底，痛快倒是痛快了，但不能服众，过后又咋办？

邵玉笙在一边却急了：老沐，你总是这样黏黏糊糊，前怕狼后怕虎的！既不能弹压，那你让我爹咋办？朝廷那边又如何交代？爹是四川总督，这边闹起事来，又如何推得了这个责任？面面都要顾全，岂不是两头为难？还不如开红山痛快！

邵烈风这次破天荒跟儿子意见一致，他黑着脸，紧皱眉头说：我仔细看了那个《川人自保商榷书》，什么保路同志会啊，简直就是背叛朝廷，图谋不轨！其实自罢市罢业以来，群情已是大乱，本官让你们去竭力开导，但群凝已结，民气已固，终非言语能解。还算市民保守秩序，未见暴动。如今又来个不纳赋税杂捐，只怕祸机四伏，危迫万状，真要闹成革命了！若再不解决，会不会全局蒙难？请沐先生再想……

沐智贤也为难起来，他喝了几口茶，又沉吟再三才说：四少刚才有句话没错，若总督大人能想个万全之策，一方面恳请朝廷圣明，俯鉴民隐，曲顾大局，一方面劝说股东们暂缓抗税，另筹解决，也为地方官吏着想，给条转圜的路子，或许能成？

邵烈风把手一挥，坚决地说：好，就这样办，明早我便发帖子，把保路会的主要成员，还有几个重要股东都请来，跟他们好生谈谈，让他们解散那个保路同志会！只有这样，我才能上达天听，替他们说话。否则影响所及，犹难收拾……

邵玉笙叫起来：爹，你这样做也太软弱了！不对他们动武，他们不会干的！

沐智贤连忙制止他：四少，总督大人这样做很好。否则人心一失，不可复收。

但他心里却在想：这邵家父子都并非慧心人，明日可千万别激生意外啊！

次日也即9月7日，天气又变得跟夏季一样燥热。云层很低，天空阴沉得可怕，却没有一丝风。在遥远的天边，已经隐约响起了几声闷雷，预示着一场大雨即将来临。有经验的人出门，都带上了一把雨伞，以防这不测的风云变化。

容士轩等人却都很兴奋。清早还算凉爽时，保路会的重要骨干都收到了总督府兵丁送来的帖子，邵烈风声称北京有好消息，请他们午时过后约齐了，一同去总督府看这封电报。大多数人都将信将疑，也有人欢欣鼓舞，以为朝廷熬不住了，要说软话了，保路有希望了。于是众人都匆匆洗漱完毕，吃了几口早饭，就聚到铁路公司去听信。容士轩和吴万乾还算镇定，但也感觉喜洋洋的，似乎打了胜仗一般。是啊，兴师动众地闹了几个月，朝廷总算有音讯了，无论如何也值得庆贺一番。看来有道理也不能规规矩矩地上奏，还得闹腾才行，否则这局面难道还要长期拖下去不成？

此时他们都没注意到，天上的乌云已经黑沉沉地压过来，在他们头顶上翻滚着。但风再急，雷再响，雨再大，今天总归是要去见邵烈风！于是众人叫来了小吃，无非是水饺、抄手、担担面，都忙忙地几口就咽下去，然后打道总督府。突然天上响了个炸雷，那雨偏就在这时下起来！似乎这雨看出了什么猫腻，一心想阻挡他们上路似的。容士轩心里也直打鼓，总觉得哪里不对头。但箭在弦上，岂能不发？他们招呼了几顶轿子，顶风冒雨地钻进去，轿夫们吆喝一声，抬起来就朝督院街跑去……

到了总督府，居然风停雨小了。股东们打着伞，下了轿，不怕打湿鞋袜，径直进了府内。这一天总督府守卫森严，约有上百个兵丁在把门。见他们进去后，立刻就关上了大门。但这般不同寻常的操作，又使门外渐渐聚集了很多看热闹的市民，有打伞的，有戴草帽、戴斗笠的，还有人打着赤脚，都在总督府外乱哄哄地议论着：

哎，今天这些股东们倒来得整齐，我看有七八个呢，是来请愿的？

听说是总督大人请来的，我数了数，足有八个人，都是有名望的绅商……

看来今天有好消息了，我们就在这里等着吧！莫走动，也莫闹！

卫兵们似乎得到命令，并不驱赶这些市民，任他们喧哗闹嚷。而在总督府里，邵烈风听说门外挤满了人，却陡然改变了主意：这不正好让他杀鸡给猴看吗？

邵烈风原本的想法也是先礼后兵，如股东们愿解散保路会，一切好说；否则他就不客气了！恐怕只有把这些人制住，才能让民众群龙无首，扑杀保路斗争。

此时八个股东已坐进了东花厅，这里是总督府的议事厅，居然也戒备森严，两边站满了全副武装的兵丁，围着两排雕花椅，中间又有一张宽大威严的太师椅，自然属于总督大人了。容士轩等人就分坐在两边，不知为什么，现场已经有人腿直发抖，心里也直打鼓了！中国老百姓有个毛病，那就是怕见官，何况又是如今这泾渭分明的生死关头，更何况对方是传说中杀人不眨眼的活阎罗——"邵屠夫"。其实咨议局、保路同志会跟邵总督当面锣对面鼓地谈话，已经不止一次了，但不知为何，今天的气氛尤其凝重，甚至是可怖！这时有人来上茶，股东们心里才踏实和轻松了一点。

接着邵烈风在众幕僚和儿子的簇拥下，威风凛凛地出场了。他年届五十，须发都有些花白，但身材硕壮，步态轻快，一双含着杀气的眼睛瞪得滚圆。虽是闷热天，他仍穿着整齐，朝服官靴，顶戴花翎，还戴着一串朝珠，显然对今天的见面很重视。紧随其后的邵玉笙穿着军官服，佩着手枪，沐智贤却是长袍马褂，也很威严。

邵烈风坐下后并不言语，沐智贤便上前温言细语地说：各位绅商，各位股东，今日总督大人接见你们，是下了最后决心，今日一定要解决问题，不能再拖了……

彭俊辉忍不住打断他：不是说有好消息，让我们来看北京发来的电报？

邵玉笙在父亲身后也忍不住了，一拍椅子背：什么电报？哪有啥好消息？父亲一直受到朝廷申斥，哪一个不骂他昏庸误事？今天找你们来，是要跟你们谈判！

谈判？谈什么？冯长立也沉不住气了，拍着椅子说：还有什么好谈的！我们几个前来，是代表民意！民意就是要废约保路，要不就把路款都还给我们！

诸位！诸位！沐智贤忙给邵玉笙使眼色，又说：小官也是股东，我非常理解和同情你们，我也想赞成你们的主张。但路权之事，却不是我们子民可以做主的，那是朝廷说了算的！你们股东也算是朝廷的臣子，应该识大义，明大体，岂可煽动民众闹事，成立什么保路同志会？又是

"三罢",又是抗捐抗税,这是要贻误国家大事的!

容士轩和吴万乾也朝对方使了个眼色,心里都明白今天的事没那么简单,看来有好消息又是看电报云云,全是扯淡!甚至是个阴谋或者陷阱。但事已至此,他俩也不约而同地下定了决心,要来个铤而走险,破釜沉舟,索性把话都说明白了!

吴万乾先站起来说:大人不能这么讲,我们反对铁路收归国有,只因川民吃亏太大了!四川人民节衣缩食,好不容易才累积到一千多万两银子,想拿来修铁路。现在朝廷逼着川民交路权,却不偿还路款,这种行为与强盗又有何异啊?

这是什么话!你竟敢诽谤朝廷是强盗?邵烈风也忍不住开了腔,他一拍椅子站起来,瞪大眼睛喝道:你们成立保路会,要挟朝廷,还抗捐抗税,真是反了天了!

容士轩见状,也站起来说:总督大人息怒!其实一直以来,川民盼邵大人入川,好为川民撑腰,有如大旱望甘霖!但总督大人来川后,却不为我们川民做主,据说还要派人去铁路公司查账,说我们股东贪污……这能不让我们失望吗?总督大人既代表朝廷,那我们也就对朝廷失望了!刚才吴先生不是失口,那就是民气啊!

邵烈风更加生气,脸色铁青地吼道:什么民气?民气值多少钱一斤?依本官看来,这些民气啊,民意啊,民心啊,都是乱党分子的新说词!你们什么保路会,背后是不是有革命党操纵啊?否则一个路权之事,怎会闹得天翻地覆?这次铁路收归国有,本是朝廷良策,既可谋交通之便利,又减免了川人的负担,你们不感谢皇恩浩荡,反而捏造些路亡国亡的邪说,鼓动民众起来造反!若不弹压,岂不闹到天上去了!

容士轩也忍无可忍了,冷笑着说:什么弹压?怎么弹压?是要开枪镇压吗?那有什么了不起?我川人从来都是吃软不吃硬!流血牺牲我们都不怕,还怕你弹压!

这下真把话说绝了,事过之后,谁都不明白一向温和谦让的容士轩为何非要惹怒总督大人。或者他就是想让邵烈风把袖里乾坤全都亮出来？然后以毒攻毒？

邵烈风也真被顶撞急了，一张脸青了又紫，紫了又青，最后全都涨红了。沐智贤见势不妙正欲劝阻，邵烈风已经大怒地喊道：来人！把他们全都抓起来！砍了！

接着是惊天动地的一阵呐喊，旁边那些兵丁全都跑上前，用早已准备好的粗麻绳，把这八个股东全都捆了起来！股东们也都吓蒙了，这地方近几个月他们常来，有坐冷板凳的时候，也有跟总督大人吵得脸红筋涨的时候，有时候他们好话说上几箩筐，总督大人只是敷衍不开腔。以至于股东们也会忘乎其形地说一些过头话，觉得要路权讨路款，那是天经地义！却万没料到今天有这一出——邵烈风竟然设了个鸿门宴！

兵丁如狼似虎，股东们一个个被捆成粽子模样，有人直发抖，有人流虚汗，容士轩和吴万乾面面相觑，震惊万分而无可奈何。只有彭俊辉和冯长立面无惧色，仍在大喊大叫，显然他们见过世面，知道总督是在吓唬他们，因此全无怯意。而邵老四则拔出手枪，一个个指点着他们，骂声不绝，似乎想把一肚子火气都放出来……

沐智贤连忙附耳对邵烈风说：大人千万不可杀他们，只让其解散保路会即可。

邵烈风气愤地说：你看他们那个目无朝廷的样子，还会听本官的话吗？

那也不能轻易杀人！沐智贤忙说：眼下民智开通，大人不能破坏大法……

邵烈风想了想，既不能杀人，也不能放人，只好先关起来再说。于是他挥挥手，邵玉笙便悻悻地收起枪，喝令兵丁们把人押下去，沐智贤这才松了一口气。

容士轩见众人垂头丧气，吴万乾脸上也全无血色，深知他们都是士绅，何曾经历过这种事？自己作为副会长，必须得给他们鼓鼓劲。便大声说：各位莫怕，邵总督不会把我们怎么样！他只是从川边来，气性大些……我们可一定要撑住啊！

但谁也没想到会这样！吴万乾嗓子嘶哑地说：官绅不能合作，太遗憾了……

他们被押到后面的厢房里，坐在冰冷的青砖地上，一个个都背剪双手，被绳子勒得生痛，终于有人忍不住哭出声来。容士轩纵有修养，此时也无法劝解。他抬头望着墙上的一个小窗户，只见窗外又翻滚起黑云，心想今天这件事，可如何收场啊？

事发突然，就连沐智贤这种智多星，也猜测不出邵烈风是临时起意才大开杀戒，还是早有预谋要对川民动手，以显示他四川王的威风。

当府内那阵惊天动地的动静传来，守候在门外的市民们立刻惊闻，有几个大胆的上前去问守门兵丁，于是获悉了府内的情况。因邵总督的意思是杀鸡给猴看，自然不让封锁消息，就等着市民们群龙无首，惊恐逃窜，好解了抗租的风潮。

不料这次川民大胆，得知保路会的八个主要成员都被拘捕，消息立刻传开，引起极大轰动！先有各街坊传告各家各户，无论男女老幼，各出一人，有的头顶光绪神位纸条，有的手举一炷香，竟然很快聚集了几千人，潮水般地涌到总督府去请愿！他们齐声喊道：

请总督大人释放我保路同志会的首领！

请放了容先生、吴先生！他们是为民请愿的大好人！

人们一边喊叫一边朝里拥。守门兵丁连连后退，但很快就退无可退，因为总督府大门已紧紧关闭。众人于是拥上前，成千只手在门上敲击捶打，伴随着惊天动地的呐喊，犹如惊雷一般震撼全城：

把容先生放出来！把吴先生放出来！放出来……

有几个军官试图拦挡这股人流，被民众挤得直撞墙，只是喊叫着，也听不出他们在喊什么。义愤填膺的民众们齐声大喊，早已把他们的声音淹没了……

正当总督府那道铁门快要被撞开时，突然它自动大开，从里面伸出来无数黑洞洞的枪口，后面是全副武装的兵丁，指挥他们的却是邵玉笙，这个恶衙内挥舞着手枪大喊：

总督有令：拥挤上院！格杀勿论！你们快走开！散了！散了……

没人听他的，或者是民众不以为兵丁们会对手无寸铁的老百姓开枪。人们又潮水般地拥进了总督府，拥到制府大堂前，有人跪在地上磕头哭泣，要求释放被拘捕的人。还有人大声吼着：

同胞们，凭他们有枪，还能镇压我们吗？这武器比我们的罢市抗捐还厉害吗？如果铁路争不回来，我们也没有活头了，不如跟他们拼了！

然后是一片怒吼的声音：对头！跟他们龟儿子拼了！拼了！

躲在厅堂柱子后的沐智贤，这时脸都吓白了，不禁跺脚叹息：糟了！糟了！

他了解"邵屠夫"的脾性，此人早就想把保路同志会的气焰压一压，巴望能就此平息罢市抗捐的风潮，而手握军权的人，当然只有用兵无疑。何况这个先例早在三十七年前就有过，那是光绪元年东乡县的百姓抗缴苛捐杂税，被官兵清洗的血案……

沐智贤刚想到这里，已有几个大胆的年轻人鼓起勇气，冲到了厅堂前。他们高高举起先皇牌位，愤怒地大喊着：

快放人！把人放出来！要不我们就冲进去了！

邵玉笙也恶狠狠地冲到他们面前，厉声喊道：

再不退去，我就开枪了！

邵烈风一直在议事厅里来回踱步，围着他的大小官员都沉默而紧张。当民众拥到花厅前，他终于下了决心。只见他对堂下的儿子举起手来，狠狠地往下一劈，邵老四便朝着一个小伙子开了第一枪！紧接着，无数黑洞洞的枪口也喷出了火花！

12

邵烈风设计诱捕保路同志会领袖吴万乾、容士轩等人，成千上万的成都市民闻讯，纷纷自愿赶到总督府，要求邵烈风放人。他恼羞成怒，下令开枪，格杀勿论，顿时杀伤一大片，约有数十人倒在血泊中，当场计有三十多名无辜市民死于非命！

民众更加激愤，枪声过后，又从四面八方拥来更多的市民，继续围住总督衙门，请愿政府放人！邵烈风也更加震怒，下令巡防军开枪镇压。一时间枪声大作，流弹纷飞，甚至伤及不少路人！大街上血流成河，伏尸累累，衣物、鞋子和皇帝的牌位到处乱扔。同时，巡防军的马队也飞驰而出，冲撞和践踏行人，甚至不放过老人与孩童！巡防军又守在街口，开枪乱击，制造了天怒人怨、震惊全国的"成都血案"！

当时老天垂怜，大雨倾盆，血水混合，流淌在大街上。出人意料的是，成都民众并没被压退，城外的居民听说"邵屠夫"开红山，出人命了，也纷纷冒着大雨赶来支援，他们头裹白布或身穿白衣示哀，聚拢在总督府门口强烈呼吁，要求严惩杀人凶手！眼看群众越聚越多，邵烈风又命令兵丁开枪，击毙了一群又一群！顿时哭声震天，哀号遍地，更兼大雨如注，冲洗着无数尸体，惨不忍睹！惨绝人寰！

邵烈风又下令三日内不准收尸，还派兵丁强逼商人开市，继续抓捕保路会会员。愤怒的人民终于明白，他们是良民，官府才是匪徒！他们面对的不是自己能依靠和信赖的政府，而是一群杀人不眨眼的刽子手！为了避免无谓的伤亡，人们只好散去，只留下几十上百具尸体在大雨中泣血，宣告着清政府的残忍无道！

端仪将军闻讯，火速骑马赶往总督府，路上只见兵丁们在街边贴告示。他就在马上看去，告示写道：

朝廷旨意，只拿数人，均系首要，不问平民。首要诸人，业已就擒，即速开业，守份营生。聚众入署，格杀不论，切切此谕，各其遵循……

端仪摇摇头，只觉得邵总督真是疯了！他以为这样做，保路风潮和罢市抗捐就会平息？他真是小看了自己治下的川民！只怕这星星之火已成燎原之势！

总督府里戒备森严，门内外都站满了凶神恶煞的巡防兵丁，地面上却横七竖八躺着一些尸体，鲜血淋淋尚未干，让人看了心惊肉跳。端仪叹息着进了议事厅，发现自己此刻赶来正是时候，因为邵烈风大开杀戒后，余怒不息，还想把那八个被捕的股东一并斩杀。沐智贤正在劝他，说按大清戒律，此事须成都将军那拉端仪一并签字才行。邵烈风也正在一迭声地叫道：去请端仪将军！却见他已经步入厅堂。

将军来得正好！邵烈风连忙迎上去，连连拱手：快请坐，本官有事请教……

端仪坐在雕花椅上，把脸一沉：总督大人还知道请教啊？如何不知会本官一声，就大开杀戒？本官正欲上奏，向朝廷控诉这一骇人听闻的事件！

邵烈风听得火起，冷笑道：将军可知，这正是朝廷的意思，只怕你有奏无批！

有奏无批？端仪也很惊讶：既如此，本官愿闻其详……

邵烈风连忙诉说了自己被逼镇压之事，连带着说明了他意欲再杀那八人的想法。端仪听了沉吟不语。他受女儿影响，一直想置身事外，不料却酿成此祸……

邵烈风见状又说：将军没看到那《川人自保商权书》？简直就是原形毕露了！他们一开始闹争路，本官就觉得是借口，暗地里另有文章。如今种种，什么要抓财政，抓兵权，自己办实业，开工厂……一句话，就是要造反，要割地自雄！将军和我都是朝廷命官，见此情状还不弹压？难道想让这帮狂徒毁了我大清的江山不成？

这番话振聋发聩，然而端仪想了又想，仍是平和地说：即便如此，被捕者均系绅商，并非匪徒，怎能以政见不和便杀之？总督大人还是向上面请旨吧。

邵烈风顿时不快，脸色大变：看来，将军是不同意本官的决定了？

端仪站起来说：还是向朝廷请旨为好，否则还望总督大人慎重。总督大人已经杀了不少人，还不知该如何收场，怎敢再轻易杀人？本官言尽于此，告辞了！

他当即拂袖而去，邵烈风未免尴尬，拈着胡须拿不定主意。突然看见沐智贤低着头，唏嘘着也欲离去，便喝住他，问道：事已至此，智贤可有良策能解？

沐智贤被之前那一幕幕吓破了胆，此刻只想溜回家去，钻进被窝里大哭一场。但总督有此问，心想自己毕竟端着这碗饭，事情既出，还是要为东家出谋划策。

于是他说：总督大人已知，老奴并不同意如此行事，得罪川人，不好下台，朝廷也未必支持。如今老奴想来，只能如此如此，嫁祸给保路同志会，才好脱身……

邵烈风听他附耳说了几句，拊掌大笑：好，就说是民众暴动，逼本官如此。

他立即下令，让联升巷的警务公所提调，去做这件更加丧心病狂之事。

听说总督府开红山的章海涛和文诗洁双向奔赴，在市中心的皇城坝碰了头。

蜀王府修建于明朝。朱元璋打下江山后，为巩固统治，将二十多个皇子分封到全国各地为王，蜀王是他的十一子朱椿。此人聪明贤能，自幼就受到父亲喜爱，封王时只有八岁。朱元璋给他修建的蜀王府规模浩大，气势雄伟，俨然具有皇家禁城的豪迈风范，被成都百姓称为"皇城"。明朝末年，张献忠撤离成都时，将此宫阙付之一炬，乱世烈焰中，独有巍峨的明远楼幸免于焚，另有城门洞及城楼尚未化成灰烬。清初，首任四川巡抚张德地在皇城残址上修建了贡院，其建筑规格虽不及原来的宫阙辉煌壮丽，但仍沿称为"皇城"。如今时隔五百多年，人们又看到了那可怕的火光……

此时在曾经的蜀王府前，章海涛和文诗洁不约而同地奔到一处，几乎就要投入对方的怀抱！章海涛先站住了，满头大汗，喘着粗气问文诗洁：诗洁，你跑来做啥？

文诗洁身子发抖：你听见枪声了吗？听说打死了不少人，我们快去看看！

她不顾一切地往前跑去，却被章海涛一把拉住：别去了，看你都吓成这样……

文诗洁流着泪说：我们必须去，要救容先生、吴先生他们啊！

章海涛重重地叹息着：就凭我们俩，能救得了吗？

文诗洁猛一抬头，突然看到不远处的督院街方向，一股夹着浓黑烟雾的火柱腾空而起，把周围乌云四布的天空烘托得色彩斑斓，怪象陡生，十分可怕……

她不由得叫起来：哎呀，那是哪里起了火？会不会是总督府啊？

章海涛掉头一望，也吓了一跳：离那儿挺近的，我们快去看看吧！

两人朝着火光奔去，跑过了盐市口，快到督院街时，看见火势更大了！火光冲天，把这一排街坊都照红了。火舌乘着风势，雄威地摇曳，舔食着附近的民房和树木。原来是联升巷失火，焚烧了一大片，民众惊慌逃难。一堆一堆的人都蓬头垢面，抱着东西，扶老携幼，惊惊惶惶，失魂落魄地跑来跑去。在失火的民房旁边，几个凶神恶煞的警察守住了街口，不让人过去，更不让人去救火，情景十分怪异……

为什么不让我们去救火？章海涛无所畏惧地跑近前，挺身而出地质问。

一个警察喝道：走开！退走！这是保路会民众放的火，你们还救什么？

文诗洁也冲上去，大声喊道：你胡说！民众怎么会放火，烧自己的家园？

另一个警察跑来喝道：他们放火是想造反，这才逼着总督抓了那帮人……

章海涛怒吼着：更是胡说八道了！到底放火在前？还是抓人在前？

警察说不过他们，就推推搡搡喝令其他人：走开！快走开！不准在这儿……

章海涛一眼看见有几个同学在场，忙说：大家快跟我来，赶去救火啊！

几个年轻人推开警察，招呼民众，提起水桶和脸盆，赤手空拳地去扑火。好不容易才扑灭，一个个弄得灰头土脸。但熊熊大火已经烧去了半条街的民居，剩下的房屋也是残垣断壁，横梁颓柱焦黑如炭。一条繁华的街道，一片古朴的建筑，顿时变得如地狱一般！幸亏烧伤的人不多，无家可归的市民们不禁凄惨地放声大哭……

怎会有这么巧的事？文诗洁脸上蒙满烟尘，奇怪地问：这火怎么烧起来的？

一个中年妇女含泪说：起火时，我就看见那几个警察在旁边晃悠……

我还闻到了煤油味！另一个精壮男子苦着脸说。

章海涛恍然大悟：我看是有人故意纵火，扰乱视听，想嫁祸给保路会！

文诗洁拉着他说：走，我们去报社找吴仪民，登报澄清这件事。也把邵屠夫凶相毕露开红山，悍然下令开枪杀人的事，一起都登了报，大白于天下！

《成都日报》地处锦江边，章海涛跟吴仪民起草《川人自保商榷书》时曾来过，这次他却很警惕，一直打量着周边环境，只见岸边竹林森森，相连隔壁都是民居和茶铺，若有情况便于逃离。血案发生后他还没来得及去见上级，估计领导会有指示，现在的首要问题却是在报上刊登今天发生的可怕事件，要让全国都知道这一惨案！

报社记者总是消息灵通，吴仪民早就获悉此事，正在跟几个报馆同业忙碌着写新闻报道。见章海涛和文诗洁双双前来，两人的情状又很亲密，顿时心里又酸又痛。但他是个至诚君子，何况得知父亲被抓，已是怒火满腔，因此立刻就迎上前去。

你们来了。他问：都说邵屠夫诱捕我父亲他们，还杀了很多成都市民？

不止这些。文诗洁忙说：他又派人去联升巷放火，企图嫁祸给保路同志会！

其他记者和编辑听了都是大为震惊，立刻围过来询问，有没有死伤？

目前还不清楚。章海涛满脸愤怒地说：我们来告诉你们这些，是想请报社立刻派人去采访，把邵屠夫这条毒计也曝光。他很残忍，又老奸巨猾，迟了怕生变。

众人都义愤填膺，吴仪民也深明大义，立刻答应派人去采访，然后发消息。

几个记者走后，吴仪民见章海涛和文诗洁一脸尘土，很疲劳的样子，就请他们去后室喝茶休息。章海涛却推辞先走，说有急事要办。他本想送文诗洁回家，但自己有重任在身，只得叮嘱心上人早些回家，又嘱托吴仪民照顾好她。吴仪民本想三堂对证，当面锣对面鼓地把事情说清，但转念一想，情敌不在似乎更好。章海涛却没把吴仪民当情敌来看，他心里装的事情太多，又是个坦荡之人，早已忘了前尘旧事。

文诗洁本想跟章海涛一起走，但见吴仪民满脸赤诚，又不忍拒绝，便跟他来到后室，坐在窗前的沙发上。她却不知道，不久前，吴仪民正是在这里请求章海涛把自己让给他。吴仪民见心上人坐在情敌坐过的位置上，不觉触景生情，感慨万分……

诗洁，那天我不该跟你说那些。他恳求地看着她：但我确实爱你很久了！

文诗洁用手绢擦着脸，又整理了一下衣衫，正色道：现在是说这个的时候吗？

我也知道，今天不宜谈这事。吴仪民叹道：但我要向你道歉，那天我也不该说那样的话，伤了你的自尊……但我真想知道，章海涛如何获取了你的芳心？

文诗洁觉得回答这个问题有些为难，但她想了想，这件事总归要跟此人说清。她对吴仪民还是有好感的，若不是章海涛横空出现，不排斥她会跟此人玉成好事。他俩曾多次联手在报纸上发表文章，也算知己一枚。只是吴仪民书生气十足，虽然他也在报上为穷人说过话，说他们生活困难过得很惨，呼吁社会要给予关注；但终究不似章海涛那般体察民情，并且上升到阶级矛盾，知道是以此构成了社会问题……

文诗洁沉吟了一下，只得缓缓说：我跟他志同道合。我们都觉得如今政治黑暗，广大人民受苦受难，他们的生活朝不保夕，而且被当权者和富人歧视欺压。要解决这个问题，只有推翻清政府，来一场翻天覆地的革命，建立一个共和国……

吴仪民惊讶地打断她：诗洁，这是革命党的理论，你真是受章海涛蛊惑了？

什么话？文诗洁皱起眉头，不悦地说：你父亲是立宪派，却身陷囹圄，眼看性命难保。仪民，你还不醒悟吗？没有革命和流血牺牲，这个世道改变不了！

可你是个女子啊！吴仪民又叫起来：那些暴烈的活动，你都不该参与。

你怎么跟我哥说法一样？文诗洁有些不耐烦了：自古以来，我们女子也受人歧视和欺压，但我们却不能自己瞧不起自己！何况我们还是新青年，有新思想。

吴仪民正欲说服她接受自己，突然听见外室一片喧哗，还有刀剌摩擦的响声。他连忙拉开门缝一看，大吃一惊，原来是邵玉笙带着一群兵丁闯进了报社！

不好！他连忙小声说：那个恶衙内是不是跟踪你们？也跑来了！

文诗洁也很吃惊，正想去打开门看看，吴仪民却果断地关上门，又拉着她说：不行，此人对你有坏心思，只怕会对你不利，你还是赶紧跟我从后门离开。

文诗洁从后门溜出去，同时庆幸章海涛已先行离开。吴仪民让她快回家，说街上很乱，不能停留。报社后门连着一家茶铺，文诗洁又从茶铺前门离开，叫了一顶轿子回家。沿途只见街上一片混乱，行人都来去匆匆。有人还捧着先皇牌位跑来跑去，一路叫喊着什么；也有人失魂落魄地奔走，跑进自己家里，噼里啪啦地关上铺门；还有人扶着血淋淋的伤者走来，大约想求医，但药铺也关门了，真让人欲哭无泪！

　　此外，每个街口都布满了兵丁和巡防军。马队倒是不见了，但那些兵丁一个个横眉竖眼地盯着过路人，弄得市民胆战心惊，生怕他们的枪口又冒出火星。兵丁可能奉了命令，并不阻拦行人，反而用枪杆子驱使着人们尽快离开。这情景令人望而生畏，故也没人敢于停留，都悄悄地选一些僻静小巷走去，跟躲避瘟神似的……

　　文诗洁触目惊心地想：这座城市算是遭劫难了！接下来邵屠夫还有什么坏心肠？

13

　　这是一个有电报的年代。总督大人下令开枪后，眼见横尸遍街的惨状，也有些忐忑不安，就心虚地发电报给朝廷上报了此事。朝廷那边也立刻回电云：

　　　　接准来电，前后参奏，始终不能如一。不期由软转硬，不似一位封疆大吏的举措。应打定主意，先将股东会停会，再勒令保路会解散，并告示成都人民，安心暂待，罢市抗捐，均不足以撼动朝廷。唯听令于朝廷，使争路风潮趋于平息，才有太平日子好过……

　　沐智贤拿着这份电报来到花厅，只见邵烈风侧头靠在那把太师椅上，已昏昏入睡。毕竟上了年纪，一番折腾下来，岂能不乏？此时制台衙门又安静下来，对照整个夏天这里挤满人的闷热情形，真是天壤之别。但沐智贤知道，在总督府的各处过道，各处厅堂，不断走动着执刀拿枪的巡防兵丁。还有偏院官员和幕僚们办公的地点，各类人士都在交头接耳，一堆一堆地低声交谈着今天发生的事，因为太不寻常了！

他等得心焦意乱，邵烈风才醒来，一边流着口水，一边传令上茶。此时离晚饭还有一个时辰，丫头端来茶水点心，邵烈风用了后，才问沐智贤有什么事。

沐智贤一语不发，把电报交给他，邵烈风看了也沉闷不语。没想到朝廷一再逼他弹压，当真做了，又似乎怪罪于他。身在官场几十年，邵烈风经常觉得摸不准那些朝廷重臣的脉，很多事碍难处理！他性子也很急，当即皱起两道眉，把电报扔在青砖地上，拍着案桌吼道：这差使真是不好当！若栽了跟斗，岂不让人笑话？

沐智贤沉吟片刻，缓缓地说：大人稍安毋躁，亏得刚才端仪将军来过了，大人也算同他会商过。大人是一方诸侯，本该有杀伐决断的权力；但大人可还记得本省东乡县城的例子？当时所杀不过一些平民百姓，那奉行上令的提督军门还砍了头呢！

邵烈风焦躁地说：哎呀，智贤，你说这些是何意思啊？不妨明说嘛！

沐智贤又不慌不忙地说：老奴的意思，大人虽有裁决权，但今日毕竟在自己衙门内，那些尸体至今还摆在血地里！若大人未奉明旨，今日的行为也难免为人所控告……只怕会有更严重的上谕或内廷的申斥下来，那时大人便悔之晚矣！

邵烈风气恼地指着他：好了，你别跟老子掉花枪，赶紧实话实说吧！

沐智贤这才低眉顺眼地说：已快傍晚了，那些股东还捆绑在那儿呢，大人不妨松开他们，再由老奴去劝解几句，若能令保路会解散，便可峰回路转，化险为夷。

好好好！邵烈风连连挥手：那你快去，也给他们送些茶点，别饿坏了他们。

沐智贤带着一群兵丁来到后院厢房里,只见八位股东老爷还被绳索捆绑着,有人倒在地上呻唤,有人昂着头在气势汹汹地吵闹,还有人脸上挂着泪痕,身上也灰扑扑、脏兮兮的。容士轩和吴万乾则在垂头沉思,脸上全无血色。他们又饿又累又惊吓,全都换了个人似的!

沐智贤走进去,小心赔笑道:各位老爷,总督大人有令,给你们松绑了!

他又大声叫道:快来人啊,送茶送水,好生侍候着……

众人听了都是一怔,似乎不敢相信。冯长立首先问:是要放了我们?

现在还不会。沐智贤和颜悦色地说:总督大人还想留你们在这院里住几天,小官相信,只要你们肯配合,很快就可以回家。这几天,大人也不会怠慢了你们。

众股东都被松了绑绳,安置在另一间侧厅里,横七竖八地倒在椅子上,似乎这才缓过劲来。茶点上来后,有人一口也吃不下,有人据案大嚼,形态各异。雨已经停了,向晚的天气也变得凉爽。众人想起刚才被绑的情景,恍如噩梦一场……

这才安逸!彭俊辉大声说:我们刚才从座上客变为阶下囚,现在又从阶下囚变回了座上宾!你们总督大人到底在要什么把戏?不说清楚,我们也不回家!

冯长立也恨声说:对,不说清楚,我们不走!让他亲自来说清楚!

另有几个腿肚子直打抖的绅商却说:哎,别这样,我们还是好好说吧……

怕什么?容士轩不慌不忙地沉声说:总督要留客,就算是阴谋诡计,我们也配合一下嘛!看他大人到底要玩什么花招,总不会真把我们这些人都砍了头吧?

沐智贤摇头叹道:这倒不会……因为,因为已经有不少人替你们去死了!

弄清了原委，容士轩的腿也软了，支撑不住地倒在椅子上，脸色惨白，禁不住流下几滴老泪。吴万乾觉得自己背上冷汗一片，简直不敢相信这个事实。侧厅外，天色渐渐阴暗，似乎大雨又要下下来了！人人心里都沉重得好似坠了一块铅似的……

总督真是开红山，杀了好多人？有人这么问时，腮帮子直打战。

彭俊辉握紧拳头，猛砸几案，愤怒地说：人命关天！总督怎能大开杀戒？何况这些人都是无辜民众，来声援我们，想救我们！岂不是让我们背上了这些人命？

又有人小声嘀咕：邵屠夫杀人，还跟你讲道理吗？只能怨这些人倒霉罢了！

胡说！冯长立也拍案而起：他们就是来讲理的，何至于赔上性命？这是我们成都，不，是全川全国都没有的事！我们出去后，立刻宣告各地，为他们申冤！

各位！各位！沐智贤忙说：总督大人也是无奈，因而立刻听从民意，放了你们……但上谕又来了，朝廷让你们股东停会，解散保路会，否则总督大人被迫遵旨，还不知要死多少人！你们都是读圣贤书的，知道抗上不遵，就是造反谋逆，那是要凌迟处死的！喂一颗子弹算便宜他们了！这保路抗捐之事，停息了才能安生过日子啊！

呸！最为激烈的彭俊辉又抢先发言：路权不夺回，死去的民众得不到申冤，我们都死也不会离开这个制台衙门！总督大人不如把我们也一刀砍了吧！

对！冯长立热烈响应，挥手说：我们刚才也算死过一回了，没啥了不起的！

几个年轻点的热血汉子都站起来吵着说：对，我们就在这里住下，什么时候答应我们的条件，交回路权和路款，为死者申冤，我们才离去……

几个年纪大的虽在摇头叹息，脸上也摆出气愤的神色，毕竟死了那么多人，都是为自己而冤死的！就算心里再怯，也不能露出丝毫示弱的样子来。沐智贤见此情景也有些慌了,但他毕竟老辣,想了想,今天看来达不到目的,只能使用缓兵之计。

各位!各位……他连连摆手说:大家稍安毋躁,既然总督大人松了你们的绑,也就表示理解和同情了。容他再上奏好不好?看奏折上达天听,能否奏效?反正这等大事,也不是一天两天能解决的,各位就再等等吧,或许朝廷能回心转意呢?

冯长立逼上一步:再等等也可以,究竟要等几天?告诉我们一个数!

大家又都喊起来,众声嘈杂,群情激愤:是啊,究竟要等几天?说清楚……

沐智贤脸上也冒出汗来,他灵机一动,忙说:这样吧,若是把收回路权改为返还路款,总督大人会为你们力争!估计邮传部和铁路督办大臣那边,也可商量……

众人互相看了看,他们都是绅商,钱银利益最重要。若能偿还路款,确是一个适可而止的机会。何况真要在总督府住下,等于有把剑悬在头上,也终非长久之计。

吴万乾这才站出来,代表众人表态:好,就请邵总督朝着保款这条路上做吧。

沐智贤有些灰溜溜地走出门,只听彭俊辉又冲他喊道:若两三天过去,朝廷还没回音,我们就要去登报,揭露邵总督卖国压民、打死无数平民百姓的罪行!

沐智贤顿时一机灵,心想自己怎么忘了这个?如今时尚的就是新闻报道,必须赶快堵住这条口子!他向邵烈风汇报时,心下也是忐忑,明知这缓兵之计不大行得通,盛宣怀和端方断乎不会让步,他们有列强撑腰,朝中重臣都奈何他们不得,总督又怎能说动他们?而股东们的最后一句话却振聋发聩,给他提了醒!

沐智贤走后,一直没说话的容士轩也郁郁满怀,他幽幽地说:我们还要再想想,刚才只图私便,竟把一直坚持的保路废约改为索还路款,那些人不是都枉死了？

正在此时，室灯亮起来，众人在亮灿灿的光线下你看我，我看你，都没说话。其实经历了那骇人的一幕，大家都又疲累又惊吓，真是什么话都不想说了。有人干脆连嘴唇都懒得动弹了！明晃晃的刀还在眼前闪着寒光，说什么都不管用了……

最后还是一向主张温和立宪的保路会会长用他的观点来给众人打总结：各位，我们这样做也算是体恤民艰！大家刚才都听到了，很多无辜的人为我们去死了！血还未干，血还在流！他们有枪杆子，到最后谁顶不住？当然是我们了！我们也很难，明明是在替老百姓争夺路权，却让他们去白白流血牺牲了！到底谁之过？还不是在我们！朝廷那一面，也不能说是没有深虑苦心，只怪我中华太软弱，谁在欺？天在欺！如今到了这个地步，还不想一个结束的办法吗？无论什么办法，拿到北京去，总要他们同意才行。索要路款虽然有些委曲，但也有高明之处。只要朝廷一批准，我们争路的事就算大功告成！对方方面面都可以交代。股东可以散会，保路会可以结束，罢市罢业也可以停止……大家细想想，其实这些事，早就不能再拖下去了！

若在平时，容士轩可能要讥诮吴万乾两句，说他又在妥协。但邵烈风开红山这个杀着没吓到民众，却把这些绅商吓住了！死了这么多人，落到谁头上都不轻松。

容士轩也叹息着说：我们尽管去争路，可别出大祸！如能官民一致，也不见得是坏事。只要不闹乱子，让大家好好过日子，股东会，保路会，都可自行取消吧！

众人听了再不言语，似乎被这番话刺中了。只有彭俊辉仍是沉着脸，冯长立也皱眉低头，不知在想什么。后来两人都涨红了脸想说什么，却最终又不开腔了。

这边股东取得了一致，那边沐智贤已有所料想，于是对邵烈风说：大人也在四川做了多年官，还不了解川人的脾气？他们是服软不服硬的！大人的撒手锏用过一次，见好便收吧！再晾他们几天，那些股东便可回心转意,这风潮也就自然平息了。

邵烈风阴险地点点头,随后沐智贤又跟他耳语了几句,他立刻站起来喝道:来人!传我的令:立即砸抄铁路公司和铁路学堂,查封所有宣传保路的报刊,封锁邮电交通,逮捕同志会骨干和有革命党嫌疑的青年学生……还有,明日让商人们开市!

沐智贤满意地点点头,他这个制台衙门的首席智囊也算替总督大人分忧了。他并不情愿邵烈风一再采取高压政策,但若这个东家失势,两人必然同归于尽。

接着邵玉笙便带领一批人,首先闯进《成都日报》社,差点与文诗洁狭路相逢。

吴仪民送走文诗洁再回报社时,这里已被捣毁:报纸和稿件扔得满天飞,办公桌被砸得稀烂,门窗也被破坏,几个记者和编辑都倒在地上,浑身是血,呻吟不止……

吴仪民固然有修养,也忍不住大喊:住手!狗日的王八蛋!谁让你们来的?

哟,原来你还真是在这儿?邵玉笙坏笑着走上前,扯扯他的领带:怎么?我这个恶衙内带人来捣毁你的报社,你就只能喊几句,不能再写文章向全市披露了?

真是你这个狗东西!吴仪民咬牙切齿地骂道:你爹把我父亲抓捕了,你又来我这儿捣乱,就不怕天打五雷轰,不怕恶有恶报吗?

邵玉笙哈哈大笑着:是啊,今儿痛快,我爹终于出手了!你们川人不是强悍吗?怎么我们的枪杆子伸出来,就跑得飞快?说是强龙不压地头蛇,我偏要压一压!

你他妈的就是个恶棍!吴仪民毫不相让地跟他对骂,似乎只要见到文诗洁,他腰杆子就壮了似的:我知道你和你爹杀了不少人!但我们川人不怕流血,血,本来就是每个人都该流的!多年前东乡县杀的人还少吗?下令屠杀的官员们不也都伏法了?别以为你爹不会被扳倒,世事无常,不是不报,时候未到……

他妈的你还嘴硬！邵玉笙忍无可忍，一拳打在他脸上，吴仪民的口鼻流血，脸额乌青，也倒在地上呻吟着。邵玉笙意犹未尽，又上前一脚踩在他脸上，喝道：你不是说，文小姐属于你吗？我看看你这个小白脸被我踩扁后，还怎么去见她？

吴仪民心里五味杂陈，既欣慰心上人脱险，也怕对方再使蛮力，真让自己流血挂彩，甚至赔上性命。他其实深受立宪派父亲的影响，竟然也想打左脸给右脸了！邵玉笙见他不再开口顶撞，扬扬得意地把他抓起来，左右开弓给了他几个耳光，又狠狠踢了他一脚，把这个自视甚高的翩翩公子摔在地上，就不再理他了。邵玉笙并不蠢，深知他的情敌不是此人，而是那个更加强悍无畏的章海涛，所以砸烂报社后，便带着人扬长而去。留下吴仪民忍着疼痛勉强爬起来，跟几个同人去收拾烂摊子。

邵玉笙解了恨，出了气，回到总督府，只见一个身材颀长的年轻军官正等在议事厅外。他不认识此人，悄悄问了智多星沐智贤，才知那人就是林汉云。

身处成都郊外的凤凰营，不免消息迟缓，甚而闭塞，等那些城外居民都拥进城去，快到傍晚了，林汉云和文光豪才得知发生了血案。他们也很愤怒，但两人的想法却是天差地别。几乎就从这一刻起，曾经追随林汉云左右的文光豪有了异心。

其实在此之前，凤凰营也是兵荒马乱，方方面面都是一触即发。清朝末年编制的新式陆军又叫新军，与此前的八旗和绿营汉兵不同，分为三十六个镇，每镇也即一个师的规模，一万多人。此时驻成都的新军第十七镇，统制仍由邵尔培麾下的徐庆怀担任，但副统制刘刚蓝才是军权独揽。因徐庆怀不是川人，川籍军官都不听他的。

刘刚蓝是个明白人，闻听城里出了事，就跑到凤凰山山顶去观察，只见远远的城中隐约有火光闪现，让雨后的天空出现了一抹壮丽的色彩……

他不声不响地走下山，对随同的五十四标标统林汉云说：回营盘驻地。

林汉云是他信任的属下，此时不敢相信地问：我们不去城中救火吗？

刘刚蓝冷冷地说：救什么火？民房的失火吗？成都消防办得还不错，此火绝不会成灾。是救保路会和邵总督之火吗？只怕我们新军里还是赞同收路权的人多，你林标统不也这样吗？这情形邵总督也知道，所以他一直没调动过我们十七镇。

林汉云知道自己以前说的过激话，定然是传到他耳中了，便讪讪地说：那是下官少年轻狂，胡言乱语……如今下官已经改变了想法，刘大人若不信，就让下官带一个营去驰援邵总督，下官保证，成则功归刘大人，败则罪属下官。如何？

刘刚蓝斜了他一眼：算了吧，你要去清剿同志会，你的属下也不会情愿。

林汉云本也是试探，便不作声了。

刘刚蓝又沉吟着说：你可知？凤凰营里也有同志会成员，甚至有同盟会和革命党！前不久清查出来一批，杀了一些，也跑了一些，大多是下级军官。若你知道有中层军官也想叛变，立即上报我，杀无赦！

林汉云想起好友文光豪，不禁心中一凛，忙说：那是自然，决不放过。

他回到军营，立刻找来文光豪，把这事说了一遍，又问：你上次跟我的谈话中，透露出你跟军中一些革命党交往过甚，他们到底是谁？你赶紧告诉我吧！

文光豪镇定地说：如今我可以告诉你了，就是五十三标的标统秦继安……

林汉云浑身一震，忙说：是他？我现在就去向刘统制汇报……

文光豪连忙拉住他：晚了，两个时辰前，秦继安已决定起义，领兵反出凤凰营了！

什么？他率兵跑了！林汉云跌足道：光豪，你糊涂啊！军中有这么大一革命党，他们走前定然有一些反常举动，你竟然不告发他们，也不汇报给我!

告发什么?文光豪淡然一笑:秦标统临走前还来劝我起义,推翻清政府。我极为赞成……汉云,我多次劝过你,不如我们也起义吧。今日邵屠夫做下了这么大血案,他不该受死吗?如他这样的人,清政府太多了,还不该打倒、推翻吗?

林汉云大吃一惊,继而犹豫不决地说:是啊,邵屠夫确实可恨,我也早就对他不满了……但他并不代表清政府,我疑心他今日大开杀戒,也是被同志会逼的!我们是朝廷的军人,自然该效忠于朝廷,怎能轻易就造反起义,背叛清政府呢?

文光豪皱起眉头,顿生不快:汉云,你是我的好兄长,也是个明白人,可我没想到你一直这样,有愚昧的忠君思想!当今之中国,列强欺侮,贪官当道,百业凋敝,民不聊生……如今邵屠夫又作恶多端,民心丧尽,正是千载难逢的好时机。以你在军中的威望,你若站出来振臂一呼,高举义旗,保证一呼百应,在四川开天辟地!

林汉云连连摇头说:高举义旗?开天辟地?就是跟邵屠夫拼死一战了?他还有精兵三千,那又得死多少人啊?光豪,你知道的,我非不得已,不愿用兵。

文光豪不甘心地说:可世事便如此,清政府逆天行事,必然要灭亡!而我们当代青年,就是要万众一心团结一致地去奋起反抗,打出一个新天地啊!

林汉云思量着说:反抗有多种形式,我想再等机会,看看有没有更好的方略。

文光豪见劝说不动,只得喟然长叹。他不知道邵烈风虽不重用林汉云,林汉云却仍对他抱有幻想。开晚饭时,文光豪才听林汉云的传令兵说,他已只身进城了。

林汉云骑马进成都,天已擦黑。路上几乎见不到一个行人,只有巡防兵和军警把守着路口。更让他触目惊心的,是总督府附近街上的惨状:许多尸体还横七竖八地躺着,在黑沉沉的天空下呈现出死者那可怕的伤口，红浸浸的鲜血仍在青灰色地面上流淌着，其实那早已不是人的鲜血，而是混合了雨水和人们的汗水及泪水……

林汉云也不禁对自己此行持怀疑态度：他真能说服邵屠夫释放保路同志会头头，主动给市民道歉和解吗？他是不是在与虎谋皮？他会不会把自己也陷进去？

一向不待见的林汉云现身总督府，也让邵烈风大吃一惊。他走出花厅，只见那个年轻军官一身戎装，神情威严地站在阶下，可谓英气逼人，一脸兴师问罪的模样。

邵烈风立马不快，也威严地挥手说：林标统，你此行又来做甚？

林汉云也不客气，高声大嗓地说：我来劝说总督大人，千万别良莠不分，就开枪杀人。保路同志会的人都是绅商，不是叛党，总督大人若未奉上旨，也不能随便抓人！大人用兵，理应镇匪，而不能伤民。如今造成这个局面，还请快快放人吧！

邵烈风似乎这才想起来：哦，对了，本官抓的人当中，也有你的老泰山吧？

容先生是我准岳父。林汉云一口承认：所以下官也敢担保，他绝对是好人！

哼！原来如此。邵烈风继续端足架子站在台阶上，保持着高高在上的姿态，既不请林汉云上厅入座，也不让下人给他端茶送水，一副拒人于千里之外的神态，说：你该去问问你岳父，他都做了什么事？他也算四川绅商的头，说话管用，一呼百应。他却带头闹风潮，本官一再给他打招呼，让他解散保路会，但他执迷不悟，仍旧顽抗，还提出"三罢"和抗捐的坏主意……本官知道，这都是他带的头！你还来替他说话！

林汉云不卑不亢地说：既是风潮，就不是一个人可以兴起的，而是一股风。风一起，人心就活了，感情也躁动了！风急浪高，可以席卷一切。总督大人正该思量，民意如水，可载舟也可覆舟……还请大人顺应民意，放了容先生他们。

哼！你一个小小标统，竟敢来教训本官！真是无法无天了！

邵烈风气恼地把袖子一甩，转身进了内堂，他接见林汉云，本想拉拢其人，让他的兵营一起来对抗保路风潮。见林汉云这个态度，知他必不肯，便不想跟其多说。

他正待叫人送客，不料沐智贤却从他身后钻出去，眉开眼笑地对林汉云说：请林标统留步，小的这就去跟总督大人进言，劝他一定考虑林标统的好意……

林汉云听说过邵烈风身边有个智多星，大概就是此人了。他见沐智贤并非獐头鼠目，还算是彬彬有礼的读书人，便点点头，也不遑多让地去厅堂里坐下等着。

沐智贤慌忙进内堂，只见邵玉笙已把自己的意思告诉了他父亲。

沐智贤确实足智多谋，他虽来成都不久，但多次听人提起过林汉云的文武全才，那真是如雷贯耳！尤其是林汉云敢于顶撞邵尔培的那番言谈，以及他在新军中不断滋生的威望，都使得沐智贤颇为忌惮，并且从此人的飞扬跋扈中，看出了他那不凡的雄心壮志。再加上凤凰营内的革命党传闻，一触即发的种种险境，使得沐智贤尤其担心林汉云手中那一营官兵。何况府中扣押的主要领导人就是他准岳父，难保此人不起二心。倘若他率兵入城，那还了得？不知会起什么大乱呢！因此邵烈风在议事厅跟林汉云交锋时，沐智贤就对邵玉笙说了，今天万万不能放那林汉云离府！

听了沐智贤的一席话，邵烈风也谈虎变色：那你的意思，是不能放虎归山？

对，这样的人必须除掉！沐智贤毫不迟疑地说：否则今后必成心腹大患！

邵烈风却犹豫起来：可他好歹是个标统，没有过硬理由，怎么除掉他？

就说他是凤凰营的革命党吧！沐智贤献计献策：凤凰营一直在查革命党，事过之后，我们对徐庆怀和刘刚蓝就这么说，即使拿不到他的把柄，也可以混过去。

邵烈风仍是迟疑不决，他才杀了许多人，此时刀虽在手，却不愿放手一搏。毕竟刚进成都，又逢乱世，正是用人之际，若得罪了十七镇那帮新军，不是什么好事！

邵玉笙见他这样，急得跺脚道：父亲即使不想杀他，至少也要扣留他，那林汉云不凡，今后必是父亲对手，父亲可不能手软，千万不能放他走啊！

邵烈风焦躁地来回踱步，一时拿不定主意，只得又问沐智贤，还有没有别的法子扣留林汉云。沐智贤想了想，又说：那么大人好言好语地把他留下来，就说让他先住在总督府，因那批股东也在这府中，有些事还需他从中传话，来回协商……

这主意好，先不得罪他，观察一阵再说。邵烈风以拳击掌，朝儿子示意。

邵玉笙冲到前厅，发现林汉云已经溜走。原来林汉云也是机敏之人，沐智贤进了内堂迟迟不出来，他顿时心生警惕，情知有变，一种大祸临头的直觉袭来，背后冷汗浸出，于是毫不犹豫地冲出总督府，兵丁不敢强留，眼见他上马急驰而去！

邵玉笙发现晚了一步，急得大喊：快关府门！不，是关城门，别让他跑了！

夜雾弥漫，冷雨飘零，林汉云驱马长奔，一口气跑出未及关闭的城门，躲回凤凰山军营。此时沐智贤也在府中跌脚，他这才想到应该早对邵烈风进言，立刻封锁城门，全城戒严，不准任何人进出，也不准透露任何消息出城！

14

章海涛虽年龄不大，但参加同盟会后也变得机敏，思路竟比沐智贤那个智多星还快一步，早已想到邵屠夫大开杀戒后，可能会封锁消息，全城戒严，企图把成都发生血案的事压下去。他从报社出来后，原本要去大通药店，却又拐了一个弯，回到学校里，打算去找同学们想办法，让家在郊外的一些人赶紧回乡，好把消息传出去。

那个时代的年轻人总是激进而不安分的，刚成年的学生更富有革命性。章海涛回到学校宿舍，听见同学们正在热闹喧哗，高声大嗓地议论着，一个个都很激奋。

性情暴烈的华润龙喊道：他邵屠夫要开枪杀人，好啊！让他冲我们来吧！这些丘八不就是仗着有几条破枪，几颗炮弹吗？有种就让他们用刀矛来跟我们老百姓拼吧，那才能看出谁强谁弱！当年的义和团红灯照，可是连洋人都不怕的！

陈少星也大声说：是啊，这种倒死不活的日子，就是洋人造成的！我看啊，那每一颗清政府射向我们老百姓的子弹，都是洋人的贷款在让他们扣动扳机，否则他们为啥要来我们中国做生意？所以这铁路公有啊，我们是一定要反对到底！

还有同学嚷嚷着：是啊，不如我们回家去动员乡亲们，还像从前的义和团、红灯照那样，大家拿几条人命去抵抗，打他们一个落花流水！

又有人赞成说：对，去动员乡亲们攻打成都，救出保路会成员！

章海涛听得热血沸腾，好似得了救兵，立刻跨进房间，拍手笑道：好啊！我们想到一处了！我正要回来动员你们，赶紧出城回乡，把成都血案的事告诉亲友们，还有县里那些开明讲理的乡绅、团防、哥老会、舵爷，让他们都来支援保路运动。

华润龙抓住他的话头说：是啊，我们光在这里发牢骚没用，要赶紧采取行动。我外公是荣县大舵爷，那些团防绅商，一直在动员我外公出来开码头，办民团呢！

章海涛沉吟着：听说你外公都收手好几年，在家享清福了，你能说动他吗？

那还不容易？华润龙得意扬扬：外公最溺爱我，也最听我的话。何况他老人家年龄虽大了一点，但还是很明智，最晓得利害关系，一定会支持我们川人。

好，就这么说定了。章海涛果断地回身问陈少星：你呢，回乡有什么打算？

陈少星忙说：我舅舅董世勋就是荣县的团总，他也是讲天理良心的。邵屠夫杀了我们那么多川人，他准会揭竿而起！往常一说到天下呀国家呀这些事，他总是很激奋！这次保路也是为了保川，为了爱国，他肯定会赞成！

章海涛又对同学们说：我看大家都准备好，尽早出城回乡吧，迟了怕关城门。

同学们相互看看，都问他：现在就走吗？是不是太急了一点？

章海涛冲到自己的铺位，从枕下取出一沓《川人自保商榷书》，分散交给大家说：我怕邵屠夫会关城门，不让这血案的事透露出去。你们现在就走，越快越好……还有，回乡后先去散发这个商榷书，我写的这篇文章很浅，能认字的人都会看懂。要宣传我们保路会的事，把家乡的同志会也搞起来，把那些团防也都争取过来！

有的同学笑道：这样好，否则让我回乡去宣传，我可说不出个道理来……

又有同学说：嗨，就是爱国爱川那些事，细细讲给他们听就行了！

章海涛挥手说：对，就是这个道理：爱国，就该保川；保川，就要保路；保路，就要成立同志会。如今城里的同志会受挫，城外就该来支援，一呼百应嘛！

同学们立马准备起来，乱哄哄好一阵，才纷纷离开。章海涛不放心地最后一个走出校门，猛然看见门外也是乱哄哄的，竟是邵玉笙带了一伙兵直冲过来……

章海涛事后却不敢相信，这个恶少登门来抓捕自己，竟是邵雅兰指使的！

林汉云在总督府扭开金锁走蛟龙，气得邵玉笙提起马鞭，抽打几个守门的兵丁，也弄得自己一身汗。他回到后院，只见夜色深沉的庭园里，唯有轩廊上还亮着灯。秋日的蚊虫很厉害，是谁不怕咬地坐在那儿？他走过去一看，却是妹妹。她沉思一般地坐在方桌旁，手里把玩着那个色彩斑斓的大风筝，似乎沉浸在自己的回忆中。

那是个晴朗的春日，邵雅兰去给章海涛送生活费，正碰到他上完课，身心都很闲适。邵雅兰在校门外看见一个卖风筝的小贩，摊位上摆满了五颜六色的风筝，突然童心大起直痒痒，就缠着章海涛说，想去城外放风筝。刚接收了邵家的恩惠，章海涛不好意思拒绝，便从那卷钞票里抽出一小张，去买了这个漂亮而精致的大风筝。

邵雅兰心里早有主张，就招呼了两顶轿子，两人分别坐着，直奔九眼桥外的望江楼。传说这里曾是巴蜀才女薛涛的旧居，那是古代除了卓文君之外，四川又一位钟灵毓秀的传奇女子。她出身大家，却沦落为艺伎。又因才华出众，琴棋书画，饮酒赋诗，全都应对机敏，深受当时的西川节度使赏识，便被封为校书郎。薛涛后来居住在锦江边的这座楼上，用采集的芙蓉花为原料，制作了一种精美的诗笺，即"薛涛笺"，优雅别致，很快受到文人志士的追捧。她还创造性地将花瓣撒在笺上，制成各种各样的彩笺，风行一时，人们纷纷以拥有此笺为荣。诗人韦庄专门为此写了一首诗，云："浣花溪上如花客，绿暗红藏人不识。留得溪头瑟瑟波，泼成纸上猩猩色。手把金刀擘彩云，有时剪破秋天碧。不使红霓段段飞，一时驱上丹霞壁。"李商隐也写诗赞叹："浣花笺纸桃花色，好好题诗咏玉钩。"使之成为蜀地的独特风物。

这日的锦江边上，绿荫阵阵，清风徐徐，更兼游人如织，处处给人一种清新明朗的快感，仿佛穿行在这里的每一个角落，都可以体味到其间的无穷美妙。

章海涛帮邵雅兰弄好绳线，她就拉着风筝欢快地跑起来，看到那副雀跃的小女儿状，章海涛也挺欣慰。这嗟来之食吃得他郁闷，但无钱的日子又怎生熬过？章海涛一直惶惶不安，甚至羞愧难耐。今日能陪恩主的女儿来散心，也算是一点回报吧？

这时邵雅兰招手让他过去，又把线圈塞到他手里，让他去放风筝。章海涛推辞不过，只好拉着线圈跑起来。邵雅兰就在这一刻，看到了他那灿烂的笑容，她也用欣赏阳光一般的心情，欣赏对方那难得的笑容。追风少年！她突然想起这个词。那一刻，她竟生出一种叹惋，只希望时光长驻，让这追风少年的明朗笑容能永远鲜妍！

在那个瞬间里，章海涛其实也猜出了邵雅兰的心思，但却不愿去深想。与恩主的女儿走得太近，无疑是不智，只怕邵烈风知道后，会用马鞭把他抽死！他并非惧怕，而是没有这种情意，何况其中还牵涉到自己的大哥，他不想害人害己。总之万千理由聚在一起，都是不能与邵小姐太过亲密！或许是出于这种心情，他手一松，线圈便滑落了，那个风筝就随风而去，离地面越来越远，很快消逝在云天里……

哎呀，你怎么把风筝放跑了？邵雅兰娇嗔地跺脚说：我要你赔我！

章海涛怔了怔，便微微一笑：好吧，我去追追看，能不能找回？

他欲走开，邵雅兰却意识到自己太骄横，连忙拉住他，也是嫣然一笑：算了，让它飞走吧，听说风筝飞走，就会带走我们的一些病痛，那也是好事嘛！

她顺势拉着章海涛在江边坐下，又摘下身旁一枝摇曳生姿的野花，凑到鼻子底下去闻了闻，只觉有一股清香袭来，心情更加爽快。看着对面少年脸上那夺人的光彩，又发现他眼神中透露出一份沉稳与睿智，仿佛自带气场。她不禁心想：多么奇妙啊，他们竟然在最美好的年华里相遇，这是不是老天的安排？只是眼下两人各怀心事，她多希望能看到对方的内心深处；而自己的心事对方是知道还是佯作不知？

于是她有意试探地说：你知道唐朝大诗人元稹，曾有过"锦江滑腻蛾眉秀，幻出文君与薛涛"的感叹吗？看来蜀中确实人杰地灵，女子也多灵秀啊！

章海涛一听，对她心思猜得更分明，便故意说：但文君和薛涛虽灵秀，才华也出众，到底身世不太清白。一个私奔再嫁，一个曾为妓女。你听说过这个故事吗？薛涛聪明早慧，小时候父亲跟她对诗，指着院中一棵梧桐说:"庭除一古桐,耸干入云中。"薛涛当即应道:"枝迎南北鸟,叶送往来风。"这也不幸成了她日后的预言。

邵雅兰瞪大眼睛,不悦地盯着他:哎,你还是新青年,怎么这么封建?我虽是女子,却不落流俗。只觉得两个人若相遇了,投缘了,就该彼此欣赏,彼此珍惜!

我只是随意说说。章海涛忙笑道:何况这两个女子,都跟我们不相干啊!

邵雅兰却是心里藏了很多话,正想今日当面道出。但她毕竟是个女子,听了章海涛刚才那番话,勇气也受到影响,只能委婉地说:海涛,一直以来,我都觉得你至真淳朴,性格开朗,是个阳光少年……你觉得你和我,是否投缘呢?

章海涛警惕起来,忙说:小姐在我心中宛如仙人一般,不可触及!而我实则并无一处好,小姐千万别看走了眼。若你去学校打听一下,便知我是个顽劣少年!

顽劣少年?不可触及?邵雅兰不禁笑起来:你在胡说吧?我觉得你这样就很好,即便顽劣,那也是天性使然,更加显得淳朴自由,让人见了也倍感亲切……

章海涛听她说出如此亲昵的话语,更加惶惑,连忙起身:我还是去追风筝吧!

邵雅兰看他渐渐跑出自己的视野,只是淡然一笑。心想:跑吧,反正你也跑不出本小姐的手心!当时她却没唤住他,实在不想太蛮横,反而失却了真意……

云水往事,飘过无痕。如今她才来后悔这一切,后悔当天没有决绝地叫住那个追风少年。人生或许就是这样,一旦失去就再也追不回来了!只剩下单独烦闷的自己。哪怕前院发生了惊天动地的大事,哪怕府门前血流成河,她却只想着自己的失去。

邵玉笙走到妹妹身边,见她把玩着那只彩色大风筝,却在声声喟叹,便问道:妹子,你在想什么?你今日没听见前院的枪声吗?门外死了好多人,你也不关心?

邵雅兰淡然一笑:那是你跟父亲干的事,与我无关……

邵玉笙想了想,又说:但死的都是保路同志会,或许有你认识的人。

邵雅兰猛然惊觉,不由得站起来:章海涛?有他吗?

没有他。邵玉笙的语气很失落:我还觉得挺遗憾。若他来了,我断不会朝他开枪,反要把这小子抓起来,好好折磨一下,挫了他那份锐气,才能解我心头之恨!

邵雅兰突然觉得哥哥这番话正合自己心意!就在这个瞬间,她产生了一个近乎荒谬的念头:既然那个追风少年狂傲不驯,何不把他交到哥哥手里,让这个恶衙内好好教训他一下,挫磨他一番,说不定他就会锐气顿失,最后就范,顺从自己。何况这样做,也是对文诗洁的报复。邵雅兰认定章海涛拒绝自己的爱,是想跟闺密走到一起,这让自命不凡的她一直很生气。说实话,她早就想狠狠报复一下这两个人,却忌惮自己大小姐的身份,无法下手。如今便可借哥哥之手,遂了心愿……

听说父亲对那份《川人自保商榷书》恨之入骨?她幽幽地问。

你也知道啊?邵玉笙恨恨地说:想来这份传单你也看过了?真是写得歹毒!父亲说,川人都坏透了!竟想派兵丁来我们总督府,连衙门里的人都看管起来。那帮家伙真是想造反谋逆了!若我们再姑息纵容,只怕连自己的身家性命都不保了!

邵雅兰冷笑一声,这才缓缓地说:你道这《川人自保商榷书》是谁写的?

还有谁?报社那个笔杆子吴仪民呗!邵玉笙也冷笑道:哼!他还想跟我争抢文小姐!如今父亲把他爹抓起来,我也砸了他的报社,又打伤了他,看他还狂不狂?

邵雅兰也有些心惊,甚至迟疑了一下,但她还是咬紧牙,说出这句话:不是他,是章海涛……哥,你真正妒忌的人也不是吴仪民,而是他吧?这不正好拿他开刀吗?

邵玉笙怔了怔，继而就大笑起来：什么？这狗屁文书竟是那小子写的？哈哈，好啊！这倒给了我一个口实，我不用请示父亲，就可带兵去捉拿他！

他走了几步，又回头望望妹妹，奇怪地问：哎，你不是喜欢章海涛吗？怎么反而出卖他？我可真要去抓他了！你还不赶紧拦着我？他不是你的情人吗？

邵雅兰坚决地摇摇头：现在不是了，哥，你对他爱怎样就怎样吧，没人拦你……

好！那就好！邵玉笙大笑着走出轩廊：那我可要痛快干一场了！

邵雅兰看着哥哥走出后院，顿时倒在椅子上，全身无力，似乎被抽去了筋骨。稍倾，她才低声喃喃地念道："渚远江清碧篆纹，小桃花绕薛涛坟。"

薛涛后被小她十一岁的元稹抛弃，遂建楼吟诗，过着隐居生活。闭门不见客，终日与青灯古卷为伴，皆因心已死。她呢？若心也死了，还会那样做吗？

邵玉笙带人赶到惠民中学，正好跟章海涛短兵相接。此时同学们都已走掉，章海涛却被堵在学校里。他连忙撤离校门，赶到后墙一看，墙外火光熊熊，显然也有兵丁把守，火把映红了半边天。章海涛又退到院子里，只见邵玉笙带着人已经冲进来。章海涛逃无可逃，避无可避，突然一眼看到旁边那口"玉泉井"，便灵机一动，滑下井去。原来这口井前几年就枯干没水了，但打水用的竹竿还在，又粗又长又够滑，章海涛顺着竹竿滑下去，躬身藏在阴暗潮湿的井壁里，邵玉笙等人却没发现。他们跑过院子，冲到教室和宿舍里寻找一番，未见章海涛的人影，邵玉笙气急败坏……

他又冲到院子里大喊：章海涛！你躲在哪儿了？快给老子出来！快出来！

一个兵丁说：四少，这小子估计跑了！守门的不是说，刚才走了好多学生？

邵玉笙扬手就给了他一耳光：跑？跑得了和尚跑不了庙！走，跟我去他家……

章海涛攀着竹竿躲在井里，屏息敛声好一阵。听得这帮人走了，才又攀着竹竿爬上井口，两只手擦破了不少皮，痛得钻心。他一刻也不停留，也不敢再走学校大门，果断地翻墙逃了出去。这是学生们常干的事，墙边那棵歪脖子槐树帮了不少忙。

大通药店在学道街，有两个铺面相连，既不起眼，又还看得过去。平时也没有老中医坐堂，就是卖些中草药，其实是同盟会在成都的一个重要联络点。

当时在上海、武汉、广州这种通商口岸，因为得风气之先，市民对推翻清政府都比较热情，大多积极支持同盟会和革命党，甚至甘冒杀头的危险而乐见其成，称为"光复"。而在成都这种内地，市民尤其是商人和农民，则比较冷漠。况且早期革命党人组织的起义屡屡失败，直到这个辛亥年的九月，革命党人那零零星星的炮声，还是没有唤起民众。起义的枪声也响过多次，但并没怎么闹起来。所以大通药店老板庞逢书，还是处于地下隐蔽状态。为了掩人耳目成立的这家药店，起初连搜集情报都说不上，只能说是一个启蒙点。

但成都的同盟会成员，却在四川保路运动中得到了很大发展，如雨后春笋一般，在这座城市里到处露出了尖尖角。从寥寥无几到群星灿烂，同盟会的负责人庞逢书功不可没。而让他最器重也最欣慰的，却是发现了章海涛这颗闪亮的星辰——少年老成，稳重干练，勇敢无畏，机敏果断，他几乎具备了革命者的一切优点！同盟会本是个松散组织，对参加者并不构成行为的约束，但章海涛却对组织忠心耿耿，尤其在保路运动的这几个月期间，他经常来送消息，听指示，历史就在他这里拐弯了！

这天晚上，章海涛穿小巷走僻道，一直躲着巡防兵，好不容易才赶到药店，庞逢书正在坐立不安团团转，见小伙子进来，就一把抱住他，高兴地问：你没事儿吧？

没事儿！章海涛冷静地说：怎么，庞先生在为我担心？你听说什么了？

嗨，我听说邵屠夫下令，砸抄了铁路公司和学堂，查封了报馆，到处抓捕同志会骨干和青年学生……你不是起草了那份《川人自保商榷书》？他还能放过你？

章海涛微微一笑，决定不把刚才邵衙内来抓自己的事告诉他，因为还有更重要的事得赶紧做。他只汇报了自己动员同学们出城回乡，去发动郊外力量的事。

庞逢书赞同地拊掌说：好啊！我正在发愁。得知城门关闭，本想把发生在成都的血案透露给城外同盟会，竟无法传出城去，只怕给邵屠夫赢得了喘息时间……

我也一直在想，怎么把这消息传出去？章海涛皱紧眉头说：所以来找你商量。

是啊，邵屠夫既然下手干了这件事，成都肯定不太平了！甚至整个四川都不安定了。但从另一方面来说，这也正是我们同盟会的好时机。庞逢书郑重地说：以往那么多次起义，我们四川都不沾边，皆因民众对革命漠不关心，老百姓还没真正发动起来，成都简直就是一潭死水。这次死了那么多人，保路会头头又被抓，正是发动郊县起来革命、推翻清政府的好机会！只要大家趁此时去联络，保证能成功！

章海涛也说：对，在成都闹不起来的事，或许在郊县就能成。尤其是荣县，我们几个同学在那里还有一些根基，不知陈少星他们是否来得及出城。

庞逢书又对他交心说：这次我们都没想到，保路同志会的容先生、吴先生这么得人心！那么多人主动为他们去请愿，竟不怕流血牺牲！我们正该利用人心，去把郊县各处的同志会都发动起来，树起革命旗帜，招兵买马，来他个遍地开花！

对！章海涛也振奋地说：如果我们能趁机占领几个城池，堂堂正正地成立大汉新政府，就能闹他个天翻地覆……可恨这军机情报，却怎么送出城去呢？

　　两人都在地上转来转去，竟一时想不到合适的好主意。突然间，章海涛看到药柜子上那些写满了药名的木牌，便有所启发地问：哎，这些牌子是谁写的？

　　隔壁是个油漆铺，也有我们的人……庞逢书眼睛一亮，突然说：有办法了！若我们也弄些小木牌来，用油漆在上面写好字，放入锦江中，不就可以流出城去了？

　　对啊！章海涛拍手笑道：你这里离东门大桥近，咱们赶紧去找木板和油漆，写好后就扔到江里，让它顺水漂出城！哈，这下子邵屠夫封城也不管用了！

　　好，我现在就去隔壁油漆铺，找他们要油漆。上次我买了木料来做这药牌，还剩了几十片，应该够用了！庞逢书也很高兴：用这个来代替电报，保证过不了一两天，沿江百里的乡镇都会知道。这木板就是我们的电报，就把它叫作"水电报"吧！

　　章海涛跳起来，走入内室：好，我去想想措辞，看看要写多少个字。

　　越简单越好。庞逢书叮嘱道：但要醒目，最多也就一二十个字吧。

　　庞逢书去了油漆铺，章海涛在内室琢磨措辞，抓起一张纸，写了很多句子，来回思考，反复磋商，最后决定只用二十余字，并且没有标点符号："邵烈风先捕吴容后剿四川各地同志速起自救自保"。这时庞逢书又带着两个伙计回来了，一个提着油漆筒，一个抱着几十片木板，显然都是自己人，他们立刻热火朝天地分别干起来……

　　突然又一个伙计跑进来，焦急地说：不好了，我看见一伙兵丁朝这里来了！

　　章海涛似有所感，又跳起来，冲出内室：我去看看……

　　他跑到药店门口，趴着门缝一看，一群黑影出现在微弱的路灯中，挑头的竟又是邵玉笙！他正挥着手枪，带领一群兵丁大张旗鼓地赶来……

此人也是贼精。他领兵跑到章家院子，搜查一番未遂，想想不甘心，又冲回惠民中学，试图找到一些蛛丝马迹，居然运气好，遇到了对章海涛一向不满的马大郎。这人也有些机敏，又疑心极重，平时总看章海涛不顺眼，觉得他言行都有越乎轨道之嫌，生怕他影响到学校，便有几次趁章海涛外出之际跟踪他。章海涛毕竟年少，斗争经验不足，更缺少反侦查能力，竟没发现，被马大郎探知了学道街大通药店乃这个脑后长反骨的学生常来常往之处。此时遇到邵玉笙来抓人，便把这地址透露给他……

邵玉笙得知后狂喜，拍拍马大郎的肩膀，说：好！日后必有重谢！

他率兵走后，几个教师才闪身出来，纷纷发表议论。有说学堂尊严，这个学生顽劣，该抓！有说邵屠夫杀了那么多成都人，我们不能助纣为虐。还有一个年轻教师说：我知道大抵参加了革命党的人，都是学生中的优秀人物，怎能让官府抓了去？

马大郎抬头望着天幕上一片闪亮的星星，有些后悔自己的行径，一直挂在嘴边的阴险毒辣的笑容，也消失了一阵，随后才又恢复了他那凶狠顽固的学监面目。

章海涛这个学生确实该诛！他冷笑着说：平日里他总仗着有邵总督做靠山，大胆无理，胡作非为！如今邵衙内领人来抓他，我倒要看看总督大人还会不会庇护他！

章海涛眼见邵玉笙又率兵扑来，立刻预感到他是有备而来，看来早已得知自己的行踪，这一回显然无法脱身。他立刻冲回内室，急促地对庞逢书说：他们是来抓我的，事态紧急，大局为重，我必须掩护你们！我这就出门，去把他们引开，你们立刻躲到油漆铺去，做完这些水电报，今夜就投入锦江，切记切记，勿以我为念……

他还没说完，又返回店堂，毫不犹豫地拉开店门，就投入外面的黑暗中。

庞逢书心疼地摇摇头，他深知这个少年外表热烈真诚，灵魂清醒通透，接触到革命党，参加了同盟会后，那正在发酵一般的青春生命便燃烧起来了！如今最重要的事，莫过于把这些水电报做出来再投入锦江。他立刻带人撤离到隔壁的油漆铺。

邵玉笙率兵快要扑到药店门口，突然一个黑影窜出来，飞速地跑向另一条街道。他见那身影很熟，立刻大喊：他就是章海涛！快！他跑了，赶紧抓住他……

章海涛为掩护上级和正在做的"水电报"，毅然出门现身逃跑，引走了邵玉笙。他跑了一阵，后面的兵丁举着火把穷追不舍，直到他筋疲力尽，也把抓他的人引出了几条街巷，这才站住，束手就擒。兵丁把他抓住，邵玉笙也上气不接下气地跑来……

你跑啊！再跑啊！邵玉笙气咻咻地指着他：我看你孙猴子能不能跑出如来的手心！

你就是如来吗？章海涛微微冷笑道：我还当真没看出来……

邵玉笙气恼地冲上前，给了他一耳光，凶神恶煞地吼道：把他捆起来，带走！

一个兵丁拿着手指粗的绳索走来，邵玉笙亲自去绑章海涛，他把绳索套在章海涛脖子上，勒得很紧，几乎要紧到肉里去了！章海涛呼吸困难，身上被勒得生痛。但他并不在意，一心只想着：庞逢书他们有没有脱险？水电报能否顺利投入江中？

由于邵玉笙和马大郎都是为报私仇，竟忘了再去追查大通药店的革命党人。庞逢书等人避到油漆铺后，抓紧时间完成了七十余片"水电报"，又趁着夜色浓浓潜至东门大桥，把这些油漆写成的木板投入锦江。成都周围河网密布，这些木板浩浩荡荡，顺流而下，沿江流纵横，越漂越远，形成了声势浩大的"水电报"。虽然邵家父子想尽办法封锁消息，但他们做梦也没想到，天才的革命党人竟会来这一手！很快，成都惨案的消息就传遍了四面八方，引来了全川人民更为激烈的反抗斗争。

15

　　章峻岩名为邵烈风的贴身保镖，平时就住在总督府，但他却是个隐身人。因邵烈风身为总督，手下有精兵三千，多数时间根本用不着他这个保镖。章峻岩也不知道，邵烈风想用他，只为他武艺高强，可以当个杀手，去除掉他心中的对手。但自从进成都后，邵烈风一直被保路事件所困扰，几乎都忘了这个保镖的存在。有几次他也偶然想起来，甚至想过要不要派章峻岩去暗杀吴万乾或容士轩，后又觉得不妥，因这两个人都是温和的立宪派，若杀了他们，换成革命党来当家，岂不更加麻烦？

　　章峻岩被总督大人雪藏，却并不在乎，每日里就是打打拳，练练武，倒也悠闲自在。不料到了9月7日这一天，总督府内外翻天覆地，闹出了惨绝人寰的血案！章峻岩本是川边人，在成都除了两个兄弟，再没有亲戚朋友，但看见总督府内外横七竖八躺满了尸体，还是触目惊心。突然想到三弟海涛最近行为诡异，闹不好就是革命党，不知这些事情他参加了没有？会不会吃了枪子？心里一紧，便偷偷离开了总督府，要回家去探个究竟。他却不知在此之前，邵衙内已经带人去章家大闹了一场。

　　原来罢市罢业后，华兴街的钟水饺也关了门，芙蓉没有清音好唱，索性去了章家，说是章心田织锦繁忙，要给他做点好吃的。她住进章家后，首先把院子打整了一下，种了些花草，其中还有几盆比较名贵的兰草，让人看着爽心悦目。她又买了几样小家具，在厨房餐厅里摆了些小装饰，给章心田的屋子安上窗帘，精心的布置使一切都显得更为舒适，有个家的气氛。她和章心田的关系也顺理成章进入了一个新阶段，两人正商量着什么时候把婚事给办了，光明正大地过起自己的日子来。

　　不料这天晚上，邵玉笙突然闯进来，扬言要抓章家老三。芙蓉见一群兵丁踩烂了她种的花草，摔碎了她买的坛坛罐罐，扯下了她亲手做的窗帘，气得胸口疼！但发现带队的是邵玉笙，又吓得欲躲起来，却被那个恶棍发现，一把抓住了她……

好呀！你居然躲在这儿！邵玉笙又惊又恼，一时怔住，竟不知说什么好。

章心田见状，连忙丢下织机跑出来，喝道：你干什么？她是我妻子！

她是你妻子？邵玉笙愣了愣，这回是气得说不出话来。

在此之前，他喜欢过芙蓉，因为这姑娘有种无法形容的风情：两只眼睛水汪汪，两道黑眉细又长，鼻梁端正，唇红齿白，回眸一笑迷死人，是生活在底层的一朵奇美的花。更不同凡响的是她的歌喉，清亮婉转，妩媚动听。她唱的曲子尽管有几分俗气，但不失为民间艺人的本色。她就像这院子里的那棵桂花树随时发出隐隐的清香。也像这九月的红叶，在秋日里摇曳着、飘展着，好比一面女性的旗帜艳丽动人……

若不是更加花容月貌、聪慧优雅和知书达理的文小姐出现，邵衙内必定是早已把她抢回家，做了自己的小妾！如今发现她竟然嫁给了章老二，真是气不打一处来……不，是气就打一处来！这章家是什么人呀？怎么两个兄弟居然抢走了他看上的两个女子！这让威风八面的蓉城第一公子哥，怎么能忍下这口气？

把她给我带走！他甚至懒得看章心田一眼，也忘了自己来这院子的初衷。

不行！你们不能带走她！章心田有些莫名其妙，他并不知道邵衙内跟芙蓉之间发生的事，只是本能地上前拦住那些兵丁，吼道：你们不是来抓我兄弟的吗？

原来芙蓉并没把那件事告诉章心田。她喜欢章家兄弟，觉得他们都是好人，而且平等待人，尊重她的艺术，尊敬她的人格。也因此觉得有些自卑，只怕说出邵衙内骚扰自己的事，反而显得自己不太干净。现在这个恶衙内又到章家院子来抢人，破坏她的生活，一副要把她吃掉的样子！她也恨不得咬他两口，咬出血来才解恨……

哎，这才稀奇呢！邵玉笙坏笑道：我也没想到，自己要抓的人，居然都在这里！

他上前拉住了芙蓉，也恨不得当着章心田的面去亲这个女人两口。他又坏笑着对章心田说：没抓到你兄弟，抓走你老婆，老子今天也不算空走一趟！

你放手！芙蓉尖叫起来：我不跟你走！你是个恶人，我恨你……

章心田现在已看出名堂来，邵玉笙必定跟芙蓉此前就有纠缠。他也本能地去拉住邵玉笙，叫道：她是我的女人，你凭什么带走她？你还讲不讲理？还有没有天理！

天理？我就是天理！邵玉笙又喝道：把这个女人给我带走！否则我就放一把火，把这个院子烧了，看你们谁敢拦住我！

放手！突然一声暴喝，章峻岩冲进来，也拉住了邵玉笙的手，顿时把他的手捏得生痛！邵玉笙甩开章峻岩，发现章家老大又在危急时出现，还真是来得及时！

大哥！章心田含泪喊道，心里却踏实下来，忙把芙蓉也拉到自己身后。

章峻岩已经大略得知了这里的情况，又低声敛气地对邵玉笙说：他们是我的亲人，请四少放了他们。若他们做了什么对不起四少的事，我给你赔礼道歉了！

哼！邵玉笙恼怒地盯着他，一时又不知说什么好。自己对两个女子的坏心眼儿，怎能跟父亲的保镖说？须知他可以在总督面前说上话，眼下只能捡正当的说。

你三弟是革命党，写了那份《川人自保商榷书》，老子奉命去抓他！

你说什么？章峻岩的怀疑落实了，也不知道说什么好，完全愣住了。

邵玉笙趁机收队，跟那群兵丁说：我们走，再去其他地方抓捕……

一伙人乱哄哄地走了，又把院里的花草踩得稀烂，芙蓉连忙心疼地弯身去料理，章峻岩却把二弟拉到一边，悄声问他：这芙蓉跟邵老四怎么回事？

章心田回头看看整理花草的心上人，悄声说：我也不清楚，但她是好人……

章峻岩知道二弟只会闷声不响地织锦，但他心爱的女子却跟邵老四纠缠不清，甚至可能有私情。还有三弟，难道他真是革命党？两个弟弟的事都让他很气恼。

你们真是会给我添乱！你！还有老三！章峻岩忍无可忍，终于指着章心田发作了：非常时期，你们就不能收敛一点吗？我说过好多遍，邵总督是咱们章家的大恩人，为什么你还有三弟，总要去他们家惹是生非？还招来了这个邵衙内？

大哥语气不善，暗含指责心爱人，从不生气的章心田也破天荒震怒了，回应他说：才怪！大哥你怎么良莠不分，混淆是非啊！邵总督虽对我家有恩，但他开红山，杀了那么多人！成都市民全都痛恨"邵屠夫"，你却为他卖命，为虎作伥！

章峻岩张口结舌，无话可说，感到跟兄弟们已经生分。他郁闷地回到自己房中，倒头便睡，醒来已是次日晌午。突然想到三弟安危，好生挂念，又回到总督府，却在门口就听一个跟他熟络的守卫说，章海涛已被四少抓住，带回邵府关起来。

怎么？海涛他被抓，没有下大狱？章峻岩慌了神，连忙追问。

听说明日才押进大牢。那守卫神秘地说：好像是你三弟得罪了四少，他想羞辱你三弟，说要好好折磨他。昨夜拷打了他两个时辰，自己坚持不住，去歇息了……

章峻岩惊怒交加。起初听见三弟被关在府中，还觉得有希望，可以去找邵家父子求情，让他们放了三弟。现在突然想起，三弟也跟邵老四因一个女子结了仇，这下麻烦大了！下了狱，他还能去劫狱，因私仇关在府中，四少怎会轻易放了他？抓到情敌，还不把他折磨死！章峻岩焦急地奔进府中，想来想去，还是只能去求总督大人。

邵烈风正在焦躁不安,那八个股东老爷关进府中,打不得骂不得杀不得,只能好茶好饭地侍候着,幸亏府中房屋众多,把他们分开软禁而已。问题是如何向朝廷上条陈,为自己分辩?今早起来,他就把沐智贤叫来,两人在书房里商议此事。言谈之间,这个四川王也在感叹人生,说大富大贵和阶下囚不过是一步之遥……

这时一个兵丁来报告说,保镖章峻岩跪在阶下求见。邵烈风和沐智贤徐徐走出书房,阳光已经透到阶下的青灰色地砖上,章峻岩高大的身姿显得很佝偻……

峻岩,你有何事啊?邵烈风很惊讶,在这个多事之秋,保镖几乎没有存在感。

我来求总督大人放了我三弟!以后无论总督大人让我做什么,我都愿意。章峻岩伏在地上说:我三弟年轻不懂事,如果得罪了四少,我也情愿为他顶罪。

邵烈风莫名其妙,他并不知晓这件事。但府中大小事却瞒不过沐智贤,后者便说:昨晚四少把峻岩的三弟抓来府中,说他是革命党,写了《川人自保商榷书》。

邵烈风立刻变了脸色,生气地喝道:原来如此!峻岩,本官为你弟弟出学费,让他去学校读书认字,他就这样回报本官?读书认字后居然去写反动文章!

章峻岩只好在地上磕头不已:我三弟做了错事,生死全凭总督大人一句话。但我们毕竟是一个爹娘生养的,我决不能眼看着三弟命丧此地,让我代他去死吧!

话说到这份上,邵烈风只好对沐智贤说:你知道他关在哪儿?带我去看看……

他们走后,章峻岩才爬起来,用满怀希望的目光望向后院。他也想知道三弟关在哪儿,却不能贸然跟去,只怕总督一怒之下反生变。血浓于水,在炎热的阳光下,章峻岩眼前闪过了很多他与三弟的往事:三弟在成都读书,他在川康边跟随邵烈风。有一次押送鸦片到成都,交给当时的四川王邵尔培。他一路顺风完成任务后，得了几块大洋的赏赐，便到学堂去看望三弟，又把二弟也拉上，去洞子口张凉粉"打牙祭"。他记得自己点了很多有名的川菜，两个弟弟吃得不亦乐乎。当时他们三兄弟走在大街上，一个个高大健壮，雄赳赳气昂昂，多么风光！又是多么惬意啊！

他并不知道自己的话说在了总督大人心坎上，令邵烈风也生出几分感慨。邵家也是三兄弟，邵烈风也排行老三。老二得病死了，大哥邵尔培对他极好。所以章峻岩的手足情深便感染了邵屠夫。他甚至想，只要那孩子肯认错，就放了他罢。

总督府中设有私家牢房，也是高墙铁窗，刑具齐全。此刻牢房中烈焰熊熊，章海涛被分开手脚绑在一个刑架上，已经遍体鳞伤，昏迷过去。邵玉笙把他押回这儿，立刻剥去他的衣衫，提起鞭子痛打了他一顿。章海涛满头满脸是血，身上鞭伤累累，血痕道道，却咬紧牙关忍受着，只是目光如炬，不断喷溅出仇恨的火星。亏他身体强壮，还能坚持住，倒把个养尊处优的公子哥累得不行，这会扔掉鞭子回房休息了。

阳光透过那扇小小的铁窗，照射到章海涛棱角分明的脸上，他渐渐苏醒了，只觉得全身都在火烧火辣地疼痛，似乎处于烈火焚烧中。都是血肉之躯，再坚强再刚硬的人，也挨不过受刑那份剧烈的疼痛。只是章海涛心中有信仰的支撑，有对同伴脱险的欣慰，又正值血气方刚，虎虎生威，因而不惧严刑拷打，大义凛然。

这时一个黑影悄然溜到他面前，眼巴巴地盯着他看。章海涛也睁开眼睛努力辨认，发现此人正是邵烈风的幕僚沐智贤。他们曾有几次谋面，知道此人外号为智多星。章海涛嘴唇紧闭，目光炯炯地望着他，也知道此人来这儿，必有话要对自己说。

沐智贤会一点相面术，便仔细打量着绑在刑架上的年轻人，发现他脸庞线条分明，下颌锋利有致，在火焰的映照中，勾勒出一种独特的气质，也表达出此人的个性，在不羁中透露出一分帅气与洒脱。两眼更是精明有神，看来不容小觑，怪不得大小姐喜欢他。

沐智贤想了想，才幽幽地开了口：章海涛，你正当年华，一表人才，家境也不错，总督大人又对你们章家有恩，你为何忘恩负义，非要跟乱党聚在一起呀？

章海涛不屑地吐出一口血痰，不想跟此人多话。便朝着他身后的阴影说：总督大人，你也来了吧，为何躲在暗处，让你的走狗来跟我对话？难道，你怕我吗？

邵烈风不是个有涵养的人，立刻忍不住现了身，喝道：胡说！本官怕你什么？

你怕我的年轻，怕我的强壮，怕我不惧死，生为少年，死为少年！章海涛冷笑着，忍住全身剧痛，一个字一个字清楚地说。说得豪情满怀，意气风发。

邵烈风气死了，很想给这个被绑缚的年轻人一巴掌，但又觉得会失了身份。他见这个保镖的弟弟次数不多，但此人却给他一种聪明、干练、果敢、奋进的印象，所以不禁在女儿面前夸过几句，竟让女儿陷入了情网。眼下这个青年虽四肢被缚，但却昂首挺胸，没有丝毫畏惧的神情，与平时展现的形象相得益彰，反而让他不知如何面对。

于是他朝沐智贤点点头，后者又说：小伙子，你虽年轻，却糊涂啊！革命党给了你什么好处，值得你如此舍身求仁？实话告诉你吧，是你大哥求了总督大人，我们才来这儿。你大哥求大人放了你，大人也觉得，你还年轻，死了未免可惜啊！

章海涛凛然一惊，见面前这两个官员神秘得意的样子，他又坚决地说：那你们去转告我大哥，到了这里，我宁愿死，我选择死。因为我在这样的年华里死去，依然年轻。否则如你们那样苟活，我就已经老了！像这个国家一样腐朽不堪了！

还在胡说八道！邵烈风气极地说：国家大事，不是你们这些人可以谈论的。

沐智贤也跟着说：你们革命党人，就知道闹起义，可你们失败了多少次啊？

那没关系，物竞天择，我们总会成功！章海涛慷慨激昂地说：你们睁开眼睛看看，当今世界哪个国家不是因为革命才得以强盛？中国岂能不思革命？孙先生说，中国积弱，如今到了不可收拾的地步！王室宗亲，贵族官吏，因循守旧，粉饰太平。老百姓却苟且偷生，蒙昧无知，堂堂华夏，不齿于列邦，竟差点被瓜分……

沐智贤见总督大人面色涨红，显然气得不轻，忙说：年轻人，朝廷也不容易。

朝廷把香港给了英国，把台湾给了日本，这是朝廷该干的事？章海涛更加意气昂扬，似乎在法庭上辩论一样，昂着头说：这样的朝廷，留有何用？

哎，本是我来审你，怎么变成你来审我了？邵烈风气得手发抖，指着他喝道。

因为你对我无从审起。章海涛冷笑道：总督大人，还是请回吧！

沐智贤见状忙说：年轻人，总督大人看在你大哥分上，有意对你法外施恩……

不必了！章海涛冷冷地说：我们既然要举事，就甘愿赴死，为理想而献身！

可你死了就什么都没有了，何必呢？沐智贤叹道：年轻人，我看过你写的《川人自保商权书》，你很有才华呀！不如跟你大哥一起来为总督做事，保证前途无量。

不用了！章海涛坚决地说：你们杀了那么多成都人，就不怕放出我后，又用文字来诛你们的心？你们还是痛快点，也收了我这条命吧！

邵烈风也忍无可忍了，就挥手说：智贤，我们走吧，让老四来收拾这小子……

沐智贤倒挺欣赏章海涛，他跟章峻岩来往不多，但也够交情。现在见他弟弟死硬，只得叹息着走出去，却一眼看见门后的暗处里有个女子藏身，顿时有些明白了。

邵雅兰暗暗躲藏在门后，等父亲和沐智贤走后，才悄然现身。她现在的心情很复杂,哥哥果然抓来章海涛,心上人被关进邵府遭毒打,还跟父亲硬扛,眼看性命不保!邵雅兰见此情形又心疼他,心里真是打翻了五味瓶,什么滋味都有……

不知从何时起,邵府大小姐爱上了一个贫穷少年。他读书奋发图强,为人成熟练达,长相俊美英挺,性格倔强坚韧,因此夺走了一颗少女的心!世上的光,心中的爱,都给了他;只要见到他,她就一脸灿烂,却没得到应有的回报。邵雅兰无数次在梦中痛苦煎熬,又无数次在痛苦中爱恨交织,感觉自己就像一枚点燃了引线的炸弹,只渴望那闪亮的一瞬。终于,她走上歧路,出卖了自己的初恋!眼下见章海涛被折磨成这个样子,她欲哭无泪,心头大恸!真想扑过去,俯在他胸前,轻轻舔干他身上的血迹,用手抚平他的道道伤痕。这时她心中的爱已经盈盈于怀,涨满了胸间。在这间血腥的牢房里,邵大小姐被自己的爱逼得无路可走,那个绑缚在刑架上,伤痕累累失去自由的少年,竟然成了她灵肉交战巅峰之上的那颗光芒炽烈的情爱之星!

章海涛正要陷入疼痛的深渊,突然觉得眼前一黑,又一个人影扑到他怀里,点点滴滴的泪水浸染着他赤裸的胸膛。睁开眼睛一看,这次竟然是邵家大小姐!

你来做什么?他因疼痛而四肢无力,甚至有些晕眩:你还是快走吧……

我是来向你忏悔的!邵雅兰伏在他胸膛上哭泣:是我出卖了你,我不该啊!

你说什么?章海涛更是头晕目眩,不能自持,忍不住吼道:你怎能这样?

是我听吴仪民说你写了那份《川人自保商榷书》!邵雅兰如泣如诉,眼下她靠着的这个胸膛是那样温暖,那样炽热,让她不舍得离开。心上人手脚被缚,无法挣脱逃避,她趁机把自己的点点亲吻,含着泪水洒向他,又敞开了心扉说:我忌妒文诗洁,也恨你,就让哥哥抓了你来,想让他折磨你,也解我心头之恨……但我现在后悔了!海涛,只要你说一声,你也爱我,或者说,你能接受我,我立刻救你出去!

你在说什么啊!章海涛气极了,愤怒地吼道:你别再说了!快放开我!我死也不会接受你!邵雅兰,你知道你都做了些什么?你怎么能这样!我值得你这样吗?

当然值得!我能这样亲近你,几乎快要不后悔了!邵雅兰抱紧他的身躯,亲吻着他赤裸的胸膛,热情洋溢地说:我背着父兄悄悄来见你,就想问你这句话,事到如今,你肯不肯接受我?你不用说话,只要点个头,我立刻会求我哥,放你出去!

不!我再说一遍,不!章海涛恼怒得喘不过气来,他想挥手打这个女人,或者一脚把她踢开,但四肢被绑缚,动也不能动,只能任这个女人伏在自己身上,恣意汪洋地诉说着她的爱,也肆虐着她的爱!对任何一个男人来说,这都是极大的侮辱!

邵雅兰却不解了,终于在他胸前抬头问:海涛,难道你不渴望自由吗?你被我哥这样毒打,身上不痛吗?我可以救你,只有我可以救你啊,你居然不情愿?

章海涛愤怒地说:是的,我拒绝!拒绝你来救我!因为,因为最完美的投降,总是身披一件自由的外衣。这是卢梭的话。我希望你记住,我希望你滚开!

邵雅兰听到如此激烈的话,终于清醒过来,后退了几步,失望地说:看来你并不爱我……不,我现在明白了,你根本对爱情不感兴趣,只对革命有兴趣,是吗?

对,因为革命能创造激动人心的历史!章海涛几乎在怒吼,仿佛也是一种宣言:因为在我的国家,人们的生活苦不堪言,生不如死。我一直在想,为什么我的同胞要忍受这种没有尊严的生活,如牲口一样为最起码的生计而奔波乞讨,饱受王公贵族和外国列强的压迫欺凌?我不能接受!我要改变!我要革命……这一切,你懂吗?

邵雅兰茫然地望着他:我确实不懂,你能不能再告诉我,革命是为了什么?

章海涛又慷慨激昂地说：革命是要救治整个民族。就像你们女人小时候把脚裹起来，不是很痛吗？你能忍受吗？这样腐朽可怕的事，不该改朝换代地消灭它吗？

那么革命肯定会要人的命吧？邵雅兰关切地问：难道，你不怕死吗？

章海涛也热情洋溢地说：我不怕死，死也不是革命的目的。革命是为了改变国人的命运，革命是许多年轻人用自己生命的代价，换取让活着的人活得更好……

邵雅兰到这时才明白，世纪风云，家国天下，才是这个年轻人最挂心的事。什么感情，什么恩仇，包括生死，对他来说都不算什么。就从此时起，她心中的憾恨也随风逝去。邵大小姐毕竟是读书的新青年，而非缠脚的小家碧玉，思想能飞越江河湖海，引起内心的电闪雷鸣。不知不觉间，她已悄然走出了黑暗的牢房，来到夕阳西下的庭院。起风了，风生于青萍之上，她自己的感情也散成了碎片，蒸发成了云烟。而留在风中的，却是苍天之下，芸芸众生，改朝换代，天翻地覆这些字眼……

她长舒了一口气，仿佛参破了世事，也解开了心结。现在的她，一心想着怎么让刑架上的少年获得自由。她无奈地绽开笑容，是的，是她把他送进了牢房，如今他们已反目成仇，冰炭不容，她却又只想去解救他。这都是上天的安排，谁也躲不过！

就在这时，她看见哥哥走来，满脸戾气，一副要杀人的可怕样子！她心中一紧，连忙迎上去，开口便说：哥，你把海涛抓来了，他大哥来求情了，父亲也去审过他了……没用的，他就是那样顽固不化的人！但我们何不放了他？息事宁人吧！

你说什么？邵玉笙惊讶地问：是你让我去抓人，现在又让我放人，怎么可能？

有啥不可能？我发现，我还是像从前一样爱他，我的恨都消失了，我不忍看他被你折磨……邵雅兰背过身去，不让哥哥发现她已热泪盈眶：哥，放了他吧！

不行！邵玉笙断然说：你的恨消失了，我的恨还在呢！我要再去暴打他一顿……

哥！邵雅兰吓得回身抱住邵玉笙的腰，急切地说：我求你了，千万别再折磨他！你若打死他，我一辈子都不原谅你，我会恨你一辈子！哥，求你，快放了他！

你们小女子反复无常，我才不听呢！邵玉笙用力扒开妹妹的手，负气说：我不会打死他，但我要他生不如死……快放手！现在天王老子来求我，都没用！

他推开邵雅兰，大步走向牢房，一副急于提起鞭子的模样。邵雅兰束手无策地呆在当地。哥哥不肯放人，其实在她意料之中。那么现在她该怎么办？过了好一阵，邵雅兰才想到一个不是办法的办法，便叫来一个兵丁，让他去给文诗洁送个口信。她想，倘若哥哥真把章海涛打死了，至少在他死之前，要让闺密跟他见个面。

16

这是个恬静的黄昏，夕阳的余晖斜斜照射着，四周的花花草草，烟柳云石，都笼罩在一层薄薄的暮色中。文诗洁正在院子里读书，听轻风细雨，品天下文章。

这时闺密邵雅兰却托人捎来一个晴天霹雳的消息：心上人章海涛被她哥给抓了，关在总督府里，正在经受惨烈的酷刑，随时都有生命危险！

文诗洁吓得站起来，又猛地坐下去。她站立不稳，眼前发黑，天旋地转，五雷轰顶，整个人都在摇摇晃晃，内心却疼痛万分，灵魂深处也爆发出点点火星……

自从得知海涛是革命党，她就想想都怕，怕他会跟秋瑾一样舍身求仁。这是革命党人的宿命，他们刀丛觅生，随时都会抛头颅洒热血，为理想而献身。在这血雨腥风的年代，生死契阔、山盟海誓的爱情哪有容身之地？他们最终会不会被迫离开？

文诗洁焦急万分，立刻叫了顶轿子去总督府，她要去求邵雅兰救人。这段时间她跟闺密之间鸿沟颇深，都是为了同一个男人。如今此人危在旦夕，邵雅兰既然派人来送信，断然不会置之不理。文诗洁没想到她这一去，竟把双方都逼上了绝路！

在总督府牢房里，邵玉笙又提起蘸了水的鞭子走近章海涛，狞笑着说：这鞭子上道道血印都是你留下的，小子，怕不怕？今天你落在老子手里，就别想松活了！

章海涛镇静地说：邵玉笙，你这算是公报私仇吗？若我犯了你们大清的罪，不是该把我送到大理寺衙门，关进监狱吗？若我没犯罪，你纵然身为总督之子，又有什么资格私自羁押我？你们大清的律法，你这个总督衙内却不遵守，这算什么？

邵玉笙恼怒地用鞭子指着他：小子，别急，过了今晚，我自会把你送进监狱。至于今晚你会享受什么，我不说，你也明白。我们先报私仇，后论公罪，有何不可？

章海涛冷笑道：哼，你也承认自己是公报私仇？其实我们两个，早就是你死我活的关系了！我今天落到你手里，要杀要剐随便你！

邵玉笙也冷笑着：别这么说，我是官，你是匪，我抓你杀你都是天经地义！

世上没有天经地义的事！章海涛愤怒地说：只不过你为刀俎我为鱼肉，你就动手吧！还啰唆什么？

邵玉笙大笑道：哈，你真是不怕死啊！好吧，你既不怕死，我就不让你死，但活罪却难免！小子，流血牺牲，不是你们革命党的本分吗？

是啊，自古改朝换代，无不有流血牺牲者，不成则死，这也是天经地义！章海涛冷冷地说：但你无端给我定了一个革命党的罪名，总要拿出一点证据来吧？

哼！你此时再来问我？你心里还不清楚？邵玉笙又用鞭子指着他：是你写的那个《川人自保商榷书》吧？那还不是一份反抗朝廷的缴文？

那个字读"檄"，是"檄文"。章海涛轻蔑地说：看来贵公子真是不学无术啊！

事到如今，你还有心狡辩！邵玉笙恼羞成怒地给了他一鞭子，打在章海涛坦露的胸膛上，顿时凸起一道血痕！邵玉笙又高兴地大笑起来：好！痛快！就让我痛痛快快地抽你几鞭子吧！谁让你不但跟我们抢政府，抢路权，还跟我抢女人呢！

他用鞭子劈头盖脸地抽打着章海涛，一边说：你还想跟我抢文小姐？做梦吧！

这下暴露本心了吧？你的本心太黑太肮脏！章海涛忍住剧痛说：弗洛伊德说，梦是愿望的实现。我跟文小姐已经定下婚约，你也无法改变了！

什么？邵玉笙闻听此话，更加恼怒，变本加厉地抽打着他，一边吼道：那我就打死你！打死你，让你们那个婚约见鬼去吧！打死你！我打死你……

你以为打死我，诗洁就会屈从你？死了这条心吧，就算没有我，她也不会跟你！章海涛故意说：再说你打死我，我也是英雄！英雄不问出处，但应死得其所。

你小子还自称是英雄呢？我让你是英雄！让你是英雄……

邵玉笙怒吼着，鞭子一下一下如雨点般打在章海涛赤裸的身上，鲜血也一滴一滴地渗出来，流淌过他全身，浸湿了他赤着的双脚。其实章海涛本就是有意激怒邵玉笙，想让他尽快打死自己。章海涛自从进了总督府，就没打算活着出去。但他怕连累大哥二哥，更怕累及文诗洁，所以只想一死了之，一了百了。然而他毕竟不是钢筋铁骨，在邵玉笙一阵暴虐变态的鞭打之后，又不禁昏死过去……

邵玉笙也打得累了，就扔下鞭子，他拿这个坚贞不屈的少年也没法子了，想换个法子来折磨他。走出牢房，竟意想不到地碰见了他心中的

"成都百年往事"三部曲之一

美人儿——文诗洁。

文诗洁到了总督府,只见闺密在门外等着她。

邵雅兰这时才真正看清了自己的内心:原来她请文诗洁来,也含有另一层意思:现在谁都无法让哥哥放了心上人,但若哥哥的心上人前来求他呢?或许哥哥会动心,前提是文诗洁也满足了他的要求。这一来岂不两便?章海涛得以保全,哥哥遂了心愿,自己也救下了心爱的男子。至于章海涛会不会接受自己,这一点已经不重要了!须知邵大小姐也盼着国家崛起,同胞安宁,章海涛若能成为开天辟地的大英雄,自己何不助他一臂之力?这也算是知其不可为而为之吧!于是她便在门前等候闺密,否则只怕文诗洁进不了总督府……

他怎么样了?文诗洁忙把邵雅兰拉到一边,急迫地问:他还活着吗?

若现在没死,那也快死了!邵雅兰有意夸大地说:你想我哥哥还能饶了他?

文诗洁急得直跺脚:那我们还等什么?快去救他呀!雅兰,你一定要帮我……

她几步跨进总督府,又吓得直后退,原来是她看见了几具尸体,在暮色苍茫中显得格外瘆人!她发抖地捏紧了衣角,咬着嘴唇想了想,又坚持往前走去,她要去救心上人,不能耽误。檐下有一对燕子飞出,成双成对,绕着园子打转,继而高飞出总督府。这给文诗洁带来一线希望,但愿自己能跟章海涛一起逃出生天,双栖双飞!

邵雅兰紧跟在闺密后面,见她满怀希望,不禁暗暗叹息。她见了文诗洁,本想声讨她一番,谴责她不该夺人所爱,明知自己喜欢那个少年,还要来插上一脚。她却不知道文诗洁也跟章海涛一样理直气壮:总督的女儿怎能跟保镖的弟弟成双成对?所以文诗洁见了邵雅兰从不解释,她跟章海涛在一起的决心谁也挡不住!他们才是同路人,革命的火焰熊熊燃烧,和青春的力量结合在一起,就能冲破一切黑暗……

两人都没发现,墙角有个阴影观察着她们,那是无处不在的沐智贤。

邵玉笙碰见两个姑娘，又惊又喜，见他喜欢的女子面颊通红，眼睛闪亮，气势汹汹，显然被爱情席卷而来。哎，他怎么没想到正好利用眼下的情势逼她就范嘛！

文小姐，你来了。正好正好……他连忙上前抢着说：你的心上人被我抓来了，目前正在受刑，已经被打得半死！你这是想来探望他吗？我带你去！

文诗洁站住了，恼怒地瞪着他：不！我要你放了他！你凭什么抓他？打他？

他是革命党啊，写了那份什么，什么檄文！邵玉笙坏笑道：他自己都承认了，这还不当诛吗？我若不看在你和妹妹的分上，早把他送进大牢，说不定都砍头了！

文诗洁又惊又吓，没了主张：那么你怎么才能放了他？我求你……

你要求我？邵玉笙顿时居高临下，带着几分戏谑的口气说：好啊，你嫁给我，我就放了他！文小姐，你知道我喜欢你，所以我跟那小子成了情敌，当然要狠狠折磨他！若你成了我的人，我跟他这层关系就不存在了，放他，就是老子一句话……

文诗洁气得倒退几步，脸涨得通红，愤怒地喝道：你休想！我死也不会嫁给你！

好呀！邵玉笙坏笑道：一个死也不肯嫁给我，一个死也不肯放弃你！那我怎么办？只有再去暴打他一顿，然后明天送他上路了！

他转身欲走，文诗洁慌了神，转身一看，邵雅兰已不知去向。失去了这个依撑，年轻姑娘更是束手无策。命运的安排如此荒谬又奇特：一边是矛一边是盾，双方冲突激烈，中间却夹着她这个小女子！文诗洁心里波涛汹涌，难以平息，但冲在最前排的浪头居然是想见他，想见见那个正在受苦受难的心上人——他到底怎么样了啊？

好吧，你前头带路，我要去见他。文诗洁尽量平静地说，身子却在暗暗发抖。

邵玉笙觉察到她内心的恐惧，暗暗得意，便把她带到那间烈火熊熊的牢房里。

时至黄昏，屋里没点灯，一片黑暗中，只有火光在燃烧和闪耀，照见一个人影被绑缚在刑架上，除了内裤，几乎一丝不挂。凑近了看，那人垂着头，全身血肉模糊，鲜血还在一滴一滴往下淌，在他双脚下流成了一摊，看着极为恐怖！

海涛！文诗洁肝胆俱裂，心疼万分，就要冲上去！她无法想象，心上人竟被折磨成这个样子？他死了，还是活着？即使活着，只怕也是濒临死亡的状态了！

邵玉笙一把拉住她，狞笑着问：怎么样？你见到他了，你觉得，他还有活路吗？

你这个惨无人道的刽子手！文诗洁反手欲给他一耳光，却被他抓住双手。她又骂道：你不是人，你就是个禽兽！畜生！你怎能把他打成这样？你怎么下得去手？

哈哈！邵玉笙狂妄地大笑起来：他是革命党，又是我的情敌！我没一枪毙了他，就是好的！至于他这模样嘛，我是特意留给你看的。怎么样？心疼了吧？

文诗洁惊恐地流下泪来，不顾一切地喊道：你快放了他，你要我做什么，我都……

她说不下去了，只觉得五脏六腑都在疼痛，心也紧缩成一团……

怎么办？谁来告诉她？依从了这个禽兽，她活不下去！但若不依从他，心上人又活不下去了！

无论我要你做什么，你都会答应？是吧？邵玉笙得意地一手搂着她，一手托起她下巴，在火焰映照中观察着她娇美的面容。只见她眼如黑漆，唇红齿白，皮肤细嫩，在光影里更加明媚动人。他心神乱颤，就冲着这张花朵一般的脸俯下身去……

住手！突然一声暴喝，原来是章海涛从昏迷中醒过来，睁开眼睛模糊望去，虽然不知道这恶棍怀里的弱女子是谁，却在一阵没来由的猜测中,不寒而栗……

哦?你醒过来了?那你好好看看我抱着的人是谁。邵玉笙高兴地说。

章海涛定睛看去,顿时内心大恸,不禁叫道:诗洁,怎么是你?你怎么来了?

海涛!文诗洁也撕心裂肺地叫道,眼泪汹涌而出,打湿了衣衫:你怎么样了?

我很好!我没事!章海涛彻底清醒过来,忙说:你来干什么?快走!走啊……

晚了!她是自投罗网!邵玉笙兴高采烈地说:我可没去找她,我还没想到这点,是我妹子帮忙。她想让我放了你,我不肯,她就把这位小姐带来,让她替你说话。但这不是羊落虎口,有来无回吗?我刚才跟她说了,她若嫁给我,我便放了你!

你这个畜生!章海涛也气得骂道:你我之间的事,你把一个弱女子扯进来干什么?你还是不是男人?你要追求一个姑娘,也不能用这种卑劣的手段,快放了她……

我偏不,我既是你们口中的畜生和禽兽,自然就不是人了!我还要当着你的面亲吻她,玩弄她……你如今绑在这里,动也不能动,奈我何啊!

他把文诗洁抱得更紧,欲强吻她。

章海涛急得大叫:诗洁!诗洁……

可能是缘于这痛彻心扉的呼唤,文诗洁拼命挣扎,竟摆脱了邵玉笙,冲到章海涛面前。她想抱住这个血肉模糊的身躯,想把自己最干净的初吻献给他——她还没吻过他呢!这个硬朗帅气俊美傲骄的少年,集纯真和力量于一身,才是她真正爱的人,她该把女孩儿家最宝贵的东西呈现给他!不料她往前冲时,踩到那摊鲜血里,滑了一下就摔倒了,倒在章海涛脚下,这才看到心上人的一双赤脚。原来他是被半吊在木架上,经过一天一夜的吊打,这双脚已经肿胀变形,每个脚趾都在往下滴血！文诗洁内心震撼无比，她挣扎着扑向前，低头去吻这双鲜血淋漓的赤脚，同时泪如雨下……

海涛！海涛！她心痛地呼喊着，却不知道该说什么好。

正是在这一时刻，她深深体会到了革命党人流血牺牲九死不悔的斗志！章海涛不也跟她仰慕的秋瑾一样吗？他们都是热血青年、有志精英，为了大众的疾苦和破碎的山河，把自己的身躯也献了出去！大义凛然不怕死，这正是那个年代革命青年的崇高品德！即便山河疮痍，朝不保夕，但对他们来说，没有什么能够先于精神的追求，也没有什么大于国家民族的安危……这是何等壮丽、何等辉煌的精神！

邵玉笙看见这一切却气极了，上前去拉文诗洁，那姑娘又奋勇起身，抱住章海涛不放，口里直说：你打死我！你也打死我吧！我跟他，死也要在一起……

章海涛不觉潸然泪下，也心疼地低头看着她：诗洁，你快走吧，别管我了……

邵玉笙眼看这一对情侣相亲相爱、不离不弃的情景，怎能忍受？他顿起歹心，抓住旁边火炉上一块烧红的烙铁，就往章海涛胸前的一道血痕烫去！烙铁发出"嘶嘶"的响声，冒起一缕白烟，章海涛痛得大叫一声，再也支撑不住，昏死过去……

文诗洁完全惊呆了，不由得放开他，大叫一声：海涛！

邵玉笙狞笑道：叫吧，你再叫也没用，我这里刑罚还很多，我会让他求生不得、求死不能……你若真心疼他，就从了我，我立刻放了他，否则我会让他受个够！

文诗洁在血与火的纠结里，脑子就跟废掉一样，手心都捏出汗来！她怎忍心让章海涛再受这么残酷的折磨？就算他为理想而献身，但他毕竟跟秋瑾不同，这里面还牵涉到她，甚至可以说，是她对那个恶魔的拒绝，才使他受了这么多的罪！

在这个短暂而漫长的瞬间里，文诗洁眩晕、痛苦、窒息……失去了主张。邵玉笙趁机把她揪到章海涛面前，让她去看那个烧灼后可怕的伤口，残忍地问她，还想不想让他再来一次？她的心上人还要忍受多少次这样非人的折磨，她才肯从了他？

文诗洁的眼泪又汹涌而出，她觉得自己实在没得选了！海涛，原谅我吧！

邵玉笙见她无奈地点点头，高兴地拍掌大笑：好！我还要让他知道。

他用冷水浇醒章海涛，得意扬扬地告诉他：小子，你听着，你爱的文小姐为了救你，情愿委身于我了！我现在就抱着她去成其好事，回来再放了你……

他说完，回身便把文诗洁扛在肩上，哈哈大笑着往外走去。

章海涛犹如烈火焚烧，枪刺加身，热血沸腾，愤慨万分！就是刀架在脖子上，他也不情愿这样的事发生！但他手脚被缚，动弹不得，只得声嘶力竭地拼命叫道：回来！你给我站住！你这个卑鄙的小人！邵玉笙，你混蛋！你回来！诗洁！不要！诗洁！不要啊！你快回来，快回来……

小伙子还年轻，何曾经历过这样的事？又气又急之下，竟然昏厥过去。

文诗洁更是失魂落魄，心都碎成了一片片！虽然形势强逼，半点不由人，但她被迫与心爱的人分离，却要痛苦地委身于另一个她恨的人，这是多大的屈辱！今天发生的事如此惨烈，一个女孩子更加承受不住，她也在邵玉笙的肩上昏过去……

若不是总督府中有个人实在看不下去这么惨烈的事，悲剧就会发生。

当邵玉笙志得意满、淫欲之心大起，扛着文诗洁去自己卧室之际，一直躲在暗处的邵雅兰才现身出来，心里又打翻了五味瓶——若当真让哥哥遂了心愿，即使章海涛被放出来，会不会饶了自己？邵雅兰虽不满他多次拒绝自己，但又不得不佩服他的骨气，知道他是那种宁为玉碎不为瓦全的人，她这样做，是不是害了这两个人？

正为难时,一个人也出现在她身后,幽幽地说:这是一个男性最美好的时光,他的眼睛那么明亮那么清澈,他身上既有男孩的纯真和野性,又有男人的蓬勃生命力。他介乎于男孩和男人之间,尤为吸引人……小姐爱上他很正常,不算稀奇。

邵雅兰惊讶地回过头来,见是沐智贤,不由得大怒:大胆!你竟敢偷窥本小姐,还诬蔑本小姐!你就不怕本小姐去告诉父亲,也砍了你的头?

沐智贤微微笑道:下官是想替小姐解忧,如小姐不需要,下官这就离开……

他欲转身离去,邵雅兰想了想,又喝道:回来!把你没说完的话都说完!

沐智贤又转身叹道:世人皆道,只羡鸳鸯不羡仙,却不知在这种事上,不入仙乡便成魔!下官是看小姐已经入了魔,才来提醒小姐,若小姐任随今天的事情发生,让那对鸳鸯含恨分离,只怕小姐下半辈子都不安生,也会坠入万劫不复的地狱!

你说的什么啊?听不懂!邵雅兰虽这么说,却也感到烈火焚身,同时又不寒而栗。

既然小姐听不懂,下官顿生对牛弹琴之慨……沐智贤又作势要走。

回来!邵雅兰气得咬牙切齿,想了想,又问,若要制止此事,你可有好主意?

沐智贤的眼睛在黑暗中闪闪发亮,他摊开手掌,掌心里有三把钥匙。他从容不迫地说:下官可以想办法,立刻调开四少。这三把钥匙,分别能打开你父亲的书房、牢房和总督府后门。下官已安顿一辆马车在后门外,余下的事情,就靠小姐自己了。

他转身走去,一边说:出城要你父亲签字的手令。总督大人此刻去卧室睡了,书房里有他的手令,小姐模仿你父亲的笔迹,应该不难吧?

邵雅兰望着他的背影,突然身上冷汗涔涔。这人居然把一切都算计好了!他到底是仙还是魔?让他留在父亲身边,到底是祸还是福?

在邵玉笙的卧室，他把心爱的女子扔在床上，又发出阵阵大笑。笑声惊醒了文诗洁，她惊觉自己的处境，下意识地开始反抗，手脚并用地喊道：不要！不要……

邵玉笙气得猛扑过去，骑在她身上，动手去撕她的衣衫，一边怒不可遏地喊：你给老子住手！老子今天非要痛痛快快地尝一下鲜，谁也不能阻拦！

突然听得沐智贤在门外急促地喊道：四少，总督大人有急令，已发现林汉云就藏身于他准岳父的家中，命你即刻带兵，前往容府捉拿他，不得有误！

邵玉笙怔了怔，喊道：什么急令？偏在老子有情绪时发出？晚一会儿不行吗？

不行。沐智贤坚决地说：只怕晚了，他就跑了！此人今后是你父亲最大的对手，千万不能让他跑了！必须去抓住他，最好是杀了他，以绝后患！

邵玉笙看了一眼满脸昭示仇恨，欲拼命反抗的文诗洁，心想即便霸王硬上弓，此时也无趣，不如另觅时机。便放开她，无奈地答应着：好吧，我即刻就去。

他用一条细丝绳反缚文诗洁双手，把她拴在床脚，又用手绢塞住她的嘴，狞笑着说：乖乖等着，我回来再玩些更有趣的……小心！府中到处是兵丁，你休想跑出去。对了，我还忘了，我跟你玩儿够了，才会放出你的心上人，他还等着呢！

他说到这里，又不禁哈哈大笑，畅快放心地出了卧室，带着兵丁赶去容府。

邵雅兰见哥哥离开府中，立刻行动。她是府内大管家，调动人马自然方便。她先派一个男仆去请章峻岩，直接到牢房门外等她，再让一个男仆去仓库找一套兵丁的服装，自己带着两个贴身丫鬟，大张旗鼓地挑着灯笼，来到哥哥卧室，见门前并没上锁。因邵玉笙已把文诗洁缚在床头，又有章海涛为人质，谅她也逃不出自己掌心。

文诗洁坐在床脚，正无助地流泪，见闺密进来便眼泪汪汪，期盼地看着她。

邵雅兰果断取掉她嘴中的手绢，解开缚住她的丝绳，简短地说：我是来救你和海涛的，别出声，快跟我走……你还能走动吗？没受伤吧？

文诗洁挣扎着起身，觉得她格外亲切：我没事……雅兰姐，谢谢你！

是我欠你和海涛的。邵雅兰叹道：抓紧时间快走，等我哥回来就麻烦了！

她们跟在挑灯笼的丫鬟身后，在府中穿堂过路，无人过问。因邵雅兰身份尊贵，平时又特立独行，谁敢阻拦？即使有人疑心她身后那个女子似乎跟四少有些瓜葛，也没人出头，邵家的事谁又敢管？邵雅兰一行顺利来到牢房门前，章峻岩和两个男仆已等在这里。章峻岩见到她，满口感激不尽的话。邵雅兰也懒得理他，连忙一挥手，驱走了门口看守的两个士兵，用钥匙打开牢门走进去，那两个守卫也不敢吭声。

一天一夜的拷打，几次死去活来，又水米未进，章海涛已经很虚弱。刚才经历了那一番情感上的打击，他似乎从血与火中走来，更是疲惫不堪。邵雅兰见他紧闭双眼，没有声息，生怕他已死去，连忙上前用手试了试他的鼻息，还有微弱的呼吸。章峻岩见三弟被摧残成这样，更是心疼，赶紧解开他的绑绳，扶他在地面上歇息，这才发现地上一片片的暗红色血迹，又见他满身是伤，血痕累累，不禁流下泪来……

三弟！他哽咽着说：你受了多少罪啊！只怪哥哥无能，我没办法救你！

文诗洁也哭着上前抱住章海涛，小声叫道：海涛，快醒醒，我们来救你了！

章海涛勉强睁开眼睛，见到大哥和文诗洁，没有半点喜悦之情，反而焦急地说：你们怎么在这儿？快离开！快走！别让我连累了你们……快走啊！

他这一急，又差点昏过去。邵雅兰却在旁边冷冷地说：好了，别再逞英雄了！我们是来救你的。别啰唆，也别耽搁时间，从现在起，你们都听我的！

章海涛这才抬眼看她，隐约明白发生了什么事。邵雅兰立刻指挥两个男仆给他穿上那套兵丁的服装。男仆在大小姐的调教下很聪明，领来一套最大号的服装，才勉强把章海涛受伤变形的身躯裹进去。但他肿胀的脚趾怎么也塞不进鞋里。幸亏男仆想得周到，又领了一双草鞋，这才让他流血的双脚穿进去。当时官府兵丁的服装有几种，其中就有穿草鞋包蓝布头的，正好把他血迹斑斑的脸也遮住了一半。

章峻岩躬身想背三弟出门，邵雅兰摆手不让，叫两个男仆扶着他，又让章海涛也能支撑着自己走几步，说这样才免得有人疑心。他们一行人顺利摸到后院，打开那道小门，果然看见一辆马车停在背静的街角。章峻岩这才背着弟弟进了马车，文诗洁也上车坐好，邵雅兰又让他们再等等，说自己还有重要事去办。她急着把章海涛救出来，还没顾上去父亲书房准备那张至关重要的出城令。这几天城门早已封锁，紧紧关闭，市民只进不出，没有总督手令不得放人。幸亏邵总督这两天也累坏了，睡得死沉，神不知鬼不觉地被他女儿模仿了自己笔迹，签发好出城令，又送回马车上……

章海涛这才哑着嗓子对她说：雅兰，谢谢你！谢谢你救了我和诗洁……

文诗洁也拉着她的手不放，哽咽着说：我们走了，你怎么办？

邵雅兰这时才流下泪来。她刚才几乎是机械地做着一系列事，甚至不敢停下来，只怕停下来自己就会后悔，又改变主意，不放这对红色恋人走。此时用肝肠寸断来形容她也不过分：为了自己的错失，也为了今后孤独无趣的人生——闺密和心爱的人一起远走高飞，这个事实她怎么也接受不了，但又不得不接受。"不入仙乡反成魔"，她想起那个智多星的话，似乎得到了一点安慰，自己这番神操作也算成仙了吧？

你们别说了。她见章峻岩也想表示感谢的样子，便对他说，你送他们出城后，还要回来吧？否则父亲那里，你不好交代，马车夫再送他们去要去的地方……

章峻岩感激不尽，只能朝她连连拱手：大小姐，我们章家全都感谢你！

邵雅兰苦笑着，又对文诗洁说：你们去了自由的地方，最好就别回来了！

她毅然决然地一挥手，车夫就赶着马车朝城门驶去。邵雅兰站在门外，望着这辆马车渐渐隐去，在墨黑的暮色里消失，直到夜雾封锁了那条长长的巷道，再也寻不到一丝痕迹。她突然想落泪，一种悲喜交加的感觉在心里搅动着，全身像抽去了筋骨一样软瘫无力。她缓缓回身，却看见了沐智贤如幽灵一般的身影……

邵玉笙威风凛凛地率兵赶到容府，在如风的夜色里举着熊熊火把，他不想浪费时间，在门外就大喊道：林标统！总督大人有请，快跟我走一趟！

已经入睡的容府仆人连忙打开大门，揉着眼睛说：大人见谅，林标统不在……

邵玉笙推开他们就往里闯，一边喝道：林标统，你再不出来，我们就不客气了！

他们冲进容府院子，也穿堂过路，在偌大的庭院里横冲直撞，四处搜查林汉云。从客厅找到后花园，从那道虹桥找到菜园子，搜遍了假山树丛，池塘轩廊，却不见林汉云的身影。正疑惑间，一个仆人走来说：我家两位少爷有请，大人跟我来吧！

这是后院的一个花厅，开间颇大，屋里陈设着古董架、茶案和几张梨花木的座椅，旁边的磨花玻璃窗下，有一张镶大理石面的书桌，上面整齐地摆着文房四宝。靠后墙是一张铺着华丽毛毯的大炕，上面又摆着两只花漆皮的靠枕。屋里点着许多明烛，显得很亮堂。两位眉清目秀的青年男子分坐在炕上，显得忧郁而威严……

邵玉笙走进去，就觉得不对头，屋里没有一点待客的味道，两位少爷都目光凌厉地瞪着他，似乎严阵以待，要跟他摊牌算账的样子。想起这家的主人，老爷容士轩还被关在总督府里，他心头一紧，连忙去摸腰间的枪，也随时准备发作。

四少不用紧张，我父亲还在你父亲手里呢！容家老大冷冷地说。

是啊，我们正想问问四少，总督大人何时放我父亲出来？容家老二也跟着说。

两人的眼神就像两根利刺，扎进了邵玉笙心里，他脸色陡变，拔出枪来喝道：两位少爷别跟我掉花枪，你们父亲的事本少爷管不着！本少爷今晚是奉了总督之令，来这里请林标统回府！你们把他藏哪儿了？赶紧把人交出来，本少爷立刻就走！

太可笑了！容家老大说：你要抓林汉云，去凤凰营抓他啊，怎么跑这儿来了？

是啊！老二也说：林标统住在军营里，你们把城门关死了，他怎么进得来？

邵玉笙也隐隐觉得事情不对，两位容家公子说得有理，非常时期，军营最保险，一个标统怎会放着手下的兵权不用，躲进一个民宅？即使翰林探花之流，还能抵得上他手里的几条枪？邵玉笙突然醒悟，自己是中了不知谁的调虎离山计了！

但他还是要端足架子，挥舞着手枪说：本少爷警告你们，目前的事态很严重，你们莫再提什么保路风潮，反对清政府，否则，嘿嘿……你们自己去想吧！

容家老大站起来，正气凛然地说：若我们还要提保路，邵大人准备怎么样？把全川的人都抓起来吗？你们不是在督院街打死了那么多人吗？连路人都不放过……现在又私闯民宅，到我家来抓一个新军标统，你们还有什么手段，全都使出来吧！

容家老二接着说：哀莫大于心死，你父亲身为总督，不为民做主，却抓了股东，又开红山打死川民无数，我们对你父亲彻底失望了！如今更要同心协力地去争路权，夺路款！我们还要大声地疾呼：废约保路啊！废约保路……

接着厅外就响起了一阵爆竹般的响声,似乎仆人们都在放鞭炮,又齐声喊道:废约保路送瘟神!废约保路送瘟神!废约保路送瘟神!

邵玉笙再也待不下去了,又挂念着自己府中的风流债,便大喊一声:我们走!

不送!容家两位少爷一起冷笑着,似乎真在送瘟神。

邵玉笙走出花厅,藏身在屏风后的容嘉露才走出来,显然她被两位哥哥保护得很好。此时她却不悦地问:你们怎么不让他放回我爹爹?你们不去说,我去说……

她欲出门,却被两位哥哥一左一右地拉住,几乎异口同声说:你不能去,邵衙内是出名的花花公子!对,不能让他见到你,否则他说不定会把你抢走!

容嘉露不由得收回脚。似乎就在这一刻,她对那位手握兵权的林标统有了期盼。

邵玉笙担心自己上了当,连忙率兵赶回总督府,果然见卧室中人去屋空。

她到哪儿去了?邵玉笙跳着脚地问,又跑到院子里去大喊:谁放走了文小姐?

是我。哥,难道你还想强暴文小姐吗?那是要下地狱的!邵雅兰从黑暗里现身,淡淡地说;你把章海涛也折磨够了,我实在看不下去,把他也给放了!此刻他们已经坐马车出了城……哥,父亲已经打死了那么多人,我们就给他积点德吧!

你!邵玉笙气恼之极,又从腰间拔出枪来,对准了妹妹的胸膛:你怎么敢?

你也想打死我吗?邵雅兰拍拍自己的胸脯,无所畏惧地说:好啊,来吧!反正我也不想活了……我放走了心爱的人,眼看着他跟别的女人一起走了,你以为我就快活吗?我还想独活吗?告诉你,我这里正痛着呢!你一枪打死我,我倒爽快了!

嗨!邵玉笙无可奈何地用枪指点着她的头:不怪你,只怪你读了那些书！成天标榜什么新青年啊，新女性啊……明天我就去你房中，把那些书都搜出来，一把火烧了！

他气冲冲地走开。邵雅兰又回身看看阴暗的角落，却没发现沐智贤的身影。她突然觉得，自己跟这个智多星结成了联盟。他们并没商量过，但却心有灵犀一点通，都知道她若独自一人揽下这天大的罪过，这个幕僚和那个保镖，他们就都好交代了！

次日在邵雅兰房中，她搜寻着那些可能会给她惹祸的书籍，却翻找出那只五彩斑斓的大风筝。原来章海涛事后真把他放走的风筝给找回来了！当时还令邵大小姐着实感动了一番，以为这小子对她有意，现在才知道一切都是虚妄。

她想了想，便拿着风筝走到院子里。天气很好，景色优美，院里的花草发出阵阵香气，送到她的耳鼻里很受用。一阵轻风吹来，飘拂到她身上，脸上，发上，带来了阵阵清凉。她趁着风势拉开手上的线圈，慢慢把风筝放入空中，放到天上。待它飞得很高时，便扯断了手里的线，然后悠悠然地看着风筝飘走，越飘越远……

17

文诗洁和章海涛在邵雅兰帮助下，用她盗取父亲的通行令逃出成都。守城门的兵丁半睡半醒，看都不怎么看就放他们出城。到了城外，天还没亮，马车赶到一条偏僻的小路上，章峻岩就跳下车来，掀开马车上的布帘，看着车里那一对相互偎依着的情侣，心里涌出一股无法言说的感动。他并不认识文诗洁，三弟也从没提到过她。但昨晚发生的事可谓轰轰烈烈，这位小姐显然是跟三弟融为一体，再难分开了！

也好。他不禁想，两个弟弟都有了心爱的女子，自己也对得起列祖列宗了。

三弟，我要回城了，我们就在这里分手吧。他关切地说：你自己要保重，别再整出那些惊天动地的事情来。你有了心爱的女子，不为自己想，也为她想想吧。

文诗洁红了脸不说话，章海涛却急道：哥，你还要回去为邵屠夫卖命啊？

章峻岩点点头：我说过，邵总督是我们章家的大恩人，虽然他儿子是个畜生，我却不能对不起恩人。我们的命都是他给的，大不了，我再把这条命还给他吧！

见他转身欲走，章海涛又急得叫起来：大哥，你糊涂啊，怎么会这么想？

好了！章峻岩一边往回走，一边摆摆手：我不过问你的事，你也别来管我。三弟，你长大成人了，我们三兄弟各人有各人想走的路，大路朝天，各走一边吧！

章海涛眼看大哥的身影隐入旁边的树丛中，只好无奈地叹口气，然后吩咐马车夫去往荣县。这时马车夫才回过头来，递给章海涛一个水囊、两个锅盔。他一天一夜没吃没喝，嗓子都干得快冒烟了。喝了许多水，又努力咽下几块干锅盔，才恢复了一点精力。他却不知这食物和水都是沐智贤事先交代好的，此人确实想得周到。

吃喝完毕，劫后余生，文诗洁正想跟心上人好好说几句情话，不料章海涛却头一歪就沉沉睡去。文诗洁怔了怔，不禁微笑了。想他受尽折磨，疲累之极，也该好好休息。这一觉直睡到太阳西斜，仍然炽热的光线穿过马车的布帘缝隙，射到他伤痕累累的脸上，章海涛这才醒来，见自己靠在文诗洁肩上，她正小心地搂着自己，长长的发辫不断拂在他脸庞上，给他平添了几分温柔又浪漫的情怀，他也不觉微笑了。

文诗洁一直关切地注视着他，见他醒了，高兴地问：你还好吗？伤口疼不疼？

不疼了，都是些皮肉伤，已经没事了。章海涛握住她的手，眼睛闪亮地望着她：真要好好谢谢你的女友，否则我们俩……只怕是再也不能在一起了！

　　文诗洁突然低头看见他手背和手腕上也是条条鞭痕，触目惊心，不觉轻轻用手抚摸着那些伤痕，流下泪来：海涛，你受苦了……只恨那条恶狗，真是坏透了！他妒忌我们的感情，这才公报私仇，把你抓来折磨。若不是雅兰姐，我们就完了！

　　章海涛这才想到什么似的，连忙仔细观察她，发现她穿着一件旗袍，胸襟前有些凌乱，脖子下的两颗纽扣也被扯下了，露着一片雪白的肌肤，显示出几道浅浅的血痕，不觉心头一紧，呼吸都急促了，连忙问：那狗杂种，他没把你怎么样吧？

　　文诗洁急忙用手掩住衣领，笑道：没，没有……他没来得及，就走了！我想，这定是雅兰姐设下的调虎离山计，否则，她怎么可能救出我们俩？

　　好险啊！章海涛想起当时的情景，不禁叹道：还好，你仍是白玉无瑕……

　　若我被他玷污了呢？文诗洁娇嗔地瞪了他一眼：你是不是就不要我了？

　　怎么会？章海涛连忙抓住她的手，发誓一般地说：我知道，你都是为了我！无论那狗东西对你做了什么，你的心都是纯洁的，你永远都是白玉无瑕！

　　文诗洁这才放心，突然做了一件在牢房里就想做的事——她热切地吻了他！

　　章海涛怔了怔，在她欲移开嘴唇时，他也动情地把她拥在怀里，结结实实地堵住了她的嘴，来了一个长长的吻，吻得文诗洁喘不过气来。接着他用自己的舌头伸进她嘴里，热切地卷着她的舌头，胶着地、缠绵地，嘴对嘴地长吻着。文诗洁起初迟疑，甚至想抵抗，最后却改为迎合，两人在情感最柔软最弱性之处甜蜜不舍……

　　事后章海涛也惊讶，这是他的初吻，少年人居然无师自通，知道如何接吻了！

马车外天高地远，马车内情意绵绵，两颗火热的心终于紧紧贴在一起。

激情过后，章海涛舒畅地搂抱着心上人，热血沸腾，意气飞扬，不禁灵感勃发地说：诗洁，我突然想吟诗了！你是个大诗人，就听听我献丑，好吗？

好啊！文诗洁热切地依在他怀里，扬起头来，看着他伤痕累累但帅气英挺的脸：你能写出《川人自保商榷书》那样的好文章，必然也能写出好诗来！

好，你听着。章海涛沉了沉，又在心里酝酿了一下，便壮怀激烈地小声吟道：

幽幽长夜尽，烈烈日将上。慷慨赴国殇，热血从未凉。
八方战鼓擂，青春死何妨？看我挥长剑，不负少年郎！

太好了！文诗洁又仰起头来吻他：真是好诗！比我和吴仪民写得都好！

她见他脸上激情洋溢，蓬勃热烈，满满的少年感；而眉目间的神情却是那么刚劲强悍，有一份历尽沧桑的成熟，情不自禁地又去热吻他。两人相拥相依，心荡神驰，革命加爱情，青春的气息和胜利的味道都无与伦比，天地间适逢其会！

这时天近黄昏，马车驶到了一个小镇上，名叫桥头铺。车夫停下车，掀开布帘对他们说，离荣县还有几里路，但他不能再往前走，就要回城了，否则怕天黑进不了城。眼下已经到了安全地带，他们可以步行去荣县。章海涛点头答应，谢了马车夫，就让文诗洁搀扶着他下车，勉强走了几步，觉得还行，便让马车离开了。

这个桥头铺在川西平原还算一个大镇，路两边有几所砖墙瓦屋的老宅子，高峻的屋檐很是坚挺。又有一些茶铺、酒馆、小吃店，生意也都兴隆。看来今天正逢赶场，此时人还没散尽，那些背着竹编背篓、嗑着叶子烟杆的老大爷，提着一篮子鸡蛋，或者怀抱一匹家机织布的妇女，还有几个背包拿伞的青年学生，都在路上穿行。

文诗洁扶着章海涛走了几步，来到一个羊肉汤锅旁边，闻着热气腾腾的肉鲜味，章海涛突然觉得饥肠辘辘。也难怪，他这两天都没好好吃过饭了！文诗洁观察着他的神情，立刻明白，就笑道：海涛，你饿了？我们就在这里歇脚，吃碗羊肉汤吧？

也行。章海涛点头说：吃饱喝足，晚上好赶路……但是，你有钱吗？

有啊！文诗洁摸出一个精致的绣花钱袋：昨晚临走时，雅兰姐塞给我的。

她真是个有心人！章海涛赞道，心底里不禁涌出一股淡淡的酸涩感。

羊肉汤锅支在一个肮脏的篷布下，几张旧方桌边都坐有人，他们在靠里的一张桌子旁找到座位，要了两碗羊肉汤，几个才出炉的还有些烫手的锅盔。这个吃食在四川很流行，系烧饼的一种，白面做的，挺有嚼头。章海涛又要了一碟郫县豆瓣，吃得热火朝天！同时两人都尖起耳朵，听其他桌上的人聊天。羊肉汤锅几乎是镇上最便宜的铺子，只喝汤就锅盔花不了多少钱。因此在座的都是穷苦乡下人，男性为主，又大多是左邻右舍的熟人，谈话百无禁忌，最热门的话题当然是刚发生的"成都血案"。

哎，你们听说了吗？一个五十多岁的大爷含着烟杆说：保路同志会发来传单，说今年的啥子捐，啥子税，都不用缴了，真是好得很啊！

那是前阵子。一个年轻男人说：如今同志会遭狗日的邵屠夫封了，又是他的天下了，怕不加倍整你哦？听说成都省（当时的说法）打死了好多人呢！

大爷摇着花白的头发：我说嘛，哪有这么相因（便宜）的事？前些年东乡县的百姓闹事，还不是遭官府打下来了？他们有硬火（枪），老百姓有啥法子呢？

年轻人又神秘地悄悄说：哎，你们知道不？听说这几天，顺水漂下来好多木板块，上面都写着字……我不认字，听说是成都省的同志会告急，把省城抓人杀人的事，都用油漆写在这木板块上了！眼下我们周遭的同志会，正要成立保路同志军，打到省城去救人呢！我也报名参加了，不哄你们，真的要去攻打成都了！

章海涛和文诗洁听到这里，不禁眉飞色舞，两人互相看看，又强自平静下来，赶紧埋头喝羊肉汤吃锅盔，继续竖起耳朵听周围的农民们摆龙门阵。

又一个提着菜篮子的大妈说：我晓得，是真的！我们那儿也成立了同志军，听说还有年轻娃儿组成的学生军呢！好阵仗哦，他们都不怕流血，不怕被打死啊？

怕啥子？年轻人又说：我们人多势众，都来响应，一起攻打成都省，肯定能把同志会的老爷救出来！他们也是为了我们川人，都想把那些路款要回来嘛！

大爷愁眉苦脸地说：为了修这铁路，我们哪家没出钱嘛？一分一厘好不容易。现在说没就没了，哪个甘心哦？除非把那个邵屠夫赶走，大家才有太平日子过……

恐怕不得行哦？一个看上去很精明的中年男人说：这个屠夫走了，还有那个屠夫来。除非我们这次搞大点，把那些害人精都给铲除了，才能梳个光光头！

章海涛和文诗洁听了，都互相点点头，猜测他也是同盟会的人。

我看差不多。大爷又笑起来：听说这次一些舵爷、哥老会都加入了。眼看要秋收了，只有把那些害人虫都医治了，减了租谷，我们才有一碗饱饭吃！

哎，说到这里，我来问问你。那个大妈说：这回成立同志军，要打到成都去，但么多人都要吃饭，同志军的口粮你捐了多少？我家捐了五斗米呢！

我？我要捐更多。大爷一拍桌子站起来：走，我们都回家捐米去……

就是嘛！他邵屠夫敢开红山，以为我们川人好欺负吗？年轻人附和着。

中年人也说：对，铁路不修可以，但要把款子还我们！走走走，我们都去捐粮捐米。听说明天一早，同志军和学生军就要操练，大家记得去凑个气场哈！

天已傍黑，人们吃饱喝足，纷纷上路。羊肉汤锅铺里稀稀落落，没几个客人了。章海涛给文诗洁使个眼色，她就扔出十几个制钱，对掌勺的老板说：我们也走了。

两人摸黑上路时，那条通往荣县县城的土路已经黑灯瞎火，弯弯曲曲时隐时现地藏在稻田里。幸亏去年放暑假时，章海涛跟着华润龙去过他外公家，还依稀记得路，否则碰不上行人，也无处询问，大概天亮都摸不到。这几里路也不好走，可能是白天下过雨，路很泥泞。文诗洁的皮鞋走了一会儿就糊满泥浆，腿肚上也溅满泥点子。章海涛穿着草鞋的赤脚本就血肉模糊，新草鞋又硬，磨着他的脚生疼。他怕文诗洁担心，不敢吭声，只好一步一滴血地挪着走。到后来他的脚疼得钻心，身上也跟抽去了筋骨似的，一点力气都没有了！熬过了那样的毒刑，他简直是用坚强的意志在走路。文诗洁也明白这点，便小心翼翼地架着他的胳膊走，有一阵甚至就是半拖半拉地勉强往前走去。这时偏又下起雨来，泥土和着鲜血渐渐变成了糨糊，真是路难行！

夜色迷蒙，小雨淅漓，章海涛见文诗洁冷得发抖，便把身上的军装脱下来，当雨布撑在两人头上。这军装面料不错，又厚又硬，还真给他们撑起了一片天。

文诗洁也用一只手拉住了军装的衣角，看着心上人又打起赤膊，不禁笑道：海涛，你就不冷吗？要不我们找个地方躲躲，等天亮了，雨停了，再走好吗？

不用，我们继续赶路。章海涛看着军装下的她，面色苍白，眼睛却闪亮，不禁俯下身来吻了吻她，笑道：跟牢房里比起来，我们就是在天堂了！快走吧……

文诗洁也不得不佩服心上人的钢铁意志。他们亲密地挤在一起，两只手共同撑起这件军装，另外两只手互相搀扶着，一溜一滑地往前走去，心里却比蜜还甜。

这条路到底有多远？他们走了究竟有多久？后来两人都麻木了，只是咬牙坚持，一步一步地往前挨着。有段时间，章海涛完全忘记了自己身上的刑伤，事后连他自己也难相信，究竟是什么力量支持着他一直往前走？那也许就是信仰的力量吧。尽管他的两条腿就像断了似的，但却仍然顽强地支撑着他那快要支离破碎的身体……

直到天快亮时，他们才摸到县城外。但城门还没开，幸亏雨也停了，文诗洁扶着章海涛走到路边一块大石旁，说：我们就在这儿坐坐，等着城门打开吧。

章海涛正在全力与疼痛作斗争，他抬头看看那城门，突然觉得头晕目眩，一阵过度的兴奋和激动，以及靠毅力才撑持着的疲乏、劳累和虚弱，猛烈地爆发似的袭来，他就像一个难以承受负重的长途跋涉者，也像一棵砍倒的青松那样倒下去……

等他醒来，已是第二天下午。他睁开眼睛，发现自己赤身裸体躺在一张古色古香的大床上，头顶撑着一张遮蚊子的纱帐，身上盖着一床轻薄的棉被，感觉很舒适。他动了动身子，突然一阵痛楚从脚底袭来，刹那间又贯穿全身……

你醒了？有人温柔地问。他这才看清，文诗洁就坐在床头，旁边站着的男子正是他要找的同学华润龙。他心里一阵松快，顿时又觉得疼痛也减轻了不少。

你这个莽子！华润龙笑骂道：你受了那么重的伤，不会捎个信来，让我去接你？

我都不知道你在自己家，还是在你外公家。章海涛咧开嘴笑起来，又扯得他面部疼痛，看来他真是伤得太重了！只要动一动，哪哪都在痛！他为这个不幸而皱起了眉。因为他知道，以后要做的事情还很多，他这样的身体哪能承受住？

嗨，你这人，你忘了？你不是让我来动员我外公，都去支援保路同志会吗？华润龙高声大嗓地说：我根本没回五里外的自己家，就直接奔外公这儿来了！

哦？那正好。章海涛支撑着想坐起来，一边说，快带我去见你外公……

哎呀，你疯了？快躺下！华润龙连忙按住他：你知道昨晚你们走了多少路？足有十多里呢！这会儿我叫人去请郎中，要好好给你治治伤，你就别再动了！

十多里？走了那么远的路？章海涛眼光望向文诗洁，发现她又是眼泪汪汪。

是啊，那马车夫说得不准，我们走了大半夜！文诗洁含泪说：你一到县城就昏过去，幸亏没多久，城门就开了，我这才让人捎信给华润龙，他带轿子来接了你。

章海涛感激地望着华润龙：老同学，谢谢你了！

别谢我，谢这位小姐吧！华润龙调皮地笑道：你倒人事不醒了，到了我家，她也累极了，却不让人侍候，亲自用热水给你洗脚、上药。我外公家有跌打损伤药……

这时请的郎中提着药箱来了，立刻就坐在床边，拉着章海涛的手给他诊脉。

还好。郎中诊完脉后，笑道：这小伙子体质不错，很壮实，他均是皮外伤，上些药，过几天就好了。我这些药膏你们放心，都掺有云南白药，保证他好得飞快！

文诗洁和华润龙这才放下心来。郎中调好药，细心地给章海涛上了药，又给他留了一些，文诗洁便将其收管好。郎中走后，华润龙又让仆人熬了一锅红枣莲子粥送来，逼着章海涛喝了几碗。他恢复了精神，浑身都增添了力气，便问华润龙他外公何在。这才知道他外公去找一个名叫七爷的大袍哥，去了两天还没回来……

那些"水电报"是你做的吧？华润龙幽默地问：我们县城外的河里也漂来几块，我一看，就知道是你的杰作！成都已被严密封锁，但这一招可真是高明啊！

他就是为了这些"水电报"能顺利漂走，才受了那些罪。文诗洁心疼地说。

不提这个了。章海涛急切地问：华子，你快说说，情况到底怎么样？

华润龙忙说：你们的"水电报"已顺水漂流到全川，我听少星说啊，各地都风起云涌，纷纷成立了保路同志军，他前天也来找过我，说他舅舅，就是那个团总，也调集了上千人，准备去攻打成都。但他舅舅和我外公都说，必须找到这荣县最大的舵爷，哥老会头目七爷，才能发兵，否则就算人多势众，也没有硬兵器啊！

这七爷是谁？章海涛皱眉问：怎么你外公去了两天还没回来？

华润龙正欲回答，门外跳进来一个古怪精灵的年轻人，正是他们的同学陈少星。

哎呀，我可找到你们了！他高兴地叫喊着，冲到章海涛的床前。

瞧你这样儿！章海涛也满面笑容地迎接他：应该是我们可找到你们了吧？

是啊，还有这位小姐！陈少星调皮地瞧了瞧文诗洁，滔滔不绝地说：你们这次来，定是吃了不少苦吧？我们都知道了，海涛，就是你写的那个《川人自保商榷书》惹的祸！听说邵屠夫逮了人，杀了人不算，还要清查这篇煽动文章的主犯到底是谁。都怪你没跟我们一起逃出城，告诉你，我们刚逃走，城门就关了，真是好险啊！

是啊，海涛，幸亏你把那些商榷书都发给我们带走了！华润龙也咧开大嘴笑道：否则落在邵家父子手里，坐实了你的罪名，只怕你现在都成他们的刀下鬼了！

同学战友，热血男儿，虽不是久别，但也是重逢，便说得热热闹闹，风生水起。文诗洁早就听说，这两个小伙子都被章海涛发展成同盟会员，所以他们关系很融洽。文诗洁还知道，他们三人分别有特长：章海涛是机智勇敢，陈少星是伶俐过人，华润龙则是五大三粗，一片赤子心。所以他们在一起，才能潇潇洒洒地聊天，发出真诚的笑声。但章海涛显然有心事，便把谈话内容扯回来，问及那个七爷的具体情况。

他是荣县有名的大舵爷！陈少星快嘴快舌地说：他不住县城，在城外一个有矿的山沟里，手里有枪炮，还管着几千个挖矿的矿伕子，听说里面有不少亡命之徒，身上背着血债的，或者犯过案的，都往那里跑，生生把那里变成了一个梁山泊！

这七爷啊，就是及时雨宋江，或者托塔天王晁盖！华润龙接着说：那山沟里还有不少神通广大三头六臂的人物，七爷硬有本领把他们聚拢到一起。所以我外公才说，这回攻打成都，没有他们的队伍可不成。但他去了两天没回来，显然很不顺。

章海涛听了这话，心里便有了主张。他想，这样的人物确实值得去争取。

当晚他又沉沉睡去，文诗洁一直守在他床前，他也不知道。次日清晨醒来，才见她伏在自己床边睡着了，便心疼地轻轻抚着她的肩，这才发现她已脱下旗袍，换了一身村妇的旧布衣，显得朴素而优雅，更加融入这个环境，不觉又安心地笑了。

文诗洁睁开眼睛，见他醒了，便嗔怪道：你怎么不睡了？这几天要好好休息。

不行不行，事情太多，我还要去见少星的舅舅。章海涛欲坐起来，突然想起自己还是光身子，又缩回被窝，急道：我的衣服呢？快拿给我穿上。

文诗洁捂嘴笑起来：你那身衣服早扔了，否则别人把你当兵丁打呢！

章海涛的眼睛亮了：对啊，听说这儿成立了同志军，正操练呢，快去看看……

老同学早有准备，也给他拿来一套农民的旧衣服，他穿上正合身，只是那些伤口还在隐隐疼痛。早餐吃了四个荷包蛋、两个玉米馍，实在太丰盛了！华润龙却说，这只是他们家乡的早茶。文诗洁又忙着给他上了药，正要出门，陈少星却来了。

海涛！他高兴地叫道：我舅舅来看你了！

章海涛连忙迎向前，门口光影里，一个瘦小的中年男子包着白布头，身穿蓝布长衫，从肩往下斜挎着一把手枪，不伦不类的样子，但在章海涛看来却很亲切。

舅舅好！他赶紧朝对方拱手说：在下是晚辈，怎能劳舅舅上门来看我？

哎，我都听少星说了，你是少年英雄嘛！荣县团总董世勋也朝他拱手说：自古英雄出少年，你可真是一条好汉！落到邵屠夫手里，还能全身而退，了不起！

章海涛不愿说出是邵雅兰营救，便微笑道：只是侥幸，有人相救……

那是福星高照啊！董世勋打量着他，见他脸上尚有几条伤痕，但却俊朗潇洒、意气风发，不觉更加喜爱，又转对外甥说：你这位同学很好，跟着他没错！

章海涛有些不好意思，华润龙在旁边忙请那对舅甥坐下，又让仆人上茶。

大家分坐后，章海涛还是沿用老同学的称呼，问：舅舅，如今情形怎样？

董世勋是荣县的民团团总。民团是地方上富豪组织的民众武装，是保甲制度的衍生，也作为警察力量的重要补充，因而得到官方承认，用以剿匪和维持治安，保一方平安。民团首领称为"团总"，当地的民团都听此人指挥。不料在四川保路事件中，本来用于镇压农民起义及进步力量的地方武装，最后却都为同盟会和革命党所用了！这既是民心所向，也是利益所求。团总手里都有大笔铁路股权，因此才愤然而起。

此时董世勋就愤愤地说：狗日的邵屠夫，自从他两兄弟当了四川王，就知道收苛捐杂税，把乡民都害惨了！如今又把铁路卖给洋人，也不还我们路款，真是太寡毒！叫我们川人咋个活嘛！这不，从江里捞上"水电报"，乡党们就揭竿而起了！听说四里八乡都搞了同志军，荣县也不能落后，我已聚集了上千人，就看咋个行动了。

陈少星在旁边说：但是我们硬火太少了！只有几十条破枪，其余人都是拿梭镖、红缨枪，还有耍大刀的……而且这些人都没见过大阵仗，晓得行不行哦？

这些事章海涛早已想到过，便胸有成竹地说：没关系，我们主要是壮军威、造声势嘛！只要人多，闹得火爆爆，哪怕不能冲进成都省，也要吓龟儿子们一跳！

就是！华润龙也挥舞着拳头：只要邵屠夫放出股东，我们就达到目的了！

你们还不晓得哦！陈少星也兴奋地说：我们县还成立了学生军，都是十几岁的青皮子娃儿，从附近好几个县的学堂里跑出来的！舅舅说他们年轻没经验，又怕他们调皮捣蛋，不想让他们参加，他们就吵着闹着说，他们也是国民一分子，要拿起家伙来投军，反对专制魔王邵屠夫，还有卖国贼盛宣怀和端方之流，为此不怕流血牺牲……舅舅没法子，今天也是来请润龙去当这个学生军的大队长！

章海涛有些吃惊，也觉得不妥。但转念一想，自己不也是个学生娃儿？他和众人商量一番，大家都挺赞赏年轻人的热情和勇气，便同意华润龙去当这学生头儿。舅舅又问起华润龙的外公，说他应该去请七爷参加同志军。仅靠梭镖、大刀、红缨枪，肯定打不过政府军。七爷手下有硬火，人也多，他参加进来更有把握。外公还没回来，华润龙便当家做主，在厅堂摆下七大碗八大碟，宴请舅舅和两位老同学兼文小姐。席间，众人都喝了一点酒，章海涛趁机给董世勋灌输了一些浅显的革命道理……

我也总听少星说，革命、革命！董世勋放下酒杯问：革命到底是啥子呢？

章海涛沉吟了一下，心想董世勋是地方富绅，跟贫苦民众的心意并不相通。于是字斟句酌地说：革命就是要推翻清朝廷，建立大汉政府，也就是人们常说的反清复明。目前我们还是本着保路同志会的宗旨，以争路权、保四川为目的。只要能打进成都去，解救出那些被抓的同志会首领，我们就达到目的了，革命也就算成功了！

　　董世勋高兴地笑起来，又举起酒杯：这个容易，革命成功，我们都是开国元勋！

　　章海涛听他把革命说得不费吹灰之力，也只能跟着笑笑。心想目前的大事还是要尽早等到华润龙的外公孙桥楼回来，才能把荣县的有生力量都聚集起来。

18

　　章海涛参加同盟会的时间并不长，但他很受庞逢书器重，又常去聆听上级指示，因此成长很快，革命觉悟挺高，对四川发生的保路事件也有正确认识。

　　可以说，革命党人从争路风潮一开始，就同立宪派的见解有所不同。后者如容、吴二人等，是不敢对清政府采取激烈行动的。更有甚者，他们中的某些人，还会把革命党视作洪水猛兽。他们一心只想着君主立宪，以为那才是中国的最好出路。不料这次争路闹了几个月，形势越演越烈，清朝廷的态度始终强硬，最后邵总督竟然无所顾忌地抓人杀人，简直把一向温和的立宪派也逼上了绝路！

　　若没有革命党人在这次运动背后推波助澜，事情也不会闹到今天这个惊心动魄的地步！真是形势比人强。革命党也因此看穿了立宪派的软弱，更要把自己的政治主张贯彻到底。那就是坚决执行孙中山的指示：到郊县去发动民众，积极组织各地保路会，再联络哥老会、团防等地方武装，把原来仅只停留在口头上的同志会，改造成有力量进行武装斗争的同志军，只等时机一到，就顺风顺水地扯起反清抗满的大旗，发动正大光明的革命起义！为此，当然要联络地方上的所有势力。

四川的"袍哥"又称为哥老会，最先的哥老会为民间组织，发源于清朝时期，正是以"反清复明"为宗旨。到了清朝末年，哥老会既是反清的秘密结社，也是社会底层的农民、苦力、乞丐和小商小贩、包括军人与知识分子的互助团体。大袍哥又叫舵爷，在江湖上颇有地位。如手下人多，还有硬武器，或再能聚点钱财，那么团结性号召力就更强，不少人会去拜山头，拜把子。他们日常使用隐语和暗号交流，遵循一套自定的教义规则，形成了一个具有一致身份认同的江湖联盟。袍哥大多属于文化流氓另类土匪，但也具有水浒英雄的豪侠仗义及彪悍霸气，让当地人既钦佩又畏惧。

章海涛又休息了一夜，华润龙的外公才回来，这次果然不顺，没能请到七爷。章海涛正值年轻力壮，再加上云南白药的功效，身体很快大好，基本恢复了精力。那些伤口都结了疤，虽又痛又痒，他却满不在乎，立刻要去见同学的外公孙桥楼。

这里也是个青瓦粉墙，高门大户的宅院，多达好几进的房屋之间，栽着一些枝叶茂盛的果树，上面的果实金光闪耀，映照着这个川西民宅，平缓地流淌着旧有的时光。孙桥楼坐在一派古风的厅堂里，面色和善地接见了章海涛。他年约六十，头发花白，宽皮大脸，身材高挺，精神头很足，一双眼睛炯炯有神。他也早听外孙讲起过这个同学，知道章海涛是学生领袖，青年精英，便不顾长幼有序，居然起身迎接。

欢迎光临！蓬荜生辉！他笑容满面地对章海涛拱手说：请坐，上茶！

章海涛连忙拱手，用晚辈的语气说：失敬失敬！外公，您请先坐……

他和华润龙、文诗洁分别在下首坐好，仆人便来上茶点，气氛挺融洽。

华润龙知道老同学心急，迫不及待地先开口：外公，七爷那边是何情形？

外公瞪他一眼，叹息着说：嗨，这人一有了钱，那就有了私心，很难请了！

章海涛见他脸色难看，却用一种不自然的微笑掩饰着，知他心情不佳，显然是此次前往，变成了骑虎难下。孙桥楼本是个大袍哥，后来为了光耀门庭，便金盆洗手，安心当个乡下的士绅。谁知风云又起，待他决计再出山，却遭到了冷遇……

章海涛想了想，便说：外公，这次邵屠夫在成都开红山，杀了我们不少市民。现如今各地组成同志军，声援保路同志会，正是侠义之举啊，七爷怎会旁观？

孙桥楼不语，猛烈地抽着叶子烟，鼻孔里不断喷出白色的烟雾。章海涛也只好沉吟着，他听华润龙说过，七爷的大袍哥之位，还是他外公禅让的。如今身份一变，昔日的大哥去请小弟，居然被拒绝，面子上当然不好看。很显然，孙桥楼这几天必定是倾尽全力去说服那个七爷，却功败垂成。说起来，其声誉也肯定受到了损害……

稍倾，孙桥楼才好似自言自语地说：嗨，他有了钱，也有了怕，他怕邵屠夫势大，他若翻了船，不但身家性命不保，偌大的家产也都全毁了！所以……

章海涛基本全明白了，就站起来说：外公，晚辈想去试试，可以吗？

文诗洁慌乱地也站起来：海涛，那怎么行？你的伤还没好全呢！

华润龙也说：莽子！你在他眼里有几斤几两？我外公都不行，何况他人！

哎，你这个小伙子，倒是有胆量！外公却欣赏地看着他：你这一去，可是老虎头上拔毛！你就不怕你说服不了他，反而被他置于死地？小伙子，你还不知道吧？那些大袍哥干的，也是在刀口上舔血的营生，他手下可都是一帮亡命徒啊！

晚辈不怕。章海涛把心一横，坦然说：是祸躲不过，是福走得脱。或许我能说服他。如今的时局，谁也不能隔岸观火，清政府都危在旦夕！我要告诉他，只有跟着潮流走，跟各地的同志军一道起义，才是他最正确的道路，也是他唯一的选择！

好啊！公外眯起眼睛看着他：你这一番豪言壮语，或许能说动他。

文诗洁急了，忙说：海涛，那我跟你一起去，否则我不放心！

我也去。华润龙忙说：一个好汉三个帮嘛！

外公却不悦地指着他：你不能去，但可以把他们送到沟口再回来。

章海涛知道外公在担心外孙的性命，忙说：好，就这样定了！

他急不可耐，当即便要成行。孙桥楼却坚持要给他摆一道接风宴，说吃了午饭才好上路。章海涛见天色尚早，便同意了，于是又大吃大喝一番，这才出门。孙桥楼说道路尚远，知道章海涛脚上有伤，便派了一辆马车，让外孙去送他们。

章海涛为郑重起见，借了华润龙的学生服来穿，但没戴帽子，只把一条黑油油的辫子盘在脑门上，也有些不伦不类，却显得精神抖擞、斗志昂扬。文诗洁也换上旗袍，她已仔细缝好纽扣，打扮得优雅娴静、袅袅婷婷。不知为什么，章海涛看到心上人这般明丽鲜妍的模样，心中有点隐隐的担心和忧虑。但他也知道，文诗洁故意打扮成大家闺秀的样儿来，也是想在乡村土老财眼里显得不同凡响，让人不敢欺负她。

郊县的气温总比城市低两度，这一天真是秋高气爽，沿途风光美不胜收。川西平原本就景致如画，茅屋竹舍，小桥流水，河流中碧波潋滟，码头边大树浓郁，长满青苔的石头拱桥上时有行人通过，好比在画中游。田野里快要成熟的稻谷，更是绿波翻滚一望无涯，农民在其间自在行走，犹如在泛黄的波涛里破浪而行……

华润龙跟车夫坐在马车前头，章海涛和文诗洁坐在马车里，两人又相依相拥。

章海涛突然说：诗洁，你非要跟我走这一趟，我知道你是担心我，也就没反对。但我要跟你约法三章：第一，我让你做什么，你就做什么,不许反对。第二,我不让你做什么,你就不能做什么,也不许反对,而且还不能问是为什么……

文诗洁却打断他说:这第三条我来说:你必须保住自己的命,不能去死!

章海涛怔了怔,不禁笑道:但革命总要流血牺牲,只要死得其所……

不行不行!文诗洁温柔地用手封住他的嘴:人死了,就看不到革命的胜利了!

章海涛也温柔地拿下她的手,又放在自己嘴边吻了吻:好吧,我都听你的。

不久马车驶进一条树木苍郁的山沟,华润龙让车停下来,掀开布帘对他们说:夹河沟到了,外公让我把马车停在沟外,你们下车吧,我就在这儿等你。

章海涛和文诗洁互相搀扶着下了车,华润龙把一张外公写的纸条交给他,说是进山的通行令,然后又担心地看着老同学,半带取笑地问:莽子,你行不行哦?伤都没好完,就进山来摸老虎屁股!若是老虎打盹醒了,你跑都跑不脱!

何用跑?我要让他用滑竿把我抬出来!章海涛坦荡地笑道:你放心吧,也不用等在这儿,你外公会担心的,你们家好像就你这么一根独苗苗,快回去吧。

不,我就等在这儿。华润龙坚决地说:若你有个三长两短,我好通知外公去救你!

章海涛笑笑,只好谢了他,扶着文诗洁慢慢走入沟里,没注意到在他们身后,五大三粗的学生军未来大队长眼睛已经湿润了,嘴里还喃喃地说:这个莽子……

这条山沟再往里走,绿色便渐渐稀少,露出峥嵘的岩石和铁矿。原来这条山沟里有一条河,河床出产优质金刚砂,据说可以解剖出玉来,原名"泄玉沟"。七爷在这里占山为王后,为掩盖他挖矿的野心,就对外改了名。可能是水土破坏得厉害，几年前河沟便干了，水源也奇怪地消逝。这下子七爷干得更有劲了，但他到底挖了些啥？对外保密，无人知晓，只是这条山沟从此没人能进去，沿途也算岗哨林立。他们出示了那张路条，才得以放行。章海涛不时打量四周，进进出出都是光着上身背背篓的汉子，也不知那竹编背篓里都装了些啥。只见那些汉子还算精壮，心想若这些人去攻打成都，也算一支生力军吧？可惜却在这山沟里汗流浃背地为七爷卖苦力！

又走了一段路，章海涛虽是蒙老同学照顾，给他换了一双半新旧的软底布鞋，但也走得脚开始痛了，才见沟里的景色又渐渐变绿，原来是岩缝里长出了青草，河床边也种着几棵青幽幽的大树，遮盖了那片具有铜臭味的可厌山形……

在几个持枪的团丁指引下，他们顺利地进入了一片绿荫深处，发现里面居然有一处精致的青砖瓦房，所有门窗都雕着花纹，垂挂着蓝色布帘，很是青幽雅静。一个团丁看了章海涛手上的通行令，面无表情地把门帘一掀，让他们进入一个宽大的厅堂。只见一个男子背身长立，正在看墙上挂的一幅泛着黄色的自制地图。

七爷！那个团丁恭敬地叫道：孙舵爷派人来了！

男人回过头来，显出一张难看的脸：脸庞又瘦又长，脸色又焦又黄，挂着两道八字眉，颧骨高耸，鼻子下面嘴上边，是一圈漆黑的胡子。两只眼睛还算受看，有着鹰一样锐利的眼神。他年龄在五十上下，也穿着一身长衫，却显得有几分匪气，可能是他脚下踩着一张虎皮，给他增添了几分恶狠狠的狰狞。章海涛也听说过，自从张献忠屠城后，成都附近虎患严重，有几次老虎竟跑进县城，露出吃人的獠牙，吓得老百姓家家户户关紧门窗，还拿桌椅顶着……看来这山沟里却不乏打虎英雄呢！

哦？你是谁啊？七爷用一双鹰眼紧盯着章海涛，目光又扫到他旁边的文诗洁身上，顿时放出几分异彩，吓得文诗洁忙躲进章海涛身后。又听他问道：你们来干啥？

"成都百年往事"三部曲之一

我叫章海涛,是成都的中学生,特来请你参加我们同志军,去围攻成都,解救被抓的保路同志会领袖容士轩、吴万乾等人。章海涛镇定地说。他早就想好了,要开门见山,没必要跟这个精明的大舵爷虚与委蛇,那纯粹浪费时间。他又说:现在崇州、灌县、郫县、彭县一带的袍哥和团总都联络好了,大家一起干,人多力量大……

可是,这关我什么事?七爷皱起眉头说:本爷既没参加同志会,也不是什么革命党,更没加入那个同盟会,为啥要跟你们一起干?冒险去打成都呢?

章海涛看看周围,假装惊讶地说:原来你们这山沟里,确实消息闭塞。难道你不知道川汉铁路被收归国有,你们上缴的路款也被朝廷给吞了?而且,邵屠夫还开枪打死了不少成都民众,总督府内外到处是尸体,简直血流成河啊!

七爷却不慌不忙地坐下来,冷笑着:眼下人心浮动,这是谣言也说不准,还可能是革命党搞鬼。本爷想来,那邵总督也是朝廷大员,不会轻易开红山的!

你胡说!章海涛到底年轻,忍不住发火了:我就是同盟会会员,革命党人!我们绝不会造谣生事。再说眼下郊县到处都有保路会的人,你也可以派人去打听啊。

七爷倒了一杯茶,自己抿了一口,才咧开嘴缓缓地说:原来你就是革命党?真看不出来,你年纪轻轻,还是个学生娃儿,竟然参加了这么多组织,又是同盟会,又是保路会的……但我听说同志会固然人多,却没几个参加了什么革命党又是同盟会的,可见这是两回事。大家都不可能闻风而起,说革命就革命,都知道那是要砍头的!既如此,你到我这里来又是为啥呢?我们今日才第一次见面,本爷既没答应过你们什么,当然就有自己的行动自由。若本爷说不想参加你们的革命,行不行呢?

章海涛突然感到一阵焦躁,这才明白为何孙桥楼那么大个舵爷,在这里说服了几天几夜,此人都不肯发兵。他犹豫了一下,不知该不该再往下说那些豪言壮语。看来没用,跟这人扯不清楚。但转念一寻思,既已骑到虎背上，有些话也只好明说。

于是他真诚地笑道：都说七爷精明过人，当真如此！但七爷摊子铺得这么大，想必那股款也交得多？当真都不想要了吗？那也是你的血汗钱啊！

要还是想要的，只是不愿跟你们一起闹革命罢了！七爷懒洋洋地盯着文诗洁看，又说：本爷一直认为革命是非常事情，搞非常事情，必得是非常之人。而本爷只是个不知天高地厚，只晓得吃窝边草的普通袍哥大爷，当然不够资格去闹革命了！

章海涛气得说不出话来，此人如此圆滑，他也不想再浪费时间了……

不料文诗洁却从他身后钻出来，声音清亮地说：李白有句诗云：别有天地非人间。七爷这里倒配得上这句诗！但我想问七爷，当全川人民都在行动，要保路权争路款，而邵屠夫已经大开杀戒时，七爷作为一方袍哥、大舵爷，真能在这山沟里坐得下去，只管自己淘金吗？就算你今后富甲一方，日后荣县人还能看得起你吗？

此言一出，章海涛大惊，这才知道七爷的所作所为，都包含着他的极大利益在内！怪不得他严密封锁这条山沟，甚至不惜改名来隐藏自己淘金的秘密。还真亏了文诗洁机灵，居然看穿了这个机密。再看七爷，却如获至宝一般地大笑起来……

好！你这个女娃好聪明！本爷喜欢！他说着又把笑脸一收，严厉地说：不过，既然被你们看出这个机密，今天你们俩就谁也不能活着走出这条山沟了！

章海涛更是心惊，暗骂自己糊涂，也怪孙桥楼嘴太严，竟没泄露天机！或者他也不知道此事？现在撞破这个秘密，七爷若起了杀心，竟至灭口，那就坏了大事！

七爷见他眼里闪动着不安，又不禁哈哈大笑：不过，事情还有转机。既是这位小娘子看破了本爷的机密，本爷倒挺喜欢她这份机灵。如她肯留在本爷身边，侍候本爷一辈子，本爷即可放另一位走。总之。你们两个一起来，却只能走一个了！

这真是非常人做出的非常事！章海涛和文诗洁面面相觑，都惊出一身冷汗！在那个瞬间里，两人的脑子都转了很多念头，看见七爷脸上那诡异的神情，他们才知道此事非并虚妄，他肯定说到做到。此时劝服七爷已不重要，问题是如何脱身了。

章海涛先说：七爷，她不是荣县人，她大哥是新军管带，你动她不得……

可我偏要动动她！七爷走到文诗洁身边，想去抓她的手：我也是一方霸主，地头蛇，什么新军旧军，都打不进我这山沟里来。说白了，你们不就是把我当土匪看吗？那我偏要抢她当我的压寨夫人！压寨夫人都是抢来的，也不是什么新玩意儿！

呸！文诗洁气得脸通红，反手想给他一巴掌，却被他抓住了手掌，又咧开大嘴嬉笑着说：你还挺有劲儿！好，我就喜欢你这种小性子，这才有意思嘛！

文诗洁愤怒地说：你休想！我死也不从！你这王八蛋，我们好心好意来劝你为国为民，去参加同志军，你却想着个人利益，贪了黄金又贪女人，你算什么大舵爷？

哎，我这舵爷就这么当的！七爷嬉皮笑脸地说：谁让你长得这么漂亮，美貌聪明，体态窈窕，是我荣县从未有过的人才，进了七爷这门，我怎能放过？

章海涛热血偾张，怒火直冲脑门！直觉曾告诉他，不能带文诗洁这么鲜亮夺目的人儿进匪巢！哪怕龙潭虎穴，自己一人来就好，也方便脱身……现在可怎么办？

文诗洁见他焦急万分，进退两难，突然灵机一动，就大声说：好吧，我留在这儿，你放他走！海涛，你快走吧，你走啊！走……别管我了！

章海涛知道她的意思，是想让他赶紧奔出沟去，找华润龙的外公来解救她。但他却怕远水救不了近火。那七爷眼里都快冒出淫火来，万一……他不敢想下去了!

哪有那么容易的事?七爷却说,我要玉成了好事,才能放他走!

章海涛和文诗洁还想再说什么,七爷已经大喊:来人,把他绑起来,送进柴房去。等今晚本爷跟这姑娘入了洞房,生米煮成熟饭,明天再放了他!

几个团丁闻声,提着绳子闯进门来,不由分说把章海涛五花大绑,嘴里还塞了布条,拉到厅堂外不远处的一间破草屋,推进门里去。章海涛倒在一堆柴草上,又挣扎着站起来,不顾一切地去撞门,门已从外面锁上。一个小喽啰操着当地话嬉笑道:你这娃儿莫闹,我们老大要娶亲,说了,他今晚入了洞房,明早才放你出沟!

章海涛气得两眼发黑,差点晕倒!他连忙镇静下来,思量对策。看来这七爷手下人马众多,森严壁垒,算是荣县的一个枭雄,而且天高皇帝远,谁也奈何不了他!自己费尽唇舌,说明来意,他非但不发兵,却看上了文诗洁,竟要强娶她!此人绝对不可信,没准儿他明日起来,却不放自己,反起杀心!章海涛当然知道,文诗洁今晚会拼死反抗,自己也会拼死护着她。但两人已分别深陷牢笼,还有转机吗?

他急出一身汗,又不甘心地奔到门边的窗口前,往外观察,只愿找到一线希望,能让自己重出生天。此时天色已变,快要落山的夕阳被一片乌云遮住,整个天幕都变得灰扑扑,只有天边露出一丝五彩的祥云,展示着白天曾有过的辉煌。眼看天就快黑了,一群一群的小喽啰已经拉着红绸在院里布置,或者端着各种家什器皿走来走去,甚至还有锣鼓声和奏乐声阵阵传来,好像这山沟里真要大办喜事!章海涛越看越急,心如火焚,也不知文诗洁如今怎么样了,会不会被那狗东西给糟蹋了。

正无助又无奈,突然一个穿白色麻布衫的人走来,结实的身形让他很眼熟。再一细看,不禁大喜,原来那人正是章峻岩学武时的师哥老鹰!当年在川康边时,此人常到章家来走动,与他们三兄弟都关系颇好,不知他为何出现在这里。章海涛顾不上细想,现在有根稻草就得拼命抓住!但他被绑在屋内,嘴里又塞了东西,叫不出声来。眼看那鹰哥就要走出视线，章海涛情急之下，只得拼命用头撞墙，撞得墙壁"咚咚"响，终于把那人引得回眸张望。章海涛又奔到窗户边，使劲朝他摆着头……

此人正是章峻岩的师哥老鹰，他见一人满脸流血，在上了铁栏的窗户里拼命招呼自己，情知有异，便走过去问守门的团丁：柴房里关着什么人？

鬼才知道！团丁满不在乎地说：好像是从县城来的一个学生娃儿。

老鹰想了想，便说：你把门打开，我进去见见他，看他是不是有话要说。

看来此人有权命令团丁，这便是转机！章海涛松了一口气，又急忙奔到门口。老鹰进来后，先取掉他嘴里的布条，然后从容地问：你认识我？你想说什么？

鹰哥，是我啊！我是海涛！章海涛迫不及待地喊着：快救我，鹰哥救我啊……

老鹰怔了怔，在暗淡的光线里仔细打量他：海涛？你怎么会在这儿？

章海涛不顾一切地说：别问了，事情紧急！七爷要娶的女子，是我未婚妻！

这边事情弄清楚，那边七爷也让人来传老鹰，请他去喝喜酒。章海涛这才知道，自从在川康边别过，老鹰便来荣县投靠七爷，当了他的练总，按这里哥老会的排位，他被称为"九爷"。因其大方潇洒的性格，在山沟里颇得人心，七爷也常听他的。章海涛心花怒放，跟他一道走去厅堂时，忙把自己此行的目的都说了，求他成全……

让七爷放你走，不娶那女子，还要跟同志军去围打成都？老鹰皱眉说：这几件事单独不算啥，放在一起可有点难……但我看在你大哥的分上，会尽力帮你。

谢鹰哥！章海涛用衣袖擦去了脸上的血，觉得在这里碰上此人，真乃天助也！

章海涛又从老鹰嘴里得知，七爷加入哥老会前，只是一介旧书生，但并不迂腐。因家中贫寒，欠下租税，被逼得家破人亡，才逃到这个山沟里，偶然发现了金矿。他不显山不露水，先去投靠孙桥楼，替他处理一应事务，胆大心细，尽显才干。直到接替孙桥楼当了舵爷，才把大本营迁到这沟里，聚财拢人，开创了自己的事业，也干出了一番新天地。他平时分配财物很大方，赏罚也尽量公平，手下都挺服他。正因他在此地风调雨顺，所以才不想出山。章海涛听得津津有味，觉得此人很传奇。

他们走近厅堂，发现这里变了颜色，蓝布帘都换成红色，到处张灯结彩，贴着红喜字，挂着红灯笼。章海涛这才知道七爷娶了四房太太，有在县城的，有在沟里的。

若再娶文小姐，就是第五房姨太太了！凭这个我也得劝劝他。他如今跟着我习武，不可太贪色，那样会坏了身子。老鹰平静地说：何况文小姐还是我弟妹。

弟妹？这个称呼好。章海涛顿时有了信心，看来老鹰真是来救他们的天选之人！

厅堂里火烛通明，大放异彩，正中桌上点着两支超大红烛，不断爆裂出耀眼的火光。那张虎皮换成红地毯，上面摆的几张桌子满是酒菜，七爷也换了喜服，胸前披红挂彩，正跟一帮人在喝酒，喝得脸通红，跟屋里的气氛颇为和谐。章海涛睁眼四处瞅，没看见文诗洁，却见另一条红绸带放在椅子上，估计还没拜堂，便放下心来。

七爷看见章海涛猛吃一惊，一摔酒杯，喝道：你怎么来了？谁放你出来的？

是我。老鹰上前说：七爷，这位少爷姓章，他大哥是我师弟，他也是我认下的兄弟。你要娶的女子，就是我弟妹了，请你快放了她吧，事后我再给你赔罪……

你……七爷生气地指着他，一时说不出话来。

其他人却一起冲着老鹰拱手，喊道：九爷好！

老鹰也冲大家说：我跟七爷也是结拜兄弟，都是一家人了，兄弟妻，不可欺！

众人便看着七爷不说话，他更是脸色难看，抓起桌上的一杯酒，一口喝下去……

章海涛却不顾一切地上前问他：我的未婚妻呢？她在哪儿？

七爷没理他，有人看看内室，似在暗指，章海涛立刻冲进去。这间卧室也是红烛高照，一派喜庆。文诗洁也被换上红色婚服，蒙上红盖头，绑在床上，两个妇女守着她。章海涛冲上前去，一把扯下盖头，又扯出她嘴里塞着的红布，喊道：诗洁！

文诗洁眼看快要昏厥的样子，抬眼见到他，喜出望外地叫道：海涛！

章海涛要去解她的绑绳，两个妇女上前阻拦，被他左右开弓推倒在地。文诗洁也随即脱开身子，站起来晃了两晃，又立刻双手抱住他，不禁泪如雨下……

好了，我们得救了！章海涛连忙安抚：我在这里碰上一个熟人，他会帮我们。

两人走出屋子，老鹰似乎已跟七爷协商好，至于他们说了些什么，七爷为何会让步，在场的人当然心知肚明，他俩却不知道。章海涛正在庆幸自己脱险，不料七爷仍不甘心，盯着这对璧人满脸喜色，相搀相扶地走来，又出了一个幺蛾子！

老九！他狠叨叨地说：他们这事我依了你，但你也知道咱哥老会的规矩，你今天打了我这个大舵爷的脸，按规矩要把你们三人中的一个绑在野外的大树上一夜！若到明天太阳出来，还没被蚊虫叮咬死，或者没被野兽吃掉，这事才算完！

包括老鹰在内，三个人都颇感意外，这才知道七爷真是心狠手辣，虽迫不得已放弃入洞房，却在另一致命处穷追猛打。秋天的蚊子在山沟里煞是狠毒，只怕真会把人叮咬死，而那张虎皮就彰显着野兽的凶猛！怎么办？连老鹰都一时没了主张。

章海涛想了想，就说：我去！把我绑在树上，看我是否命大福大，躲过这一劫？

海涛！文诗洁惊慌失措地叫道：你的伤还没好！不行，你不能去……

没关系。章海涛冲她眨眨眼：都是皮肉伤，好得快，有些地方都结疤了！

那被蚊子咬了，更是又痒又痛！文诗洁急得掉下泪来：这是什么破规矩啊！

是我们哥老会人人必须遵守的规矩。七爷阴险地冷笑着：老九，你说呢？

老鹰一直沉吟不吭声，他已发现，章峻岩这个弟弟不简单，很有头脑。事情明摆着：小姐不能去，自己也不能去，若自己死了，他们两个也活不成！而若这小子去了，自己定会派人暗暗照应他，料那七爷也会给这个面子，所以他不会有事的！

章海涛果然这么想，于是他又对热泪涟涟的文小姐说：别忘了进沟前，我跟你定下的约法三章。现在你要听我的，鹰哥会关照你，我也会没事儿的！

文诗洁这才有些明白地看着老鹰，含泪说：鹰哥，一切都拜托给你了！

放心吧！老鹰看了七爷一眼：你的未婚夫是好样的，我敢打赌，他会没事儿的。

这小子倒是有勇气，也有骨气！七爷叹道：可惜呀，竟不能为我所用……

七爷放心！我们会走到一起！章海涛朗声说：我也想跟你打个赌：若明天清晨我没事，没被蚊子咬死，也没被野兽吃掉，你就点起兵马，跟我们一起去攻打成都！

七爷哼了一声，拔腿就往外走，冷冷地说：且看你明天还在不在吧！

刚才老九已跟他透露这个意愿，满屋的人也都拍着胸脯说，想跟县城里的哥老会一起去参加这个声势浩大的行动。他怕自己待下去，会忍不住答应那小子！

章海涛又被五花大绑地拖出去，拖到山沟里树木杂草最茂盛的地方，绑在一棵大树上。文诗洁想跟去，被他坚决制止，老鹰又吩咐那两个妇女看守她，说不用她操心，好好休息便是。章海涛猜得没错，老鹰果然派人照料他，甚至守在那棵树下，还替他扑打蚊子。但蚊虫仍然多，扑不尽也赶不完，章海涛被咬得全身奇痒无比，那些结了疤的伤口最招蚊子，好多地方又被咬出血来，更加招来蚊子。因而这一夜，他也是无比煎熬，要用顽强的意志来挺住。所幸野兽并没出现，平安度过了这一夜……

天亮时，蚊子才悄然隐去，那两个派来照料他的人也昏昏入睡。晚秋的清晨凉如水，章海涛这才感到一丝惬意。但他手脚都被绑得麻木了，只盼能伸伸胳膊抬抬腿再扭扭腰。这时远处来了几个人，正是老鹰陪着七爷和文诗洁一路走来。章海涛顿时觉得心中浩气升腾。此次进山，真是艰难险阻，生死攸关，好在他都挺过来了！

海涛，你还好吗？文诗洁疾步奔上前，去解他的绑绳，含泪说：我担心死了！

老鹰也去帮她，一边说：好小子！好样的，不愧是你大哥和我的好兄弟……

七爷却站在一边，"嘿嘿"冷笑：小子，你还真不错，算是挺过来了！

章海涛抖掉身上的绳索，伸展了一下麻木的四肢，急不可耐地问：七爷，我按你们哥老会的规矩，熬了这一夜，你是否也该兑现诺言，派兵跟我们去打成都？

七爷绷紧了脸，细细打量着章海涛，只见他面部轮廓的线条感十足，俊朗又不失血性。经过昨天那惊心动魄的一幕，又经过一夜翻来覆去的折磨，这个小伙子衣衫不整，但却精神头十足，让人不得不佩服！

此人不仅青春燃血，还有能屈能伸的隐忍性格，和让人动情落泪的铁汉柔情，相形之下，不知道比自己高出了多少！面对这样一个青年，七爷心里不觉产生了隐隐的醋意，但又不能再出尔反尔……

他想了想，便冷冷地说：你想让我参加革命？那你说说，这革命是为了啥？

章海涛心头一凛，觉得自己早该让革命的进步理念深入他内心。于是笑道：你问我革命所为何事？不久前被杀害的同盟会员秋瑾回答说，革命是为了给天下的孩子造一个宁静温和的世界，是替天下人谋求永久的幸福。我以为，革命是让我们这个民族强盛起来，不再做洋人的奴隶，不再接受列强的侵略和欺负。也让我们中国人今后有自己的矿山、铁路和工厂，不用再像你这样躲躲藏藏……

文诗洁旁边接着说：革命就是在任何一个地方，在任何一个时候，在任何人心里，永远都不再惧怕朝廷官员和统治王权，让你自由地去追寻幸福，过自己的日子！

好！七爷犹如醍醐灌顶，迎着朝阳慨然说：革命既是这样，我就跟你们走！

章海涛长舒一口气，跟老鹰交换了一个愉快的眼神，抬头看，又是一个艳阳天。

19

"成都血案"发生后，四川总督邵烈风企图封锁消息，却被章海涛、庞逢书等革命党人巧思妙计，以油漆写字的木板块数十片投入锦江，做成了浩浩荡荡的"水电报"沿江而下。

首先是华阳县中和场的团防发现了，通知当地的保路同志会，他们立刻从江里捞出这些木牌，研究一番后，决定紧急通知附近的乡邻。

于是连夜沿河打锣，传警各地，天明后，又派人会同中和场团防，一直走到琉璃厂去传送消息。四川同盟会的一些会员得知，认为革命时机已到，便想借此机会闹起事来。他们邀请四川哥老会首领若干人，在资州（今资中）罗泉井召开秘密会议，决定武装起义，并把"保路同志会"改称为"保路同志军"，在新津和华阳设立总部，又指定一些革命党人分别负责川东南与川西北的起义工作。因四川的保路运动比之两湖和广东更为激烈，群众基础也更为广泛，而在四川农民群众中，哥老会又有相当大的势力。在同盟会会员的宣传和组织下，使这场保路运动转向了反清的武装斗争，其形势锐不可当。

　　同盟会联合哥老会等反清会党，组成了以当地农民为主体的同志军，要围攻成都，解救被捕绅商的消息不胫而走，附近州县闻讯后，又纷纷群起响应，也成立了各路同志军。每县数起，每起数千至万人，数日之内，队伍竟发展到二十多万人，形成了群众大起义的局面。包括彝、藏、羌等少数民族也都揭竿而起，聚众参加了起义，纷纷前来支援，把成都团团围住，欲从红牌楼、犀浦等地入城，分别攻打成都。

　　一直隐藏在夹河沟里秘密发财的哥老会首领七爷，也在章海涛的说服下组织队伍，参加了保路行动。在沟外守候了一天一夜的华润龙，见章海涛果然坐着两人抬的滑竿走出来，旁边是文小姐和一个英武的中年人，他们身后是长长的队伍，都穿着青布短衫，包着白布头，打着绑腿，有不少人扛着枪，还有几门土炮，真是喜出望外！

　　哎呀，你成功了？他惊喜地上前，拍了老同学一巴掌：莽子！你真了不起！

　　你才是莽子呢！章海涛让滑竿停下来，自己稳稳落了地，也拍拍华润龙的肩：告诉你，我首先是智取，其次是遇到了贵人鹰哥，再其次嘛，七爷也是深明大义！

　　他给华润龙介绍了老鹰，又指指也坐着滑竿的七爷说：你还不去见七爷？

　　七爷看见华润龙，便挥手笑道：你是孙舵爷的外孙吧？你小时候，我就见过你。

七爷！华润龙忙上前恭维说：我外公哪能跟你相比？他岁数已大，收手退隐了！你可是这一带赫赫有名的袍哥老大！从荣县到各地码头，谁人不知？哪个不晓？

七爷听见这样的称颂，自然很惬意。他望望沟外的景色，也不禁笑道：好多年了，也该出来走走了！若能趁此机会大干一场，再扬扬名，也不枉活这一生嘛！

七爷在章海涛的建议下，先把队伍停在县城的街面上，自己去拜会孙桥楼。他这支队伍出来得匆忙，没准备干粮。不料队伍刚停下，消息便传开，听说是要去围打成都的同志军，附近的民众似乎早有准备，立刻抬来了好多只盛满米饭的箩筐，担来了装着米汤的水桶，还有无数只手传递的碗筷、泡菜、小吃，甚至腊肉……

袍哥大爷们，快来吃饭了！有人不断吆喝着：你们为民打仗，我们应该支援。

倏忽之间，街面上又拥来许多婆婆大娘们，还有半大孩子，都跟着发放碗筷，盛饭送菜，态度亲切得就像招待自己家里的客人，热情招呼大家来吃喝。七爷手下的人全是些无家可归的流浪汉，或者犯事出逃的有罪之人，又在山沟里封闭了许多年，何曾见过这样的情景？有人不禁流泪，有人暗自称赞，都自动蹲在路边或田埂上，坐下来开始吃饭，一面听一个应当是同盟会成员的中年男人在发表演说：

兄弟们，你们吃饱喝足，就去替我们打成都，收拾那个邵屠夫！狗日的他帮着盛宣怀之流，要把我们川人的铁路卖给洋人，还抓捕我们保路会的头头，又杀了不少成都人！这笔血债定要用血来偿！你们有勇气打前站，肯定还会有人跟上……

这真是在给大家做宣传，鼓舞士气，有不少人顿时意气风发，斗志昂扬。七爷带他们出沟时，交代得并不清楚，如今才知是为国为民，好多人都更来劲了！

七爷和老鹰在孙家，也被扎扎实实地招待了一番。孙桥楼听说七爷出山了，高兴地吩咐厨子去买鱼虾河鲜，又杀鸡宰鸭，美美地做了一顿饭请他们吃喝。章海涛从厨房旁边走过时，闻着味道好香。但他坚辞不肯去上座，推说昨晚一夜没睡，想去休息。这个理由很充分，文诗洁趁机跟他一起离去。此时厅堂里人声鼎沸，都在高声大嗓地说笑。原来孙桥楼还请了一些荣县的舵爷和袍哥来吃饭，要把这场盛宴掀到最高潮。章海涛透过雕花木窗看去，只见同学的外公不断晃着花白的头发，大概在发表重要演讲，心想此人虽然金盆洗手，但在当地乡绅中仍然名望颇高，不可低估。

他们回到自己的住处，文诗洁立刻逼着章海涛脱下衣裳，张罗着给他换药。见那些伤口有些结了疤又裂开，露出鲜红的血肉，她忍不住流下眼泪，抱怨说：你怎么就不听劝呢？不，是不遵守我们的约法三章！差点又把命丢在那山沟里！

还怪我呀？章海涛半开玩笑地逗她：谁让你长得那么惹人爱，带出去就惹祸！

好，那我就不跟你走了！文诗洁赌气站起来，想了想又说：不行，这次打成都，你就别参加了！我不许你去！你就在孙家好好待着，等我们的胜利消息。

那怎么行？章海涛也连忙站起来：这次起义是我来组织的，这保路同志军也是我鼓捣起来的，如今是箭在弦上，不得不发了，我怎能打退堂鼓？

可是看你这身体，我真担心啊！文诗洁含泪说：那枪子儿可是不长眼……

章海涛知道她是心疼自己，便把她搂在怀里，温柔而又坚定地说：诗洁，你太爱流泪了，这可不像是一个革命党人，更不如你崇拜的秋瑾。我多次说过，革命总是要流血牺牲的，难道只许别人去为革命而献身，就不许我这样做吗？

不不，不许你这么说，不准说这些不吉利的话！文诗洁连忙用手封住他的嘴，叹息着说：好吧，我承认自己多愁善感，以前哥哥总说我像林黛玉……你说得对,如今我参加了同盟会,也是革命党人了,应该坚强起来。好吧,我同意你去参战。

这才对嘛!章海涛温柔地吻着她,笑道:尽管炮火连天,你我都不许当逃兵!

但你要答应我,一定保护好自己。文诗洁抚摸着他赤裸的胸膛,又感觉到他胸腔里的炽热,便感叹地说:你呀,就是为革命而生,是真正的革命党人!

不仅如此,我还是一个诗人。虽然是个蹩脚的诗人,但总是怀着诗情画意,要来歌颂我们的革命。章海涛握住心上人的手,满腔激情地说:你来听我吟诵吧!

他随即吟道:

  战火起,烧四方,战鼓擂,夜未央。
  正青春,好模样,且看我,挺胸膛!
  经风雨,历雪霜,掀惊涛,拍巨浪。
  挥长剑,西北望,倚天舞,斩豺狼!

文诗洁听着他铿锵念来,看着他坚毅的面孔,惊喜加感动,又紧紧地拥抱着他,热烈地吻着他,含泪说:你的诗才是真正的诗,不像我写的那些诗,太苍白了……

两人相拥相依,在屋里情话绵绵。直到华润龙来叫他们,说是队伍要出发了!两人才匆忙赶到厨房,吃了点剩下的饭菜,又跟孙桥楼、七爷他们一起出了门。

荣县是一个不小的县城,因此在县衙门外有一个比较大的广场。知县听说要打成都,自知没法制止,早就吓跑了,据说是跑进城里,去找邵总督汇报了。于是这个广场今天就成了同志军集合的地方。各路人马都浩浩荡荡,汇聚此处……

广场边上长着几棵枝丫峥嵘的老树,叶子在这秋天里渐渐发红,迎风飘摇着，就像一面面小红旗。聚拢来的同志军大都是乡下农民，个个身材健壮，肤色黝黑，穿着短布衫和草鞋，辫子盘在额头上，面孔洋溢着从未有过的热情。他们中的很多人都没去过省城，如今却要拿着武器冲进去，那是多大的阵仗！人们兴奋得像过节一样，居然点起了火红的鞭炮，在一阵"噼里啪啦"的响声中，又夹杂着震耳欲聋的欢呼声，似乎人人都觉得，此去必然是马到成功了！当孙桥楼、七爷和董世勋等人走来时，欢呼声更是惊天动地，看来他们都承认，七爷乃是这一路同志军的当然领袖了！

七爷，大家都等着呢！孙桥楼说：老规矩，你这个大袍哥要讲几句才行。

七爷连连摆头：不行不行，说实话，我是被那小子给逼来的，我还不知道该讲些什么好。他在人群里寻找着章海涛：哎，那小子呢？该让他来讲几句。

章海涛却聪明地躲起来，没露面。他知道在这里，在荣县，他根本没这个资格。

最后还是由孙桥楼出面，来发表这个出征动员令。毕竟他是曾经的大舵爷，身份甚至比七爷都高一点，而且是今天的东道主。于是当又一阵鞭炮响过，他便走到广场正中那个铺着红桌布的方桌前，高举双手，向四面打拱道：

各位乡亲，各位众邻，我们荣县的同志军今天就正式成立了！因为成都省的总督邵屠夫开红山，打死了我们不少川人，还有盛宣怀、端方这两个大奸臣，把我们的铁路卖给洋人，却不还我们的铁路款子，这是在欺负我们川人呀！我们川人有血性，多年前的东乡县老百姓可以闹事，今天我们荣县也可以！不但是我们一个县，川西这边所有的县城都在闹事！都要组织起来，一起去攻打成都，只要老百姓齐了心，官府也怕咱们，是不是啊？

聚集起来的同志军好多人至此才明白去攻打成都到底是为什么。起初也有不少人是跟着瞎起哄，这时便有几千张嘴一起喊道：

是！就是！对啊……

孙桥楼又指着七爷说：大家都认得七爷吧？他是我们荣县的大袍哥，如今也是我们荣县同志军的统领、统帅、总舵主！按规矩，就请他来喝这碗壮行酒！

早有人递来一坛子系着红绸的酒，便一一倾倒在方桌上的酒碗里，然后孙桥楼端起来，分别赠给七爷、董世勋和一些率队的袍哥舵爷们，大家都尽情地喝了下去。然后七爷就毫不客气地宣布，他是第一路军的统领，董世勋是第二路军的统领，还有第三路军、第四路军……除了七爷这个震山虎，另有几个哥老会统领也出山了，都是威风凛凛的人物，宣布他们的名字时，都会响起一连串鞭炮，以示受欢迎的程度。

华润龙则是学生军大队长。虽然他只是个学生，但其外公是本县最有名的人物，他又热情豪爽，为人活泛，也富有冒险精神，当是不二人选。况且学生军统共只有几百人，除了华润龙、陈少星和章海涛等二十岁上下的青年，其他很多学生只有十七八岁，别说没上过战场，就连怎么打仗可能都没听说过。七爷看着他们直发愁，怕这些学生娃儿会成为他的牵绊。至于武器，更是参差不齐。除了七爷手下有几十百把支步枪和几门生铁铸成的自制炮，别的几路同志军还有一些硬火，学生军则是清一色的梭镖，那是一种新式武器：又粗又长的青冈木棒上，安插着一柄锋刃尖利的铁匕首，臂力好的同学可以使得风快。但学生军也是匆忙上阵，很多人还来不及操练。

不管怎么样，就在九月十五这一天，荣县的同志军便迫不及待地开拔了，因为听说其他县城的人都已攻到成都脚下，据说连红牌楼都拿下了，快要打到武侯祠了！于是九里八乡都轰动了，似乎再去晚了，就赶不上这一场大会战了！通向成都的大路上，此时也乱哄哄地挤了很多送行的人，两边田坎上甚至谷地里，全都站满了人，也是来欢送同志军的。队伍里男女老少都有，一个个都是热情洋溢，手舞足蹈，喜笑颜开，欢声雷动。还有小孩子一路跟随，欢呼呐喊，真是热闹非凡……

章海涛走在学生军的队伍里，文诗洁跟在他身后，背了一个药包，显然是作为战场护理人员,才得到批准随军。两人都高兴地想:这就是民心,就是军心啊!

荣县在成都东南方向,距成都100多公里。他们走了一天一夜,才走了三分之一。这样庞大又没经过军事训练的队伍,走了几十公里已经零散杂乱,拖拖拉拉足有几里远。学生娃儿尤其不行,中途就有人坚持不下来开小差。章海涛跟华润龙和陈少星商量着,决定当晚找个地方住下,吃饭休息,再鼓舞一下士气。他们来到一个无名小镇,发现所有能住的宅院都挤满了人,显然是先来的同志军。镇上人不多,但也都开门迎接他们,放火炮,看热闹,拍巴掌,不亦乐乎!自然少不了供应饭食,还有几个年纪大的乡绅,抖着胡须给他们敬酒,对这些学生娃儿也相当欢迎……

小镇不大,街面不宽,现在到处都挤满了人。又走了一阵,华润龙发现自己的队伍都快挤散了,连忙跟章海涛等人商量,决定把学生军拉到镇外去休整。他们喊了几嗓子,才把人聚齐,又挤了满身大汗,才挤出热闹非凡的小镇,来到镇外的一个小破庙。只见庙门已经陈旧不堪,门前那棵老树枝叶凌乱,一群乌鸦在树上飞来飞去,很是荒凉。门内是一片长满杂草的庭院,正中的观宇里有几座残破的菩萨像,尚能依稀看出一些彩绘的痕迹,地上的青砖也还铺得整齐,倒是个不错的歇息处。

几个年纪大的学生很醒事,便砍了老树,把乌鸦轰走,用那干枯的树叶枝丫,在青砖地上点起几堆火,让学生们围着火堆烤火,烤热了身子,再打地铺睡觉,就不怕寒湿侵身。这个年龄的男子都是血气方刚,不知天高地厚,初生牛犊不怕虎,心中还藏着一个小男孩。成熟与幼稚的摩擦,青春和力量的碰撞,火堆边洋溢着久久不退的男儿气。火光映照着他们稚嫩的面庞,搭配着浪漫无边的龙门阵,一直在议论着少年英雄如何厚积薄发,似乎拼尽全力,迎难而上,就能在这次前所未有的战争中去争取胜利。章海涛看他们的样子,完全是小说里的热血男主,少女梦中的伟男子。再看身边的文诗洁,这学生军里唯一的女孩子,似乎也被他们那种雄性的力量所感染,脸色红通通的青春焕发,显得格外美丽。章海涛不禁笑了。他是少年老成，知道下面的路很难走，便思索着如何去引导学生们追求成功，更有勇气迎接今后的挑战。

同学们，明天，至晚后天，我们就要去打仗了！他拿起一个少年的梭镖看了看，又用手指去摸摸那锋利的铁刃，问他：说实话，真刀真枪的，你怕不怕？

那少年往后缩了缩，又看看众人，嗫嚅着说：我？我不知道，你们呢？

众人伸手烤着火，七嘴八舌地答道：怕，是有点怕……怎么可能不怕？

陈少星的声音要大些，他抢着发问：哎，海涛，难道你就不怕吗？

怕，当然怕，我也怕，谁不怕呢？章海涛微笑着说：但是多少年来，就是因为我们怕，他们统治者才把我们民众当成草芥。难道他们就不怕吗？他们也害怕，不然他们怎么会当缩头乌龟，任由国家主权沦丧？任由洋人来欺负我们？我当然也怕，但我更怕国家四分五裂，怕老百姓流离失所！还怕我们这一代年轻人也老去了，麻木了，沉默了，那就比死还可怕……同学们，你们愿意当亡国奴，被人欺压吗？

学生们怔了怔，参差不齐地说：不，不愿意，我们不愿意……

章海涛觉得他们还没彻底觉悟，便站起身来，环顾四周，更加铿锵有力，甚至是掷地有声地说：所以我们才要保路保川，救国救民。同学们，我们不仅要讨回我们的路款、我们的财富、我们的血汗钱，还要他们血债血偿！我们这次围打成都，不但要去营救那些被捕的保路会头头，也要为那些冤死的同胞们报仇！我们要取成都，杀掉邵屠夫，推翻清政府，成立我们自己的大汉政权，那样此行才算成功！

一个同学瞪眼看看他，突然说：哎呀，原来你是革命党啊！

是啊，我们同志军，都是革命党！章海涛慷慨激昂地说：革命成功，就是改朝换代，我们在座的每一个人，也都立下了丰功伟绩。你们说，你们愿不愿意？

不料这次同学们一起欢呼：愿意！我们都想当革命伟人，开国元勋……

　　章海涛接着说：好！君子一言，驷马难追，真要上了战场，谁也不能当逃兵！

　　大家又都喜笑颜开，一致鼓掌，把华润龙也喜得咧嘴笑道：好，你这个莽子，还真会做群众的思想工作呢！这个学生军的大队长，应该你来当才是。

　　还是你这个莽子来当吧！章海涛拍着他的肩膀哈哈大笑：我给你当助手就行。

　　陈少星和文诗洁看着他俩互相称呼"莽子"，逗趣打闹，也都高兴地笑了。其实章海涛的这两个同学都挺佩服他，他不仅有阳光帅气的外表、浪漫风趣的灵魂、细腻丰富的情感、善良灵动的内心，还有稳定自如的情绪、文武全才的韬略和操控危难时的处变不惊，不愧是蜀中同学会的精神领袖，似乎把这一代青年的所有美好都集于一身！跟着他一起驰骋天地奔赴未来，他们有信心有热望也有力量。

　　但次日清晨继续开拔时，队伍已经不太整齐，不少小伙子走路都蔫踏踏，梭镖也歪歪斜斜地扛在肩上。其他同志军早已走在前头，仍是雄赳赳气昂昂的样子。走了一段路，又热又渴又累，幸亏沿途民众仍是好茶好饭地招待着，却不断传来坏消息。听说红牌楼并没攻下来，反而死伤不少，还有被官兵抓走的。又听说大面铺、西河场、赖家店一带的同志军也同城内开去的官兵交了手，但开火不久便败下阵来……

　　有啥稀奇？机灵的陈少星悄对两个老同学说：我们这边毕竟是乌合之众，也没有枪炮弹药等硬火力，和邵烈风手下的军营士兵发生枪战，肯定打不赢他们！

　　那这个仗还打什么？华润龙有些木讷地问，也悄悄望着队伍：他们更不行……

　　决不能告诉他们，以免动摇军心！章海涛忙说：这仗非打不可，从战术上来讲，我们肯定打不过他们，但从战略上来讲，我们也要向腐朽的清朝廷示威！

三人统一思想，又坚定不移地往前走，也把一些希望寄托在七爷等哥老会身上。毕竟七爷手下的弟兄都练过武，动过真刀真枪，又正当壮年，也不缺胆量。老鹰等人更是见过大阵仗，必然懂得兵法调度，至少还能跟那些官兵抵抗一阵。

他们又在路上歇了一晚，补充了一些给养，才听到西边传来一些同志军的好消息：双流、温江、新津、华阳一带的团防，又重新聚焦了上万人，拿着刀枪火炮等各种武器，从四面八方集中到簇桥，成群结队地扑向成都，欲再次攻克红牌楼！而灌县、郫县、彭县一带的袍哥队伍则打下了犀浦，也带着一股锐气冲向成都……

七爷等人听到这些消息，便让队伍停下，找了一处民宅，把几路统领都找来，商量进攻要略。这些大袍哥都是老江湖，一路上不断派人打探军情，早已心中有数。虽然在索要路款解救同胞，成立同志军这些事上同仇敌忾，但对于这场硬仗是输是赢心里还是有数——胳膊怎能扭过大腿？如今又不是冷兵器时代，也非陈胜吴广李自成起义的年头了，最后的胜负一定是拼硬火！因此会上就分成几种意见，有人想趁热打铁，趁民怨沸腾即刻开拔，冲进省城去跟邵屠夫拼一下。相信成都民众定会群起响应，胜利指日可待，甚至如探囊取物，就此砍下邵总督的脑袋来平民愤，亦非难事。也有人主张从长计议，先别去跟官兵硬碰硬，还是等红牌楼一举拿下后，士气高涨，那时再跟各路同志军会合，一起攻进成都。又有人担心这样一来，会煮成夹生饭，等各码头再聚集起人马，就没那股劲了。还有人察言观色，却一直不开腔……

最后还是七爷站起来，一腔定板：我们都快冲到牛市口了，还等红牌楼那边干什么？一个在东，一个在西，只能遥相呼应，而不能首尾兼顾。若有人胆怯，那我们第一路军就排在最前面好了！我手下的弟兄比董哥他们的团防总要剽悍些、胆大些，他们好多人都耍过刀、杀过人，算是死过一回了！如不摆出阵势跟官兵硬碰硬，那不就是白来一趟了？让我们还有没有脸回荣县？如何对得起那些父老乡亲？

此言一出，把所有人的心都打动了。大家都点头表示赞同。董世勋更是起劲地说：七爷好样的！我就服他！不管跳崖还是跳坎，我都跟着他！我们第二路军也要冲上去。你们其他哥子也想一想，若是怕死不敢冲，你们还有脸回去吗？

于是他们也统一了思想，不再研究下去，而是只管往前走，往前冲！

次日清晨，这一路同志军就和邵烈风的马队展开了一场激战。这是一次破釜沉舟的决战，也是一场实力悬殊的死战，其真正的意义要日后才能显现出来。

那是川西平原连日艳阳之后，一次少见的阴雨天。淅淅沥沥的小雨淋湿了路面，道路变得泥泞难行，队伍也走得歪歪扭扭，不少人脚下直打滑。学生军跟在同志军后面走了一阵，个个衣服都湿透了，混合着汗水，散发着一股臭味。鞋袜也都沾满了泥浆，有些人的鞋袜早不知失落在何处了，心情也坏得直想骂娘……

后来天终于放晴，人们都有些庆幸，擦着脸上的汗水，正想找个干净地方歇息，整理一下军容。突然有个学生指着前方，变脸变色地喊道：你们看，那是什么？

其他人也往那个方向看去，好几个都看呆了，异口同声地叫道：天哪！快看！那是马队……狗日的邵屠夫！他竟然派马队来打我们！

众人不看犹可，一看之下，都惊慌无比。这帮学生顿时骚动起来，慌乱叫嚷，嘈杂不堪。他们怎么也没想到，自己手握寸铁，居然要跟威风凛凛的马队作战！

马上的那些兵，远远看去就不凡：他们个个包着青布头，脸色黝黑，神情凶恶，手里提着大刀，有人还端着洋枪。他们骑着马奔驰在快要成熟的庄稼地里，好比巡洋舰在大海里自由自在地航行，根本没把这些手持梭镖的少年看在眼里……

华润龙脸色铁青，问身边的章海涛：碰到硬火了，怎么办？

他们是邵屠夫手下的巡防兵！陈少星抢着说：是他从川康边带来的精兵！

章海涛咬紧牙巴骨，一把将文诗洁扯在自己身后，喊道：同学们，跟他们拼了……

他刚发出这个口令，学生军便已散开，借着遍地的稻秆做掩护冲了上去！这帮年轻人没有犹豫动摇，也没有害怕逃跑。大敌当前，他们都迅速从惊慌失措中镇定下来，勇敢地挺着梭镖一个个往前冲，只想把尖利的铁刃刺进敌人胸膛！或许是昨晚章海涛的演说真正鼓舞了士气，或者是他们都下定了流血牺牲的决心，总之顷刻间，学生们就跟马上的骑兵搅缠在一起！这是一场文武之间的搏斗，一场短兵相接的恶战。事过之后幸存的人想起来，简直觉得不可思议——他们居然真是不怕死呢！

在这群学生兵里，作战最勇敢的当然是章海涛。他虎眼圆睁，瞪视着面前比他高很多的敌人，目光如电，意志昂扬。当他把梭镖刺进马身或巡防兵的腿上时，动作干净利落，果断锐敏。他声音洪亮，喊杀震天，精神焕发，活力充沛，他一直在稻海间奔腾跳跃，横冲直撞，他好比铁一般精悍结实的身材，就像一只展翅高飞的山鹰！他那勇敢无畏、绝不退缩的精神，给了同学们多大的精神力量啊！

他也终于引起敌人的注意，知道此人是这帮青年的精神支柱，一个老兵毫不犹豫地端起枪来，朝他开了一枪。章海涛躲闪不及，正中自己的左肋。他身子晃了晃，一手握梭镖，一手捂住流血如注的伤口，双眼仇恨地注视着敌人，慢慢倒下去……

海涛！一直躲藏在稻田里的文诗洁，撕心裂肺地喊着，起身朝他冲过去。

别过去！华润龙一把抱住她，把她拉回来，自己也猝不及防，臂上中了一枪。

又有人朝他们飞跑过来，正是身穿白麻衫，手握大刀的老鹰。他顺手砍了一下老兵的马腿，又挥刀吓退一个巡防兵，跑到章海涛身边，叫道：海涛，你怎么了？

原来七爷手下的兄弟们，还有其他各路军的团防，也跟巡防兵混战在一起了！马队人不多，但实力雄厚，骑在高头大马上先声夺人，而且有作战经验。他们居高临下地跟同志军厮杀了一阵,砍倒了十几个人,后来就索性开起枪来,那样更痛快。放眼望去,在稀稠的泥田里和翻滚的稻浪中,同志军倒下去不少,伤亡惨重……

不行!这样下去不行……董世勋身上也挂了彩,脸上溅着鲜血,颤抖着腮帮子,跑来对七爷说:他们有枪,又骑着马,再打下去,我们要吃大亏,快撤吧!

七爷远远望了一下战火纷飞的情况,同志军还在顽强地拼命搏斗,但也有人慌张逃跑,毕竟是散兵游勇嘛!再打下去,确实胜算渺茫,后果殊难预料,甚至会全军覆没!他又痛又酸,不禁激动地喃喃说:是的,不能再打下去了!撤吧……

20

清政府收回川汉铁路路权的卖国行径,和四川总督邵烈风枪杀无辜市民的高压政策,加剧了广大民众对他们的仇恨。"成都血案"后,四川人民更是群情激昂,当日后被称为"水电报"的木板把消息传遍全川,便进一步掀起了各地群众揭竿而起、予以声援的革命形势。同志军源源不断地挺进成都,分别从城西红牌楼、城西北犀浦和城东牛市口攻打这座省城,和清军进行实力悬殊的血战。邵烈风虽被困在城中,但他毕竟有作战经验,也指挥手下用坚固的工事和武器来进行顽强抵抗。起义军虽然声势浩大,但一时半会也拿这座防御坚固的城池没办法。双方的激战胶着了十几天,由于缺乏统一的组织指挥和作战经验,武器装备又不足,同志军没能攻下成都。为保全生力军,只得转而分兵攻略各州县,于是又发展成全川范围的武装起义。

清政府获知成都被围攻和各地同志军起义的消息后,吓得手忙脚乱,本已调派端方从湖北率领新军前往四川督办此事,又几次下旨,令他日夜兼程赶紧入川，会同邵烈风办理剿抚事宜。还从湖南、广东、陕西、甘肃、贵州、云南等省分别派兵前往四川增援。邵烈风更是惊慌失措，怕清政府责怪自己把事情闹大，也怕内阁撤去自己的总督之职，命端方来接任，于是在成都大搞舆论宣传，企图为自己洗脱罪名。

这半月间，成都确实闹得人心惶惶！先是一群地位高大上的绅商，突然成了"叛党"被捉拿，再是手无寸铁的市民被屠杀，然后是城门紧闭，不准出入，粪便出不去，菜蔬也进不来。如今又是几处城门战火陡起，不明真相的平民百姓和官员士绅都很恐慌，不知事情还会闹到何等地步。邵烈风于是派人贴出告示，强调这次攻城并非双方争路，而是革命党犯上作乱，明目张胆地抗捐抗粮，又胁迫百姓反抗朝廷，勾结外匪来攻城。声称凡是误入同志会的人，只拿首要，其余若能改过自新，便不再追究。又辩白自己爱民如子，并未妄杀一人，请民众善体察意，不必妄生猜测，切切……

这告示自然耗费了沐智贤等人不少心思，但其效果并不好。因成都的同盟会已经发展壮大，便有人悄悄传告真相。民众得知竟是同志会变成了同志军，围攻成都也是声援城中的乡亲们，立刻觉得大快人心！于是这张告示非但没能安定人心，反而引起全城百姓的愤怒。凡贴在偏僻街道小巷的告示，很快就被人撕毁，有的告示还被人用炭笔涂上"放屁！"等词语，以及谩骂邵屠夫的句子，让人看了拍手称快！

邵烈风无可奈何，每天数次在公事房召集开会，商讨如何对付同志军的用兵大计。毕竟城里人只是逞口舌之快，但若城门被起义军攻下，后果便不堪设想。

参加会议的有总督府下属官员、总兵，端仪将军、邵玉笙和幕僚沐智贤等人。这里每天都有人进进出出，像赶场一样热闹，但若认真论起事来，众人便知情况严重，于是只管抽烟喝茶，很少发言。屋里弥漫着一股浓烈又呛人的烟熏味，在白色烟雾的缭绕中，大家的脸色看来都很不好，甚至有些狰狞，心情也坏到极点。

端仪将军却是个例外，他很少来参加会议，今天恰好来了，便详细询问同志军的情况。他心中有几个解不开的疙瘩：容士轩、吴万乾等人都是遵纪守法的绅商，怎么就成了叛党？他们也很少出川，怎么又跟孙文的同盟会扯上关系了？农民和学生娃组成的同志军，真敢来攻打铜墙铁壁的成都？未奉上谕，邵总督怎么就敢开红山？

他提出以上疑问，屋里的人都沉默不语，沐智贤只好在邵烈风的眼色授意下，来回答这些难解的问题：众位大人，总督大人抓人和开枪杀人，确实有朝廷授意。但如要字面解释，又无确切旨意，只是朝廷一直指示说，要总督大人采取强硬手段来对付保路同志会。另有争路变为叛党之说，也并非无中生有。请大人们细想：那日八位股东被请到总督府，邵大人原意是想让他们解散同志会，并没想拘捕他们，为何全城百姓顿时就知道了？成千上万地拥进来要人？若说没人在背后布置和支使，谁会相信？还有当天夜里，怎么就有那么多木板顺水漂出城去？水上警察打捞起来好几块，都写着让同志会速起自保！这不是革命党干的又是谁人？如今还有那么多同志军来攻打成都，这又是谁下的命令？谁组织的队伍？请问这不是谋反叛逆又是什么？

端仪怔了怔，只好叹道：这么说来，咱们也只好强硬下去了？

除此之外，还有什么好办法？邵烈风也叹道：听说将军的贵亲端方大人，即刻就要来川了！我们这边若不能把同志军按下去，梳个光光头，估计在座的所有人，顶戴花翎都会保不住……不，是我们的头也保不住！这时候，还不能杀无赦吗？

那是自然、自然……端仪摸着胡须不开口了，此后就如木雕泥塑一般。

邵烈风知他手下虽有兵，但其职责主要是保护满城，不会轻易出城迎敌，便不理会他，只与其他下属商议，又问到底是哪些州县造反起义。有人列出一个单子，看了让人丧气，居然除了温、郫、崇、灌等郊县，更远的十里八乡都有叛党！其中数荣县最猖狂，那本是川中财富之地，便有不安分的哥老会大袍哥，竟然也都成了革命匪党，乘机作乱！若论地势冲要，则属新津一带，它是省垣西南门户，三面环水，易守难攻。如今同志军已分散进入地方各州县，如果新津失守，通往川边的道路便被扼断，即使邵烈风再想调他的西兵入川，也难到达省城，因此，必须派重兵去把守……

可是，派谁的军队去呢？邵烈风转头问旁边坐着的兵备处总办，候补道田力：能否派你们十七镇的新军去镇守？你们陆军不也是大清的兵，拿朝廷饷银的吗？

这个……田力也为难地摸着自己胡须说：卑职还得跟十七镇统领们商议。

那就快去商议！邵玉笙毫不客气地站起来，粗声大嗓地说：如今叛军起四方，但我成都本为省垣，父亲所带之巡防兵为数不多，万万不可再派出去了！

这三千巡防兵便是邵烈风从川边带来的精兵，其重要职责本是保护制台衙门，此外还要在街坊里来往巡查，又要把守各个城门，任务确实很重。若不是邵烈风调动了城中几百名训练有素的武装警察，这些兵都快累垮了！前不久为了抵抗城外攻来的同志军，邵烈风不得已调了一些兵马出城，虽然凭借武器硬火，又有作战经验，打退了同志军，但自己也有死伤。为怕损失过大，甚至不敢追击，包括骑兵在牛市口那一役，也只是把同志军和学生军撵出十几里便罢休。此后沐智贤就向邵烈风进言，这些亲兵万不可再放出城去，否则死伤不起！邵烈风也给巡防军下了严令：除非他本人授意，不管城外匪情如何，巡防军一律不可再出城去迎战同志军。

此时四少一言既出，在座的新军统领都很不自在。这次成都闹保路运动，新军确实很丢脸！身经数十仗的精兵，却无法听从总督调令，甚至还出了秦继安这样的叛徒！虽然邵玉笙这个衙内没有官职，也轮不到他在这样的会议里发声，但他维护其父说出的话，却没人能反驳。再看总督大人，已经满脸怒气，只怕就要发作了！

田力只得又说：总督大人莫恼，卑职这就去凤凰营，跟统领们商议……

眼看他站起身，邵烈风突然想起一件事，便问：十七镇的统制徐庆怀，不是本官兄长提拔的吗？他不正该为本官效力吗？怎么他一直不出面来见本官？

他是不好意思。田力讪讪地说：其实他也调动不了军队，大权都在副统制刘刚蓝手上。刘统制是成都人，可能赞成争路风潮，曾经扬言不打同志会……

这还了得！邵烈风拍案而起，怒道：这样的军队，是不是也藏有革命党啊？

那倒不见得。田力忙说：军营里的兵丁都没什么见识，关键看带兵的军官……

对了！邵烈风立刻截断他的话头：有个叫林汉云的标统，此人是革命党吗？

田力怔了怔，回答有点结巴：这个、卑职不知……想来，也不会吧？

沐智贤也上前，转着眼珠子说：请大人重点盯着他，此人有些可疑……

对！邵玉笙也说：就让他带兵去镇守新津，看他肯不肯，便知他心意！

邵烈风满意地瞟了邵玉笙一眼，此前他并不觉得儿子有多聪明，时常还觉得他只是胡闹犯浑。但自从保路运动开始，倒把儿子的才气潜力给挖掘出来了！如此一来甚好，自己有沐智贤这个智多星，又有儿子这个贴心豆瓣，以后真是如虎添翼了！

当天下午，总督大人突然想亲临城门巡防。他骑着马，带着儿子和沐智贤，潇潇洒洒地来到营门口，望着封闭的城门，城外几十里，便是同志军曾几度攻来的犀浦镇。守城门的巡防兵见总督大人光临，立刻闪到一边，邵烈风让他们打开城门，不顾儿子和幕僚的阻拦，一直走到城门外的浮桥旁。这时晚霞业已收尽，天光正渐渐暗淡，他向两边望去，只见护城河水茫茫，在朦胧袭来的暮色中，更显得这道城门的险陡及浮桥的重要性，否则只怕同志军真会攻克这里，冲进省城去。他驱马上了浮桥，遥望北方，那里才是他的家乡。而这座城市里，到处都是他的敌人，不觉倍感凄凉，真是英雄末路啊！一股寒气直冲脊背，这个杀人如麻的地方王，内心无限凄惶……

沐智贤真不愧是邵烈风的知音，比他儿子还要了解他。当邵玉笙不耐烦地踢打着马肚，想催父亲回府时，他也驱马上了浮桥，悄然对东家说：主子，这个营门口的名字，据说起源于三国时期，它与蜀汉名相诸葛亮，可是有着紧密联系呢！

哦？邵烈风的精神为之一振：那可是平定蜀中的英雄豪杰啊！

是啊。沐智贤兴致勃勃地说：当时诸葛亮继承刘备的遗志，稳固成都后，多次想率军北定中原，复兴汉室。但北伐是一场持久战，兵马未动，粮草先行，诸葛亮经过勘察，决定把成都西郊这一带的荒野作为屯兵耕田的好地方，就在这营门口设下了大帐，亲自来坐镇指挥。这军中大帐又被称为"营门"，这里便有了"营门口"之称。经过数年耕作，蜀中粮草丰盛，奠定了北伐的基础。这也是诸葛亮的一大功绩啊！

好啊！邵烈风不禁叹道：想我邵烈风，原本也想做个诸葛亮那样的人物，学习他理民之干的谋略，发展当地经济。却没想到，我如今倒成了成都民众的罪人！

这一刻，沐智贤很同情这位总督，觉得他也是身不由己。但邵烈风下面说的话却让他大吃一惊，倏忽间又有了无限感触，觉得东家哪能跟一代名相诸葛亮相比？

我今晚突然有个打算，想派章老大去刺杀林汉云！邵烈风说：十七镇的新军不能为本官所用，皆因有他那样的人存在。本官想杀鸡给猴看，让凤凰营的川人军官都明白，本官的大刀不是吃素的！他们既不能为本官所用，就别怪本官不客气了！

这个……沐智贤沉吟着，只想打消总督大人的想法，却不知说什么好。因为正是他在此之前一再跟邵家父子说，林汉云此人留不得，日后必将与他们为敌！但此一时彼一时，如今再提这个却不是时候，也必然会带来难以估计的负面影响。

此时不可！也顾不上了！他终于坚决地说：总督大人的安全最重要，目下应该保镖不离身，怎能让章峻岩去行刺？若要杀鸡给猴看，还有其他法子……

又是几个月后，当林汉云的大刀砍向邵烈风时，不知他是否后悔听了这话。

就在同一时刻，林汉云带着文光豪登上了凤凰山山顶，极目远眺，俯瞰四方。只见天边晚霞灿烂，彩云纷飞，无比壮观。脚下的凤凰山秀丽青翠，连绵起伏，好比一只展翅欲飞的凤凰。远远望向成都方向，却有股黑云压城的气势，实则是他心中的不祥之兆！他热爱的这座城市原本美丽、温馨、繁荣、富裕，充满了诗情画意，如今却变成了一座据险而守的孤城，在各路袭来的同志军夹击中勉强生存……

光豪，最近发生的事，你怎么看？他找了一块大石坐下，明知故问。

文光豪戎装笔挺，目光如炬：还有什么好说的？邵屠夫是在自己找死！

不一定。林汉云沉思着说：叛军都是乌合之众，欺那邵总督初来乍到，立足未稳，悍然发动武装起义！目前他们虽占据了许多州县，却是因我新军尚未出征。否则我十七镇若派出军队平叛，不出几天时间，就将荡平全川，收复那些州县！

你居然这么说？他们都是川民，是我们的同胞乡亲，被迫起来反抗的！文光豪急得连忙反驳：汉云，这就是民心所向啊！你要明白，清政府已面临崩溃！在这个乱世，没人能独善其身。你如不早点选择跟邵屠夫他们撇清，你将成为历史的罪人！

哈哈……我就知道你会这么说！林汉云站起来，也目光炯炯地望着他：难道就你清醒，我便是个糊涂人？告诉你，刚才刘统制找我去分派任务，让我率领五十四标去镇守新津，我已拒绝了，说我林汉云决不打同志军！怎么样，够意思吧？

你拒绝去新津？你选择站在同志军这一边？文光豪又惊又喜：那我们为何不顺水推舟，借船出海，就势答应他们，然后率领部队打下新津，就此反正起义呢？

林汉云摇摇头，又走到坡顶去俯瞰山下：光豪，你的想法格局太小，大好河山，你我皆有份，岂可轻取？眼下我们拥兵自重，何不等待时机，干一票大的？！

文光豪惊得目瞪口呆，愣怔半天，才问他：汉云，你这话是何意思？

林汉云微笑着，指了指山脚下："我看青山多妩媚，料青山看我应如是。"这是我最爱的诗词，辛弃疾也是我最佩服的人，文武双全，世所罕见……光豪，你知我也是文武兼备，虽不一定是全才，但也雄心勃勃。眼看这江山无限，清廷又即将没落，你我审时度势，难道除了投靠革命党，你就没有什么别的想法？

文光豪有点明白了，沉了沉，才说：我只想走一条探求中国光明的真理大道！

你呀，还是书生气太重了！林汉云拍拍他的肩，故作神秘地说：有志须填海，无权欲陷天。反正你跟着我走，总没错的……走吧，回军营！

一路之上，文光豪又反复说服林汉云，想劝说他仿效秦继安，率部起义。听说此人因与川南同志军发生误会，愤而往前开拔，已快到重庆，将跟那里的革命党会合。文光豪相信他会干出一番大事业，十分羡慕。林汉云却笑嘻嘻地听着，并不搭腔。

在军营里吃了晚饭，回到住所，已是天色渐黑，除了风吹草动，四周寂然无声。文光豪忽然听见背后有轻微的脚步声。他凝神静听，越听越不对劲，回头看去，只见一条黑影倏忽闪过，似乎轻功了得！文光豪忙把林汉云一推，叫道：有刺客！

林汉云也有所觉察，立刻侧身躲过，只见一阵冷风刮来，一道白光闪过，一只飞镖箭一般地射向他们，"嗖"的一声插在他们身后的那棵大树上！

好险！文光豪叫道，又回身说：快去抓他！

那刺客却不敢恋战，运起轻功，平地蹿起，飞快地掠过几棵大树，眨眼间就没了踪影。文光豪还想调兵追杀，被林汉云拦住，说穷寇勿追。他们小心翼翼地取下那支飞镖，只怕镖上染有剧毒，却发现飞镖下面插着一张纸条。文光豪又轻捧那张纸条回屋，点亮烛光看去，只见纸条上写着一行大字：你若不从，我必杀你！

什么意思？谁写的？文光豪好奇地追问：欲下毒手，却浅尝辄止？

不知为何，林汉云脑海里闪过一个阴郁的身影，似曾躲在总督府的柱子后……

不去想了！他把纸条撕得粉碎，笑道：这甚至有可能不是给我的！

文光豪点点头，知他自恃胆大心细，人又聪明，心里却不一定了然。果真几分钟后，林汉云便告诉他，自己改主意了，决定答应刘刚蓝，次日便率军去新津驻守。

这张纸条是章峻岩受邵烈风授意，吩咐他不可伤人，只用飞镖传话即可。原来邵烈风想刺杀林汉云的行动被沐智贤制止，怕此举会引起凤凰营兵变，只让他派保镖去投石问路，起到一个警示作用。后来听说林汉云率兵去了新津，便也就此罢休。章峻岩自从三弟逃离后，一直惴惴不安，却不知大小姐已把责任全都揽去。此后他在总督府又等于闲置，完成这个投镖的任务，对他来说轻而易举，从此倒也心安了。

其实近日来，文光豪也是惴惴不安，因妹妹突然失踪了！他去问明珠，后者只是含糊应道，好似总督府来过一个口信，文诗洁便立刻前往，再没回来。文光豪起初焦虑万分，不知妹妹发生了什么事，难道陷在总督府里不成？或者是她也成了革命党因而东窗事发？直到如今十几天过去，此事没有半点音讯，他也渐渐平静下来，心想或者是妹妹福大命大，已经脱险。他为此事发愁也没用，不如索性丢开……

谁知这日清晨，五十四标正欲开拔，文光豪突然收到妹妹一封信，是一个流浪汉送来的。文诗洁在信中尽量简单地写了自己的情况，只说她现在在荣县，一切安好。文光豪猜测妹妹是跟那个章海涛在一起，而此人肯定是革命党！他不愿一个女子以身涉险，即使两人情深似海，他也不会同意。但兄妹俩隔着一道长长的壕沟，他所在的新军跟同志军表面上誓不两立，也只能没奈何了！

林汉云等新军统领接到的命令，是让他们去收复失地。但军队开拔到指定的县城，才发现这事真不容易做到！表面上看来，似乎他们每到一处就旗开得胜，马到成功，轻而易举地打败了同志军，并把他们赶出城去，自己伤亡却不大。但没过几天，只要新军撤走，这些收复的郊县又被同志军夺回，双方成了拉锯战。若他们守城不出，则每晚都能听见城外的火炮声和号角声，还有起义部队的叫喊声，闹得鸡犬不宁，似乎同志军就要来攻城了！驻扎在城内的新军只好枕戈待旦，搞得疲惫不堪……

这还不算，不久新军里便躁动不安，官兵都在议论纷纷，并且广泛地流传着一种说法：我们新军本是保护国家疆土的，如今来打自己同胞，这算什么？即使叛党匪徒，也该巡防兵出马，轮不到我们正规军来跟老百姓拼生死！这种说法占了上风，新军便士气消沉，遇到同志军，不是放空枪，就是索性撤退，回来就胡乱报告一通。徐庆怀是外省人，又非军人，摸不清部队的底，刘刚蓝则睁一只眼闭一只眼。因此，说起来是出动正规军打败了同志军，其实完全是瞒上不瞒下，敷衍了事。

林汉云率部下约千人，轻轻松松就拿下新津，几乎是不费一枪一弹。因为他早就指示文光豪，派几个忠诚可靠之人把消息悄悄透露给占领这座县府的同志军。对方知道他们有硬火，也悄然撤走，留下一座空城。但林汉云却给刘刚蓝打报告说，新津久攻不下，还请补充一些军火。待这批武器运到后，他又派文光豪偷运出城，悄悄送到荣县，支援了同志军。文光豪也趁机给妹妹送去了一封报平安的信。此后林汉云就镇守新津，驻扎下来，隔几日便谎报一下军情，以虚假信息来蒙混过关。

21

　　金秋桂子香，芙蓉花开忙。据说这个品种本名拒霜，花开时节均在秋季，且不易凋零。花色有浅红、粉红和白色，花瓣如锦绣，灿烂绽放，高下相照，让人立于树下，顿时心旷神怡，感觉秋高气爽两相宜，给四川平原增添了一抹亮丽的色彩。

　　继川西的同志军起义后，川东地区的群众也纷起响应，占领了城口县城以及大足县城。包括西昌地区的彝族和川西北的藏族与羌族群众，也都加入同志军的行列，一同与清军作战。到9月下旬，同志军起义的烽火已燃遍了四川全省。鉴于成都一时难以攻下，同志军决定改变战略，除留下部分兵力继续围城外，其余同志军分兵进攻各府州县，把反清烈火引向全川。他们砍断电杆，阻截交通，扼守要道，与清军战斗不下数百次，多次重创清军，最终加速了全国革命高潮的到来。

　　而位于川东南的荣县，革命气势更是高涨。荣县历史悠久，古为黄帝之子青阳玄嚣的封国，晋末置县，唐初置州，宋代称荣德县，明代称荣县至今，建县历史已有1400余年。此地山清水秀、人杰地灵，陆游曾写诗盛赞："其民简朴士甚良，千里郁为诗书乡。"在这次保路运动中，荣县勇为人先，成立了以孙桥楼、董世勋、七爷为首的同志军。虽然攻打牛市口不成，回头便拥进县城，赶走了县政府的人员，把所收的钱粮捐税都提出来，充当军费，又扩充队伍，轰轰烈烈地闹起事来……

　　吴仪民就是在这样的形势下，化装成一个小商贩，从成都坐鸡公车，两天时间才赶到荣县，见到了传说中已经参加革命党，且性命可能不保的心上人文诗洁。

　　那是一个晴朗的傍晚，天边晚霞绚丽，一群从远处觅食归来的雀鸟欢乐地噪叫着，在道道霞光的映射里，亮闪闪地飞向这座临江的古老建筑，又叽叽喳喳地落在一棵枝叶茂密的大树上，继而又四散在檐下和楼顶，那里才是它们的家。

这是孙桥楼的宅院，在牛市口战役中受伤的章海涛和华润龙都在这里养伤。华润龙身体强壮，又伤在臂部，子弹擦过，只伤及皮肉，敷了一些药膏，很快就痊愈了。章海涛的伤却很重，被老鹰背回来后奄奄一息，又让文诗洁洒了不少眼泪。他伤在左肋，子弹嵌进了肉里，好不容易才取出来。因没打麻药，他疼痛难忍，浑身汗湿，把嘴里的毛巾都咬烂了，让前来治疗的郎中称他为"当代关羽"，堪与刮骨疗伤的关公相比。但他失血过多，幸亏孙家富裕，每日用参汤给他吊着气息，才渐渐恢复。

这日他精神挺好，情绪饱满，坐在这棵树下的一张躺椅上歇息。

文诗洁端来一碗鸡汤，坐在他身边笑道：这是华润龙的母亲赶来看他，特意带来的一只老母鸡，杀了炖汤，要慰劳你和华润龙这两个伤员，你快喝了它！

章海涛接过鸡汤，慢慢地喝着，晚霞映照着他那张略显消瘦的脸，脸色也略显苍白。这短短的十几天里，他却经历了一段漫长而艰辛的路程，并且克服和忍受了常人难以想象的巨大痛苦和磨难。虽然身体不如以前结实有力，伤痛、艰难却锤炼出他更加刚强和坚韧的毅力。他那顽强的拼搏精神，也让文诗洁十分感动。心上人受伤后，文诗洁悉心照顾他，体贴入微。她每日给他擦脸，喂饭，帮他换衣服，给他梳理发辫。尽管如此，她仍是心疼他，又悄悄流了不少眼泪。但这个年轻姑娘也在逼迫自己坚强起来，她爱上的这个青年男子心有猛虎，情系玫瑰，对革命始终怀着喷薄欲出的激情，宛如历经千摧万击的翠竹，傲然而挺拔！她也不能示弱，两人应该比翼齐飞……

海涛，你好些了吗？她情不自禁地说：你受伤时，可把我吓坏了！

我知道。章海涛把汤碗放在一边，笑着问她：你又流了不少眼泪吧？

怎么可能不流泪？你可是在流血呢！文诗洁不好意思地说：但是这几天，我才真正感到革命和战斗的意义，那不是诗意的空谈，而是要去拼命奋斗啊！

是啊，你也进步了，成长了！章海涛高兴地握着她的手，眼睛闪亮地望着她：我们只有去坚定地跟黑暗和丑恶作斗争，才能更加深刻地认识到光明和美好。如果你是一个诗人，那么诗人的责任也是要从心灵上去召唤这种光明与美好……

我明白了！文诗洁真诚而感动地说：是的，海涛，我要永远跟你在一起，去这样革命和战斗。我还要让自己变得坚强起来，少流泪，敢流血！

章海涛从她话里感觉到了出自内心的由衷，他也由此发出了兴奋和喜悦的微笑，感叹地说：是啊，我们这样怀着一个美好而崇高的目标，在一起真好！

文诗洁的眼睛里也闪耀着明亮的光彩，高兴地说：是啊，有了理想和目标，我对我们要一起走下去的道路，也就更加有信心和力量了！

她怀着骄傲和激动的心情，伏在恋人胸前，热烈地吻了他。章海涛却看了看四周，他为人踏实稳重，在热情地回吻她之前，不愿被人看到。不料此刻，吴仪民却走进了孙家大院，看到这对璧人正在脉脉含情地接吻，顿时，三个人都愣住了。

仪民，你怎么来了？文诗洁率先站起来，惊讶地问：路上可还安全？

吴仪民却目不转睛地盯着章海涛看，发现他比以前憔悴，也几乎明白了一切。

你们两个都参加了同志军，去跟清兵打过仗吧？他关切地问：你们还好吗？

我受了点伤，不重。谢谢你的关心。章海涛尽量支撑着身子，也关切地问吴仪民：你怎么出了城门？又怎么过来的？路上还太平吧？没遇到什么情况？

文诗洁搬来一张小木凳，让吴仪民坐下，他从容地说：我是两天前出城的，塞给守门的一点钱，他就放行了。我花钱雇了一辆鸡公车，他是当地人，道路挺熟。遇到路不通，他就绕着走。我们很少遇到巡防兵和新军，听说他们也不怎么拦行人。倒是同志军厉害，盘问得很严。说如有官府的人想混进来，他们抓住就要砍头！

章海涛笑道：听说新军也出城来打同志军了？他们更厉害吧？

放心，我当然赞成你们同志军。吴仪民笑道：别忘了，我父亲还关在总督府，生死不明！你们同志军就是为了去解救我父亲他们，我自然是感激不尽了！

章海涛又问了一些情况，知道新军并未把同志军打得落花流水，双方好像有默契，没再像牛市口那样正经交过锋，而是走马灯似的你来我往，仿佛在打游击战似的。尽管这样，也给全川百姓都带来了生活上的不便，因为很多道路都不通畅，柴米油盐和日常生活用品，都被新军或者同志军节节拦断。好在行人还能勉强通过……

难是难了点，但用不了多长时间，我们就会取得最后胜利！章海涛发出一个令人振奋的笑容，又说：我也相信过不了多久，我和诗洁就能回成都了。

吴仪民点点头，小心地问他：海涛，我能和诗洁单独谈谈吗？

章海涛诧异地皱起眉头，又挥挥手：请便，你们随时都可以啊！

文诗洁却不太乐意，但人家不惧艰险，远道而来，自己怎么也得接待一下吧？

她跟着吴仪民走到厢房一侧的廊下，就问他：你要跟我谈什么？

吴仪民真诚地看着她：你知道吗？那天你从报馆脱身，邵玉笙那个恶少就来查抄我们报社，还打伤了我。我也在家里躺了几天，这伤才慢慢好起来。

哦？是这样？文诗洁心想着，要不要把自己跟海涛这一行的事告诉他？寻思了一下，还是没有说，因为解释起来太麻烦，还牵涉到闺密邵雅兰……

不料吴仪民却说：你道我如何找到这里来？我听有传闻说，那恶崽内把你也抓到总督府去了，听说他要威逼你，你不从，便投井死了！我伤心了一阵，又听说你没死，不知怎么逃到荣县来了，于是我便化装混出城门，赶到这儿，想辨明真假……

原来如此！文诗洁不禁笑起来：现在你都看到了，可以放心了！

是啊，我都看到了。吴仪民有些丧气地说：我看到你在深情照拂海涛，很显然，你们两人之间产生了感情……我发现，我真是白来一趟了！

谢谢你的关心。文诗洁不觉有些歉意地说：是的，我跟海涛好了……

吴仪民突然激动起来，声音也提高了一些，带着质问的口气：诗洁，你知道我一直喜欢你……我想问问你，为啥不喜欢我，而去喜欢海涛？你到底喜欢他什么？

文诗洁回头看看恋人，他正悠闲惬意地坐在那棵树下，逗弄着树梢上的鸟雀，那副潇洒帅气的样子看着就惹人爱。章海涛与儒雅斯文的吴仪民截然不同，他的眼眸如深邃的大海，他的笑容如温暖的阳光，他的行动充满了力量和自信，在牛市口一役，竟以战神的形象出现！他的存在就像一把炙热的火，燃烧在每个热爱生活、追求梦想的女子心中。他那种罕见的具有生命力的少年感，无论何时何地，不管处于什么环境，其姿态永远都是昂扬向上，带给人一种世界很美好的感觉……

于是她决然地说：我喜欢他的一切！

你……吴仪民指着她，却发现自己说不下去了。有些话，着实让他无法开口。

文诗洁却聪慧地明白了他想说的一切，于是又道：如我过去有什么行为，让你产生了误解，那我表示歉意。总之，时至今日，我已不能离开海涛！说实话，即使过去我曾喜欢过你，那么今日我也要跟你分手，因为那不是真正的爱情……

听她把话说到这个地步，吴仪民只好叹息着说：诗洁，回想起刚认识你的时候，真是美好！与你在一起的那些日子，让我成为全天下最幸福的人……可没想到，命运偏偏喜欢捉弄人，当我发现你的笑容不再为我而绽放，我就想改变我们的命运。我今天找到这里来，也是想再尽最后的努力，但没想到，我们都被命运改变了！

文诗洁听了很感动，但她仍然坚定地说：是的，我爱上了海涛，这既是上天的安排，也是我和他命中注定的事。现在，谁也不能把我们分开了！

吴仪民脸上倏忽闪过一丝沮丧的神色，但他随即又平静了，说既如此，我就该回成都了。文诗洁让他吃过饭再走，说孙家很好客，知道有客人来，还会加几个菜。吴仪民却一刻也不想停留。文诗洁只好托他带一封平安信给凤凰营的哥哥。吴仪民知道这事很难，但还是答应了。回成都后，很快就想法把这信捎给了文光豪。

几天后，海涛伤势好转，可以由文诗洁扶着在院子里慢慢走动了。又一个金黄明朗的傍晚，偏斜的阳光仍旧暖烘烘的，时而拂过的轻风却带来清爽的凉意，让人确切感受到秋天的降临。孙家宅院又迎来一位客人，竟是章海涛的上级庞逢书！

庞老板！章海涛看见风尘仆仆的领导人，激动万分，却精明地这么称呼。

庞逢书是徒步走来，显然又饿又累。但他看到自己一直想念的人，眼睛里也闪着慈祥亲切的目光。他抢前一步，扶住有些站立不稳的章海涛，激动地笑道：哈哈！你果然没死！你还活着！真让人高兴啊！我就想着，你不会轻易死的！

文诗洁在旁边看着，觉得这个中年人挺不凡。他四十上下，身材中等，皮肤黝黑，穿一件蓝布长衫，似乎跟周围的农民没有区别。但细看之下，只见他脸颊消瘦，颧骨高耸，嘴型宽阔，两道浓眉很黑，最引人注意的是那对眼睛，锐利明澈，似乎能透视一切。他还有一双骨骼粗大的手，看上去就很有力量，似乎能扭转乾坤！

章海涛忙给她介绍：诗洁，这是我们同盟会的领导，大通药店老板庞逢书。

庞逢书看见这位如花似玉的年轻姑娘，也猜到她是谁了，因章海涛曾向自己汇报过，说有位名叫文诗洁的女子要加入同盟会。这个组织不太看重形势，不管谁说一声加入，就算加入了。但现在见她和章海涛的光景模样，两人的关系却不一般。文诗洁连忙请庞逢书在院子里坐下，自己去找华润龙，想让他在晚饭时加一道菜。

章海涛紧紧握住庞逢书那双温暖坚实的大手，高兴得一时说不出话来。两人相识的过程又在心里闪过，让他感到热乎乎的。如不是这个人无意中闯进了自己的生活，把他带到一处光明地带，他的人生或许会跟父兄一样——背负着因袭命运的重担，在一次次徒然的挣扎中反抗、痛苦、失败、逃亡……或者被长期深重的苦难折磨得麻木，折断了自己欲飞向光明的翅膀，或者在无数先辈的血流中也汇进自己的鲜血，却不知这一腔热血该往何处洒。而他们相识的那天晚上，一次学校偶然举办的读书会，却像暗夜里升起了一颗明亮的星辰，无边无际的凄风苦雨中，突然响起了一声惊雷，这个中年人来到一群年轻的学生中，给他们讲了很多新鲜的革命道理：

……国有敌弱，必当自强，少年强，则民强，此乃安邦定国之根本。

……如国人都这般自强，那我中华必将振兴，民族必有希望！

……是谁创造了这个人类世界？是我们劳动群众，一切归劳动者所有！

……劳动者必须团结起来，团结是我们最有力的武器，打倒剥削阶级！

……新政权只有在推翻旧制度的基础上才能诞生，因此要让清廷彻底消亡！

这个人是谁？说得好痛快啊！章海涛心里好似被点起了一团火！他再也忍不住了，读书会结束后，他又跟这位先生聊了很久，直到他的心被彻底点燃……

现在他当然清楚，庞逢书特地找到这里来，肯定是为了革命目的，于是趁院里无人，两人就悄悄密谈起来。原来庞逢书听说了同志军的情况，也隐约听说章海涛已逃出虎口，便猜到他可能会逃往荣县，因为他有几个好同学，也是同盟会成员，华润龙、陈少星都跟此地有关。而在四川的各州县中，目前荣县的群众基础较好。既然同志军已经闹得风生水起，一系列大规模的武装起义已经把清政府搞得焦头烂额，不妨在荣县这个火药桶里再来点燃一根引线，把清政府炸得粉身碎骨才好……

为此，两人商量妥当，准备在晚饭桌上也联手爆出一个天大的火花！

华润龙早就经章海涛介绍参加了同盟会，当然也认识庞逢书，见他找到自己家来，也是喜出望外，便热情地向外公大力推荐此人，说这个朋友可以结交。孙桥楼听说是外孙和章海涛的好友，更是高兴，立刻让厨房加菜，又亲自陪客。牛市口一役，他虽没参加，却听外孙讲述了章海涛的英勇。过后他也亲眼看到了这个年轻人的意志力。他也在思索，是谁给了他这样的大智大勇？他和外孙是否已经参加了革命党？其实同盟会在四川虽然发展得不够好，但无人知晓的是，孙桥楼早已秘密参加了这个组织。只因同盟会成员大都居无定所，甚至来无影去无踪，有时他也得不到组织的任何消息。如今一个看上去就很睿智精明的中年人来到，他是否也是同道中人呢？

饭菜很丰盛，主宾都在热情交谈。章海涛和华润龙因伤不能喝酒，孙桥楼却一气喝下好几杯四川名酒五粮液，然后借着酒力，脸色红通通地问客人怎么看待当前的保路运动和同志军起义。这也算是他的投石问路吧，他想摸清来人的底细。

庞逢书已从章海涛嘴里了解到孙桥楼的为人，知道他是荣县一言九鼎的大人物，而且比较可靠，也想跟此人分析形势，把自己的想法灌输给他，于是正色道：

国人对这次的保路风潮，从一开始就有不同的看法。明确说吧，革命党人同盟会，与立宪派的见解便有不同。革命党人早已认定，出卖川汉铁路权，勾结四国银行团，虽然由盛宣怀出头，但他不过是清政府的走狗，一个奴才而已！如今的形势，光反对奴才走狗有何用？若不把整个清政府都推翻，即使能把盛宣怀之流赶下政治舞台，清政府还会派出第二个、第三个盛宣怀！而只要这样的人继续被任用，这叛国的行径就会没完，川汉铁路还有其他铁路的路权都会保不住！甚至我们整个国家，我们的大好河山，都会被那个腐朽的政府出卖完！国将不国，民将不民……

说得太好了！孙桥楼愤怒地把酒杯摔到地上，吼道：这些卖国贼！

而那些立宪派，却没看清这一点，也不敢得罪朝中权贵。庞逢书继续分析道：他们只愿采取温和的手段，一心想着君主立宪，总以为立了宪，中国的政治就有法可依，朝廷亲贵就不敢胡作非为。所以这次争路，以吴万乾、容士轩为首的保路同志会首领，一直不敢采取太强硬的措施，因而闹了几个月都没结果。若不是邵烈风开红山，还抓捕了他们，用枪声警醒了民众，可以预言，这次保路运动坚持不了多久。因为哪怕是最终改良了清政府，只要不推翻它，那也是温和的改良，不会长久的！

是啊！孙桥楼也频频点头：听说罢市罢业，都是革命党人同盟会在背后支持？

章海涛坐不住了，也站起来说：革命党人看穿了立宪派的弱点，因此在保路运动中采用了孙文先生提出的办法，一面加强各地同志会，一面联络所有力量，利用这次发生的成都血案，把同志会改成了同志军，光明正大地扯起了革命旗帜！

是啊，成立同志军就是为了排满革命，我们学生军也一样。华润龙也激动地说：外公你听听，革命是一个多么伟大的事啊！谁不想参加？谁不想革命？

哼，我看你们俩啊，到这里来找我，就是为了革命！孙桥楼板着脸，指指外孙和章海涛：可是，你们怎么不直截了当跟我说呢？难道我还会反对吗？反清复明，不一直是我们哥老会的宗旨吗？说起来，我们比你们还早就闹革命了！

庞逢书惊喜地看着他：是啊，我们都是革命党。可是革命党的宗旨却不仅是反清复明，而是要推翻旧制度，让清政府彻底灭亡，然后再建立一个新政权！

这件事我愿意干啊！孙桥楼也激动地站起来：既然你们承认了自己是革命党，那我也向你们承认，我早就参加了同盟会，我也是革命党，我们是一家人啊！

众人听说此言，都很兴奋，文诗洁也高兴地站起来，给众人倒酒，说：好啊，既然我们都是革命党，那就一起喝了这杯酒，再一起来商量革命大事！

互相摸底到此结束，他们喝了酒，便开始商谈要事。庞逢书又分析形势说：

目前四川大半州县都被同志军攻占，成都四面楚歌，清军处处失利。但我们要清醒地看到，攻打成都肯定很困难，目前只是对抗邵烈风手下的兵营，同志军已经败了下风，如新军十七镇倾巢出动，参与围剿，我们更无胜算。同时，朝廷又命端方率部入川镇压，估计用不了十天半月，就会抵达成都，那时我们又该怎么办？

华润龙激动地握紧拳头：那只有跟他们拼了！我愿当军中马前卒……

章海涛却冷静得多，忙说：我们可以去争取新军反正，参加到我们这一边。听说十七镇有个秦继安就反了！我们如与新军加强联络，携手并肩，他们有武器，我们有人，两方面携同，一起闹革命，那么杀进成都去，成立新政府，也不是不可能！

原来就在昨天，文诗洁收到了哥哥的来信，荣县同志军也收到了新军送来的武器。文诗洁和章海涛一起看了这封来信，虽然文光豪在信中力劝妹妹尽快回成都，但字里行间仍然可以看出，这位兄长与林汉云都同情革命，至少是反对邵烈风的！

孙桥楼听他们说了此事，也很兴奋，不禁笑道：好啊！如能争取新军反正，我们就取成都，杀邵烈风，成立新政府，再把孙文先生迎到四川来，革命就成功了！

庞逢书严肃地说：革命没有那么简单，但形势确实对我们很有利，因为全国的革命党人都在加紧活动，革命已经一触即发。依我看，既然孙桥楼先生早就是同盟会成员，同盟会也在这里从事过联络工作，现又组织了几千人的同志军，有这个革命基础，你们荣县不妨第一个宣布独立，成立新政权，不再受清政府控制，行不？

孙桥楼激动地站起来，抖着胡须说：有何不可？孙某荣幸，能在全川第一个成立革命政权，使我们荣县成为川东南反清武装斗争的中心……我这就去找人商量！

庞逢书等人走到庭院里，只见这位老同盟会员挑着灯笼出府，在闪闪红光的映照中，都是感慨万端。初秋的夜清爽宜人，抬头看，天空是那么高远，就像用水洗过似的洁净、透明。一弯新月分外清朗，点点繁星密布太空。府中的花草散发着醉人的清香，四周如深潭一般明澈幽静，远处那重重叠叠的山峰，却笼罩在一层神秘的白色雾气里。侧耳细听，只有不远处的河水潺潺流淌，在万籁俱寂中隐约出声……

章海涛深深地吸了一口清新的空气，想象着明天的盛况——那将是怎样一个惊天动地、轰轰烈烈、响彻四方的情景？是否会如春雷撼动大地？

9月25日，同盟会员孙桥楼在庞逢书、章海涛和外孙华润龙的支持下，携手董世勋、七爷等哥老会成员与团防，在荣县衙门外的小广场召集开会，宣告荣县独立。

老人家今日打扮得特别庄重，虽然也是长袍马褂，但他脑后那根花白的辫子已经剪去，剩下齐耳的短发。看上去红光满面，分外激动，甚至两眼闪动着泪花！是啊，作为一个汉人，在清王朝几百年的残酷统治下，受尽了各种侮辱，包括来自父母的发须，也不得不剃去来保命！当时流行的说法是"留发不留头，留头不留发"，仅此一项，便让几千年的汉文化蒙羞！如今沧海变桑田，他终于可以扬眉吐气了！

我宣布：从今天开始，我们荣县独立！不再受清王朝统治了！

孙桥楼这么说时，不禁潸然泪下。同时意识到，这是一个开天辟地的时刻。

刹那间，广场上的民众感同身受，他们热烈欢呼，声震屋宇，好似地动山摇！接着，到处都响起了阵阵鞭炮声，欢呼声也不绝于耳。广场上的人们欢欣鼓舞，纷纷拿出早已准备好的剪刀，剪掉自己的辫子，兴高采烈地扬起了光洁的脖颈。几百年来，终于再也不受那根辫子的束缚，他们这才感到前所未有的轻松和畅快！

也有人不相信此事，特地来小广场窥视，发现属实后，也是喜出望外，于是加入七嘴八舌的议论中，在气氛热烈的小广场上大声武气、毫无顾忌地谈笑着，把自己憋了一辈子、平时根本不敢说的话，全都各抒己见、嗡嗡成雷地放出来：

哎呀，不可思议，这果然是真的！我们当真反清复明了呀？

不是反清复明，是革命成功！有人便用豪言壮语来纠正他们。

即便胆小谨慎的人，也摇头叹息：真是改朝换代了啊，不敢想象！

章海涛和两个同学也剪掉了辫子，于是脑袋上的前半截仍是光秃秃，后半截却披着黑油油的散发，看上去不伦不类，又傻乎乎的，他们仨也只管傻呵呵地乐着……

瞧你们那傻样儿！文诗洁指着他们，不断捂着嘴笑。

这可是反清复明的标志！华润龙正色道。

是啊！陈少星俏皮地说：你们女人的标志，就是不用缠小脚了呗！

章海涛长舒一口气，郑重地说：这些封建社会的标志，终于被我们扔掉了！

当天的荣县，成了一个欢乐的海洋，人们张灯结彩，喜气洋洋，奔走相告，热泪盈眶！这是几百年封建王朝的崩溃，是他们想了多少年的幸事啊！尽管也有人觉得猝不及防，为了新政权叫什么名号、打什么旗帜而争论不休，甚至成为当天话题的焦点，但最为鼓舞人心的却是，他们都知道从此以后，真正就是改朝换代了！

荣县独立是辛亥革命时期，革命党人最先建立的资产阶级新政权，一政新令，震惊全国。"荣县首义，实先天下。"把全川的革命形势推向高潮，有力地推动了辛亥革命的爆发，在中国近代史上书写了光辉灿烂的一页！

22

自1908年清廷的新贵上台以来，有诸多的倒行逆施，影响最大的就是收权。一是把地方权力收归中央，二是把汉人权力收归满人。而所谓的铁路国有政策，就是这收权政策牵动面最大的一个行动。其中又对四川最不客气，不仅不归还川人自筹的路款，还扬言要清查股款，企图把铁路公司的现金全部提走。川人不服，便在中国的腹地也即大后方，掀起了轰轰烈烈的保路运动，希望阻止清王朝的这一缺德行为。但清廷却调动湖北的新军赶到四川，欲去镇压民众，于是酿成了更大的祸端。从这个意义上来讲，四川的保路运动跟辛亥年的武昌起义确实有关联——湖北新军被调入川，造成了武昌空虚，给武昌革命党人发动起义，提供了一个绝好的机会。

也正因为如此，从武昌入川的清王朝铁路大臣端方，算是最倒霉的牺牲者。

端方在清朝末年，绝对属于满人中出类拔萃的佼佼者。他思想新潮，精明能干，是旗人三才子之一，也深受老佛爷慈禧太后的赏识，出任过清朝最重要的两个封疆大吏：两江总督和直隶总督。他还积极支持变法和立宪，在地方任上也大力改革，对革命党则比较温和，若抓到革命党人，一般不砍头，只是驱除了事。若不是慈禧死后，他被弹劾丢官，作为罕见的满人能臣，必将在后来的政局中起到重要作用。

在清王朝倒计时的这几个月里，端方偏巧被重新起用，受命督办川汉铁路和粤汉铁路，替这个末世王朝去办一件最难办也最不该办的差。据说他接管此事，还花了不少银子来买官，谁知接任不久，便赶上了四川的保路运动。职责所在，他无法置身事外，只好从湖广总督那里讨了一支新军，带着全新的日式武器入川弹压。

但那时交通不便，再加蜀道难，入川可不是一件容易的事。他先是坐蜀通轮船到了重庆，在朝天门码头打出"钦差查办大臣端"的旗号，闹得欢迎队伍空前绝后的庞大，鼓乐齐鸣震天动地，他却只带着贴心的五弟端锦和亲兵卫队上岸，在一处装修奢华的会馆住下，跟接待要员们打听情况。知道四川的争路风潮正如火如荼，便颇费思量。端方确实精明过人，他接手这个差使，不过是想搭一座桥梁，好恢复到三年前的官阶——总督部堂。不料天公捉弄人，四川偏偏出了事，那邵烈风又是个蠢货，竟把事情闹到如此地步！他也想过挤走此人，顺水推舟地接任四川总督，但又怕那是个烫手的山芋，反而把自己套进去。

聪明人就难免瞻前顾后，患得患失，端方之所以绕道重庆，也因这里有几个他以前的心腹，要预先安排好以作后卫。他跟五弟商量了几天，才又登上兵轮，磨磨蹭蹭地出发了。在路上一打听，大事不好！成都竟然发生了血案！同志会几大首领被捕！引起四川民众盛怒！成立了同志军攻打成都……

一系列的坏消息传来，让端方打起了退堂鼓，甚至想过要打道回府，退至武昌。但君命却不容，一连串的电报申斥，严词阻止他回鄂，反令他速速赶去解成都之围，会同邵烈风剿平川乱。如此层层逼迫，他已无退路，偏偏他乘坐的蜀通轮船又在忠州地面搁了浅，加之秋汛尚大，三峡水流湍急，木船行水很危险，他只好弃舟登岸，取道施南、利川地界，从陆路入川。

这样也好，狡狯的端方认识到，如今那个四川王已经不是一个肥缺，而是一个泥潭，最好不要陷进去，只怕会身败名裂。

队伍行到资州，端方又作停留，这次索性把几个绅商弄来细细盘问，务必要把四川事件问个详细才好。凭他十几年的做官经验，到底摸清了一点端倪……

当晚歇息前，他对五弟说：所谓民不畏死，全中国能有多少？我才不相信四川的民匪都是革命党,或许是邵烈风故意做的文章,以掩盖自己的丑行,也未可知。若我们去了,认真剿办,哪有不能平息之理?何况三国时,蜀中就是诸葛亮在治理,民众到今都在怀念他。我们何不学他的样,制定一个更好的治蜀方略呢?

五弟却笑着劝他说:既如此,我们就在这资州驻下,多看看又何妨?既然川督邵烈风已经大开杀戒,四川如今遍地烽火了,我们为何上赶着去蹚这浑水?

端方怔了怔,觉得五弟竟比自己还聪明了!是啊,在不断恶化的局势面前,他赶去成都还有用吗?就算他去了之后做出善意的姿态,表示对保路运动的理解,或者释放那些被捕的股东,并且弹劾那个蠢人邵烈风,还能管用吗?他看看会馆里的陈设,到处都布置得金碧辉煌,建筑高大结实,门窗雕刻精细,庭院里花草茂盛,除了名贵的树木,还养着一大缸金鱼,在清澈的水里游来游去,多么惬意自在!作为钦差大臣,就在这里住上十天半个月,也无人敢置喙,那又何乐而不为呢?

端方于是找些托词,便在资州裹足不前,却不料历史又在这里拐弯了!

荣县宣布独立后,还有很多事情要做,包括张贴有关布告,维持社会治安,研究军务会办,奖励出力乡绅,避免邀功生事,任免大小官员,拘拿地方宵小……

孙桥楼和董世勋等人,再加上他们的晚辈华润龙和陈少星都忙得不亦乐乎。七爷却不喜欢料理这些,见大事已成,便带老鹰回了夹河沟,仍旧淘金去了。庞逢书也不准章海涛参与这些杂务,让他好好养伤,说另有重要任务会交给他。

又过了几天,庞逢书见章海涛恢复得差不多了,再加上事情紧急,这天晚饭后,他便把章海涛独自约到孙家后花园的水阁里,要给他交代一个特别任务。

夜色渐渐降临了,水阁建在一个池塘里,阁下水波涟涟,一弯清澈的月儿辉映在池水上,显得格外温柔明亮。秋日的天空就宛如这片澄澈的水面，和平而宁静。庞逢书对月凝思，心潮起伏，想起了很多流传千古的诗词名句，却都觉得跟他眼前的心境不大符合……是啊！他将派心爱的学生去从事一个危险的任务，事实上，虽然荣县已宣布独立，全川形势大好，但清廷仍然负隅顽抗，革命党人也随时面临大敌！

章海涛见他一直不语，沉吟一阵，便忍不住问：庞先生，到底要我去做什么事？

庞逢书看了看他，只见他换了一身青布小褂，打扮得像府里的一个小厮，但却精神十足，两眼在月光下炯炯有神，不禁微笑了，问：海涛，你的伤全都好了？

没事儿了！章海涛用力拍拍自己的左肩，满不在乎地笑道：瞧，完全好了！

庞逢书点点头：好，我就喜欢你这股劲头。海涛，现在有件重要而冒险的事，我知道你有胆量，勇敢不怕死，才想交给你去做。是想派你去一趟资州……

资州？章海涛有点不明白：是我们革命党的事儿吗？

过去几年时间，他们在成都，在大通药店，曾有无数个这样明朗的夜晚，他们也曾无数次讨论过怎么爱国和如何救民等抽象问题；让章海涛有机会用新的尺度来衡量周围的客观环境，也得到一种新方法、新认识，来重新思考自己在这环境中的位置，追寻一条救国救民的真理大道。他也随时准备着去完成组织交给的任务。

因此庞逢书听了他的问话，便会心地笑起来：当然，你不知道铁路大臣端方就在那儿吗？他奉命入川来督办收回路权之事，包括配合邵烈风剿平同志会。但他是个狡猾的老狐狸！得知四川同志军起义后，便犹豫不前，驻足在资中等待时机。他不知道的是，在湖北、湖南、江苏的军队中，也有许多军官是我们同盟会的积极分子。所以我有一种预感，在长江中下游地区，一场更大的革命风暴就将到来！

太好了！章海涛挥舞着拳头，迫不及待地问：那么我去资州的任务呢？

想让你带一封信,一封很重要的信,去资州交给端方下属的新军。庞逢书拿出一封牛皮纸信封的信,月光下看去,已经封得很牢。他又说:端方不知其下属已是军心动摇,都想返回老家,而不愿去成都接任,更不愿替清政府卖命,镇压民众……

章海涛机灵地接嘴:明白了,让我送去这封信,是想策动他们起义?

可能不用你策动,军中的革命党人已经在策动此事。庞逢书又笑道:这信里有湖北新军中的革命党人带给端方下属的信息,还有与我省革命党人接头的联络方式。信中也通报了湖北武昌的革命形势,盼望入川的这支新军尽快反正。但所有联系人的名字不在这信封上,因此信封上是空白的。若遇到紧急情况,你必须销毁它!

没问题,我会相机处理。章海涛坚定地说:请庞先生放心,我保证把这封信送到我们革命党的同志手里……那么联系人的名字呢?是否要告诉我?

庞逢书细心地看看四周,悄声对他吐露了几个名字,章海涛都用心地一一记牢……

庞逢书又说:你跟这几个人接头后,若情况不妙,或时机不对,无法反正起义,就让他们阻挡端方来川,劝说这支鄂军队伍返回湖北,以防更大的伤亡发生。

好。章海涛想了想,又说:庞先生,这事别告诉文小姐,我想单独去完成。

恰好相反,你要带上她。庞逢书掏出几十个大洋交给他:如今路上很乱,同志军在抓官府的人,官府也在抓同志军。你一个小伙子单身上路,容易引起怀疑,在路上出事就不好了!你带上文小姐,两人假装是回娘家的一对夫妻,更方便掩护。

章海涛的脸红了,想了想才说:好,我去告诉她,我们收拾行装,明早出发。

庞逢书望着他在月光下离去,满意地点点头。对这个年轻人,他是一百个放心。

夜深沉了，孙家的一间客房里分外宁静。当月光洒进这屋里，章海涛和文诗洁已经忙碌起来。文诗洁听说心上人要带自己去完成一个重要任务，立刻心情激动，全身发热，似乎革命的火焰已在她心里燃烧。虽然天亮才走，她却再也睡不着了，一直在思考，这封重要的信应该如何隐藏，才不会被路上的关卡发现？最后决定，由心灵手巧的文小姐把它缝在自己的内裤里。过关卡时，总不至于搜女人的身吧？

次日恰好是个大晴天，天边早就出现了五彩云霞，簇拥着一轮鲜红的太阳，犹如万道金箭般射出，把大地照射得金光灿烂。地里的庄稼快要收割了，有几个等不及的农夫已经扬起镰刀，在金黄色的稻田里挥舞着。曲折的道路两旁，是一片青郁葱绿的果树和竹林，掩盖着散落的几处民居，构成了川西平原上最美的田野景色。

章海涛和文诗洁打扮成一对回门的小夫妻，文诗洁穿一件红丝线镶边的长褛，下面是一条松绿色长裙，坐在鸡公车上，露出一双穿着绣花鞋的脚。她身边的包袱里，还有一套农妇的衣裳，便于她时时换装。章海涛因剪了辫子，不得不掩盖，便戴了一顶镶玉石的青灰色瓜皮帽，下面拖着一条假辫子。上身穿一件灰色长衫，下着青布长裤，黑色布鞋，另一套短打衣裤也放在包袱里。华润龙跟他身量差不多，及时提供了这些行头，而且十分羡慕他又有新任务。但是章海涛并没跟他们说那么详细，只让他们好好照顾庞逢书。陈少星也叽叽咕咕表示不满，却被庞先生微笑着安抚……

海涛，你伤还没全好，走那么远的路，行吗？文诗洁在鸡公车上不安地回头问：要不，你再找一辆鸡公车，也坐着车去，咱不怕多走两天嘛！

章海涛看看她，这才发现她把两条长辫梳成了发髻，高高地在脑后耸起，耳环在鬓边闪闪烁烁，真像个俏丽的小媳妇！不禁抿唇笑道：你没看这稻子就要成熟收割了，农民都在地里忙，哪有工夫来推这鸡公车？眼下的短工，肯定不好找啊！

是了！推车的农民说：稻谷再过几天就必须收割，如下雨，就会烂在地里！

章海涛点点头，想来是最近成立同志军，农民们都忙着起义打仗，顾不上收割庄稼了。又一想，不对，就算这世道不太平，田里的活路总是要干，否则一年的收成就完了！相信孙桥楼和董世勋等大户人家的首领也会去抓这个营生。

文诗洁脸上抹了点胭脂，被太阳晒得红通通，她只好撑起一把大蒲扇，遮住火红的艳阳。这一路走了几十里，才把太阳给走下西山。他们并未遇到关卡路障，但一条大河却把他们拦住了。这时推鸡公车的农民说，他不能再往前走了，也要回家去割稻子。这鸡公车推起来虽有点累，但是很接地气，便于掩护身份。章海涛便用两块大洋买下这鸡公车，打算自己来推，让那农民离去。

四川的道路确实不好走，除了山路崎岖不平，还有太多的河川溪流，几乎每过一个县城，都有一条大河挡道。而逢水架桥在那个年代又是难以想象的事，甚至都跟功德有关了！眼下他们面临的这条河相当宽阔，浩浩荡荡的水流挟着泥沙往下游淌去，浑浊而湍急，没有渡船不可能过河。即使有渡船，只怕渡河也挺危险。

章海涛又四处打量，总算找到一个像是码头的地方，便推着鸡公车走过去。文诗洁仍旧坐在车上，不脱娇小姐本色，并没看出任何困难，还是高高兴兴的模样。章海涛见她左顾右盼，神态悠闲，似乎怎么着都好玩似的，感到挺好笑。但他喜欢看见恋人那红润的脸上一直挂着美丽的笑容，虽然自己推车有些累，仍然很开心。

这个码头上长着几棵大树，浓荫密布，非常凉爽。旁边有两间破草屋，原来是一个幺店子，专为摆渡人和过客而设，卖些杂货小吃，做点小生意。章海涛停下车来，见这草屋很荒凉，似乎没人住，他不甘心地在那扇破门前喊了很久，才有一个大爷出来说，最近不做生意了，也没渡船过河。因同志军起义，为阻止新军过河，已经把渡船给烧了！章海涛又问他，有没有桥梁可以通过？这才打听到还要走好几里，才能过一个便桥，那是木板在铁索上铺成的索桥，因年深日久，木板已快朽烂……

你这鸡公车肯定上不了桥。大爷打量着鸡公车，又说：可能会辗烂木板，把人也掉下去，那就太危险了！

三国时期，正因蜀道难行，军粮运输困难，诸葛亮才发明了木牛流马，据说那木牛便是流传至今的鸡公车了！章海涛看看才买下的鸡公车，觉得挺可惜，但又没办法，看来过河后只有步行了。他想了想，为了节约经费，决定把这鸡公车抵给那位大爷，换来在这破草屋里住上一夜，如有可能给他们做点饭菜吃，那就更好了。

大爷看看半新的鸡公车，觉得挺合算，便答应了，转身去屋里弄吃的。

章海涛让文大小姐下了车，然后遗憾地对她说：没有这鸡公车，你也回荣县吧，我无法带着你往前走了。这儿离资州还有200多里地，要走好几天呢！

文诗洁迎着快要落山的斜阳和哗哗流淌的河水，意气昂扬地说：不行，我不能让你独自去，我要跟你在一起，有我在，好掩护你。去荣县时，我也挺能走嘛！

章海涛看着她红红的脸蛋，不禁笑了：好吧，可是明天上路，你不能再娇气哦！

放心吧！文诗洁快活地说：我不会连累你的！

大爷端出两碗黑乎乎的红薯粉，文诗洁怕章海涛说自己挑剔，接过碗就大口吃起来。章海涛看看有些肮脏的破了角的饭碗，又看着她一溜吃下去的痛快劲，脸上掠过一丝笑意。粉里放了盐和干辣椒面，撒了葱花，吃起来热乎乎的，味道还不错。

当晚一派清光，月明星稀，旷野间拂来阵阵凉风，竹林树梢都微微摆动。没有哇声鸟啼，也没有鸡鸣狗叫，秋日的夜间很是岑寂。他们歇息在一间破草屋里，从稀漏的屋顶看出去，还能看见天上的几颗繁星。两人并排躺在地上铺着的稻草秆上，闻着那新鲜又芬芳的香草味，觉得又浪漫又刺激，很快便酣然睡去。

次日大爷过意不去，执意要用鸡公车把他们送到索桥那里。待他们晃悠悠地过了索桥，天突然下起雨来。看看附近，别说是路卡了，连个躲雨的地方都没有。在平原旷野上遇雨，真是一件令人不快的事，几乎是刹那间，天上便布满了铁灰色的阴云，而且严丝合缝，看不到一点天光，那天阴得就跟黑夜一般。幸亏他们知道今天要赶路，都换了一身短打，但仍然淋得湿透，文诗洁的绣花鞋上也沾满了泥……

怎么样？还能坚持吗？章海涛把她搂在怀里，发现她冷得直哆嗦。

还行吧？文诗洁头发上的髻浸满了雨水，又一滴一滴往她脖颈里灌。她懊丧地说：都怪我，怎么忘了带一把雨伞？秋雨绵绵，下起来没个完，这可怎么好？

章海涛的脸上发上也全都湿了，他抹了一把脸上的水珠，又搭眼看看，放眼望去，平原上泥水这里一片，那里一洼，却没个干净路面，那天也阴沉得快要坠到地面了！

不行，我们一定要找个地方躲雨！他坚决地说：否则你会淋病的！

他们又走了很长一段路，两人都完全淋成了落汤鸡。章海涛担心地发现，文诗洁快要支持不住了，因为在雨中赶路是最糟糕的事，汗水混着雨水一起往下淌，把人的精力都耗尽了！突然间，他想到那封重要的信是缝在文诗洁的内裤里，会不会也打湿了？那才更糟糕呢！

章海涛焦急地四处张望，终于看到水光闪闪的地面上冒起了一个小黑影，那是不是一间民居或者一个草屋？他几乎是拖着文诗洁连忙赶过去，走近了一看，是一座荒废了的破庙，而且出乎意料地小，连庭院都没有。但从敞开的大门望进去，里面却是有屋顶的一间厅堂，地面也很干燥，看来躲雨不成问题了……

诗洁，我们快进去躲雨。章海涛大喜地说：要不，你真会淋病了！

但是文诗洁只"吭"了一声，就几乎昏倒在他怀里了。章海涛低头一看，她满脸通红，再用手一摸，她额头发烫，糟糕！还真是淋病了！章海涛忙把她抱进庙里，发现到处布满灰尘，墙上挂着蜘蛛网，地面肮脏不堪，不知有多久没人来过了。他四处搜寻，终于找到一些还算干燥的稻草，连忙拖过来铺在地上，让文诗洁躺在上面，这才想到她衣服都湿透了，可是周围没有任何东西能点火取暖烤衣服，若把这些稻草拿来烧了，只怕几分钟就烧光，也不顶什么事，而恋人就只能躺在脏兮兮的地面上。他急忙打开包袱，发现里面的衣服也湿透了！章海涛不料自己竟陷入绝境……

他无望地想了想，再观察文诗洁，她已经开始发烧，说胡话，一张俏脸烧得通红，却又瑟瑟发抖，一副怕冷的样子。章海涛来不及细想，只好轻轻帮她脱下身上的湿衣服，他的视线滑过那青春的胴体，雪白的肌肤，纤细的腰身，高耸的乳峰，还有两颗鲜红绽放的蓓蕾……

一个男孩子不应该看到的女性风景，他现在都看到了！

章海涛懊恼地抿抿唇，又细心查看那封信，还好，虽有点润，但并未打湿。躺在稻草上的文诗洁呻吟着，两只手在昏迷中捂住了胸部，似乎在防守最后的底线。但章海涛知道，他现在别无选择，若不这样做，也许会导致更进一步的灾难。

章海涛紧张得手直发抖，他努力镇定下来，也尽快解开自己的衣扣，脱下全湿的衣服，然后把心爱的女子紧紧抱在怀里，用自己的体温去捂热她，温暖她。他又帮文诗洁散开了头发，后者却虚弱颤抖地把脸贴在他胸部，摩挲着他强壮的肌肤，似乎在倾听他那有力的心跳。然后又伸手揽住他的肩，雨点般的亲吻不停地落在他脸上。喜悦的快感像浪潮般席卷着他，青春的火焰在燃烧，男子汉的渴望也焚烧着他……

此前他们曾有过完美的接吻，但没有过这性感的接触。女方只是觉得在男方的怀里很快乐，男方也觉得这份爱很干净很纯洁。章海涛一直想，等革命成功，洞房花烛，他再尽情地宣泄这份爱。不料在这与世隔绝的地方，在无处躲藏的茫茫雨天里，他们好似命中注定地在一起了！章海涛心中充满懊恼与痛苦，同时又兴奋得发抖，欲望和恐惧交织，引起他心跳加速，他觉得自己遇到了一件十分难办的事……

他终于放开她，想起身离开。这时文诗洁醒了，声音嘶哑地说：别走！求你！

他回过头来，看见了披散的长发中那张美丽的脸，还有那双如黑漆般的眼睛——里面盛满了盈盈的爱，一种强烈的爱。他们从未这么近地凝视过对方，于是清晰地看到了这种难能可贵的爱！喜悦与宽慰之情在章海涛心中交集，如同爆竹一般炸开！两人的心都在急剧地跳动着，他们的手、唇和身体都在诉说着如干柴烈火般炽热的要求，旋转着进入了一个欢愉的世界……

这一天正是10月10日，武昌起义的日子。风雨在黎明前就停止了，章海涛也很早就醒来，盯着布满蜘蛛网的天花板，寻思着昨夜发生的事，甚至有些懊丧——他怎能在完成一个重要任务时，去做这件不该做的事？但若文诗洁真是冻坏了，生病了，两人都被耽搁在这里，他们又怎么去完成那个重要的任务？

你在想什么？文诗洁也醒来了，声音虚弱地问：你后悔发生了昨晚的事？

章海涛低头看她，把自己的手伸到她那如丝如云的黑发中：我只是后悔在这里匆忙地做了这件事。我们本该等革命成功后，正大光明地举办一个完美的婚礼。

这就是最完美的事。文诗洁微笑着：我爱你，而且我知道，昨晚我也需要你……

章海涛没有让她说下去，在她脸上、额边、眼睛里印下了无数的吻。

然后他才喃喃地问：如果我们做错了事，你突然怀孕了怎么办？

文诗洁的脸因笑容而显得光彩焕发：傻子！哪有那么快？我们会尽快完成任务。

章海涛又给她一个吞噬般的吻，然后以一种惊人的流畅速度猛然坐起来：我们这样走不行，我得去附近找找看，有没有更好的办法……诗洁，你就在这儿等我，衣服还没干呢！你要把自己藏起来，我怕再发生别的意外，那就太糟了！

他停止了自己的语无伦次，穿上半湿的衣服，然后把文诗洁抱到一尊残破的菩萨像后面，用稻草盖着她赤裸的身子，说：乖乖等着我，我很快就回来。

章海涛深知任务重大，怕他们俩都累倒了，那任务可怎么完成？幸亏他运气好，在附近村里找到一家富裕的农户，用十块大洋换来一辆牛车，让那农民赶着，又借了一套女人的服装，还找来一些吃食，甚至有牛奶。他坐着牛车很快回到庙里，发现心上人很安全，赶紧给她换上干衣服，又喂她吃食和牛奶，等她好些了才上路。

他们坐着牛车又走了三天，路上并未遇到任何关卡，顺利到达资州。这座县城不大，店铺却不少，很是繁华。但那些用以住宿的旅馆鸡毛店，却说是奉了钦差大臣端方之命，不肯收留来历不明的客人。幸亏庞逢书想得周到，有文诗洁做身份掩护，又给了高价，一个店老板才让他们住下，说好只能住三晚。

他们立刻按路上商量的办法，由文诗洁换上那套红袄绿裙的行头，化装成一个有钱人家的媳妇，去端方驻扎的军营里找李显光——章海涛记牢背熟的一个名字，就说是他太太。文诗洁内心不免忐忑，生怕对方见了自己却不相认，那就穿帮了！

她在军营门口等了一阵，一个英武的青年军官才走出来，看见她，只是愣了愣，并不说话。文诗洁忙把他拉到一边，小声说：我是四川同盟会派来的……

知道了！那人立刻精明地抢过话头，又说：今天傍晚，在临江茶馆接头。

当晚黄昏在茶馆里，章海涛见到了三个爽利的军官，也在窗外浩浩江流的背景中，完成了那封信的交接。两天后，这根导火线又引燃了一枚响彻全川的炸弹。

此时端方已得知武昌起义的事，成了热锅上的蚂蚁。他没想到自己停留在资州，吃肉喝酒没几天，背后的武昌就炸营了！尽管这个精明狡猾的钦差大臣一直想隐瞒武昌起义的消息，但他带去的那些士兵还是躁动起来。原本他们就是起义官兵的好兄弟，里面的革命党人也不少，蛛丝马迹早已显现。如今又跟四川同盟会接上了头，老营都反了，自己哪里还耐得住？李显光等人回营后，就一直在酝酿起义之事。他们商量着反正之后，一边帮助四川独立，一边就结队回鄂，共襄盛举！

军队躁动不安，端方及兄弟还有幕僚立刻有所觉察。他们都是历尽沧桑、老谋深算，也在一起商量，甚至有人出了一个主意，打算趁着无人防备之际，干脆化装逃回武昌。端方也想神不知鬼不觉地溜出资州城，虽然此举很丢人，但命更重要啊！

当晚端方吩咐五弟端锦：收拾细软，跟我出去试一试，看看结果如何。

端锦立刻把五百块大洋揣在身上，说：好，我们现在就走，别惊动任何人！

但他们终究没能逃脱，走出行台，就发现门外火把熊熊，满是剪了辫子的兵丁。

糟糕！端锦说：有兵变！不是好兆头！

话音未落，几个士兵已经冲上来，抓住了这一对惊慌失措的哥儿俩……

兄弟们！端方忙说：本官一向待你们不薄，你们可别乱来啊！

李显光闪身出来，大声说：那是私恩，我们如今要的是反满的公义！

端锦抖着双手，把那五百元大洋拿出来：兄弟们，拿了这钱，放了我们吧！

士兵们干脆不说话了，只把这一对倒霉的哥儿俩按在地上，然后挥起大刀……

哥！端锦哭着喊道：你快告诉他们，我们也是汉人哪！是先辈投旗的！

端方闭上眼睛，流下了几滴浑浊的泪水，仰天长叹道：现在说什么都晚了……

起义反正的士兵杀了端方两兄弟，还把他们的头砍下来，装在事先准备好的木匣里。当时四川遍地烽火，入川的鄂军如果不杀端方，便会被视为敌人，能否全身而退都很难说。此后端方哥儿俩的头颅，便成了这批鄂军回武昌的通行证，据说每过一地，川人都要求他们打开那木匣子验看一遍，然后摆酒送行，真是壮怀激烈……

次日清早，火红的太阳刚跳出江面，便有人在街上大喊：端方被杀了！鄂军起义反正了！革命成功了！我们资州也要独立，成立大汉新政府了！

接着许多人拥到街面，欢呼雀跃，高声呐喊，欢声雷动，传遍了全城……

章海涛在旅馆里听到这欢呼声，兴奋地搂紧文诗洁，说：我们可以回成都了！

武昌起义后，短短一个多月，全国有14个省先后宣告光复和独立，革命风暴席卷神州大地，大清王朝很快就轰然倒塌。这一年是农历辛亥年，故称"辛亥革命"。

23

作为一个戍边大臣，邵烈风的胃口也被养得豪爽了。他每顿饭最喜欢吃红烧猪蹄，还有卤肥肠和猪耳朵。东北人都不喜吃下水，四川人却有办法把这些猪杂做得有盐有味，吃起来还化渣。沐智贤则喜欢川菜中的"宫保鸡丁"，据说这道菜与一个官员兼美食家有关。川菜文化源远流长，还有说起来就让人流口水的"东坡肘子"……

但今天的饭桌上摆着这几道菜，却没人去碰一下。就连邵玉笙喜欢的水煮鱼片，汤上漂满了红辣椒，看起来色香味俱全，他也只拿筷子撮了几下，就下桌了。

沐智贤望着桌面长叹：唉，让我们安心吃菜、饮酒赋诗的好日子不再了……

邵玉笙恶狠狠地回头说：哼！你们得知端方被杀，还不吓破了胆？

坏消息不止这些。邵烈风也叹道：凤凰营反正的秦继安，也率军赶到重庆，联合当地的叛党，宣布重庆独立。另外除了武昌起义，各地也均有起义或独立。我看朝廷那些蠢货，又该拿这些事怎么办？是不是会用那四国贷款来买洋枪，再给他们打回去？

邵玉笙跳着脚说：是啊，那些朝廷新贵说，这笔钱是用来修铁路的。我看那些钱啊，就是用来给他们挖坟墓的！然后他们再自己跳下去，就一了百了……

沐智贤摇摇头，也下了桌，对那父子俩说：老奴听说，长江各省纷纷独立，北方几省也不太稳定。邻近四川的云南和贵州也前后反正。目前的情势啊，已经不是分辨这些是是非非的时候了，而要请总督大人好好想想如何收拾这个烂摊子。

这时有人来报，说端仪将军来见。邵烈风忙说有请，随后三人便去了议事厅。

端方的死震慑了不少人。此前他来四川的目的已是司马昭之心，路人皆知。端仪将军也怀着欢迎的态度，希望这位远亲能来挽救成都的局面。《红楼梦》里有诗云"凡鸟偏从末世来"，一个民族统治的朝代灭亡，牺牲的往往是这个民族最优秀的人。但端仪将军绝没想到，端方却死在自己部下的手里！这让他背后冷汗涔涔……

当年满军入关，是何等的威风凛凛！此后各地的驻防八旗，更是满人的专利，他们的武器装备甚至比当地的新军更好。但是同志军起来后，四川的旗人官僚却没有参加反抗。因为晚清的旗人已被朝廷养懒了，也腐化了，总是一大家子拖累，谁还愿去打仗拼命？当年的战绩，只是八旗子弟最后的一点回光返照。驻守成都满城的端仪将军，就更没有什么光彩的表现了。好在他是个识文断字的人，在内心深处更是拥戴自己的王朝，从某种意义上来讲，他比邵烈风更希望看到成都的太平盛世。所以四川总督和保路同志会之间剑拔弩张的形势，也是他最不愿意看到的，他每次来总督府，都在劝解邵烈风放人。若能兵不血刃就烟消云散，那真是再好不过了！

因此在议事厅里，主宾双方客套一番后，端仪就委婉地说：总督大人，你知道端方已死，朝廷不会再派人来川了，成都的问题，只有靠总督大人自己解决。本官还是劝大人放了那八位股东。时至今日，他们已在总督府关押了一个多月，而各地同志军起义，都是为了解救他们。若把他们放了，同志军达到了目的，自会解散，卸甲归田，各行各业，也都能重新营生，岂不是天下太平了吗？

邵烈风还没答话，邵玉笙就抢着说：放了他们就能平息这场叛乱？我看未必！

端仪对这位恶衙内十分看不惯，但仍是轻言细语：四少，我在跟总督大人说话。若放了那八位股东，同志军还不肯放下武器，不听安抚，那就说明他们号称营救股东，只是借口而已！目的在于造反，扰乱民生。那时我们便可上奏朝廷，让朝廷放手用兵。包括我的驻防满军，也可以开出城去剿灭他们……如何？

邵烈风拿眼看看那位幕僚，发现他频频点头，心中不乐，便说：本官也想过正本清源，解铃系铃，能抓能放。但总要奏明朝廷，只怕朝廷反而怪罪本官……

本官可协助总督大人奏明朝廷。端仪忙说：况且自从同志军起义，城门关闭，成都市民的生活确实不易。不但物价上涨，供应短缺，最重要的是缺少盐巴。这东西需从自贡盐场运来，听说几处盐场都被同志军控制。还有，快要入冬了，烤火和做饭的煤炭也缺，成都城外的煤矿就有煤炭，却运不进来。天长日久，可怎么好？

这一天端仪说了很久，直到暮色四合，檐角下的鸟雀归窝，邵烈风始终不肯开口。最后端仪也说累了，只得悻悻离开，心想这个邵屠夫真是不开窍，无药可救了！

其实他说的每一句话，邵烈风都听进去了。端仪走后，这位总督大发脾气，摔了几个茶杯，又把几个姨太太大骂一通，再把一个通房大丫头打了一顿。然后痛骂朝廷无能，端方该死，盛宣怀是个阴险小人，更该去死！他骂得血脉偾张，沐智贤在旁边却洞若观火，知道总督大人这是想改弦易张的前奏，只不过要先发泄一阵……

当晚夜深人静，邵烈风还不能入睡，又把左右二臂智多星与儿子叫来，细细商量此事。他摸着自己花白的胡须，皱紧眉头说：看来大事不妙，川内川外，都是民匪猖獗，全国各地都跃跃欲试，似乎这大清王朝真是油干灯枯了，这可怎么好？

沐智贤长叹一声，说：总督大人早些想到这点，那就最好。近年来，我大清国已是遍地疮痍，民不聊生，自从总督大人进川以来，总能看到民生疾苦吧？其实眼前这个烂摊子，已经无法收拾。古人云，识时务者为俊杰，总督大人须得自保啊！

邵玉笙仍是恶狠狠地问：局势如此，如何自保？难道这竟成了乱世不成？依我看来，纵然半个中国都独立了，这些乱党还是会被扑灭的！

沐智贤顿了顿，又看看邵烈风，发现他聚精会神地听着，便又讲下去：京城里的权贵不知四川真相，不知这里的匪势确实嚣张。但总督大人应该心中有数。依老奴看来，是时候放人了！奴才说句不该说的话，这个清王朝灭了也罢！总督大人尽管金蝉脱壳，先释放保路会领导和监狱里的革命党人，宣布四川独立，不再归顺清政府，以抚平川人，再另想他法，以求自保……老奴不过是献计献策，请总督大人思量！

他本想再说些话，看了看四少的脸色，忍了忍没说。心想还没到那一步吧？

这一晚，邵烈风通宵无眠，思虑了很久。在此之前，他也得到过风声，知道各地都在风起云涌闹独立，纷纷成立新政府，其中犹以武昌、广州更甚。革命党、同盟会已经猖狂起来，那孙文竟悍然发表演说：革命大潮，顺者昌，逆者亡！看来他们真要成气候了！自己身为旗人，目睹革命党来势凶猛，难道还要作势进剿吗？那还不是旋踵而灭？不如自己也扯起义旗，就在这天高皇帝远的大西南，摇身一变做个真正的四川王？这样一想，他顿时开朗，又提醒自己万不可学那端方，在历史的关键时刻患得患失，到头来把自己的命也都搭进去，为一个即将灭亡的王朝殉葬！

他心里一高兴，便轻松起来，这才靠着枕头昏昏睡去，居然一觉直睡到大天亮。

次日邵烈风便跟沐智贤商量好，还是要做做样子。于是让后者牵头，请成都各界人士的代表到总督府来，由他们亲自作保，说要恩释吴万乾、容士轩等八位保路同志会首领，但要他们签字画押，保证以后跟官方合作，勘平川乱，以靖地方……

从9月5日起便被羁押的这八个人，其实在总督府并没吃多少苦头，而且一直有人给他们通风报信，也得知了全川的革命形势。如今算是邵烈风服软，他们怎么肯写这保证书？尤其是容士轩，他父亲是翰林，女婿是标统，本人经风雨见世面，待在总督府这么多天，每日都在背诵"老子"和"孟子"的经典文章，心不乱，志不摇，该吃吃，该喝喝，算是这批股东的"定海神针"，更要领衔演好这场戏。

邵屠夫要放人？哪有这么简单！他对众人说：想来不是皇上降旨，就是同志军打到城门口了！我们也要挺直腰杆，决不服软，要让姓邵的给我们一个说法！

对！性格比较火暴又年轻的冯长立，在一间屋里憋闷了好多天，早就忍不住了，忙说：看这样子，说不定革命党都打到京城里，天下早已改朝换代了！宣统皇帝那小娃娃，也被打回东北老家去了！我们就要翻身做主人了，邵屠夫才会放我们！

是啊！彭俊辉也说：再也许，孙文先生都坐上金銮殿了，我们也要硬气点……

吴万乾摇摇头：孙文先生说过，他不会做皇帝！我听说他要废除帝制，建立共和国。听起来，也是要立法立宪，跟我们的想法差不多，大家倒是能走到一起。

不管怎么样，都是我们胜利了！冯长立得意扬扬：那邵屠夫也别想轻易放了我们！就算他用八抬大轿来送我们走，我们也要他说出个子丑寅卯来！

沐智贤听到这番议论，知道请神容易送神难，现在算是骑到虎背上了，要想放虎归山，也得说出道道来。他便跟邵家父子商量，请端仪将军来当这个和事佬。邵玉笙听说父亲要放人，已经气鼓鼓，居然那帮人还不肯走，更气得他咬牙切齿，恨不得提枪赶过去，崩了这群人！好不容易才被那个幕僚劝下，让他去请了端仪来。

容士轩和吴万乾这帮人，平时跟端仪就很熟，知道他是个最讲究礼仪的旗人，见他走进议事厅，都一个个站起来，对他拱手行礼，也知他是来周旋和解的。

端仪照常和蔼可亲，安详从容，拱手对众人笑道：免礼，免礼罢……

他们都坐下，等仆人上了茶，端仪便诙谐地说：我们今天不管旗人汉人，一律拉平了，都是中国人！不管汉人满人，都是黄帝子孙，我们本该是一家人，亲兄弟嘛！为何要打来打去的，争个输赢呢？如今国家弱小，还受洋人欺负，我们该团结起来，一致对外才是。邵总督也想明白了，他做这个四川王，自然要向着四川人。所以那个铁路国有的政策，他一定会要求政府收回。再礼送各位大人回府，这事就算过去了吧？请各位看在本官面子上，回府去安定团结，咱省城也就确保无虞了！

何以从前抓我们，今天又要放我们？冯长立气哼哼地说：他邵屠夫是否又有别的图谋？再说我们也不是那种可以随便抓、随便放的人，我们也有面子啊！

是啊！彭俊辉跟他一唱一和：天不变，道亦不变，邵屠夫不但抓捕我们，还杀了那么多成都市民，这件事拉了命债，他该如何交代？

两位股东理直气壮，咄咄逼人，把在屋外听壁角的恶少又气得直嚷嚷……

父亲！你听……他小声喊道：如此相逼，我们还要放他们，岂不是认输了？

唉，我们早就输了！邵烈风摇着花白的头，又对沐智贤说：与其这样，不如拿出我们的第二套方案来，干脆在今天就把这一揽子计划都端给他们吧！

早该这样。沐智贤点头说：否则一误再误，只怕再也扭转不了局面！

他随即轻快地走进议事厅，先把嘴上说得起白沫的端仪礼送出府，回头才笑呵呵地对股东们爆个惊天大炸雷：各位绅商，告诉你们一个好消息。总督大人已经想通，不但今天要放你们出去，明天还要再请你们回来，商量四川自治的事宜。一句话，总督大人决心跟清政府脱离关系，不再听命于他们，我们这个省也要独立了！

真是晴天霹雳！在场的股东都不敢相信地站起来，互相看看，不知所措……

你说什么？吴万乾又惊又喜地叫道：邵总督真要这么做？

是啊！沐智贤喜笑颜开地说：总督是个聪明人，他说，有朝廷统治着，他以总督之尊，尚不能把四川抚平。如今全国各地处处烽烟，都在闹独立，他也像是坐在火山上，无法再独力支撑了！不如跟各位绅商合作，把政权交出来，共同自治……

容士轩还没听完，就泪水长流，抬头望天说：感谢苍天，四川百姓有救了！

众人这才彻底明白，便一同欢呼起来。他们也觉得是老天开眼，邵烈风这个屠夫居然放下屠刀，立地成佛了！他们更觉得，自己为了四川人民被圈禁多日非常值得，而四川人民也要感激他们所做出的贡献。在这样的情况下，各位股东老爷才肯喜滋滋地坐着轿子，分别离开总督府。不出所料，早有一些市民闻讯赶来，在总督府门外放鞭炮，欢呼着迎接他们，股东也朝他们连连拱手，犹如英雄一般无比自豪……

容士轩身份特殊，消息传出，合家欢喜，不少亲友赶来迎接道贺，就跟出了监狱一般。容府派来的轿子也早就等着他，两个儿子都牵着马在外恭候，见他出了总督府，全都忍不住泪水长流，分别抢前一步，给他跪下,异口同声地喊道:父亲!

容士轩笑嘻嘻地把两个儿子扶起来:你们这是干啥,竟让人来看热闹了!

又有不少亲朋好友赶来,簇拥着容士轩,好似衣锦还乡一般回到府中。容士轩自然少不得请各位吃了茶点,又讲了几句话,也算是给各位亲人一个交代:

各位亲朋好友,容某为国为民,保路抗捐,不料竟成了叛党首要,被抓进总督府中一月有余。好在祖宗保佑,没受皮肉之苦,竟又好端端地回来了!这很难说是牢狱之灾,但也算是全家之福,容某也要谢天谢地谢祖宗!这番历练,容某也不会白受,相信世间自有公道,公道自在人心。今天还要感谢各位迎送,道劳道谢了!

众人嘈杂了一阵,叨扰了一番,才相继离去。容士轩也乏了,正要去休息,却见小女儿咬着一只手绢,站在门槛上望着他,似有话要说,却又不敢吐露的样子。

嘉露,快过来。容士轩朝他招招手,他只有这一个女儿,自是十分喜欢。待她过来坐在自己身边,便问道:你这几日可好?爹不在家,你也流了不少泪吧?

容嘉露咬着手绢说:爹不在,两位兄长把我照顾得很好。他们都让我别发愁,说那总督不敢把爹怎么样,爹会回来……但女儿心里还是很担忧,只是流泪不多。爹,女儿长大了,知道这世上很多事不是流泪可以解决的。实在担心和烦闷时,女儿就去画画。教我画画的先生都说,我这几幅山水图,可比过去精进多了!

那很好。容士轩感动地拉下她的手,又笑道:这么大了,有心事还是咬绢子!告诉爹,你有何心事?爹都回来了,你还在担心啥?你娘不在,你就告诉爹吧!

容嘉露的娘在乡下照顾容士轩的父母——老翰林夫妇,三个子女却在省城读书。

这时容嘉露犹豫了很久,仍是咬着手绢,却问出一句:我在想,林哥哥怎样了？

容士轩陡然明白了她的心事，不禁深感自责。女儿今年已二八，她想嫁人了！自己在拘中听得传言，林汉云曾去找过邵烈风，让他放人，还险遭毒手。刚才又听两个儿子讲，邵玉笙也曾到容府来搜捕林汉云，想来他的处境挺危险。儿子又说，可能是为了躲避邵烈风的毒手，林汉云率队去新津驻扎，却不知几时回来。如今四川也要宣告独立，又不知新军该何去何从，只有等到海晏河清，才能成全这一对璧人……

嘉露，你放心。他拍拍女儿的手：至多等到明年春天，爹一定把你的婚事办了！

容嘉露含羞带笑地朝他点点头，抽回手说：女儿只想见见他，有话跟他说……

容士轩正待问下去，容嘉露却转身轻盈地飞出厅堂，丢下一句：我去画画了！

容士轩心情大好，他想起刚才这厅堂里，真是高朋满座，语笑宴宴，济济一堂，热闹非凡。四川若真能自治，那过去的好日子又将回来了！

次日在总督府，邵烈风和女儿也有一番谈话，这是他们父女俩极少的交流。

自从邵雅兰放走了闺密和心上人，她就觉得了无生趣，日子也过得没情没绪。夏去秋来，季节转换，落叶飘飘，飞红阵阵。她总不出门，只是在后花园焚香读经，吟诗弹琴，仿佛过往的一切都是旧梦，都是烟云。而在她的韶华岁月里，已经过早地结束了自己的青葱年华。她时常想，这样也好，这是她自己要的结果。

这一天她心情更不好，昨夜她做了一个梦，梦见章海涛死了，文诗洁哭得像泪人儿。醒来才发现是自己在哭，枕巾打湿了一片。伊人真的死了？也好！她想，反正在她心里，他是早就死了！死在那个可怕的夜晚里，死在这血腥的总督府……

吃了早点，她就在花园的轩廊里摆下棋盘，以打发时光，掩饰自己那不平静的心情。但这样做时，她也在厌倦着自己，厌倦这躲在棋桌和诗书后的空虚生活。

不期然地，父亲向他走来，捻着胡须微笑：兰儿，你怎么独自在这里下棋？

哦，在棋中品人生，真是奥妙无穷。她说着，就让下人给父亲端来一把椅子。

邵烈风坐下来，看了看自己并不懂的棋盘，感慨地说：这黑白棋子太过分明，就像爱与恨一样醒目。都说落子无悔，但我们走过的人生，又是否真的无悔？

总督大人回想起自己进成都以后的各种情形，不觉后悔万分……

邵雅兰对父亲的所作所为早有耳闻，也知道父亲如今被形势所困，进退两难，甚至可能处于人生的生死关头！但她却漠不关心，有些事已成定局，无法更改。

于是她淡然说：落子无悔，我们只需用平常心来待之，便可……

邵烈风沉吟了一阵，对于这个女儿，他一向很少关心，只觉得如狼似虎的儿子更贴心。如今看着温煦的阳光洒下来，在轩廊里淡然敲棋的女儿，陡然发觉她的命运也跟自己紧密相连！自己做的每件事也都跟她息息相关！他心中暗惊，这才醒悟到，早该安排女儿的归宿，或者让她去自由寻找自己喜欢的男子，否则乡归何处啊？

他迟疑了一阵，才把这话问出口：兰儿，你真有自己喜欢的男子？

邵雅兰怔了怔，猛然想起多日前，在府中私设的牢房里，父亲凶狠地面对着被绑缚的章海涛，他当时就应该想到，这正是女儿喜欢的男子！一种莫名的悲哀袭上心头，她涩涩地笑道：父亲，我不愿出嫁，今生今世，就守在你老人家身边吧！

那怎么可以？在这一瞬间，杀人如麻的屠夫还原成了亲切慈祥的父亲，邵烈风说：都怪爹，没有早点想好这件事。那个章老三不可取，但如今爹得罪了成都的绅商，只怕你的出嫁……

邵雅兰猛地站起来，坚决地说：爹，别再说了！有些事既成定局，回头也不可能，我们就干脆沿着过去的轨迹走下去吧，也不见得就无路可走了……

邵烈风有些吃惊，女儿看上去温温婉婉，说话办事却如此干净利落。想想如今也不是说这个的时候，还有很多让他烦恼的大事须去操心，便点点头走开。

邵雅兰的心思却被扰乱了。她又呆呆地坐下来，面对死局一般的棋子，落入了新一轮的思量，不明白自己为何要辜负这良宵美景，最后竟美梦成空，无法自拔。

容嘉露走进来时，看见这位闺密一身素衣，正在弹琴。那古琴声音极细，非静心者很难听清，好在轩廊里悄然无人。暖风徐徐，虽是秋日，但正逢此地小阳春，阳光依然美好，只是落在那位弹古琴的女子身上，却有一种淡淡的清冷……

容嘉露连忙走过去：姐姐，你还有心思在这里弹琴！我都几日不见你了，还有文姐姐，也不知她跑哪儿去了，我们三姐妹，又是好闺密，可是你们都不理我……

邵雅兰抬头见她噘着一张红润的小嘴，很可爱的样子，不禁笑道：瞧你，又来撒娇撒痴的！前阵子我爹抓了你爹，我还有脸去见你？躲都来不及呢！

是啊！容嘉露傻傻地说：我都吓坏了，可从没想过来找你，让你劝说你爹……

别提他们的事了，如今我爹已放了你爹，咱们就忘了这事儿吧！邵雅兰拉她坐下，笑道：诗洁这丫头，也不知跑哪儿去了，咱们也不管她，你来找我有何事？

她早已想过，自己私放章海涛和文诗洁的事，绝不能让这个与世无争，又纯洁如斯的小姑娘知道，她哪会懂得自己那反复折腾的心事？何必让她也陷入那些难缠的纠葛中？该发生的事早已发生，何必自扰？何况对于这件事，她心中还有愧疚……

容嘉露的心情也不好，这几天，她感到一种从未有过的寂寥。按书上说的，这就是相思了，父亲也这么认为。但她觉得不仅如此。细细想来，她是不知道以后该走哪条路：是按父亲安排的嫁给那位威武的少年将军？还是在茫茫人海中去重新寻觅，寻找一位更贴心的夫君？不知为何，冥冥中她曾经认为，有这么一个人……

邵雅兰见她皱着浅浅的眉，觉得挺好笑，便问：看来你真是有什么心事了？

容嘉露叹了一口气，决定实话实说：还不是为了我那位准夫婿！父兄都看好他，人们也说他文武双全，前途无量，可我就是跟他亲近不起来。何况、何况他是这样一个人，似乎君王一般拥有无上权威，而且特立独行，好像他可以爱许多人，也可以抛弃许多人，但这许多人却不能抛弃他一般！我觉得，自己有些受不了他……

你这丫头！邵雅兰摸摸她的俏脸蛋说：有这样一个人不好吗？你还想逃离？

逃离是不可能的。容嘉露叹道：我从小就被许配给他，这个命运已经无法更改了！可是我觉得，我就像他后宫中的女子一样，今后会不会也独守空房哦？

邵雅兰听得心一紧，不觉搂住她，小声安慰道：不会的，你别乱想了！再想也是枉然。你有这样的夫君，很多女子都会羡慕你，不如安宁下来，一心待嫁吧！

容嘉露也抱紧她，叹道：看来只有这样了，你知道，我是不会反抗命运的……

就在这一刻，邵雅兰突然有一种了然。看来她们闺密三人各有各的命，谁也逃不掉。就算自己每天思念伊人，日渐憔悴，也是枉然，只是在燃烧青春，耗尽生命。纵然如此又能怎样？人们不都说，这是心魔吗？既是心魔，无法克服，无法摆脱，那就只能一次次沉沦。除非，自己真能超越这份心魔，让爱的意义再一次飞升……

她想到这里豁然开朗，知道今晚她不会再做梦了！

24

　　为感谢章海涛和文诗洁这两个送信人，李显光慷慨地赠给他们两匹军马，好让他们回成都。章海涛在川边跟哥哥学过骑马，勉强能驾驭，文诗洁却全然不会。幸亏庞逢书给的路费还剩一些，章海涛就卖了一匹马，又买了一辆马车，雇了一个车夫，坐着马车回成都。轻车熟路，沿路又多亏同志军放行，几天之后便返回到省城。

　　这天他们翻过了郁郁葱葱的龙泉山，从城市东边进了成都，立刻发现这里是一片欢乐的海洋。这时斜阳快要下山了，满天的晚霞映照着这座古老的文化名城，街上热热闹闹的全是人，似乎在游街一样。再仔细看去，只要是男人，无论老头子还是小娃娃，都已剪去了那根发辫，脑后顶着披散的头发，虽然不伦不类，但人们却左甩右甩的，表达着自己那喜悦的心情。是啊，267年的专制，留发不留头的苛令，奴役的耻辱，突然被一场革命推翻了！就算是没人组织，市民也都扶老携幼地走上街头，嘻哈打笑地去游行。而所有的店铺和商家也都开门大吉，货物堆得满满。看来开城门没几天，那些应时百货包括蔬菜都已运进城，解了多日的生活之需，让人们对这座城市的独立抱足了信心，从此又可以放心大胆地做事，正大光明地做人了！

　　更稀奇的是，家家户户都挂出了旗帜，那是五颜六色的彩旗，又以白色旗帜居多。也有人很聪明，用长竹竿挑出的旗帜竟是两面，一面白色，一面其他色。章海涛让车夫打听了一下，据说是因为四川省已独立，即将成立大汉新政府。但这政府是什么旗帜？目前还没定下来。市民却犹如逢甘霖一般，率先打出了各色自由的旗帜……

　　好快啊！章海涛在马车里对女友说：我们出城不到一个月，四川也独立了！

　　他们在路上就听说，邵烈风闻知端方被杀，吓破了胆，立刻释放了被捕的保路同志会领导,四川保路运动取得重大进展,所以处处张灯结彩,热闹非凡。

两人早就商量好,马车进城后,先驶到林汉云的府邸,文诗洁下了车,章海涛看着她袅袅婷婷地进了门,这才吩咐马车去君平胡同章家。然后打算派车夫去骡马市,把马和马车都卖个好价钱,再打发走车夫,把钱上交给同盟会作为活动经费。

今天的林府很热闹,趁着这个小阳春的好天气,明珠在后花园的水榭里摆了一桌麻将,请邻近几家民居的太太来打麻将。这是四川人最喜欢的活动,又称为雀牌。当年明珠在江西时,林汉云就给她许愿说,将带她回到一个温柔富贵之乡。如今明珠果然把这林府经营成了一个温柔富贵之地。包括她中午准备的甜水面、赖汤圆等小吃,和晚间预备的重庆火锅,都让这帮太太们赞不绝口,也羡慕不已……

往常文诗洁也喜欢这舒适又温馨的港湾,让她可以在这里栖息,做各种少女美妙的梦。如今她跟着恋人在荣县跑了一趟,恰如在平静的水里投进了一颗石子,在她心中激起了不寻常的波纹。她这才认识到,原来天底下还有那么不一样的人生,还有那么多人为国为民甘愿牺牲一切地奔波着——那真是火热的年华,战斗的青春!她不但爱上了那个革命青年,也爱上了这种充满激情的生活。而回到林府,便让她感到阴暗和憋闷,再看打扮得跟阔太太一样的明珠,只觉她是个笼中的金丝雀。于是更产生了一种向往:她要冲出这樊笼天地,她要高飞,要向那辽阔的天际升腾……

呀,文小姐,你可回来了!明珠见到她,立刻投出手中正要"和"了的麻将牌,高兴地站起来,又对三个太太介绍说:这是文管带的妹妹文小姐,一直住我家。

那三位太太在夕阳的映照中,打量着这位突然而至的大家闺秀。然后就以文诗洁特别不喜欢的那种少见多怪的调调,一面捂着嘴笑,一面窃窃私语着:

哎呀,这位文小姐好漂亮啊!

那不是漂亮，是书卷气，哪像我们几个，成天围着锅边转……

是呀，我们都是旧时的居家太太，人家可是新青年呢！

不知嫁人没有？应该还没有吧？不是叫小姐吗？

明珠听了忙说：人家还在女中读书，你们可别这么说啊！

文诗洁听了章海涛的话，在马车里便换上那套华丽的服装，也打扮得像个阔小姐，否则她不知该怎么应付这些挑剔的眼光。明珠也敏锐地发现，她白皙的脸上出现了一抹红晕，便停止打麻将，招呼太太们去餐厅吃火锅，说让文小姐回房休息。

文诗洁回到自己的房间，这里就像她刚离开一样，什么都没改变。她看过的那卷诗集还扔在床头，只是蒙上了一层薄薄的灰尘。她知道明珠是个明白人，若没有她的吩咐，明珠不会让下人来收拾房间，连她这儿的东西都不会碰。如今她回到这宁静的小天地，她的心却再也不平静了。她看到了外面那个广大的苦难的世界，好比鱼儿看见了浩渺的大海，她再也不是一个空有书卷气的小姐了，而是成长为一个革命者！她心中充满了对暴风雨的渴望和对自由的憧憬，她已经决定了自己未来要走的路……

当天晚上，她又跟明珠坐在一起聊了很久，并且隐瞒了自己的行踪，只说是跟同学们去参加了同志军。她也打听到兄长和林汉云，至今还带队伍驻扎在新津。

不过，我想他们快要回来了。明珠高兴地说：我们四川也独立了，他们不用再跟同志军打仗了。我明天就派人捎信给他们，就说你也回来了。

文诗洁点点头，却不知道哥哥回来后，对她这十几天的行为有无苛责。

章海涛回到家，见二哥和芙蓉都在，两人正卿卿我我地腻在一起。他又发现，二哥虽在热恋中，却一如既往地勤劳，那幅蜀锦《锦城交子图》已快织完，图中除了雅俗游赏的街景、靓妆艳冶的行人，还有天上飞禽、水中游鱼、云下沃野、田间稻香，甚至各种杂耍表演、歌舞伴奏，真是热闹非凡，好一派天府之国的鲜活气象！

二哥，祝贺你！章海涛看着织机上的图案，不禁叫道：你成功了！这幅锦不但让我们一睹成都生活的升平安逸，也让外地人大开眼界，原来成都人这么会耍会玩！

章心田放开怀抱中的女子，转身笑道：你这小子，这么多天跑哪儿去了？现在不声不响地回来，倒吓我们一跳！我听大哥说了你的情况，很是替你担心呢！

芙蓉姐姐，打扰你们了！章海涛调皮地对他们做了一个鬼脸。

你这小鬼头！芙蓉也佯装嗔怪地说：那天邵衙内来这儿抓你，发现了我，差点又惹出一场祸事！若不是大哥回来了，还不知道会怎么收场呢！

章海涛这才知道那天在章家小院发生的事，不禁愤怒地吼道：邵衙内这个狗东西，真是坏透了！芙蓉姐姐你等着，早晚有一天，我会去跟他算总账！

这个我信。芙蓉甜甜地笑道：如今成都也独立了，邵屠夫的四川王也该当不成了，他底下的人也不敢太嚣张了！听大哥说，邵衙内这几天也是蔫蔫的……

章海涛这才问及大哥，问他几时回家。章老二看出弟弟想见大哥，他也想三兄弟好好团聚一下，便吩咐芙蓉在家做饭，自己去总督府中找大哥。

章海涛去卧室看了看，发现这里收拾得挺干净，猜测是芙蓉的功劳，便返回厨房帮她择菜。芙蓉说，如今城门大开，菜蔬果品也能运进来，今天他们采购了不少，准备做麻婆豆腐、素炒青菜头、虎皮尖椒，荤菜就是川人最爱的蒜苗回锅肉。章海涛正在理蒜苗，无意中抬头一看，在暗淡的光线中发现芙蓉面色潮红，格外美丽。

芙蓉姐姐，你跟我二哥几时办婚礼？他突然说：我们一定办得热热闹闹！

你这孩子！芙蓉的脸更红了，悄声说：我们不办婚礼，我跟你哥都有了……

章海涛这才明白，芙蓉怀孕了！他想起自己跟文诗洁的那一夜，也不禁脸红了。

芙蓉也敏感地发现他神情有异，于是抿唇笑道：老三可是有意中人了？

章海涛沉了沉，才坦率回答：有的，但我们想等革命成功，再办婚礼。

现在革命还不算成功吗？芙蓉诧异地问：保路同志会的头头都放出来了……

章海涛正想说什么，大哥和二哥一起回来了。令人惊奇的是大哥推着一架光闪闪的玩意儿，似乎一辆车的模样，有两个大大的铁圆圈，好似他们小时候玩儿的滚铁环，只不过放大了许多倍。一根横着的铁杆上，还有个坐垫似的三角形的东西……

这叫自行车。章峻岩见弟弟那副没见过世面的样子，不禁笑道：傻小子，也有你不认识的东西？这次城门开禁，从武昌运来了两辆，沐智贤那家伙就让四少买下来，给了我一辆骑着，说是跑得挺快，光绪皇帝也在京城里骑过呢！

是他们给的？章海涛立刻沉下脸来，不快地说：大哥，皇帝都快坐不住他的皇位了，我们四川也都独立了，你还不离开总督府，回家当个自由的市民？

那怎么行？章峻岩淡然笑道：总督待我不薄，他从没做过对不起我们章家的事。那次你被抓进总督府，他也想放了你。四少虽然恶劣，现在也无计可施了！再说，你大哥总要找点事情来做，我这一身武艺，除了他，还能给谁？何况总督给的薪酬也不少，否则你还没毕业，老二就知道闷头织锦，我们一家吃什么喝什么？

大哥，你怎么能抱着这愚忠的思想不肯放呀？章海涛气得直跺脚，看看大哥又说：你还不肯剪辫子？四川都独立了，你还想给他们殉葬啊？

胡说！章峻岩不悦地沉下脸来：四川独立了，我们还是大清的子民啊！

章心田见状，忙说：大哥，三弟，你们怎么一见面就吵呀！我们三兄弟好不容易聚齐，今天可要好好吃顿饭。这次我来做主，你们谁都别再说了！

章海涛想到自己刚回家，以后有空再跟大哥细聊，便不吭声了。章峻岩却拉他学骑车，到底少年人心性，章海涛看着那辆从没见过的自行车也心痒痒，两人推车来到小巷里，弟弟在哥哥的把持下歪歪扭扭骑了一阵，才算掌握了这门技艺。

这顿晚饭吃得很热闹，老大老二都喝了不少酒，芙蓉也跟着抿了几口。章海涛却坚持不饮，说他晚上还有事。刚才拗不过两位哥哥的追问，他简略述说了自己这么多天的经历，章心田和芙蓉听得惊心动魄，这才知道三弟竟然是从血与火中走来。章峻岩也知他参加了围攻成都的同志军，又猜到他今晚还要去找同盟会。如今四川已独立，这样做也没什么风险了，便由得他去。大哥好酒，很快就喝得醉醺醺，回屋去睡了。二哥也跟芙蓉去亲热了，章海涛趁机推出新学会的自行车，急不可耐地骑着这个新鲜玩意儿去学道街大通药店找庞逢书，汇报此次的资州之行。

天已快黑了，但街面上还有很多市民，都是出来看热闹的，个个脸上挂着兴奋又新奇的笑容，仿佛知道从这一天起，生活就会变得不一样了！章海涛骑着自行车行驶在路面上，又招来许多行人的眼光，他有点后悔不该这么招摇。但他毕竟年轻，回到成都后，内心也一直充溢着激动与慰藉的复杂心绪，一种就要开始新生活的盈盈喜悦，还有点茫然和不知所措。他看着熟悉的城市街道，还有那些笑容满面的同胞，心想独立了，不再受清政府统制了，那到底是什么滋味呢？还真是难以想象……

骑到大通药店门口，他一惊，原来店铺已换成了"丁香茶馆"，虽然铺面不大，但也有人坐在小方桌旁喝茶。章海涛看看四周，希望能发现一点迹象，说明这里仍是同盟会据点。还好，他果真瞥见了几个眼熟的人，他们也看见了他，就暗暗朝他招手。章海涛心中一喜，忙把自行车交给他们，又在其指引下进了内堂，发现这里已和隔壁油漆铺打通，连成了一片。后院是个小天井，竹编大簸箕上晒着一些茶叶，还有水龙头、水管、水桶和茶碗等杂具，颇像一个茶馆的标配了！

庞逢书从一间平房里走出来，毫不惊诧地看着他：我猜这几天你就该回来了。

哈哈！章海涛也诙谐地问：我如今该叫你什么？庞先生？还是庞老板？

庞逢书在水龙头下绞了一块湿毛巾，递给他：快擦擦脸上的汗吧！我们花了几天工夫，把这药店改为茶馆，是因为成都的茶馆多如牛毛，更利于同盟会串联。

章海涛用湿毛巾擦着脸，感觉一阵清凉沁透心底。他汇报了资州之行，又好奇地问：四川独立了，我们革命党人还不能从地下转为地上？还要躲躲藏藏？

你呀，革命经验太少了！庞逢书又拿出一张传单递给他：你快看看吧！

章海涛见传单盖着四川总督的大印，上面写着：

全川父老兄弟公鉴：近日因乱事日亟，民不堪命，邵督帅蒿目时艰。为大局起见，与在省官绅协商，请吴、容诸先生共图挽救之法，以期官绅一气，开诚布公，保地方之治安，拯生民于涂炭……

什么意思？章海涛看完传单，摸不着头脑：不是说，四川独立了吗？

是假独立！庞逢书不屑地说：你还没看出来？邵烈凤虽释放股东，宣布四川独立，但他仍是四川总督，只是不再听命于清政府。吴万乾等人没看清这点，还想帮助他收拾残局！哪有这么便宜的事？邵屠夫开红山，打死了无辜市民，闹到这个田地，还要让我们听他的招抚？而他只承诺不治我们的罪！天地间还有没有这个道理？

原来就在章海涛回蓉的前两天，邵烈风和吴、容等人本来说好，一起洽谈如何治理成都之事。邵烈风却要拿拿样子，待吴、容等人喜滋滋地来到总督府，他竟托词不见，只说改日再大摆宴席恭候。吴、容等人回到才收拾出来的铁路公司，已有股东几十人聚在那里等候，听说了情况后，担心两边谈不拢，于是议论纷纷，都不知往下该怎么进行。

容士轩是众人的主心骨，便笑道：没关系，事情可以慢慢淡，大家再商量吧！目前我们几个甫一出来，事起陡然，恐难理解，先给大家吃一颗定心丸吧！

吴万乾也说：我跟容老在总督府就商量好了，自从我们遭遇意外，成都人民舍生忘死地来相救。如今我们出来了，邵总督又提出四川自治，这表明国有政策已无形中取消，我们争路目的已达到。如今要再跟邵总督商量一个减捐税、除苛政的办法，四川的乱事便可平息。容老说的定心丸，便是写一篇告全川父老兄弟的文章……

股东们听了一致赞成，立刻推举笔杆子吴仪民写出，次日便交到制台衙门。沐智贤看了，又念给邵家父子听，三个人都很高兴，因为文章中几乎抹去了邵家父子开枪杀人的罪行。这也是保路同志会首领的通病，他们还是不敢得罪当权者，只求这篇文告发出，四川能恢复到争路风潮以前。任凭全国再乱，只要四川不乱就行，以免遭受革命的冲击。这个想法竟与当权者不谋而合，邵烈风巴不得此事有转机，立刻同意他们发出这篇文告。文告贴遍了大街小巷，但是老百姓却并不满意，革命党人同盟会更是觉得这篇文章侮辱了他们的智商！因而才被庞逢书称之为"假独立"。

当下两人商量对策，庞逢书说，他已收到同盟会总部的命令，让他们务必揭穿邵烈风的阴谋，不同意他的假独立，要求成立新政府，重新选举四川总督。

最后庞逢书又说：据传闻，邵烈风这次甘愿交出政权、军权、财权及一切权力，让川绅们出头去自治。即便如此，也不能叫作独立。而我们同盟会要做的事，不仅是保川安民，还要顺势而为，就是成立新政府，最终达到共和之伟大目的！

章海涛心领神会，两人又讨论了一下具体做法，他才骑着自行车匆匆而去。

此前几小时，吴、容二人也在容府聚集了一批人，商量一些自治的具体措施。来客中有一部分是在总督府羁押过的，也有咨议局和铁路公司的骨干，总之都是信得过的人。为了放松心情，容士轩命下人准备了几桌宴席，还有几瓶上等好酒，欲在酒落欢肠之际，再来好好议一下四川自治的前景。又因此事重大，谁也不敢多饮。

容士轩是个世事通明的智者，他的发言一开始就摄住了人心：今天请大家来，是要谈论一下时势。聪明人都能看出，目前革命独立已成为不可遏制的潮流，这潮流以保路运动为前提，以排满复汉为后盾，可谓同盟会的一箭双雕之计！倘若有谁还不相信，这次风潮是革命党在推波助澜，请看10月10号发生的武昌起义。我这几天也是辗转反侧，才想到这一点，就想跟大家磋商一下：我们成都绅商固然不是革命党人，但也都是识时务的俊杰，我们又何不利用这革命声势，来完成自己的治蜀大计呢？

众人会过意来，都高喊道：好啊！川人治川，这才是妙计……

容士轩挥挥手，让大家安静下来，又说：其实革命党如此汹涌得势，也并非它本身有啥了不起，而是与这腐朽的朝廷相对照，便显出它的好来。我想，如我们也早点效法欧美，改国制为君主立宪，革命党的邪说便不会这么深入人心了！

众人互相看了看，几乎是异口同声地问：那么依容老看来，今后怎么搞呢？

又有人嘀咕说：我们可不想搞成法兰西那样的革命，那简直是一场灾难！

是啊，如何才能不受革命之厄，又把邵烈风给按下去？这才是我们面临的难题。容士轩沉吟着说：这两天，大家也该看出来了吧？邵烈风说他愿意交权，只是出于一时无奈，现在他大概已经后悔，所以才不肯见我们，最起码都是缺少诚意。而我们呢，就这样干等下去吗？只怕风云变幻，又起事端！所以我才备了一点薄酒，把大家都请来，请你们先喝几杯，我们再一起商量个好法子，总不能辜负了这时局……

冯长立快人快语地说：嗨，容老，你有眼光有气魄，也有社会经验，不如你就痛痛快快地端出自己的想法，看我们如何在动荡之中收拾这个烂摊子？

众人也都纷纷说：是啊，容老，我们都听你的，你就快说吧……

老朽不才，但也堪称深谋远虑。容士轩不禁笑起来：今日我们要研究的，不是邵烈风该不该交出政权——这已成定论，他非交出不可！否则他开红山那件事，如何对市民交代？我们发了那篇文告，就是在探测人心，川人已经不认同他了！

众人这才理解，两天前那颗"定心丸"真正的用意，都只能用"啊！""哦？"这样的感叹号，或者"原来如此"这样的眼神来回应，明摆着十分佩服的样子……

容士轩也跟吴万乾交换了一瞥，这才从容说：要治理四川，非得有一批人才不可，在座的都是精英人物，堪当此任。但其中还要挑出一个大才大能者，去挑重担，去跟邵烈风抗衡……但这闹不好就是杀头之举，非勇者不可。容某胆小怕事，不敢担此重任，请问各位，有无愿意担此重任者？我们也好推举你，去担任这新的四川总督！

四川总督？这，还叫总督吗？但，谁又说不能呢？人们一时议论纷纷……

容士轩见时机已到，这才说：依我看呀，只有吴万乾才能堪当此任。第一，他是咨议局的正议长；第二，他也是保路同志会的正会长。总之，他就是民意的主要代表人，而且精明干练，由他来接收政权，名正言顺。大家说，怎么样啊？

众人都欢笑地看着吴万乾，很高兴把他在危难中推选出来，一起说：行，好啊！

吴万乾却连连摆手：哎呀，我不行，不行……各位还是另请高明吧！

就是你了，万乾，你也别推辞了！容士轩站起来，一锤定音：明天我们就一起去见邵烈风，这样告诉他，民意已经推举你来代表川人执政，请他交出总督大印。

吴万乾微皱眉头思考着，要说他一点不情愿，怕也未必，毕竟这是个天大的好事，权力的诱惑谁也无法抵挡。但他也知道其中的凶险，别的不说，邵烈风是否愿意交权？尚无定数。如把此人逼急了，他也可能再次大开杀戒！但如其那样，他们这批首领还能活下来吗？倾巢之下，岂有完卵？从这个意义上来说，他不下地狱，谁下？

容士轩善于洞察人心，在关键时刻，吴万乾犹豫不决时，又助力推了他一把：万乾，欲成事，切莫有牵挂！何况，你我既不计生死，又何计牵绊？

吴万乾又想了想，便点头说：好啊，虽千万人吾往矣，你我本当如此！

这才对嘛！容士轩拊掌大笑：你这一诺，价值千金，应该可以载入史册了！万乾，我替四川人民感谢你。多少年之后，我们再来笑谈这一切，必当百倍欣慰……

精明的容老先生却没想到，这次又跟革命党人跳进了同一战壕。

章海涛领受了同盟会的任务，也在琢磨怎样完成。他先想到去找同学们和文诗洁，一起走上街头演说，希望民众能一呼百应。但成都的局面不同于保路运动时期了，短短几个月内，很多事件犹如走马灯似的发生，成都市民也失去了以往的革命热情，街头演说还有人来听吗？最后他决定，写一首长长的打油诗，来讽刺眼下这个局面，而且必须朗朗上口，好让市民耳熟能详，口口相传，才能起到宣传作用。

既要写诗，就少不了去找文诗洁。章海涛想到恋人就脸红心跳，承认自己很思念她。诗歌编好后，还要印成传单来发放，而油印机却被他和同学们藏到那口玉泉井里了。章海涛打听到陈少星和华润龙还没回成都，估计春节前都不会回来，便挑了一个漆黑的夜晚，独自潜入学校，溜到井里，取出了油印机，幸喜没人觉察。他把油印机放到一个藤编箱里，第二天一早就正大光明地提着它，去拜访文小姐了。

文诗洁回到林府后，整日里百无聊赖，觉得好空虚，不禁想起了从前的闺密。她想见邵雅兰，再好好谢谢她，但又不敢去总督府，便去找不谙世事的容嘉露。

哎呀，文姐姐，你总算来看我了！容嘉露看到她，就丢下书本跳起来，紧紧握住她的手，嗔怪地说：你这么多天去哪儿了？也不告诉我，雅兰姐也不说……

文诗洁判定邵雅兰还没对她说出自己的事，便亲热地拉着她，坐在容府那道彩虹桥下：我有事离开成都，不料城门一关，我就进不来了，待在乡下，好是郁闷！

乡下？容嘉露眼睛一亮，欢笑着说：我喜欢乡下，空气新鲜，花草繁茂，绿油油一片，真惹人爱……文姐姐，你再去乡下，可要带着我一起玩哦！

文诗洁又好气又好笑，戳了她的额角一下：小姐，你都多大了？马上要嫁人了，还只想着玩！你未来的夫君跟我哥还在新津，要不，咱们走一趟？

不行，我爹和我哥都不让。容嘉露沮丧地说：算了，我们还是想想其他玩法吧。

文诗洁灵机一动，说：我来时，看见街上新开了一家照相馆。这是西洋的玩法，以前只有京城才时兴，成都还没有……要不咱们把雅兰约出来，一起去拍照？

好啊！容嘉露高兴得直拍手：我早听说过照相这码事，也早就想去试试了！

文诗洁让天真烂漫的容嘉露约出了邵雅兰。两人在照相馆见面，都潸然泪下。也是短短的时间内，竟然天翻地覆，万千理由积在一起，都让她们的怨恨烟消云散了！

三位闺密愉快地摆着各种姿势，拍了好几张照片。她们都早有准备，装束打扮或鲜亮夺目，或秀丽温婉，连摄影师都称赞她们是春兰秋菊不同时。在拍摄时，她们又展现出不同的风姿，文诗洁好比红云挺立的傲梅，邵雅兰犹如紫英漫空的幽兰，容嘉露却像极了淡雅如梦的清竹，都把自己的心情挥洒得淋漓尽致！

拍完照，容嚷露嚷嚷着要去吃小吃。她们往外走时，文诗洁特意落后一步，拉住了邵雅兰的手，悄声问：我和海涛又回成都了，是否违背了你的心愿？

哪里？邵雅兰望着门外，小声说：这红尘滚滚，皆由天定，因因果果，也非自己能做主。看来我这一生，是被你们俩拴住了！越想放下，越是不能……

文诗洁略带歉意地说：既是因果扣住你我今生，我们能不能还像从前那样相处？雅兰，你也该放宽心。你瞧嘉露就是无忧，所以跟我们的关系才能长久。

放心吧！邵雅兰冲她淡然一笑：尽管直到今天，我心中仍然有他，但我已知，我跟他无缘，他也不属于我。是我的身份负累了他，所以我只能放下……

她走出门外，身形在斜阳的光影里显得虚无缥缈。她又回头冲文诗洁笑了笑，这个微笑里更是夹杂着她心中的万千滋味。那一刻文诗洁终于明白了邵雅兰为何有这样的胸襟。她也突然觉得，自己再不能纠缠于他们三人之间的关系，伤了谁都不是她的本意。何况骄傲如邵雅兰那样的女子，也没有什么是她不能接受的。

这晚，文诗洁正拿着刚取回的照片思量，突然下人来报，有人要见她。接着章海涛提着一个小藤箱快步走进来。文诗洁惊喜地迎上去问：是你？你怎么来了？

有事情要到你这儿来做。章海涛待下人走后，迅速取出油印机，说明了来意。

文诗洁很惊诧：来我这儿油印？你不知道这是谁的府第？林汉云是新军啊！

我听说过他，好像他同情革命。章海涛诙谐地笑笑：何况，你听说过灯下黑吗？

文诗洁明白了，也打趣地指指他：你这家伙，不就是想让我夸你聪明吗？

章海涛笑起来，安好油印机和刻笔蜡纸，又说：赶紧，我们来编一首诗……

他们忙碌了一夜，先编好一首打油诗，又刻好蜡纸印出来。刻蜡纸是个细致活，轻重都不行，很考验耐心。蜡纸要垫上钢板，用专门的笔半写半刻。轻了刻不透，蜡印不清楚；重了蜡纸会被刻破，就不能印刷，前功尽弃。刻蜡纸还怕错，错一小笔可以熔蜡修改，错多了就须重写。蜡纸刻笔也写不了连笔字，基本上都要写正楷。章海涛没想到恋人竟刻得一手好字，规规矩矩，原来她在诗社就干过这活儿。

他们一直忙到大天亮，传单印刷出来很漂亮，章海涛也很满意。他把印好的传单全都放进藤箱，才对文诗洁说：你快休息，睡个好觉，我得赶快离开。

忙什么？现在还早呢！文诗洁忙说：我让下人给你送来早餐，你吃了再走。

不了，我得抓紧时间上街，去散发这些传单。章海涛皱眉说：少星和润龙还没回来，人手不够，去街上一张张贴传单太慢，不如干脆去劝业场，一把把撒开……

他们都不知道，这个做法十年后将被革命者沿用。此时文诗洁却只觉得，她不愿恋人这么快就离开。两人忙碌了一夜，还没顾上亲热一番呢！她拉住章海涛的手不放，又依到他怀里，觉得这个火热的胸膛很值得依恋，便把自己的唇凑到他脸上……

偏在这时，一个英武的军人闯进来，看见这一对恋人正在接吻，不禁大怒！

你们在干啥？他厉声喝道：诗洁，这男人是谁？他胆敢欺负你？

章海涛惊讶地放开文诗洁，回头看，此人并不认识。但他旋即就明白，一定是恋人的哥哥！不料他们竟在这样的场合见面，章海涛窘态毕露，立刻飞红了脸……

文光豪却几步抢上前去，拔出手枪对准他的胸膛，喝道：你是谁？快说！

哎呀哥，你快把枪放下！文诗洁也急得抢上前去，推开章海涛，自己用身体顶住那把枪：你怎么一进家门，青红皂白都不问，就用枪指着人啊！他是章海涛！

章海涛？文光豪锁紧双眉收起枪，又瞪着章海涛厉声问：一大早你来干什么？

他突然警觉起来，又欲去拔枪，脸红筋涨地吼道：好啊！你们！你们……

章海涛又好笑又好气，自从跟文小姐谈恋爱，这是第几次被人用枪指着了？不待他开口声辩，文诗洁也生气地说：哥，我跟他是恋人，也是同路人！昨晚我们没干别的，一直在印传单，号召民众认清邵屠夫的假独立，选举真正代表民意的四川总督！

文光豪更为吃惊，这应该是革命党才干的事吧？没想到妹妹竟陷得这么深，也参与了如此危险的大事！他今天从新津回城，是听明珠带信说，妹妹也回成都了，林汉云就让他借此回来看看成都的形势，却不料发现了妹妹的秘密，怎能不怒？

你！快给我滚出去！文光豪指着章海涛斥责道：你们革命党人都是血腥暴力，为何来找一个小女子参与此事？我要是再发现你来找我妹妹，就一枪崩了你！

海涛欲跟他解释，又想他正怒气当头，自己说什么他都听不进。何况事情紧急，他还要去发传单。于是便看了文诗洁一眼，提着小藤箱不声不响地出了门……

海涛，别走！文诗洁想了想，又说：不，我跟你一起走！

你敢！你不许出这个门！更不准跟他一起走！文光豪一把揪住了她。

章海涛听到他们兄妹俩的争执，却不敢回头，加快脚步出了林府。等到文诗洁不顾一切地挣扎着，甩脱了哥哥的手，追出家门，他已不知去向。文光豪怒火填膺，也追出林府，却与一个旗人女子撞个满怀，由此开启了他自己的一段姻缘。

25

巴蜀大地阵如云，枪林弹雨处处闻。
一百四十余州县，保路高潮风声紧。
成都建立同志会，都为爱国又爱民。
邵屠夫，开红山，竟用洋枪杀百姓！
城中请愿知多少？郊外驰援奔锦城！
手无寸铁莫奈何，牺牲不惜舍性命！
革命党，素来闻，关键时刻最英明！
江中投入水电报，浩浩荡荡河里行。
同志会变同志军，奋勇向前杀敌人！
大江南北皆纷攘，川东川西均为兵。
新军巡防无斗志，四面楚歌欲惊魂。
更有士兵来反正，神州独立旌旗奋。
端方已做刀下鬼，武昌起义烈火焚。
消息传来四座惊，转瞬释放被捕人。
四川宣布亦独立，放下屠刀岂可信？
只因大权还在握，虚情假意心不诚。
劝君做个明白人，成立政府要全新！

新人新军新政权，城市才能真安定。

全市同胞擦亮眼，万里江山日月明！

当成都市民包括那些小孩子，全都背熟了这首打油诗，并且满城诵念时，容、吴等人和股东们，也跟邵烈风坐进总督府的议事厅，双方开始了正式的对谈。

此前邵烈风数次召集他儿子和幕僚们商量如何洗清自己身上的污垢，让川人都明白，那日开红山非他所愿。这当然不易做到，毕竟"屠夫"这个罪名已经坐实了！沐智贤又再三劝东家索性辞职，率兵退到山里去，那样方能保自己与下属平安。

总督大人须明白，这几个月来，你就是坐在火山口啊！沐智贤苦口婆心地说：老奴帮你筹划了几条路子，最可靠的还是退到川康边去，那里是总督大人的老窝，总督大人可以在那里得到休整，待元气恢复，再来图报国家，重整山河嘛！

那么依你说来，成都这里又怎么办？邵玉笙怒气冲冲，脸上青黄不定。

还用问？就是把政权交与那些绅商，让他们独立自治嘛！座中有人幽幽地说。

我却不服！邵玉笙拍案而起，怒喝道：凭什么？父亲可是朝廷任命的四川总督！就算如今背叛朝廷，不遵朝旨了，也能当个自由的四川王，为啥要让与别人？

沐智贤一直在密切关注邵烈风，生怕他被他儿子所误。只见他紧紧地绷着脸，显然心情不佳，也不知下一步该怎么走。就算迟早要交权，他也在盘算着如何提条件。而未来的新政权又如何组织？让什么人来领头？这些都是烦扰他的未知数……

于是沐智贤又说：四川有七千万人口，要治理这个省，必须有阅历，有气魄，有担当！而国家的局面又在动荡之中，今后会发展成什么样子，老奴也看不出来。若不幸搞成法兰西的大革命，那么贵族官员还有命吗？这股滔天的洪水冲过来，还可能祸及子孙！希望总督大人好好想一想这可怕的后果，再来做个抉择。

在座众人都知道沐智贤深谋远虑，他的话不可不听。于是七嘴八舌地说：

看来大势所趋，交权或可保命，也算是自保之方了！

若选到一个和善之人，来当这个四川王，很多事情还能变通……

是啊，组织自治政府，这人选也太重要了！

沐智贤见众人提到重点，忙说：对啊，大家都来商量一下，谁最合适？

沐智贤！你什么意思？邵玉笙气得站起来，指着他：你就一直想让我父亲交权？什么交权？什么自治？父亲为何要肯？我们还有三千精兵，父亲也可以顽抗到底！谁要想来夺权？先问我手中的枪杆子答不答应！

大家都吃了一惊，均知这四少行径恶劣，不可理喻，沐智贤也就不再作声。

又有人打圆场说：人各有志，委实不能勉强。那么就先拖着吧。

邵烈风仍是铁青着脸，喜怒难测，沐智贤却匆匆离去。次日早晨，下人才来报告说，沐智贤已不辞而别，举家逃走！邵烈风大惊失色！须知此人跟随他多年，也算是他的主心骨了！竟然如此，可见形势已经糟到何等程度，而他却浑然不觉！

邵烈风立刻找来儿子商量，叹息着说：老沐离开，定是感觉前途无望，对我也失望至极，这才保命要紧！看来形势不饶人，四川这烂摊子，你爹我也收拾不了，不如就交给那些绅商来管，我们退到川康边去，今后当个川康王，也还自在！

邵玉笙鼓着脸，极不情愿：父亲，皇上还没退位，你这封疆大吏就退了？

那个奶娃子懂个屁！难道还要我们给他陪葬吗？邵烈风焦躁起来：听说全国21个行省，四川算是最后独立的！儿子，大势已去，就要改朝换代了！你明白吗？否则沐智贤那个智多星，怎会丢掉他这个经营多年的职位，见势不妙，连夜逃走？

邵玉笙知道自己的智商连沐智贤的零头都抵不上，此人的出走就是个信号，看来父亲这个四川王的位置肯定保不住了！剩下的就是如何跟新政权谈条件。

邵烈风又组织下属来座谈，商量以后该怎么办。这次大家的口风都变了，先议论了一阵形势，询问京师情况如何，朝廷是否安好，哪些省已经独立，然后就齐刷刷地表态说，赞成总督让位。邵烈风听到这话满面凄惶，竟然流下几滴浑浊的眼泪……

最后他只好表态说：如此看来，四川独立自治，已成必然，邵某为四川计，为四川人民计，只好让位，支持独立……否则，也实在没有别的法子可以图存了！

这时众人才怜恤地看着他，看着这个曾经威风凛凛的四川总督，不知道他腮边的那几滴浊泪，是为他自己而流，还是为大清朝而流。

下面的日程自然是提出退位要求，磋商条件了。这一点，恪尽职守的沐智贤早就为主子拟好条款，煞费苦心地放在总督卧室了。邵烈风看着那恭正端方的笔迹，又不禁潸然泪下。若他早点同意辞职，或许还能留住这个特别有用的奴才。

次日邵烈风便宣布辞职，成都民众欢欣鼓舞。正好保路同志会的绅商也都商量好，推举吴万乾担任新的四川总督。双方正式见面后，又协商了一系列的移交问题。邵烈风也提出他的辞职条件，威逼新政府给他20万大洋，他才正式退出总督府，交出总督大印，率领其手下退到川康边去。吴万乾代表新政府答应了邵烈风的条件。

文光豪带着这些消息回到新津，又是晚霞漫天的黄昏时分。在这明朗的深秋里，苍穹高大辽阔，平原苍翠青幽，一派生机勃勃，欣欣向荣的景象。沿途的原野里，田坎上，路边绿茵茵的草丛中，盛开着一簇簇五颜六色的野花，带着沁人的清新和香气，钻到了人们鼻子里。夕阳映照着满山遍野，处处都是花团锦簇，色彩缤纷……

文光豪的心情也如这些盛开的鲜花一样美好。小妹虽然给他一点气生，却给他带来了人们常说的"艳遇"，让他邂逅了一位不寻常的满族姑娘。成都形势也是大好，成立了大汉四川新政府，邵烈风四面楚歌，被迫交权，原咨议局议长吴万乾就任新的四川总督。虽然副总督兼军政部长徐庆怀是邵尔培的心腹，让他觉得不舒服，但是革命总算成功了！他虽不是同盟会员，也为这些先驱者感到高兴。而且他相信，自己总有一天会加入这个革命组织。因为这就是时代潮流啊！顺者昌，逆者亡。他的心也随时在复杂交错的思绪中翻腾着，似乎被大浪冲击着，溅起了纷纷的水花……

　　五十四标驻扎在新津县城外的纯阳观。那里有一重重观宇，士兵为了不扰民，每晚都点起火堆，席地而卧。还好天不算冷，拥些干燥的稻草便可。但冬天快到了，文光豪准备跟林汉云商量，如今大局已定，风潮已过，应该率部回成都了。

　　林汉云似乎知道他今晚要回来，正坐在大殿前的石阶上等候，远远地看见他骑马过来，就不起身地摆摆手，叫道：光豪，你回来了？我在这儿呢！

　　文光豪跳下马，把缰绳扔给跑来的传令兵，朝他走过去：你怎么在这儿？

　　是啊，你看今天这秋色多好！林汉云满脸笑容地说：我正想到那陇上去走走……哎，光豪，你我虽然土生土长在乡村，但却从没好好看过这田园风光呢！

　　文光豪深感奇怪地点点头。是啊，秋色美好，天高云淡，但是对方派他去成都打探消息，见他回来却不谈正事，可谓胸有丘壑，真是沉得住气啊！

　　汉云，不出你我所料，果然是那徐庆怀当上了军政部长！他提醒般地说：他还兼任着副总督呢！

　　是啊！他是邵尔培的心腹嘛！我们那位屠夫大人也想让他充当自己的心腹，或者是代言人。林汉云眼睛在暮色中闪闪发光：我就不相信，邵总督能轻易交权!

这才是你啊!文光豪拍了拍好友的肩:我就不相信,你会对此无动于衷!

林汉云呵呵笑道:那么依你看来,谁当这个军政部长才合适呢?

当然是你了!文光豪又拍拍他的肩,也笑起来:舍此还有谁啊?

林汉云也纵声大笑起来,笑声里充满了自豪,也充满了轻蔑:英雄所见略同啦!

他们都听说在此之前,徐庆怀曾带着凤凰营的几个协统和标统,去参加过邵烈风组织的议事会,过后这些人便成了徐庆怀的心腹。其实凤凰营的新军官兵们对于这次总督的变更都表现出无所谓的态度,无论本省还是外省的军人,都说他们是国防军,并非属于哪一个人,至于政权在谁手里,他们可不管,只要是为国为民,他们就服从。但骨子里谁都明白,他们反对邵烈风掌权,也不看好清政府。因而四川一宣布独立,大多数人都把辫子剪掉了,说是图个脑后清静。但一批从日本留学回来的,思想比较新潮的年轻军官,却怕徐庆怀被邵烈风掌控甚至操纵。于是刘刚蓝也不得不防,竟然一天几次派人去,想把徐庆怀调回营。谁知此人却不听,公然留在总督府里,似乎偏要跟邵烈风沆瀣一气。刘刚蓝得知此事,平素挺文静的他也跳起八丈高,又派人把徐庆怀叫回凤凰营,好好教训了一番。其实本是徐庆怀为正,他为副,两人的位置简直颠倒了!徐庆怀也是愤愤不平,索性又悄悄进了城,住在总督府里不回来,倒把刘刚蓝气得够呛!如今他当上这个军政部长,肯定更不把川籍军人放在眼里了!

我听说这两天,凤凰营里流言大起,都说邵烈风是把徐庆怀扣留做人质了。两人走回纯阳观时,文光豪这么问:看来这是刘刚蓝造的谣,想惑乱军心了?

不得已而为之啊!我也在推波助澜。林汉云淡然说:否则怎么扳回这一局?

文光豪当然知道,因副总督兼军政部长是外省军人,让凤凰山军营的川籍军官都大为不满,也包括身边这位雄心勃勃的林标统!于是那个问题又从心底冒出来:好朋友到底是不是革命党人?听说日本留学期间,林汉云确曾与同盟会有过接触,但回四川后,革命党的"排满主义"在他这里却变成了带有私利性的"排外省主义"。每次聚会或宴席上,林汉云总是有意喝醉酒,然后乘着酒兴,大骂非川籍军官。在川籍与外省军官的对立情绪下,林汉云的肆意谩骂当然赢得了本省军人的好感。

文光豪又想到,保路运动初期,四川陆军小学也闹起了风潮,徐庆怀听说学生要罢课,便去召集训话,孰料话未说完,竟有学生自行退出。徐庆怀大怒,命令宪兵维护军纪,闹事的学生竟然蜂拥而上,当场撕破徐庆怀的军衣,后者在宪兵保护下才得以狼狈脱身。而徐庆怀之所以被学员打跑,很大程度上也是因为军营里盛行的"排外省主义"。在此形势下,本就被保路运动搞得焦头烂额的邵烈风,只得改派林汉云去兼管。林汉云也颇有手段,他到校后的第一件事,就是改善校内伙食,并亲自向学员们敬酒,以笼络人心,将学员收为己用。于是没几天,他便平息了这场学潮……

文光豪想到这里,不禁脱口而出:汉云,这乱世应该是我们军人的天下,如吴万乾这样的一介书生,川西遍地都是挟枪带棒之人,他怎么可能镇得住?

原来他这一路走来,并未看见新军和巡防兵的踪影,反而到处是小股头的同志军,带队的均是袍哥舵爷们,全都喜滋滋地往成都奔。有说是现任总督调他们去的,也有说是自愿去的,四川独立了,去看看是个什么光景。文光豪见他们一伙一伙提刀拿枪的,让路人看了都心惊,也担心这些团防哥老会们进了成都会惹祸。

林汉云掏出一包洋烟,打开来并不抽,先递给他一支,笑笑说:这独立之初,也算革命成功了嘛,找一个立宪派,让他撑撑门面……但是,看他能撑多久吧!

他们进了纯阳观,这是个初建于清朝嘉庆年间的观宇,为纪念吕洞宾而建，因无人维护，有所破败。但这所纯阳观颇有特点，是以儒家为主并兼容道、释在内的全国第一忠孝儒林。其殿宇共有十几重，规模相当可观，却又一丝不苟地按照当地传统木构营建方式来设计建造，也即以穿斗式构架为主体，局部又直接用抬梁增大空间，所有梁柱也直接榫卯搭接，未见斗拱之用。而且大量采用砖砌山墙，但几重主殿又偏用悬山挑出，堪称古代建筑中的瑰宝，成都平原的大木华章！

文光豪喜读诗书，知道这座殿宇的分量，当初部队进驻时他就反对。但林汉云却向他保证说，肯定秋毫无犯。现在他望着暮色中这座宏伟的古建筑群，又看看四周正在点火造饭，在火堆边七倒八歪的士兵们，再次扮演了一个文物保护人的角色。

汉云，我们赶快回成都吧？他说：也好给这里留下一方净土。

理由呢？林汉云斜睨着他，微笑着，那神情亦庄亦谐，也可说亦正亦邪。

文光豪已经猜到他的心思，便笑出了声：乱世自有枭雄出，如今，一位果决剽悍的年少英豪即将横空出世，正是年仅27岁的林汉云……今晚就布置任务吧！

当晚五十四标的官兵们大口吃肉，大碗喝酒，火堆熊熊，映照着他们兴奋的脸。他们都被同一个想法鼓舞着，激动着——他们的标统一定要成为军政部长！文光豪也佩服好朋友的心机，而且体验到他那句话的深刻含义：今天这秋色多好啊！

他们吃喝到夜里才停歇，林汉云又派人飞马驰往凤凰营，传信给一帮好友，让他们次日一早务必赶到新成立的大汉四川新政府，一起参加这次"逼宫"行动。

这个新成立的政府机构设在成都市中心的皇城，那里曾是蜀王府，也曾作为贡院，至今还有学堂设在那里，只是最近停办了，倒是一个很堂皇的办公场所。

原来邵烈风被迫交出了总督大印，但没搬出总督府，他手下的巡防兵还日夜守卫在督院街。他也向新任总督表示，不收到那20万大洋，就不离开成都，让吴万乾他们另觅地方组办新政府。吴万乾跟容士轩等人商议了很久，觉得其他旧衙门都不合适，咨议局的场所也不宽敞，这才想到皇城。此时这里乱糟糟的，有人在搬家具抬桌子端椅子，也有人拿着文房四宝不知该往哪儿搁。聚到这里来办事的人，大多互相不认识，一些外籍官员都自知难以立脚，便主动辞职了。而空出来的位置又缺少能人志士去承当，让派头十足的吴万乾走进皇城便直皱眉，觉得这新任总督也太难当了！

今天的天气也是阴沉沉的，成都深秋难得有太阳，可昨天还是大晴天，今日就变天了吗？或者是寒潮袭来了？吴万乾的心情突然变得很糟糕，他庆幸自己穿了一件薄棉袍，否则冻病了就更糟糕。万事开头难，现在他可是病不起啊！

他刚在自己的办公室里坐下，环顾四周，见这屋子已布置妥当，有了一点安宁的意味，一群军人就闯进来，个个都英武彪悍，让胆小怕事的新总督猛吃一惊……

你们、你们是谁？他竟然结巴起来：怎么敢闯我大汉新政府？

我们是凤凰营的新军军官，来找你这个新任总督提建议！文光豪冷冷地说。

吴万乾并不傻，他看出对方是有备而来，自己也不敢得罪这些军人，便让他们都找地方坐下聊。又苦笑着说：对不起，我也刚搬到这里，连茶水都没备下。

不用了！文光豪摆摆手说：目前的情势我们都知道，你这新任总督也不容易。邵烈风虽从总督的位置上退下来，但他仍旧担任着原来的川康边务大臣，还掌握着那三千巡防军。你们这个四川新政府的成立，也是邵烈风在幕后操纵吧？他都策划好了，让我们十七镇的统制徐庆怀来担任你的副总督兼军政部长。此人是邵氏兄弟一手提拔起来的亲信，他又手握兵权。吴总督，你想过没有，你是文人出身，本身并没有多大实力，这四川新政府成立后，实权不就握在徐庆怀这批外省人手中了吗？

吴万乾听闻此言，悚然一惊，因为事起仓促，他还没顾上认真考虑这个问题。如今算是被这帮军人给提醒了，原来这新政府的关键人物竟然不是他，而是副总督徐庆怀！这样一想，总督大人不觉也滋生了不满，心想这算怎么回事啊？

文光豪看出他心中有了疑难，便淡然一笑，又说：这下你明白了吧？邵烈风在形式上把大权交给了你，但军权仍由新军统制徐庆怀节制，邵烈风也可借以自保。不仅如此，他还给你提了很多苛刻的条件，除了要这20万大洋，包括以后他每年的饷银，还有满城旗民的供给，以后都是由你这个新政府支付，听说还要再扩充军队……

吴万乾听得头都大了：哎呀，光说这些干啥，还是说说你们的来意吧。

文光豪看看其他人，见他们都点点头，这才向吴万乾提出两个要求：一是罢免徐庆怀，由新军中颇负众望的林汉云出任军政部长；二是要扩编一镇新军。吴万乾犹如醍醐灌顶，猛然发现了自己的错误：徐庆怀是外籍人，又是邵烈风的心腹，他当军政部长，对自己有什么好处？而那林汉云不但是赫赫有名的川籍军官，据说文武双全，还是容士轩的准女婿！这就等于是自己人啊，军政部长真是舍他其谁啊？

行行行！他忙说：各位长官的意思我明白了！这扩军经费一时无法筹集，但你们的第一个要求，我会慎重考虑。好说好说，他不是容老先生的准女婿吗？我今晚就去跟他商量，然后再最后决定，好不好？各位长官，请先回营吧！

文光豪却郑重地说：我们提议和推举林汉云来当这个军政部长，不仅因为他是容老先生的准女婿，还因为他是最合适的人选！以前是邵总督压制他，否则他早就该担任十七镇的统制了！今天你吴万乾执政，若还是容不下他，我们可不答应！

在场的军官都随声附和，屋里的空气弥漫着一股浓烈的火药味……

吴万乾看着这些身穿军服、腰别洋枪的军官们，早就吓得一头汗了，连忙说：好吧，没问题！这件事我立刻就解决，立刻就去解决，行吗？

文光豪等人见好就收，鱼贯走出来，都不禁哈哈大笑。笑声震荡着新设的总督府，也让四周的人刮目相看。据说很时新也很精明的吴万乾，其实不堪一击！他还未黄袍加身，就有些手足失措了！本来么，尽管保路运动是绅商搞起来的，但若不是依赖本地的民团、袍哥甚至舵爷们组成了同志军，何来这胜利果实？而若没有新军在暗中助力，这些乌合之众也成不了气候，因此大汉新政府必须要有新军的位置。

光文豪走过煤山时，对改朝换代沧桑变化有了更新的认识。这煤山本是铸钱的宝川局烧剩的煤炭渣子，几百年来日积月累，竟在皇城东北角的空地上堆成了一座小山，成为平坦的城中唯一的高地。遥想京城里的故宫内，也有一座煤山，竟是明朝最后一位皇帝上吊的场所。当时朱元璋派儿子朱椿来成都修建这蜀王府时，可曾想到过这一天？辉煌壮丽的皇城已被付之一炬，宝川局的旧址也改为劝业道衙门，就连这煤山也渐渐长满了青草，远远看去，好比是为旧王朝打造的一座坟墓，何其悲哀！

当晚，吴万乾就去容府看望容士轩，要跟他好好商讨此事。他下了轿子，只见容府内灯火辉煌。下人领着他穿过几进厅堂，布置都颇为讲究，均是精选的楠木家具。他走进餐厅，容氏一家正在吃晚饭，团团围坐在一张红豆木镶大理石的圆桌旁，其乐融融。吴万乾突然很羡慕容士轩，有些后悔自己跳出来担任这个令人烦恼的四川总督。否则他也可以跟容老先生一样，轻松自在地享受天伦之乐。

你来了？容士轩连忙站起来问他：吃晚饭了吗？要不要一起喝杯酒？

容士轩的两个儿子也站起来，向他拱手行礼，容家女眷则起身退到内堂。

吴万乾忙说他吃过了，又谦逊地在一边坐下等候。待容老吃完饭，漱了口，两人才相跟着来到一间待客的厅堂。这里的陈设也很昂贵、很舒适，墙上挂着许多名人字画，配了两个靠枕的炕床古色古香。吴万乾坐下后，发现对面墙上除了一幅山水图，还挂着一副对联，是杜甫的名句："锦江春色来天地，玉垒浮云变古今。"

吴万乾不禁叹道：真没想到，我们成都这阵子，真是变来变去啊！

又有什么变化？容士轩诧异地看着他：这都好几天了，你的位置还没坐稳？

别提了！吴万乾长叹一声：还不是为了你那位好女婿！哎，容先生，你我可真是聪明一世，糊涂一时啊！提名军政部长的时候，为何没有想到他？

容士轩却丝毫也不感到意外的样子，笑眯眯地说：你是说汉云？他不是我未来的准女婿吗？我这个人，你还不知道？我是肯定要避嫌的！怎么能提他？

可是我们任命了徐庆怀，你那个准女婿岂肯服气？吴万乾敲敲炕床上的小方桌：他今天派人来大闹总督府，明确说，就要让他当军政部长！你说我该怎么办？

容士轩眯起眼睛想了想，缓缓地说：这个嘛，就是你总督考虑的事了……

那不行，不行。吴万乾把头摇得像拨浪鼓：我得找你商量，听听你的意见。

容士轩又沉吟一阵，才说：这事儿，我也不是没有考虑过。按说此前成立十七镇，邵尔培就考虑得不周。这是川人出钱川人操练的新军，却让外省军人来坐镇。其高级军官也大都不是川人，如汉云这样文武双全的年轻军官，岂肯服气？如今四川独立了，若川籍军人还不得出头，只怕军心不稳，就会酿成兵变啊！

兵变？吴万乾吓了一跳：听说端方正是遭遇了兵变，被他手下给杀了！

容士轩继续说：这不是一回事，但四川的军队，最好让四川军官来统领，才不易出乱子。否则不管你任命哪个外省人来当军政部长，只怕川籍军官也不服啊！

那还有什么话说？吴万乾负气道：四川军官中，当然首推你那个准女婿最有威望。说实话，我原本不太喜欢他，人高马大的，又爱口出狂言，盛气凌人……

容士轩哈哈大笑：我倒喜欢他这点，所以才把女儿许配给他。

吴万乾站起来，准备告辞的样子：既如此，那就让他来当这个军政部长嘛！他既是你的女婿，当然也是自己人了！我也可以安安稳稳地当这个总督了！

吴万乾走出厅堂，还能听到容士轩满意的笑声。他想，老爷子对准女婿担任军政部长，是早就心有所属，却假意推辞，要让自己幡然领悟，重新任命此人。

那天晚上，容士轩神秘莫测地对女儿说：嘉露，你林哥哥就要回来了！

是吗？容嘉露咬着手绢说：他回来干啥？

容士轩又是哈哈大笑：天机不可泄露……

26

当初冬季节里漫天的大雾刚消散，久违的太阳在天边试探地露出它那通红的圆脸，市中心的明远广场就热闹起来，很快就沉浸在一片热烈沸腾的气氛里。

这一天是11月27日，四川正式宣布独立——这是南方各省都纷纷独立，且渐已安靖后，最晚独立的省份。今天也是四川新任总督吴万乾正式上任的日子。新政府早已传令说，这日正午举行就职典礼，每街都要派代表两人去皇城道喜。此外家家户户的窗檐下，都要打出大汉新政府的旗帜来。这旗帜的设计很简单，就是一面白布，中间用墨汁画个大圆圈，里面再用红笔写一个"汉"字。街正传达后，人人都欢天喜地，家家都自己来做这旗帜。虽然长长短短大小不一，但白布却因此而脱销。旗帜打出来后，在风中飘展着，映衬着水洗一般碧蓝纯净的天空，令人看了很舒心。都说汉字表示汉族，如今独立了，就是大汉民族光复了，所以要称为大汉新政府。

  还不到正午时刻，市民就潮水一般地涌向皇城。这一片成都的中心区域，在历史上历尽沧桑，唐末五代，王建、王衍父子的前蜀国，孟知详、孟昶父子的后蜀国，都曾在此地大修皇室宫苑，花蕊夫人也曾写诗感叹过这里的繁华盛景。附近的摩诃池一度成为皇家园林，更是交织着辉煌与浪漫，散发出沉醉千古的芬芳，吸引着无数文人骚客来此一游：杜甫曾陪严武泛舟，赋诗云："竹里行厨洗玉盘，花边立马簇金鞍。"陆游发出了"摩诃古池苑，一过一消魂。春水生新涨，烟芜没旧痕"的赞叹。明人曹学佺也写过诗，盛赞这蜀王府："锦城佳丽蜀王宫，春日游看别苑中。水自龙池分处碧，花从鱼血染来红。"尽管张献忠的一把火，让这著名的王府化为了灰烬，但在这片占地不小的荒地上，又设立了贡院，修建了至公堂和明远楼。后者是一座雄伟壮美的建筑，里面屋阁重重，富丽堂皇，可设宴待客，也可弦歌纵舞。站在这皇城的荒地之上，遥想千百年的历史中，这座城市发生了那么多次变迁，江山易手，人事全非，美景何在，事亦随变。这座皇城在无言的耸立中，竟然道出了耐人寻味的世间哲理……

  而今天，这皇城坝又变成了一片波涛起伏的欢乐海洋。从东御街到贡院，还有红照壁和西御街，人流越来越多，个个都打扮得跟节日出行一般，人人脸上都挂着笑容。街上满眼都是缤纷的色彩，成都人完全沉浸在热烈沸腾的气氛中了！

  时辰到了，明远楼那边响起了震耳欲聋的铁铳声：轰！轰……

  接着军乐声中，从至公堂里走出今天的主要人物，那是大汉新政府新组成的班子，包括风度翩翩不断向民众招手的吴万乾，面无表情但腰杆挺得笔直的副总督徐庆怀，全副武装的新任军政部长林汉云，后面还跟着一些官员，以及外宾……

刹那间，广场上也响起了雷鸣般的呐喊声。有人打呼哨，有人拍巴掌，有人喊万岁。人们用不同方式欢呼着自由和重生。几百年的统治结束了！几个月的风潮也过去了！太平的日子就在眼前。他们除了看热闹，也是来呼朋唤友一起庆祝的。于是秩序很快就乱了，大家都各自寻找着熟人，找到了，就拥抱在一起欢呼跳跃……

章海涛一直在人群中寻找着恋人，他那天被赶出林府，不方便再去看文诗洁，撒传单的事都是自己独立完成的，也不知道文小姐曾跑出府来找过他。这段时间，文诗洁也去找过章海涛，她记得恋人住在支矶石街，到那里探寻过几次，却不知哪个黑门洞里才是恋人的家。好在这一天，他们终于在皇城脚下的广场上遇见了！

海涛！文诗洁眼尖，第一个看见他，便拨开人群挤过去，忍不住热泪盈眶。

章海涛欣慰地拥住她，在大庭广众下不便吻她，只能笑道：瞧你，又流泪了！

这是高兴的……文诗洁抹了一把泪水，也破涕为笑：我们胜利了！革命成功了！

章海涛点点头，不知为什么却高兴不起来。此前他跟庞逢书一起讨论过形势，总觉得成都情况有些不妙。屠杀民众的邵烈风下台了，立宪派吴万乾担任了四川总督，容士轩居于幕后。这样的阵容似乎不是同盟会希望的。但又舍此其谁呢？革命党人在一个个省份相继宣布独立后，都有这样的困惑：什么样的政府才是人民真正需要的？辛亥革命是标准的资产阶级革命，但属于同盟会系统发动和参加革命的人，多半跟资产阶级扯不上关系。作为革命主力的南方新军士兵，大都是农村失业的穷苦人，其他成员则是流氓无产者，包括哥老会和团防。只有海外华侨和传统士绅出身的学生，跟资产阶级有些瓜葛。而当革命闹起来后，很多地方的革命跟同盟会没有多大关系，包括武昌起义都有商团参与。这样的革命与光复，当然令同盟会感到失落……

文诗洁见章海涛怏怏不快，还以为他是因那天被哥哥赶走，忙说：

海涛，那天是我哥不对，你千万别生他的气。其实我哥人挺好，他只是担心我，怕我出事。

我知道。章海涛淡淡一笑：你放心，我了解你哥，不会生他的气。

那就好。文诗洁松了一口气，又说：我还希望，你跟他有一天能聊得起来，干脆把他也拉进我们的革命队伍。他现在是新军管带，手下有不少人呢！

章海涛确实跟庞逢书商量过这事，后者也对文光豪进行过了解，并指示他说：这个人思想比较新潮，也接近过我们同盟会，可以去争取他加入革命……

因此章海涛便说：我正想哪天有机会，再去找你哥，跟他好好谈谈。

他们都没想到，这机会说来就来了。因为十天之后，成都就发生了兵变。

四川宣布独立，保路同志军、民团乃至鱼龙混杂的哥老会都进入了成都，所谓来"打启发""打秋风"，也来显摆自己的胜利。但城内秩序顿时大乱，街头巷尾也发生了几起团防和市民的冲突事件。恰好吴万乾上任伊始，竟然又荒唐地宣布，全城军队放假十天，并答应加发三个月薪水，而这十天便是军纪迅速溃败之时。于是新军、巡防兵和团防、哥老会的人加起来，每天都有成百上千带枪的人在城里闲逛和游荡，吃花酒的，看戏的，烧鸦片烟的……他们尽管寻欢作乐，却都摆着一副"四川独立，我们有功"的英雄气概。若跟市民有冲突，便动起手来，虽不致开枪，但也把市民打得鼻青脸肿。还有人调戏妇女，甚至强抢川戏旦角去唱堂会，每天总要发生几起惊人事件，闹得实在不像话！市民们在街上遇见了这些人，就跟碰见瘟神一样，赶紧远远地躲开，或者绕着他们走。这也给此后的"反满"行为造成了不良契机。

吴仪民所在的报馆，现在重新整顿又开张，他立刻本着新闻记者的职责，把这些事件都毫不隐讳地登在报上，给予披露，希望政府及时制止。不料惹怒了军人和团防兵，他们又毫不顾忌地冲进报馆，把一切设施都砸个稀巴烂……

吴仪民回到家，愤怒地对父亲说：这些军人和所谓的同志军，在城里不守秩序，非常有害，也损坏了新政府的名誉。父亲还不想办法制止吗？

吴万乾正忙着宴请亲戚朋友，也想显示一下自己的胜利，便说：没关系，那些动刀动枪的江湖草莽，都上不得台面。过几天，爹有办法整治他们。

吴仪民不满地看着府中川流不息的人群，又说：父亲上任后，每晚都忙着跟亲友们宴请庆贺，实际上，那些野心勃勃的军人，根本没把你这个总督放在眼里！

哎，我们是大户人家，绅商出身，如今爹当上总督，若不请亲友们来庆贺，岂不是等于锦衣夜行？吴万乾满不在乎地说：过了这几日，爹自有办法……

吴仪民当着众多亲戚朋友的面，不便再说什么，只得转身离去。

吴万乾是读书人出身，没受过什么磨炼，也没多少从政的经验，对于暗流涌动的危险局势便浑然不觉。此后军政部长林汉云也来找过他，向总督讨要军饷，并且埋怨说，因放假那十天，导致部分军人终日在街头游走、多次斗殴，市面秩序混乱，建议各军回营，进行一次点兵。为了显示新政府的权威，也为了显示他本人的威风，吴万乾决定于12月8日在成都东校场举行阅兵，以整肃军纪，维护治安。他还答应林汉云，点名后再发军饷。这实际上是给兵变提供了一个绝佳的机会……

彭俊辉等人也劝过吴万乾，说：阅兵有几千人，你点名要到何时啊？

吴万乾却不在意地说：没关系，第一天点不完，第二天再接着点吧！听说军队里总有吃空饷吃差额的，积弊很深，查点一下各营人马是否属实，也很必要。

冯长立留过洋，有点见识，虽没在新政府任职，又提醒他说：目前成都情况不稳，你先任命外籍军官为军政部长，又不同意新军再增加一个镇，让那些川籍军官想趁机升职的愿望也落空了。我看那些军人都横眉冷眼，可别闹成兵变哦！

吴万乾坚持己见，仍旧要在东校场举行阅兵。不料这次阅兵竟引发了一场浩劫式的兵变，局面一发而不可收！尽管吴万乾在保路风潮中表现甚佳，他与当局打打口水仗或许还行，但碰到兵变这种杀人放火的阵仗，他立马傻眼，束手无策了！

那是成都又一次热闹的大场面，爱看热闹的市民听说要阅兵，一早就聚集在街道两边。直到一轮冬日缓缓升起，光线都射到了房屋顶上，才见一行人威风凛凛地走来。头一个便是骑着高头大马的吴万乾，接着是副总督徐庆怀，然后是军政部长林汉云，还有一些军职人员及卫队，令人瞻仰地款款而行。大家都鼓掌欢呼，敬佩又欢欣鼓舞地看着这一行人。马上的吴万乾也很得意，心想这十多天，自己尽忙着宴请亲友了，早该这么出巡一次，让万民来敬仰，那才是真正的打马游街，锦衣昼行了！

校场正面有个气派的阅兵台，由青砖红石砌成，雄伟壮观。台后的一面木屏风上，彩画着一虎四彪，象征着四川旧军制的一军四镇。台下有个整齐的军乐团，当吴万乾一行人走进校场时，就开始奏乐。军乐团后方是按队伍编制，整齐排列的几千名新军，他们个个手上都持有亮闪闪的洋枪。吴万乾身穿金光灿灿的将军服，率领众人雄赳赳气昂昂地走上阅兵台，准备发表讲话，开场白是：各位革命军人……

他刚开始说，下面就有士兵喧哗吵闹起来，都在大声嚷嚷：

总督答应发三个月的饷，为什么只发了一个月？

总督是在骗我们？！走，大家别理他，还是上街去打启发……

吴万乾大惊失色，忙说：各位别走，我还没讲完……

但众人哪肯听他的？四下里全都鼓噪起来，不知是谁朝着台上放了一枪，站在台边的放饷委员便被当场打死！接着枪声大作，场内顿时乱作一团，不少军人都在大吵大闹，场外的巡防军也趁机附和，随即枪声四起、流弹横飞、喊声震天……

阅兵台上，众人都惊慌失措，呆如木鸡。吴万乾哪见过这等阵势？当即吓得两腿战栗，身为统制的徐庆怀也感觉无力控制军队，便想拉着吴万乾，趁乱逃走……

林汉云见他们欲仓皇逃离，立刻劝阻说：不能走，我们要稳住，必须镇压！

徐庆怀一把推开他，瞪眼说：你去镇压吧！晓得你们四川人搞的啥子鬼！

但吴万乾已经吓得路都走不动了，徐庆怀便顾自跑出校场，逃之夭夭……

林汉云看着这位上司慌慌张张地逃跑，气得骂道：没出息的胆小鬼！

负责场外守卫的文光豪带着几个卫兵跑来，问林汉云：发生兵变了，怎么办？

林汉云看了看脸色苍白、瑟瑟发抖的吴万乾，只得说：你快带他离开吧！

文光豪也看了吴万乾一眼，便让两个卫兵扶着他跑出校场。吴万乾赶快脱下将军服扔掉，文光豪提枪掩护他，肩上却中了一枪，受伤后也只好逃走。

此时乱军好似乌云团团聚焦，又呼啸着，怒吼着，一边打枪，一边随着那群逃跑的人流拥出校场，场内只留下十余具尸体。林汉云还想观察一下形势，就最后一个走，他正欲跳下阅兵台，却见乱兵中有人举枪对着他！他凛然一惊，翻身滚落台下，打了个呼哨，招来自己骑的那匹骏马，飞快地奔出校场。

乱兵跑到大街上，又开枪打死了很多看热闹的市民。市民们吓得惊慌失措，纷纷逃窜，林汉云看了又气又急。刚担任军政部长的他一向好强，遇到这种事也是迎难而上，便骑着马一直在各兵营队列中奔跑劝阻，喝令军人们放下武器。但眼看骚乱越来越大，竟然又有士兵把枪口指向他，单枪匹马的他也只得突围而去……

林汉云自乱军中杀出后，心里明白这次兵变定是有人暗中指挥，只怕自己手下的兵也都哗变了！必须立刻赶回凤凰山军营，去刘刚蓝那里调动可靠的军队，才能回城平叛。但他刚好驶到容府门前，全城已经闹得天翻地覆，又有一批乱兵朝他奔来。他见自己势单力薄，无法硬拼，便跳下马来，闪身进了容府，暂时隐藏起来。

事后才得知，是场外的巡防兵带头开了第一枪，然后阅兵的几营新军便参与了，接着是本该维持治安的武装警察跟着哗变，后来一些刚进城的同志军也卷入了。

这场兵变是一次可怕的大抢掠、大破坏！乱兵拥上街头抢劫银行、商号、金库、商家、公馆等后，又放火烧了几家商铺。大街小巷混乱不堪，到处是冲天的火光和狂暴的喊声。藩库、银号、票号几乎无一幸免，成都东大街、劝业场等十数条繁华街道的商号，也被乱兵们洗劫一空。更有甚者，乱兵们抢完后，警察差役、哥老会和团防、地痞流氓又进行二次抢劫，乃至三次、四次抢劫。许多成都市民被抢掠一空，损失惨重。兵变后的惨状自张献忠屠川以来未曾有过，昔日繁华昌盛的成都，一个温柔富贵之乡被蹂躏践踏得面目全非。据粗略统计，全城的损失高达两千万银圆！

乱兵在市区烧杀抢掠，成都又陷于水深火热之中。当晚市民都不敢出门，章海涛得知情况后忧心似焚。到夜里，外面的枪声稀少了，火光却越发厉害，简直烧红了半边天！后来街上又有嘈杂人声，不少市民竟想连夜逃难撤出市区。章海涛更是焦急，他担心恋人的安危，也放不下民众的生死，便不顾二哥劝阻毅然跑出家门。夜色漆黑，但焚烧的房屋犹如万盏明灯高照，他一路飞奔到学道街，找到了上级庞逢书。

庞逢书也在茶铺团团转，焦急万分。见到他便说：你来得正好，我们对对情况吧。

可我今天没出门，什么都不知道啊！章海涛忙说：庞先生，现在该怎么办？

立刻找人去平叛！庞逢书斩钉截铁地说：你我都不行，必须是新军的人……

章海涛眼睛一亮：林汉云！他是军政部长，又是新军标统，非他莫属。

据我所知，他今天也在东校场。庞逢书脸色铁青地说：若他有心平叛，这会应该去凤凰营调来兵马了！可是从上午到现在，十数个小时过去了，却毫无动静……

可能他也遇到麻烦了？章海涛诧异不解：否则他肯定会出面平叛。

现在街上议论纷纷，有各种说法。庞逢书叹道：有说是邵烈风组织了这次兵变，也有人说是林汉云在暗中指挥，他当上军政部长还不满足，想当总督！

这不可能！章海涛断然说：邵烈风若要组织兵变，他又何必交权？至于林汉云，都说他有正义感，决不会用成都人民的血来染红这顶乌纱帽啊！

是啊！庞逢书沉吟着说：所以我认为，他还是平叛的最佳人选。

但必须有人去说服他……章海涛猛然领悟：你是说我？可我不认识他啊！

但你认识他最重要的好友文光豪。庞逢书笑道：你还是此人的准妹夫……

章海涛怔了怔，哈哈笑道：庞先生，你在这儿等我呢，但他根本不认我！

此一时，彼一时。庞逢书意味深长地笑笑：现在情况不一样了！危难之中见人心。据我了解，文光豪早就想参加革命了！只要你找到他，说明我们同盟会的宗旨，让他去找林汉云出兵相救。我相信，他会跟林汉云携手并肩，共同平息这场兵变。

章海涛一向信任庞逢书的判断力，他想了想，便答应了。正好，他也想去见见文诗洁。于是从丁香茶铺出来，他又去了林府，想在恋人帮助下找到她哥哥。

虽是半夜时分，但章海涛轻车熟路，反而觉得便于掩护。他围着林府走了一圈，找到一棵靠墙的大树，毫不费力地攀墙进院，在夜色里分辨了一下方向，便摸到心上人的门前，轻轻敲着那两页雕花木窗。漆黑的夜里，文诗洁突然从梦中醒来，腮边还挂着两滴泪水。家乡的惨状，生民的涂炭，渗透了她的噩梦，眼望着窗外黑暗的天空，思想也跳不出历史的跌宕。却听到几声敲响，她恍觉到什么，便走去开了窗……

章海涛带着一股寒气跳入房间，一把抱住她，低声说：别怕！是我！

海涛！文诗洁顿时伏在他胸前，泪水长流：今天兵变，真是太惨了啊……

我就为这事而来。章海涛扶住她，坚决地说：事不宜迟，我必须马上见你哥！

为什么？文诗洁有片刻的紧张焦虑，又立刻明白了：好吧，正巧他今天就在这府中。他受伤了，但并不严重，这会儿可能睡下了，我带你去见他。

文光豪今晚也是噩梦连连，那场人间浩劫在他梦中频频出现，时而清晰时而遥远。他也在梦中哽咽着，为父老乡亲们悲鸣着。什么是军人？军人就该保家卫国，而不是拿枪杆子去屠戮百姓！他为自己的无能为力而叹息，在睡梦中也憋闷地叹着气，唏嘘不已。听到妹妹的敲门声，他扯亮灯又打开房门，见章海涛闪身进屋，不觉一惊！

是你？你怎么来了？他看了妹妹一眼，就回身扑到床头，想去摸枪……

哥，他专门来找你谈事，为了今天的兵变。文诗洁忙说：你可别开枪打他！

没关系，今天我们已经听到了太多的枪声！章海涛大无畏地凛然说：如果开枪打死无辜的平民百姓，就是你们军人的嗜好，那么你现在就打死我好了！

哥！文诗洁又叫起来：你不能……他真有话要跟你说，你听他说完嘛！

文光豪看了看这一对并肩而立的璧人，无奈地叹口气：好吧，你说……

是同盟会派我来找你商量，想请林汉云去平叛！章海涛劈头就说。

听他直言相告，文光豪心中暗暗吃惊。他在灯下打量章海涛，第一次见面时来不及观察，只觉得这个男孩子乳臭未干，又很狂放的样子，真是又奶又野！此时再细看他，发现他面庞俊秀、剑眉星目、气宇轩昂，那独特的帅气形象难以言表。他的眼睛清澈而明亮，仿佛能窥视到人心深处，也反映出自己内心的丰富程度。他的身材也堪称完美，其散发出的强烈荷尔蒙气息让人倾倒。他的性格应该是多面的，既是一个深情款款的恋人，也是一个坚韧不拔的战士，看来妹妹眼光不错啊！

与此同时，章海涛也细细打量着文光豪，发现他的气质更是独树一帜：温文尔雅中带着一丝豪放不羁，矜持中又带着几分随和，让人无法忽视。他穿着白色的睡衣，左肩上有一抹血迹，看来是在白天的兵变中受伤了，才只得藏身于此……

顿了顿，还是文光豪先开口，语气也变得温和：既如此，我们坐下谈吧。

文诗洁见屋里的气氛和缓下来，高兴地预见到这两个人会惺惺相惜，就去厨房里准备汤水吃食。章海涛则在一张椅子上坐下来，想把同盟会的宗旨细说给他。

文光豪却开口就问：你们同盟会不是只知道丢炸弹，闹暴动吗？还想搞法兰西那样的大革命！我看你们并不懂得安邦定国的大道理，为何还要成立共和国呢？

不是这样的！章海涛控制住情绪，缓缓地说：使全国之人没有贫者，人民都生活幸福；使我们中华民族富强起来，屹立于世界之东方，这才是革命的真正意义。

文光豪眼睛一亮：这么说，你们革命不是为了自己夺取政权，而是为国为民？

当然了！章海涛激动地站起来，挥舞着拳头说：我们同盟会的诸位同志，都是要一起致力于实现革命的目标，这个目标就是建立民族独立的国家，创立平均地权的共和国，也就是民族、民权、民生——这是需要我们毕生为之奋斗的三民主义。

三民主义？文光豪也激动地重复着：你们革命党人对于推翻清朝，确实功劳很大。武昌起义也是你们搞的吧？虽然那也是兵变，但性质不一样。我们新军里也有革命党人同盟会，我听他们讲过你们的宗旨，听起来，倒也是合情合理……

章海涛更加兴奋了，脸色通红地说：现在四川独立，推倒了专制政府，大家平等自由，不再身受异族压迫，这是多好的事啊！可今天却发生了兵变，这是有人在搞破坏！不管谁在主使，我们同盟会都希望你这个新军管带站出来，保住新政府，保住我们的胜利成果！也保护成都人民的生命财产不再受到侵犯……你愿意吗？

文光豪听他热情洋溢地讲来，更加感觉到妹妹爱上他的可贵之处：这个大男孩奔赴理想勇往直前，既是努力拼搏的阳光少年，又是野性热血的年轻英雄，看来驰骋天地未来可期！别的不说，就挺身平叛之事，他们的想法应该是完全一致的。

我愿意。他平静地说：但我一个人的力量确实不够，必须找到林汉云……

章海涛微笑着故意说：我也想到了，林汉云刚担任军政部长，就发生兵变，他也有责任。听说这次兵变，可能有人在背后操纵，说不定他就是幕后指使。

文光豪不悦地跳起来：我不许你这么说他，这是诬蔑！林汉云绝不可能！

但街上已有这样的传闻，说他想借力打力，夺得更高地位。章海涛心平气和地说：这对他很不利。他不是你的好友吗？我们要尽快找到他，让他站出来平叛！

文光豪又想了想，才说：看来你们同盟会确实是为国为民。我同意跟你一起去见林汉云……据我估计，他昨晚没有回凤凰营，可能是躲进了容家。

他说到这里也不禁担忧。昨天他亲眼见到林汉云阻止吴万乾等人逃走,然后又骑一匹快马杀出乱兵阵营。按说好友早该调兵来平叛了,他有这个能力,也有这个关系,但一天一夜过去了,林汉云却没有任何行动,难道他也遇上了麻烦?短暂商议后,两人决定天亮就赶到容府,去说服林汉云平叛。这时文诗洁端来茶点,章海涛又和文光豪促膝谈心。当清晨第一缕阳光射进来,他们已经成为同志。

27

中国的历史上,尤其是近代史上,经常会出现这样的情形:好些风头狠劲、豪气干云的人物,看似惊天动地,能把乾坤倒转,但却如彗星一闪,转瞬即逝,又从历史舞台上消失得无影无踪。辛亥革命和保路运动中,风云际会,变生不测,27岁便孤身平叛,随即登上四川总督大位的林汉云,就是这样一颗曾经耀眼的彗星。

这一天,弥漫在全城的大雾还未消散,便衣打扮的文光豪和章海涛已经来到容府,两人都庆幸自己出门早,没有碰见那些乱兵。容家仆人打着哈欠来开门,看见文光豪便朝他拱手,主动讨好地说:文将军是来找姑爷吗?他正在后院打拳。

章海涛知道文光豪是这院子的常客,便跟在他身后,他们轻车熟路地来到后花园。只见院子里清清静静的,茂林修竹、池塘假山都飘荡着淡淡的雾气,犹如仙境一般。偶尔闪现的下人也都低眉垂首,对他们深深鞠躬。过了那道彩虹桥,湖边参差的花木中,出现了一方空地,一个穿白衫裤的男子正在打太极拳。他身形高大,目光闪闪,一手一脚伸出去都那么柔韧有力,晨雾缭绕中,真是翩若惊鸿,婉若游龙。旁边有个梳着黑辫子,穿粉色绸夹袍,披着白色裘领的小姑娘在拍手叫好。文光豪见她正是自己心仪的容嘉露，不禁暗暗脸红心热。转头看看章海涛，幸喜他并无察觉……

头天上午发生了震惊全国的成都兵变，林汉云机灵地躲进了准岳父家。他是有大智大慧的机敏之人，纵然想挺身而出，挽狂澜于既倒，扶大厦于将倾，但却不会做无谓的牺牲。没有绝对把握时，他也只能作壁上观。看来吴万乾这个文弱书生根本没本事胜任四川总督！此人在阅兵台上惊惶失措狼狈而逃，丝毫不顾及下属、士兵和民众，致使乱兵趁机在成都大肆烧杀抢掠，整座城市都陷入巨大的危机之中。当然，新任总督也没有能力解决这类事，那么舍他其谁呢？在这关键时刻，谁能承担重任，拯救四川人民于水火之中呢？林汉云只能想到一个人，那就是他自己。

林汉云素有英雄气概，遇事从不服输。在这乱世之中，他更是有种使命感，想出人头地，也想光宗耀祖，干出一番光辉事迹来！而吴万乾和那徐庆怀之流却占着位置，让他感到好憋气！但是头晚在容府门前，乱兵之中，他却不能只身犯险，如果自己死在乱枪下，谁能去拯救成都民众于水火之中？他当时只想着，不妨暂时退开一步，等待时机再大显身手，但却没预料到，仅仅一天一夜，事情就闹得惊天动地了！

容士轩也是个智者，见准女婿只身前来，已断定他有想法。但吴万乾是自己的搭档，也是他推上台去的，此时却不好发表意见，便把女儿叫来，让她去陪陪林哥哥。两个未婚男女此前很少单独接触，这次兵变倒给了他们机会。容嘉露听从父亲的安排，端了茶点走到湖边，林汉云坐在那张石桌上，正往湖里投着一颗颗小石子儿。

容嘉露把茶点放在石桌上，抿唇笑道：林哥哥，起风了，你坐在这里不冷吗？

林汉云抬头望她，见这小姑娘脸红得像玫瑰花，不禁笑道：不冷，这里比屋里好，有花的眼睛、风的嘴唇，还有蝴蝶的翅膀，飞呀飞的，就带来了一股热潮！

你在逗我玩儿呢！容嘉露不悦地噘起小嘴：你认为我啥都不懂，

是吧？

林汉云认真地看着她：哦？那你说说，你懂得什么？

容嘉露郑重地想了想：那些风云世纪，家国天下，江湖恩怨，生生死死，我是不懂。但我知道《红楼梦》里有句话："弱水三千，只取一瓢饮。"林哥哥，你能做到吗？

林汉云大吃一惊，不料雨点跳不出江海，蝴蝶效应却能引起振荡。小姑娘竟有这番心思，显然是对今后的婚姻生活怀着忐忑不安的心情。他必须安抚她，便说：放心吧，我虽不能做到只饮一瓢，但我向你保证，今后再不碰任何女人。等你进了门，你就是林府的女主人，明珠只是个妾，她翻不起大浪，我也不会宠妾灭妻……

这可是你说的！容嘉露鼓嘟起红艳艳的小嘴，一副娇憨的女娇娃形象。林汉云看四处无人，便一把抱起她，让她坐在自己膝上，在她鲜嫩的脸颊上亲了几下……

哎呀，你……容嘉露红着脸，跳下来，飞快地跑开。林汉云不禁哈哈大笑。

林汉云身在容府，却挂念着城中，不时派人去打探情况，听说到处乱成一片，内心也很自责。但转念一想：只手不能擎天，没有帮手，自己三头六臂都改变不了局面。当晚容士轩摆了家宴，林汉云的两个大舅子也来入席。四个男人频频举杯，觥筹交错，醇厚酱香的好酒畅达肺腑，准岳父一家的通达和理解让人惊喜。宴席结束后，林汉云回到客房，倒头便睡，白日里那金戈铁马、人仰马翻的情景，却并未入梦……

次日醒来，神清气爽，他就在湖边打开了太极拳。正逢文光豪和章海涛赶来，发现林汉云一脸悠然自得，两人都不免心生不快，难道他就真不在意这次兵变？

此时一轮红日跳出东方，向大地投来灿烂的光芒，林汉云也收住太极拳，回身发现了他们，便笑道：光豪，你来了。哎，这位小哥是谁？

文光豪直率地介绍说：他叫章海涛，是我妹夫，一个少年英雄。水电报出城，端方被杀，都有他一份功劳。他也是成都同盟会派来的，想请你去调兵马平息叛乱。

林汉云有些吃惊：哦，你妹妹都有夫婿了？这小伙子看上去很年轻嘛！

章海涛可不想跟他打太极拳，他早就考虑过，对此人要用激将法。于是单刀直入地说：林先生，你可是四川大汉新政府的军政部长，外面烽火连天，血流成河，成都市民对吴总督等人不战而逃，感觉失望透顶，你还有心思在这里打太极拳？

林汉云脸都气白了，而后又转青。他控制住情绪，冷冷地问：哦？你懂什么叫兵变吗？哪怕我是军政部长，一个标统，但我的手下如今都可能参加了叛乱，不堪信任。我目前也是无兵无将，你们同盟会怎么就认定我能孤身一人去平叛？

章海涛掷地有声地说：天命无常，有能力者居之。你这军政部长到底有无能力，不正由这件事来检验吗？父老乡亲都在水深火热中，自然是谁的力量大，谁就该站出来挽狂澜于既倒！若你不能收拾局面，平息叛乱，还有什么资格坐在这个位置上？

林汉云气恼地指着他：你们同盟会革命党，不是也自诩为救国救民吗？逢此乱局，你们怎么不想办法制止？那些兵都是没笼头的马，如今谁还能管束？

章海涛略带讥讽地说：所以更怕他们把事情闹大！林先生，如今外面有流传，疑心兵变就是你们四川军人在搞鬼，你也该站出来为自己正名啊！否则就跳进黄河洗不清了！这场成都的浩劫震惊全国，以后历史上会怎么写？你可要好好想想！

你这小鬼胆大包天！竟敢诬蔑老子！林汉云气得跳起来：信不信老子一枪崩了你？

那样不就更加证实，你是屠杀成都市民的一分子了？章海涛不动声色地说。

林汉云气得没法，回头看文光豪，他竟走到一边去，跟容嘉露窃窃私语……

章海涛又正色道：林先生，我们同盟会的宗旨确实是救国救民，想建立新的共和国。目前我们国家也发生了革命，要推翻皇权，但是眼下又出来了杀人放火的军阀，他们跟皇帝有什么区别呢？我们现在的社会就比清政府好吗？若你们大汉新政府不能制止这场兵变这场暴乱，我们老百姓还需要你们这样的政府吗？

林汉云被这个小伙子顶得没话说，何况他原本也打算等时机到来，便要出府去平乱。只是有点心不甘情不愿，不想被一个素不相识的年轻人说服罢了！

于是他只得叹道：好吧，只怕全城的军队都已叛变，我必须回凤凰山军营去调动兵马。希望这次兵乱只是偶然发生，背后无人主使，否则就更麻烦……

章海涛高兴地对他拱手说：既如此，我替全城的老百姓感谢林大将军！

林汉云罕见地朝他翻了翻白眼，转身对文光豪说：我们商量一下，看怎么办。

他与章海涛对垒时，文光豪在旁边只跟容嘉露说了几句话。

他问她：嘉露，你最近还好吗？在看什么书？

在看《红楼梦》。容嘉露天真地回答：里面诗词好多，文哥哥，你喜欢哪句？

文光豪想了想：是薛宝钗的那两句诗："好风凭借力，送我上青云。"我猜啊，你肯定喜欢林黛玉的葬花词吧？"花谢花飞花满天，红消香断有谁怜？"

我是喜欢葬花词，但不喜欢这两句。小姑娘双手合十，眼睛望天，向往地说：我喜欢："愿侬胁下生双翼，随花飞到天尽头！天尽头，何处有香丘？"

文光豪大吃一惊，似乎立刻从这几句诗词中看出了心上人的那份希冀……

容嘉露又突兀地问他：文哥哥，若有弱水三千，你怎么办？

我只取一瓢饮！文光豪坚定地说，似乎心里有什么感应一般，脸也红了。

容嘉露见这位熟悉的大哥哥突然脸红，她也脸上发烧，又倏忽地转身跑开……

文光豪心情异样地望着她跑开，目光一直不忍离去，静静地看着她跑上了彩虹桥，也看着零落的花瓣落入了池中，在水面上溅起了一圈圈波纹。耳边的风声、水声、落叶声都听不见了，眼前的景物却变得更加鲜活，而且撩人沉醉。文光豪心中纷乱不已，似乎深陷梦中，这样的场景如此婉约动人，竟带着一种美丽的感伤……

林汉云走到文光豪面前，他才醒悟过来，忙问：汉云，接下来你想怎么办？

林汉云想了想才说：不管将来总督是谁，目前的当务之急，都要把新政府保住。光豪，你跟这位小哥赶紧去皇城里看看吴万乾在不在那里。里面还有军械物资，都不能落在乱兵手里。我立刻飞马去凤凰营，问刘刚蓝借兵，再回城平息叛乱。

很好。文光豪恢复常态，兴奋地说：你进城后，要分一支兵来保护新政府。

章海涛在旁机警地接嘴：我和光豪哥还要趁此机会在新政府摸底，调查了解一下，看是谁在背后搞鬼引发了这场兵变，至少要弄清徐庆怀有没有嫌疑。

林汉云再次瞪了他一眼，却不得不承认他这话说到了点子上。文光豪也很欣慰，他又重新看到了一个能力超群、具有铁腕手段的好朋友，希望他能一举成功！

林汉云牵马出府，先观察一下周围，见四处无人，便不顾安危地跳上马，飞奔到城门口又冲出去，单枪匹马直奔凤凰山军营，幸喜路上无人阻拦。凤凰山驻扎着几标新军，徐庆怀此时却不在军营，而副标统正是刘刚蓝。他跟林汉云关系向来不错，也一直在关注成都的情况，只是非常时期，不敢轻举妄动。见林汉云急如星火地赶来，刘刚蓝立即将一标兵马召集起来,全权交给林汉云指挥,让他带进城去平乱。

等全标人马聚齐后,林汉云站在队伍面前慷慨陈词:大家须知成都发生了兵变,如今全川存亡,在此一举,只要众军听命,汉云愿作先驱,生死不计!

说完他又拔出军刀,斩断了旁边的一棵树,大喊:若有畏缩,如同此树!

一众官兵都是川籍人,此刻深受感动,便齐声高呼:跟随将军!愿效死力!

12月9日,兵变后第二天,林汉云身先士卒,急急率领一标兵马,约等于一个团的兵力返回成都平叛。进城后直奔新政府,却见当初人声鼎沸的皇城,如今空无一人,只有章海涛独自坐在大堂上,拥一面川汉大旗在怀,看样子誓与新政府共存亡!

小伙子,你可真够勇敢的!林汉云也不禁感动,又问:光豪呢?

章海涛忙说:刚才他接收了这里的警卫队,还有赶来支援的几百名零散的士兵,就带他们去军械库分发武器,武装这些人,还要去保护那几十仓粮食!

太好了,这样我就放心了!林汉云仰头望天,感激涕零。章海涛心里明白,他是怕延误了这十几个小时,会造成更加不可挽回的损失。

林汉云立刻拨出一支人马,让他们听从章海涛指挥,守在皇城里,保卫新政府。这一来兵力有所不足,林汉云又赶到陆军小学,集合全校员工百余人,再次慷慨陈词,声泪俱下地恳求大家同心协力,保卫成都的父老乡亲,共同平息叛乱。在正副总督都狼狈逃窜,不敢承担自己的责任后,作为军政部长的林汉云挺身而出力挽狂澜,这番表现确实令人刮目相看。何况他曾管理过陆军小学,在师生心中都颇有威望,众人也不假推辞,都情愿跟随他。林汉云立刻率领这些全副武装的军人上街去平乱,乱兵相当于土匪,因没有组织,很快被杀得落花流水,东奔西跑。一时间,成都城内又是血雨腥风、烽烟滚滚,到傍晚时分,这场可怖的兵变才算被基本平息下去。

林汉云又亲率军队，连夜巡视成都的大街小巷，收编散兵游勇，见有作乱还不停者立马枪毙，并暴尸街头示众。在多番苦战与加强巡逻后，城内枪声渐渐稀少，乱兵也稍稍敛迹。

　　林汉云又亲自到驻扎巡防兵最多的两湖公所去查看，对众人讲道：昨天之事，已过不咎，剽劫财物，不追不缴，往罪俱赦，各自安心。并一再说明自己不是来惩办他们的，众人这才放心。林汉云又走了两处，都采取同样办法稳定了军心。依靠自己的铁腕手段，林汉云很快平定了成都的乱局，社会治安逐渐好转安定。

　　彻底稳定了成都的局势后，林汉云才回到容府，与准岳父商议，要择日召开全城绅士父老的会议，共商平乱后的大事。容家大小见他出府，其实都有所担心，此时见他志得意满地回来，这才把自己的心揣回了肚子里。

　　当晚容士轩又大摆宴席，要为女婿庆功，文光豪也参加了。

　　来，大家举杯感谢汉云！容士轩高兴地说：我这位女婿到底不错！仅靠他一人，就平息了成都的叛乱，否则这座城市可能更要遭殃，后果不堪设想了！

　　众人喝了酒，文光豪沉痛地说：但这场浩劫已是事实，劝业场附近几十条街被抢被烧，藩库盐库也被抢个精光，这场兵变真是登峰造极、损失惨重了！

　　林汉云知道好朋友还有些怪他，正待为自己辩解，容家大少便气愤地说：都怪吴万乾，没有能力还当什么总督？本来就不懂军机，却非要去阅兵。据说好多人都劝不转他，出了事又逃之夭夭……我看他今后还有什么脸来见这些父老乡亲！

　　容家老二也说：是啊，父亲，说起来这个吴总督，可是你们推举的！

　　容士轩这才缓缓说：倒也并非完全如此。说起来，还是我的愚见呢！是我们咨议局公推他为总督，觉得他是立宪派，总比革命党温和些，可是没想到啊……

立宪派也是革命党。思想已进步的文光豪忙说：清政府把立宪派和同盟会都视为叛逆，因为这两派都绝不主张保皇嘛！容伯父，请容晚生说一句，其实反清复明，推翻清廷，建立新政权，革命党这些地方都做得不错，只是咱们总督选错了！

对了，容家老大忙说：父亲，明日你们绅商开会，可要重新为四川选一个能人来当总督，此人要有能力，有担当，才能保护我们成都人民的生命财产啊！

容士轩跟一直不语的准女婿对上了眼神，双方似乎心有灵犀，心照不宣……

于是他点头笑道：好吧，这一点，请你们相信，我自有主张！

与此同时，吴家也在照常开夜宴，但宾客们都没来，最后只有吴万乾跟儿子两人对酌。吴万乾在席间长吁短叹，仅仅两夜一天，他似乎苍老了许多。对他来说，这个夜晚寒风刺骨，厅堂的几扇雕花窗户可能有些朽了，被风吹得咯咯响……

吴仪民喝下一杯酒，叹道：父亲，你听说了吗？年仅27岁的林汉云单身平叛，一时声名大噪，风头无两。满街的老百姓都说，有他在，大家才能安心睡觉！

吴万乾也喝下一杯酒，叹道：是啊，是你父亲无能，无力制止兵变……

听说明天，新政府所有官员都要去皇城开会，议论事宜。吴仪民想了想，还是把这句话说出来：他们要改组新政府，重新推选正副总督……父亲有何打算？

吴万乾又叹息着说：我还有什么办法？如今我都没脸见人了！新政府上上下下，可能都认为我软弱可欺……说到底，逢此乱世，我这一介书生能管什么用？

吴仪民正想说什么，一个下人进来，奉上一封信，说是容府送来的。

吴万乾连忙打开信封，立刻认出信纸上是容士轩的笔迹，他简洁地写着:"能攻心则反侧自消,从古知兵非好战;不审势即宽严皆误,后来治蜀要深思。"

吴万乾扔掉信纸,捧着自己的头,不禁潸然泪下……

吴仪民吃惊地接过信去看,讶然说:这两句话,不是挂在武侯祠的一副对联吗?

是啊,那是清人赵藩撰写的对联。他是光绪二十八年,也即九年前担任了四川盐茶使,游览武侯祠时,追思诸葛亮治理军政的功绩,并联想到原四川总督岑春煊滥用武力镇压民众的恶行,便书写了此联。吴万乾叹道:容老这也是有深意啊……

他有何深意?吴仪民不解地问:不是他推举你当这总督的吗?

容老先生的深意,真是深不可测啊!吴万乾瞥了儿子一眼:他写给我这副对联,意在劝谏,上联是指他的准女婿林汉云,下联就是指我……他想劝我审时度势!

明白了!吴仪民激动地站起来:父亲,儿子也劝你辞去这总督之职。容老先生这是在给你留余地呢!若明天众人定要罢免你,那才是大大丢脸啊!

你说得对。吴万乾也站起来,走到窗前,望着户外的黑暗天空,深深叹息着:是我无能啊!本想做个诸葛亮那样的能臣,好好治理四川,但却力不从心……儿子,你说得对,不如明天我主动辞去总督之职,也好给自己、给众人都留个面子!

历史是最大的幽默家,在成就一切的同时,又让一切都归于无意义。吴万乾想起自己担任总督后,面临的一个个紧张又焦虑的时刻,真乃如戏如梦如雷如电……他闷了口气,无奈地笑笑,知道自己应该回到出发的原点,他的人生也须重写。

次日的绅商会上,吴万乾自请辞去总督职务。众人都意外而欣喜地接受了这份辞呈,又觉得林汉云独自平叛成功,皆对他心服口服。于是一致推举林汉云和冯长立为正副总督,一文一武重组新政府。就这样,吴万乾结束了他十二天的总督生涯。

此时此刻，林汉云踌躇满志，他本来就是个讲究实际的人，对功名利禄也看得很重。他认为大丈夫就该有所作为，值此乱世，也该挺身而出，救国救民。

于是他毫不推辞地站起来说：好吧，既然父老乡亲们看得起林某，承蒙大家不弃，让汉云就任四川总督，汉云便在此起誓：愿将这一腔热血，为四川人民而洒出！

霎时间，厅堂里欢声雷动，大家齐声高呼：大汉民国万岁！

林汉云挺立在厅堂中央，笑容满面，高大挺拔的身躯显得格外威武。

其后发生的事，更是将他的威名推至顶峰——林汉云伺机力压重庆新政府，主导成、渝两地新政府合并，并总揽四川任总督，成为西南地区最有权势之人。

28

以林汉云为首的新政府控制局势后，成都实际上还有四股势力。最强的是以林汉云为代表的川籍军人，其次是以同志军名义云集成都的哥老会势力，再其次为满城的驻防旗兵，最后则为邵烈风的巡防军。同盟会的势力尚小，忽略不计。

对于邵烈风和三千巡防军的存在，新任总督林汉云颇为忌惮。但一开始并不想除掉邵烈风，而是想等他自己远赴川康边。直到兵变发生，邵烈风才知宣统皇帝尚未退位，心里懊悔不已。此时他虽交出政权，手下还有巡防营的精兵，眼看成都鱼龙混杂，他也想快点离开。无奈全川地面都很混乱，他生怕自己凭着这点武力走不到川康边。但林汉云的存在，让邵烈风心里又不踏实，还怕他记着自己当初不肯重用此人的仇。这个年逾五十的清廷大臣，如今心力交瘁，左右两难，进退维谷，整天在思考走还是不走的问题,也是才智枯竭。深悔当初没听那个幕僚的话,落到这般苦不堪言的地步。而他手下的官员则是飞鸟各投林,都去自己找路子,业已走得差不多了。

这时城内的兵变平定,乱象消除,危机泯灭,社会治安逐渐好转。农民的蔬菜进了城,商家的铺子开了门,各种生意和营生全面恢复正常,酒家、茶馆和戏院也都热闹地开张。成都民众和社会各界都非常感激林汉云,他的威望也挺高。

但此时又出了新问题,即大汉新政府如何对待满城的旗人?过去成都百姓谁敢走进满城?那里住的可是皇亲国戚呢!似乎个个都是额附、格格之类,尽管有人穷得叮当响,但却架子不倒,何况人家总能按月领补贴,日子过得可比汉人滋润多了!

辛亥革命爆发后,各地满人都吓得瑟瑟发抖,觉得大祸临头了!却没想到革命党很仁慈,暴动力度也不大,多数的满人地方官及驻防八旗,只要不负隅顽抗,大抵都能保住性命。有些地方连滋扰都没发生。当然,激烈抵抗的满人官员,死伤也不少,甚至还有自杀殉节的。在此前的宣传中,同盟会把满人恨得咬牙切齿,但真个"排满革命"了,又显得宽宏大量,一般都是既往不咎。各地的旗籍官员只消放弃权力,同盟会一律穷寇勿追。然而带有流氓性质的哥老会同志军,可就不一样了!

这一天林汉云刚走进新政府,就发现地上跪着一个人,他细看之下,大为吃惊,那人竟是八旗将军那拉端仪!只见他换下了官服,只穿长袍马褂,头戴一顶瓜皮帽,辫子自然没剪,于脑后藏在袍褂里,神情显得格外凄惶。此人虽是旗籍大臣,但向来低调,保路风潮后,更是不敢得罪汉人,还一直在为容、吴等人说话。自从四川独立后,他也到皇城的总督府来过几次,见到任何人都一揖到底,无比谦恭……

哎呀,端仪将军,快起来!林汉云忙说:有话说话,何至于这样啊?

端仪抬起头来,两颊消瘦,胡子挺长,眼里还挂着两行清泪,跟过去判若两人！他唏嘘着说：林总督，快去救救满城的旗人吧！我们快要活不下去了……

林汉云大吃一惊，忙把他扶起来：怎么会？成都的叛乱已被我平息了呀！

林总督是大英雄，但如今满城遭劫难，正是你平叛的后果啊！端仪叹道。

原来在平叛后，林汉云生怕自己手下兵力不足，军心不稳，再有反复，又调了一部分同志军进城，协助自己平叛。不料胜利后的同志军正想进成都看热闹，于是几天时间，竟呼啦啦来了几十万人！这些人良莠不齐，有穷苦农民，也有地痞流氓，甚至在逃刑事犯，总之三教九流都来了！其中也包括荣县的七爷及其手下老鹰等人。他们这些人进城根本就不是来平叛，而是来打启发，打秋风的，自然少不了惹是生非，让负责管他们吃住行的文光豪也头疼不已，并且早就跟好朋友汇报过……

这时林汉云怔了怔，他爱面子，听端仪说来，颇有责怪自己的意思，便不悦地说：几百年来，你们满城旗人过着优渥的日子，钟鸣鼎食、俸禄丰厚，朝廷还为你们划了一块地来建满城，显示你们的高贵。如今改朝换代了，也难怪汉人会不满……

再不满，也不能举起杀人刀啊！端仪打断他的话，急切地说：林总督，在四川独立的第一天，我们旗人就向新政府表达过，赞成你们独立。其实满人入关三百年，不但早与汉人通婚，也早就被汉人同化，在风俗习惯、语言文字方面都向汉人学习，我们早就是一家人了！我甚至说过，就连驻防的三营旗兵，也愿意交给大汉新政府来管理……可是，你们汉人也要保证我们旗人的生命安全啊！

林汉云这才认真地问：将军，到底出了什么事，让你急成这样？

端仪浑身发抖地说：昨夜开始，一队同志军杀入我满城，烧杀抢掠！今早家家户户都紧闭房门不出，害怕遭殃！整个满城犹如坟场一般……更可怕的是，我手下那三营旗兵见势不妙，全都分散逃走，想去保住自己的家园，却被那股同志军分别诛杀！总督大人，眼看我满城旗人就要蒙受一场大劫难啊！只有你能救我们……

他说着，又"扑通"一声跪下，涕泪交流地说：求总督赶快派兵去满城啊！

林汉云虽然办事强硬，很多时候都六亲不认，此刻却在一个面临民族劫难的旗人官员面前，滋生出一股悲天恤人的同情心，也对那批不听话的同志军恼恨万分——让你们进城是为了平乱，为何又去制造新的祸端！这到底是些什么人啊？

在此之前，新政府的一次全体会议上，确实讨论过如何对待满人的问题。有消息传来，除了满人集中的京城和关外，很多城市的满人都遭了殃，其中仅西安据说就死了六千满人！成都满城的旗人也从天上掉到了地下，不仅再也领不到俸禄，而且朝不保夕，安全也失去了保障。在这次会上，新任的总督府官员们争论不休，有人义愤填膺，说当初满人进关，对我汉人烧杀抢掠，更有杭州和扬州的十日屠城，杀得血流成河、鸡犬不留，斑斑罪行真是罄竹难书！这深仇大恨，又怎能不报？

而当时林汉云却深明大义地说：不行！诛杀满人之事万万不可！他们先辈犯下的罪，不能让儿孙来偿还，否则，我们也就成了历史的罪人！

文光豪等一些有见识、明事理的军人，也同意这个意见。不料如今却这样……

林汉云正想到这里，突然门被大力撞开，文光豪冲进来喊道：汉云，大事不好！满城真要遭殃了！我们赶快派人去制止啊，否则血案又要发生了！

林汉云悚然一惊，立刻指派文光豪带一营士兵去满城施救。端仪也感激涕零地跟去。却不知此时，一股同志军已闯进端仪的将军府，他女儿慧敏也危在旦夕！

那个年代的女人多半命短，一般都死在男人之前，所以家里只有丈夫没有妻子，孩子们只有父亲而没有母亲的情况比比皆是。原因是女子受封建思想的影响，总不让出门，也没地方锻炼身体，思想又挺苦闷。

得了病后家里也不重视，或者没钱医治，一些女子还没出嫁就夭亡了！生孩子更是一道生死关，只能拿自己的命去硬扛，许多妇女又死于难产。那拉慧敏也是生下来就没有了母亲，全靠奶娘把她养大，对于母亲根本没有印象。父亲又跟自己住在两个院子里，其生活情景如同孤儿一般。虽然端仪开通，准许女儿读汉人的书，但平时也很少关心她。慧敏于是长成了一个多愁善感的姑娘，一腔热情无法宣泄，这才建了一个孤儿院，把她所有心思都倾注于此。

但是这一年真是风起云涌，保路风潮和成都血案终于透进了这个满人的院子，让一些半大孩子蠢蠢欲动。宣布独立后，孩子们更是欢呼雀跃。那天清早起来，就有人拿了剪刀欲剪辫子，害得慧敏和两个丫头满院追赶，想制止他们。但新思想新风潮岂能阻止？便有几个半大孩子奋起反抗，冲出院门，上街去参加汉人的游行。慧敏又气又急，莲儿欣儿也愤愤不平地骂那些白眼狼，慧敏只得让她们上街去追赶，后来自己也加入了。慧敏跟满城里许多待嫁姑娘一样，平时极少走出宽窄巷子。这时又气又急，没多久便发现自己迷路了，非但没找到出走的孩子，自己也找不到回家的路了！她又着急又害怕，脚下也加快了步伐，只想快点找到出路，带孩子们回家……

她此时正急急走在林府门前，不料一个英武的年轻军人突然冲出来，与她撞了个满怀。弱女子怎能抵挡那极大的冲力，她顿时倒在地上，差点昏过去！

这军人正是文光豪，他那天气急败坏地追赶离家出走的妹妹，不料撞上一个满族姑娘！他也吓了一跳，连忙弯腰扶起那姑娘，轻言细语地问：对不起，你还好吗？

那一撞如此有力，慧敏一时竟站不起来，只得柔弱地看着这位汉人军官，给了他一个淡淡的微笑。这微笑里夹杂着她的复杂思绪，但那究竟是什么？她自己也说不明白。从小就生长在满城里的姑娘，别说一个汉人军官了，就连汉人男子都几乎没见过。此刻在朝霞的映照中，在晨曦的微光里，她清晰地看到了一个男人的面容：他五官端正，眉目清朗，眼眸深邃，清澈纯净……这是一个好干净的男人啊！

在那个瞬间里，文光豪也觉得自己遇到了一个心动的女子。她身穿华丽的锦缎旗袍，脚蹬高底绣花鞋，发髻上是旗人女子艳丽的装饰，在阳光照射下显得雍容华贵，看来是个清朝贵族，格格之类的。平时他不屑理会这些旗人女子，今天却是自己不小心，把人家顶了个大跟斗！见她体态盈盈，娇羞无力，只怕自己伤了她，这可绝非他本意。他索性拦腰抱起她，环顾四周地喊道：轿夫！哎，这里有没有轿子？

偏是宣布独立那几天，附近的轿夫都欢天喜地，跑去看热闹了。文光豪低头看着怀中的女子，见她把头深深地埋在自己的怀里，似乎很享受这一刻，他也茫然了！本想放下这女子，她却紧紧抓住自己的手不放，似乎很需要他。他只好本能地抱着她又走了几步，那几步在他和她的人生中，虽然很短很短，但又很长很长……

事到如今慧敏才发觉，自己并不是个纯情女子，她心中也有爱，还有渴望——渴望被这个男子一直抱着，在人生路上永久走下去。而文光豪也被一种奇妙的感觉摄住了，因为这是他此生第一次怀抱一个女子。那种感觉很微妙，也很可怕！虽然四川独立了，清政府快要被推翻了，但他在大街上抱着一个满族女子，仍是大逆不道的行为！可那女子的模样是如此温柔可爱，她的体香又如此沁人肺腑，使他只想沉醉于斯，长长久久……文光豪感到自己似乎深陷梦中，和这女子已然成了矛盾的结合体！

觉察到这点，身体紧密接触的两个人都迷茫了，也惶然了！他们不知道这一切是怎么发生的，也不知对方心里在想些什么。但一个不愿放下，一个不愿走开，似乎这样身体纠缠着，就能天长地久，聊寄情思。这一刻，周遭的一切都戛然而止，他们俩都屏住呼吸，仿佛沉醉其中不愿醒来，一种异样的感觉却在心底悄然绽放……

倘若这就是一见钟情最灿烂的爱，那么就让时间在这一刻停驻吧！

小姐！你怎么在这儿？

几声呼喊传来，吓了慧敏一跳，她连忙脱开了身子。回头一看，果然是莲儿、欣儿找来了！她朝身边的军人看了看，想说什么，又皱起眉头，不肯启齿……

那军人却问：小姐，你是住在满城吗？瞧你好像摔伤了，我送你回家吧？

慧敏自然首肯。那军人就在林府门前牵过一匹马来，扶她骑上去，又问了两个丫头，这才知道她住在满城的将军府，那自然就是端仪将军的家眷了。于是打马回府。在路上，慧敏一直偷偷地看着那军人，却发现他已是目不斜视的样子……

到了满城门前，文光豪便不肯再往里走，扶着慧敏下了马，让两个丫头扶她进城。慧敏性格冷静低调，这时却忍不住问他姓名，说要好好谢他。文光豪也面无表情地告诉了她。慧敏得知对方竟是凤凰营里的管带，不禁窃喜。须知凤凰营的新军都属于清政府统领，而这江山都是满人的，她若要他属于自己，也并非不可能吧？

分手时，两人都有淡淡的失落。慧敏却又从对方眼里发现了一抹清冷的寒光，似乎可以将人冰冻！这才猛然惊醒，想起如今不同以往，大清王朝已经日落西山！两个人这基本上没说几句话的露水情缘，还能找到一处栖身之地吗？

于是慧敏回到家里，并不曾跟父亲提起此事，只当那是一个不愿醒来的梦。

而在文光豪心里，也久久不能忘怀此事。他正当大好年华，又并非如好友林汉云那样，曾拥无数美女在怀。于是他心中的情感也就在这一天破茧而出了……

这天端仪离府后，慧敏跟一群下人忐忑不安，只觉得落叶纷飞，寒风凄紧。突然门被大力推开，闯进来一群同志军，为首的正是七爷和老鹰。他们见这院子宽敞，房屋颇多，装修豪华，陈设堂皇，都是狂喜，觉得今天可要发大财了！

兄弟们，大家快去搜快去抢呀！七爷摸着短短的胡须，得意扬扬地说：现在大清垮台，满人遭殃，正该我们汉人发财了！今天谁抢的东西就归谁……

此言一出，他手下便如狼似虎地四散开，冲进厅堂屋子，大肆抢掠。院里虽有几个兵丁，但都养成了闲人兼废人，谁也不敢出手，两个丫鬟更是吓得瑟瑟发抖。

慧敏却勇敢地站出来，喝道：大胆！这是我满旗驻防的将军府！我父亲就是钦封的端仪将军！你们竟敢在这里大胆妄为！公然抢劫！还有没有王法了？

老鹰本就觉得此举不妥，便劝七爷说：罢了，咱放过他们，另找一家吧。

七爷却是看见美貌姑娘就眼睛贼亮，一把推开他，走近慧敏身边，捏着她的下巴说：走不得，我就要抢这家，还要抢这个小娘子！乖乖！那你就是格格了？

慧敏推开他的手，喝道：滚开！本姑娘不是你能沾惹的，否则我就死给你看！

她亮出一把光闪闪的匕首，对准自己的喉咙，哑着嗓子说：满人也讲气节，我们的先人骁勇善战，虽然现在不行了，但我们满人女子也有保护自己的勇气！

改朝换代之际，总有一道风景不可或缺，那就是殉节。在穷途末路、王朝消亡之际，总有人站出来，悲壮地以身殉节，为这个王朝买单。当武昌起义消息传来，四川各地风声鹤唳时，富有远见的端仪将军就给每个旗人女子都发了一柄匕首，用来保护她们的清誉，现在在他女儿正好派上用场。最重要的是，慧敏此举警醒了府中的几个兵丁，他们这才开始噼里啪啦地放枪。冲进屋里的同志军吓了一跳，连忙去摸自己的武器，准备反抗。七爷却趁慧敏愣怔之际，一把夺下她的匕首，把她扛在肩上，冲出了将军府。大概此时他心里，满院子的金银财宝，都抵不上这个姑娘吧。

慧敏在他肩上拼命挣扎，叫道：放我下来！快放了我！你这个流氓……

你说对了！七爷呵呵大笑：我就是个流氓头子！乖乖的，跟我回去享受吧。

老鹰措手不及，无法制止，眼看这个哥老会舵爷如此行径，跌脚不已……

岂料七爷冲出将军府，迎面撞见两个人，竟是章海涛和文诗洁！原来章海涛正想带恋人回自己家去看看，因君平胡同离宽窄巷子很近，走过满城时，便见许多满人扶老携幼，逃难般地跑出来，涕泪交流地大喊：同志军杀人抢人了！旗人快逃啊！

章海涛大吃一惊，连忙上前询问，才知有人闯进满城，很多满族富豪被洗劫一空。他急了，要想办法制止，正欲让文诗洁去找她哥哥，便见到将军府前的这一幕。

住手！章海涛还没看清来人，但一个男人扛着一个女子，这种眼熟的行径已激怒了他！他冲上前去，又冲那男人喝道：快把人放下来！不准伤害妇女！

七爷放眼一看，是个老熟人，不禁咧嘴笑起来：小子，怎么是你啊？

章海涛看见他也很心惊，知道此人心狠手辣，不讲道理。虽在组织同志军围攻成都时表现不错，但遇到私欲就很难控制。大概是听说成都富裕，便丢下金矿，来打秋风。如果说，农民闹革命多半是为了抗租，那么流氓无产者包括哥老会舵爷参加革命，则多半是为了发大财的野心。这也是同盟会不愿动员底层参加革命的原因——怕他们起来后会对社会秩序有所冲击。在中国历史上，农民造反的破坏力可是惊人的！因此当时的革命党人宁肯与乡绅们合作，以此来保证当地的安宁与稳定……

此时章海涛顾不得多想，一把将文诗洁扯在身后，喝道：你快把她放下来！还有，今天在满城打劫的，就是你手下吧？快让他们撤离，否则后果不堪设想！

七爷哈哈大笑，把慧敏放下来，又挟持在自己胸前，说：什么后果？小子，不是你怂恿我参加革命吗？怎么现在到了成都省，又不准我革命了？我放了这女子也行，那就用你身后那个女子来换！反正我动用了这么多手下，这么多兵力去跟你打成都，如今进了成都，总不能让我空手而归吧？否则这后果也是不堪设想！

你这个地痞流氓！章海涛气愤地说：就算你革命有功，也不能祸乱成都啊！

祸乱成都？我没有啊！七爷假装惊讶地说：我只是想亲亲这个小娘子……

他扭过慧敏的身子，正想强吻她，突然一颗子弹射来，正中他右肩！他大叫一声，只好用另一只手捂住自己的伤口，不得已放开了慧敏。章海涛正待冲上前扶住那个满族姑娘，却有另一人抢在他面前冲过去了，接着就听见文诗洁喊道：哥哥！

章海涛定睛望去，只见文光豪已经稳稳地抱住了那个旗人姑娘，而后者看见文光豪，顿时两眼放光，满面通红，娇喘吁吁地叫道：文将军，是你！

文光豪正想说什么，慧敏已经一头扎在他怀里，流下了欣慰的泪水……

章海涛和文诗洁互相看看，都有些莫名其妙，随后又都有些顿悟。看来这两人早已认识，幸亏文光豪率兵来得及时，这女子才免遭劫难，当然对其感激不尽。

老鹰冲出将军府，恰好看见这一幕。他连忙扶住七爷，问章海涛怎么回事。章海涛便把他拉到一边，晓之以理。老鹰幡然醒悟，正想劝七爷撤离，端仪已经带兵冲进了自己家，接着府中传来一阵枪声。七爷勉强站起来，大喊：快撤！

当晚，四川总督林汉云与旗人将军那拉端仪签订了协议，双方同意大汉新政府奉行"五族共和、满汉一体"的政策，拆除满城关卡，解除满人武装。与此同时，也承诺：保护满人安全，组织满人就业，并发给满人困难户一定的补贴……

次日太阳升起，蓝天白云映衬着这座城中之城。那古色古香的青堂瓦舍，那白壁粉墙中的楼台亭阁，那碧波潋滟绕城而过的金河，都呈现出它最为美丽的锦绣天地。一群群满人簇拥在将军衙门前，听林汉云和端仪宣布了这份协议，场上顿时欢声雷动，旗人奔走相告，纷纷流下感激的热泪，传播着这个民族和解的喜讯。

此后林汉云认识到事情的严重性，又下决心整肃同志军。于是新政府下令，要各地同志军都立即返乡。大部分人听从了命令，也有舵爷和大袍哥不肯，扬言他们围打成都和平叛都有功，要求总督把他们收编为正规军队。林汉云随即大摆宴席，招待这些趾高气扬的哥老会头头，在席间恩威并举、软硬兼施，终于达到目的，让这些满怀野心的同志军也相继撤出了成都。七爷没有参加这次宴请，他那天受的枪伤并不重，但心理创伤很重，知道自己无法跟新军抗衡，不待老鹰来劝，他便醒悟：这座城市并非自己的地盘，也不可能任自己随意胡来。于是偃旗息鼓，回荣县淘金了。

一切平息后，慧敏才告诉父亲，她曾与文光豪的邂逅。后者在女儿即将被辱的千钧一发之际救下了她，也令端仪感激不尽。他是个聪慧之人，从女儿闪烁其词的叙述中、暗自喜悦的眼神里、闪着红光的脸色上，看出女儿对文光豪产生了爱意。凡身处乱世而担心女儿的父亲，都会做出这样的决定：索性将女儿许配给那个年轻军人。

当成都恢复了往昔的平静与繁荣，端仪便派人把文光豪请来，设下了一桌盛宴，说要好好感谢他。文光豪敏感地觉察到其中必有深意，也带着一种颇为复杂的心情去赴宴。他见将军府中还有些凌乱，那日的抢劫虽没造成太大损失，也把这里糟蹋了一番。目前下人们还在打扫庭院，收拾花草，恢复摆设，却不见伊人身影……

端仪见文光豪的眼睛四处巡视，捻着胡子笑道：小女今天不适，不来陪客了。

文光豪怕对方窥视到自己的心意，有些不好意思，忙说：那天我们恰好赶到，否则事情就麻烦了！还是将军的女儿福大命大，才能化险为夷……

非也！端仪神秘地点点头：是因为小女遇到了她这一生中最大的贵人！

哦？文光豪有所触动，为掩饰自己，连忙举起杯中酒，一饮而尽：好酒！

这酒名叫女儿红，是老夫为女儿出嫁准备的。端仪坦率地说：文将军，我们满人的性格是直来直去，没有你们汉人那么多弯弯绕。我就直言相告了：小女已经告诉老夫，说她钦慕你，我也很欣赏你，想把女儿许配给你，你可愿意？

文光豪大吃一惊，不料对方竟如此坦率，倒让他猝不及防。那次在林府门前的邂逅，也让他心动不已，甚至想过这个女子或许就是能够陪伴自己一生的女人。但他行为办事都崇尚光明磊落，两次救助一个旗人女子皆是侠义所为。若此事传出去，倒像是他早有私欲了！何况十数年来，他心里只有容嘉露，甚至还曾暗暗许愿，要等这个姑娘出嫁后，再另娶别人。若现在违背了这个誓愿，他也瞧不起自己……

于是他委婉地说：感谢端仪将军赏识，但逢此乱世，一个军人并非良配。须知我们时刻都有可能上战场，更有可能战死沙场……那又置家眷于何处啊？

是这样啊？端仪松了一口气。他原怕文光豪已有妻室，也不愿女儿做妾。听他这么说，似有转机。便说：没关系，小女也是军人子女，定能理解和接受这一切。

可我不能接受。文光豪被逼无奈，只好这么说：至少现在不是时候……

为什么？端仪奇怪地问：难道文将军另有所属？或者已有妻室？

文光豪只好承认说：是晚辈还没想好，婚姻乃终身大事，请容晚辈再思量吧！

端仪见他坚辞不愿，深感遗憾，也无可奈何。但听他话语，似乎日后还可商榷？便叫来一个下人，吩咐了几句，然后热情举杯，说要跟文将军不醉不休。文光豪却头脑清醒，知道此时切不可喝醉，否则可能会出事。这也是端仪的想法，两人不谋而合，都适可而止。

文光豪告辞出门，却见慧敏换了一身便服，在门外等他。原来是下人传话给小姐，说文光豪拒绝了婚事，但似乎另有缘由，让她自己去打听。满族姑娘不似汉人女子，确实要大胆开放得多。慧敏也认为，自己的幸福要自己去争取。

小姐，你怎么在这儿？文光豪关心地问：天凉了，快回府吧！

没关系，我想送送将军。慧敏低眉顺眼地说：将军可愿陪我走一走？

既说是"送"，却又让"陪"，文光豪已然明白她的心思。便笑道：有何不可？只是我并非将军，请小姐不必这么称呼我。目前我只是新军的一个师长。

平叛后，林汉云改编了新军，给好友升了这个职，论起来，也可称为将军。

聪慧的慧敏却趁机说：那么我们都改换称呼吧，我叫你光豪，你叫我慧敏……

文光豪何尝不知这改变称呼的意义？却欣然接受。在这个女子面前，他愿意接受再接受，只是目前不能提婚事，那会触及他的底线。其实他跟容嘉露真是冰清玉洁，任何关系都没有。只是缘于年少时对那美娇娃的一点点喜欢，对方可能全然不知，但是青春却在这里打了一个结，挽了一个疙瘩。何时才能解扣？他也不知。

他们信步走出满城，走进了对面的少城公园。这是成都少见的一处园林，因与满城相邻，才被开辟为公园，除了满人，汉人也可光顾。此时已入冬，这里仍是溪水环流，草木茂盛。更有落英缤纷，飘零水面，红红绿绿，煞是好看。少城公园本不是个婉约的名字，也缺乏诗意，但有这条蜿蜒的溪流，有这落花漂浮水中，随着波纹细细回荡，让人衣襟生凉，却又渐生清香。这样的意境很容易让人联想到香草美女。一个没有多少文化的满族姑娘，也算风雅中人了！文光豪想到这里很感动……

可惜呀，我们来晚了。慧敏突然说：芙蓉花都开过了！这是我最喜欢的花！

是啊，传说后蜀孟昶在位时，宠爱花蕊夫人，在城垣上遍种芙蓉花。文光豪接着说：那花开得如火如荼，灿若云霞，真是迷离五色，馥郁飘香，恍若仙境……

慧敏点头说：孟昶怕风雨无情，鲜花早谢，曾下令以锦幔覆盖这芙蓉花，那真是鲜花着锦，锦上添花，名锦鲜花，上下辉映，把成都装点成了名副其实的锦城！

你是满人，却喜欢我们成都这座城市？文光豪惊讶地看着她：你的祖籍呢？

慧敏走到一边去，神情黯然地说：当然是关外了。但我喜欢成都这座温暖的城市，也喜欢这里的美女。花蕊夫人、薛涛、卓文君……我还喜欢孟昶的那首诗："冰肌玉骨清无汗，水殿风来暗香满……屈指西风几时来？不道流年暗中换！"

文光豪更为吃惊，不料这旗人姑娘竟会背古诗词，看来人家的文化水平也不低。成都确实书香满城。自古诗人例到蜀——蜀中奇绝瑰丽的山水，繁花似锦的都市，与中原迥异不同的地域文化，脍炙人口的传奇，千百年来都令人神往。从古到今，有太多的诗人词人络绎不绝来到蜀地，在这里留下了传世的华章，也有太多的蜀人在诗词中流连。而今一个异族姑娘吟诵的诗篇，终于打动了爱好诗词的将军……

慧敏！这两个字脱口而出，文光豪涨红了脸，却不知说什么才好。

光豪！慧敏果断地回身说：离此不远，就是司马相如的故居，今称为琴台路。愿得一心人，白头不相离。若我如卓文君那样私奔，去找你，你会接纳我吗？

这……文光豪望着这个美貌又大胆的满族姑娘，已经怦然心动。

前两天，他跟随准妹夫章海涛去见庞逢书，正式加入了同盟会。如果说他此前的身份仅仅是新军的师长，那么现在他却有了新的使命，那就是秉承孙中山先生的三民主义，建立全新的共和国。一个人生命中最大的幸运，莫过于在他的人生途中，即在他年富力强时，便有了自己的光荣使命。文光豪感动地想：如果自己正在做的事情，既是他热爱的又是他擅长的，同时又是社会所需要的，那该多么幸运！如今革命尚未成功，同志尚须努力，他怎能跟一个即将被推翻的王朝贵族纠缠下去？

他遗憾地闭上眼睛，轻声说：我不喜欢司马相如和卓文君的风流韵事……

不知道那姑娘是怎么离开的，等他再睁开眼睛，周遭已经只剩下他自己。

溪水还在流，花叶还在漂，但能否顺着时空隧道回到那阳春白雪的汉代？

失落的潮水涌过了文光豪全身，但这失落的时间并不长。人在事上磨，方能立得住。在这绮梦一般的过程中，他已重构自己的世界观，也把握了人生的使命！

29

林汉云整肃新军军纪，又严厉管教进城来庆贺却四处捣乱的同志军，得到民众一致好评。同志军撤离成都后，林汉云就俨然成为哥老会的龙头大爷。他素来跟川中袍哥来往密切，眼下又手握军权，有了领地，势力也就更大了，当然被人所看重。于是林汉云很快成为四川黑白两道通吃的大人物，成、渝两地的总舵把子，简直威风无限。而文光豪却有些不识时务，竟在此刻还想拉他加入同盟会。

这时林汉云已经花巨资在市中心买了一座十多亩地的豪华府第，厅堂众多，屋宇宽阔，庭院精致，花木葱茏，明珠和文家兄妹都搬进去同住。林汉云的书房更是装饰典雅，墙上挂满了名人字画，宽大锃亮的书桌上，文房四宝齐全，也堆满了厚厚的卷宗。新任总督精力充沛，经常工作到深夜。有明珠每晚在旁红袖添香，他也不觉得疲累。夜里来兴致，他就喝上几杯五粮液，又通宵达旦地工作，直到天明。

这天傍晚，他接到一封成都商会寄来的请帖，邀请他去劝业场对面的悦然剧场看戏品茶吃夜宵。这时成都恢复了往日的繁荣，商铺开业，剧院唱戏，市民们过上了正常的生活。官绅名流们经常大摆宴席，作为总督的他，有时也去凑个兴。

他穿戴整齐，正要出门，文光豪却找来了，说有要事相商。林汉云一看，还有时间，作为主宾，不宜去得太早，便在太师椅上坐好，笑容满面地问他有何事。

文光豪见他穿着金灿灿的总督服，肩上的佩章闪闪发亮，帽子上的流金装饰更是辉煌夺目，不禁笑道：坐拥天下，八方来朝，那些雄心壮志全都实现了吧？

是啊！林汉云带着睥睨天下的气势，自信满满地说：放眼全川，这气场已经舍我其谁了！你不也当上了师长，带了更多的兵！今天来我这儿，所为何事啊？

无事不登三宝殿。文光豪正色道：总督大人，我来奉劝你，如何修身平天下！

你这个书呆子！林汉云哈哈大笑地指着他：我成天日理万机，好不容易今日想休息一下，你就来奉劝我。难道我这总督，当得还不够勤勉吗？

作为普通人当然够了，作为一个胸有大志的总督，那还差得远！文光豪严肃地说：虽然我们成都的大趋势是安定繁荣了，但全川形势仍不太平，北方尚有国土之争，全国各地还有无数饥寒交迫的民众，你怎能安安心心地去听戏品茶呢？

你啊！林汉云略带讥讽地指指他：我之所以安心，皆因我手下有你这样心系苍生的好军人啊！何况无论军人还是政治家，商人还是农民，所求所幸无非就是天下太平。太平了，大家才能赚钱。赚钱了，天下就更太平。今天我去赴商会之约，就算朱门酒肉臭，但路边也不一定有冻死骨，成都还算是个温柔富贵之乡嘛！

所谓温柔富贵，只是光明的一面吧？文光豪也略带讽刺地说：如果成都永远没有黑夜就好了，我们就能一直明亮下去。但若没有黑夜，你又怎知何为光明？

你这话还挺有哲理……林汉云皱起眉头想了想：可我却听不懂！

文光豪一字一句地说：两千年来封建专制之余毒，非一朝一夕所能为。我们的同志应致力创建深入人心、法律捍卫之革命制度。"天下大势，浩浩荡荡，顺之者昌，逆之者亡。"而我坚信革命之耕耘，必结革命之果实；革命之跋涉，必达革命之目的！

你说的什么呀？林汉云有点不悦地站起来：我更是听不懂了！

这是孙中山先生讲演的话。文光豪笑道：汉云，你知道吗？你成立的新政府，已经有一半人是同盟会会员，如今我也是了！眼下的成都，也有很多人参加了革命党，我们聚是一团火，散是满天星，这星星之火就要燎原了！你还不参加吗？

林汉云愣了愣，就哈哈大笑：你要发展我加入你们革命党啊！若我不愿呢？

文光豪叹了口气：我不勉强你，人各有志。但我们俩就只好分道扬镳了！

那怎么行？林汉云顿时怒气冲天，一拍桌子：光豪，你我多年来，一向都是好朋友，你今天居然说这些！难道我们俩有一天也要在战场上刀枪相见吗？

我不知道。文光豪仰天叹息：也完全有这可能……咱们各自尊重吧！

他表情凝重地看了林汉云一眼，就果断转身，毅然决然地走出书房。

林汉云却失落地坐在椅子上，瞪着一双无神的大眼睛，陷入彷徨和疑惑中。其实早在日本留学期间，就有人来发展他加入同盟会，但他当时对清政府尚有愚忠，便没同意。如今他成了四川王，又是铁腕人物，天马行空，独立自主，君子不党，还有必要参加同盟会吗？他也清楚革命之目的，原本是为老百姓谋福利，而这个宗旨他一直在奉行，为何还要找个箍箍来戴？即使好友抱憾而去，他也只能一声叹息。

悦然剧场是个著名的说书场，位于繁华的劝业场对面。这是一座古色古香的老式庭院，天井、耳楼与书场首尾相接，郁郁葱葱的绿色植物和艳丽盛开的鲜花，散布在各个角落，把这里点缀得清新和幽雅。台口两侧悬挂着一副红缎金字的对联：

唱罢悲欢离合，慷慨激昂惊四座；
拍开风花雪月，淋漓尽致扬千秋。

这里每晚都有看客如潮水般涌来，欣赏闻名全城的"三子三绝"。即说书的贾瞎子、掺茶的刘麻子和卖小吃的司胖子。今晚商会在这里包场，林汉云走进剧场，每张桌子后面都已经坐满人，看见总督全副行头地走进来，大家便起立，鼓掌欢迎。

商会头头们都迎上前，请他说几句。林汉云一向讨厌繁文缛节，便摆头说：今天我是来安心看戏，应酬的话就不说了。大家快坐下来，有啥好戏就开场吧！

他坐在剧场正中的主桌后，要了一碗茉莉花茶和一碟酥香的花生米，商会会长又替他要了一些小吃，有叶儿粑、小笼包、蛋烘糕、鸡汁锅贴、糖油果子……个个精美，样样色鲜，每种茶点菜品都是他心头最爱，这美食的诱惑谁又能挡得住？

然后堂倌刘麻子提着亮晶晶的铜茶壶来掺茶。他左手卡着几十个茶碗茶盖，宛如盛开的海棠花，未拢茶桌，就伸手一扬，碗盖脱手撒出，几旋几转，正好每位茶客面前一个，动作神速、干净、利落。眨眼工夫，他已上好茶叶，然后远远地提起茶壶来掺水。顷刻之间，茶已掺满，但桌上滴水不洒！这哪是掺茶，简直在变魔术啊！

林汉云喝了一口茶，再看台上，唱金钱板的贾瞎子戴着墨镜。挺腰端坐，凝神沉思，岿然不动的身躯自有一股魅力。片刻后，他才拿起一根竹筒两块竹片轻拂几下，场内顿时响起了五音十弦，全场也安静下来，屏息聆听。瞎子放开歌喉，音清韵正，悠扬婉转，如山泉叮咚，又如私语切切，听得人大气不出暗暗称绝。瞎子唱的是一曲名篇《李陵饯友》，他转腔换调，越唱越高，回环百变，层出不穷。此时歌声、琴声已分辨不清，听众耳中似闻狂风怒吼，雪雾飞腾，胡茄悲切，战马嘶鸣……

人们完全被李陵的悲惨遭遇所吸引，直到琴声歌声顿寂，全场仍然鸦雀无声，沉浸在瞎子结尾的警句里，人人都在暗暗思忖：江山换代，我辈意当如何啊？

唯独林汉云不喜欢这段唱词，或者说，不喜欢台上的瞎子。他是个爱美好美之人，自己又长得高大帅气，喜欢坐拥美女入怀，也喜欢听名旦名角唱戏。

于是他侧身问旁边的商会会长：除了这瞎子，还有别人唱曲儿吗？

有啊！商会会长神秘地说：总督大人少安毋躁，等会包你满意！

瞎子下台后，宾客似乎都意会到将有主角登场，屏息静气地等候着。林汉云有些惊讶，不知还有什么精彩节目。

这时一个女子袅袅婷婷地上场，她身穿紧身嫩黄色小袄，看那面料竟是上乘的提花蜀锦，华丽富贵。下着松绿色洒花长裙，所谓鹅黄翠绿，最是清新。林汉云来了精神，坐直身子再瞧过去，见她面似芙蓉，身似杨柳，眉似远山，眼似秋波，发似乌云，亮闪闪的耳环在鬓边闪烁，映衬着一张唇红齿白的娇俏粉脸，好一个风流婵娟的美人儿！林汉云顿时惊为天人，只想听她唱得怎么样。

那女子开口了，真个声音清亮，莺声燕语，原来唱的是清音《唱成都》：

好街好景芙蓉城，天府成都美名传。
九里三分四十八，盐市口现九朵莲。

玉带有桥不见河，亭台楼阁转不完。
北门有庙文殊院，金马碧鸡照壁宽。
珠宝街上七层楼，天涯石里锣鼓喧。
金丝银丝铜丝街，珍珠玛瑙淘金砖。
转拐就是西玉龙，扬雄墨池有书院。
万福桥上望江楼，百花潭里美景观。
金花街对簸箕街，白云寺观玲珑园。
将军碑后白莲池，抬头看见凤凰山。
海会寺中一口井，学道街有三拐弯。
纱帽街上官帽好，初一十五见大官。
武侯祠供诸葛亮，魁星楼挂文魁匾。
督院街坊万岁牌，金玉满堂多状元。
昭觉寺在青龙场，第一禅林不虚传。
青石桥上遇麻姑，川主寺内又逢仙。
……

林汉云听到这里，不禁大喊一声：好！我今天可是遇到七仙女了！

他沉浸在四川清音那独特曼妙的曲调里，没发现台侧的柱子后面有一个人正阴险地窥视着他。见总督面对着美若天仙的芙蓉如醉如痴，这才满意地离去……

此前一个温馨的午后，章海涛也带文诗洁回到自己家，让她与芙蓉相识。他们走进幽静的章家小院，突然听到二哥章心田的屋里传来一道婉转悠扬的女声：

周襄王传诏如山摆，后宫中飞出丹凤来。
这高头大马骑得来，有王保驾我喜心怀。
……

章海涛欣喜地说：这是二嫂在唱川戏高腔《北邙山》。

虽然芙蓉和章心田还没举行婚礼，但他早已把这个美丽善良的女子认作一家人。他们走进二哥房间，芙蓉正在缝一件鹅黄色小袄。旁边织机上的章心田满脸喜色。

二哥二嫂，给你们介绍一下。章海涛微笑地拉着文诗洁：这是我女朋友文诗洁。

哎呀，就是你的相好，你的意中人嘛！芙蓉丢下衣服，上前拉着文诗洁的手，抿唇笑道：瞧瞧，多斯文俊俏的女子，正配我们英俊帅气的三弟，金玉良缘啊！

文诗洁见她快人快语，很是喜欢，也笑道：二嫂才是妙人儿，刚才唱得真好！

章心田仍坐在织机上说：你二嫂如今出息了，清音都唱到悦然剧场了……

哇，那可真好！章海涛高兴地拍手笑道：悦然剧场是正规的说书场啊！这就等于是成都的曲艺界，也正式认可二嫂唱的清音了？

是啊！芙蓉欣喜地看着章心田：你二哥专门给我织了一块锦，让我做行头。

文诗洁接过那件蜀锦小袄看着，对那精致的提花技术啧啧称赞：太美了！

章海涛把她拉到二哥的织机前，自豪地说：你再看看二哥织的《锦城交子图》。这才是蜀锦中的上品，好几米长，几百个人物呢，全都活灵活现，栩栩如生……

文诗洁看着那段美妙的织锦，不觉叹道：不仅是上品，而且是仙品。人间无处买烟霞，须知得自神仙手。海涛，你二哥织的这个锦，绝对是无价之宝啊！

章心田原本有些疲惫的脸上，也露出一丝自豪：是啊，这是我的心血之作，耗精费神、废寝忘食、魂绕梦牵……辛苦了大半年，现今终于完成，了此心愿。

太好了！章海涛又拍手说：今天我们要好好庆祝一下，二嫂，有啥好吃的？

有啊！除了你喜欢的回锅肉，还有刚做的香肠腊肉。芙蓉也高兴地说。

文诗洁立刻拉着她：走，二嫂，我去帮你做饭。

她们在厨房忙活时，章海涛问了问大哥的情况，知道他还在邵府，心中不快。

但这顿饭却非常可口：用蒜苗和郫县豆瓣炒的回锅肉，卷起了香辣的"灯盏窝儿"。香肠腊肉肥而不腻，正是文诗洁的最爱。还有鲜嫩的素炒红油菜，白生生的泡仔姜和水灵灵的泡青菜，都特别对章海涛的胃口，也挺下饭，吃得他大呼过瘾！

不料章海涛和文诗洁走后，章家又来了一个客人，却是日本商人桥野正夫。

四川独立，林汉云任总督，铁路公有政策基本作废，这些事件对此人真是晴天霹雳！他的大东旅社本想在路权上分一杯羹，现在都逝水东流了！但他并不甘心，小日本来中国总是野心勃勃，贪欲甚旺，觉得中国物产丰富，文化产品层出不穷。桥野正夫早知在"成都造"中，首屈一指就是蜀锦、丝绸和茶叶，成都也因美丽的蜀锦和蜀绣，而成为丝绸之路上的一颗明珠。桥野正夫在此地经营多年，丝绸和茶叶都是信手拈来，犹如囊中取物，运回本国后均发了大财。唯有这蜀锦，一直没找到精品。其后在织锦坊偶然听说，章心田近日已完成杰作《锦城交子图》。再一细打听，商人的嗅觉立刻使他认识到，这个大幅蜀锦堪比《清明上河图》，乃天工织物，极其罕见，代表了当时蜀锦的最高水平，可谓价值连城。于是打听到章家小院，赶来欲以高价购买。

章心田此时正在织机旁欣赏自己的作品，心满意足，心旷神怡。当时成都的私人织锦坊和刺绣坊随处可见，所谓手工之业覆盖天下。但如这样的大幅织锦却极为少见。而且这件名为《锦城交子图》的蜀锦织纹紧密、色彩鲜明，布局恰当，疏密有致，花草鸟兽，蝶飞凤舞，人物动静，栩栩如生……让人看了不禁叹为观止！

此时突然有人敲门，芙蓉见章心田陶醉在自己的作品中，便去开门，门外站着一高一矮两个男人，高的那人介绍说，自己是翻译，矮的是日本商人桥野正夫。芙蓉听了一惊，本能地不想让他们进院，翻译却毫不客气地推开她，气势汹汹地闯进去！

芙蓉慌了神，连忙大喊：心田，有人来了，你快点……

她已猜到两个不速之客是为那幅蜀锦而来，想让章心田赶紧把这珍品藏起来。但哪里来得及？桥野正夫已经冲进织房，看见了那幅还在织机上的《锦城交子图》。

他立刻两眼放光，甚至等不及翻译帮他委婉地道明来意，便操着半生不熟的中国话，指着这幅蜀锦说：你的？卖不卖？我连织机都一起要了……

章心田愣了片刻才明白过来，立刻大怒地说：这里的一切，都是非卖品！

芙蓉也冲进来，大声说：请你们出去！这里不欢迎你们！

桥野正夫这才回头端详了一下她，发现这女子也是天姿国色，不禁在心里感叹：中国的一切都是最美好的！如果有可能，他真想把整个中国都一口吞下去……

他这种可怕的贪欲完全在神情上外露，翻译都看出来了，连忙替他解释一番，说桥野先生一向致力于中日邦交的正常交易，有心把中国的文化遗产与精品宝物购回本国，以发展两国的文化交流和传统友谊。桥野正夫确实一心想购得这幅《锦城交子图》，他早已听说此物，而今亲眼看见，果然魅力无穷！这幅以七色丝线织成的大美画卷质地精良、色彩艳丽、飘似云烟、灿若彩霞。锦上的花鸟人物都生动逼真，堪为绝品，看得他神魂颠倒！其无尽价值也弄得他心痒痒，必欲夺走此物而后快……

但章心田并非傻瓜，也早就从桥野正夫贪婪的眼神中看出他的狼子野心。别说这幅蜀锦是自己的心血之作，无价珍品，即使一般织物，他也不会卖给这个日本人。所以不管桥野正夫和那个翻译如何劝说，他的回答只有一个字："不！"

最后翻译无奈地朝桥野正夫摇摇头，后者却不甘心，又生硬地问章心田：你的，要多少钱？我的，全部可以给你……大洋？美元？统统都可以答应你！

不管你出多少钱，我也不会卖。章心田平静地说：我不会把自己的心血之作卖给外国人。这是我们中国的珍品，成都的文化遗产，我们要自己留着……

"文化遗产"这四个字，当然来源于三弟。他早就建议过二哥，今后在家里搞一个小型的蜀锦展览室，用以展示自己的作品。这个主意正中章心田的下怀。

芙蓉也在旁边催促说：先生，我们这幅蜀锦真的不买，你们请回吧！

桥野正夫也无奈地叹着气，但还不肯走。又让翻译跟章心田谈了几句，以表达自己对这幅蜀锦的仰慕心情和志在必得的愿望。但无论他出多高价钱，甚至高到离谱的地步，恨不得把大东旅社的资产全都拱手送上，章心田坚决不肯卖。这让在中国习惯横行霸道，一向巧取豪夺的桥野正夫欲罢不能，直气得七窍生烟！他心愿未遂，只得悻悻而归。临走前盯着了芙蓉看了几眼，突然灵机一动，顿时心生毒计……

此前桥野正夫得知林汉云当了四川总督，从自身利益出发，又想与之勾结，成其好事。但几次拜见新任总督均遭拒绝，也大为不满。他因色诱过林汉云，知其好色，后又打探到章家院里那个美丽的女子平时在悦然剧场唱清音，顿时心生一计，为报这两个仇，便欲一箭双雕。这日他怂恿不知情的成都商会会长，让其宴请林汉云，说是庆贺成都新生，然后躲在柱子后面，看明了林汉云的表情，这才满意离去。

林汉云在悦然剧场听了芙蓉唱清音，真是千回百转，荡人魂魄，让他心花怒放，兴致盎然。成都的音乐文化之盛从古至今，文人喜爱舞文弄墨，诗酒狂欢，丝竹竞奏，弦管歌声，昼夜相接，欢筵无尽。歌伎名且也层出不穷，推动了当地多元化的音乐繁荣。除了流传已久的川戏，金钱板和清音算是成都独有的特色。金钱板多为男人所唱，而清音却是女子演唱，音色清亮，婉转高亢，其"哈哈"腔类似于花腔女高音，让听者心荡神驰，如入仙境。真是"此曲只应天上有，人间能得几回闻"。

此时芙蓉一曲唱完，台下掌声不断，林汉云更是欣喜若狂，鼓掌最为激烈。虽然前一阵子他为免除成都民众陷入兵乱的水火之中立下了汗马功劳；但这后一阵子，他又身陷公事的烦恼中，也如同坐在火山上，有时看看周边形势，后背直冒冷汗，无处诉说的苦闷竟然超越了职位高升的喜悦。今晚在众人的拥簇之中，听到这极其美妙悦耳动听的歌声，他瞬间就与自己和解了：若不是身处总督之位，他能在众星捧月中感受到如此撕云裂帛好似天籁之音的艺术魅力吗？这《唱成都》的唱词，尤其打动他的心，让他拍案叫绝。他如此辛苦甚至公务繁忙，不就是为了这座城市吗？芙蓉的歌声犹如大珠小珠落玉盘，也让他随之心生羽翼，只想跟着她飘向云端了……

商会会长正想讨好大总督，见他目不转睛地看着芙蓉，一副入迷的样子，料知他已被那小娘子的清音所征服。便命人将芙蓉带到主桌前，又对林汉云说：这个芙蓉人长得漂亮，嗓子也不错，在这剧场，就数她被点唱最多，要不让她再来一段？

林汉云抬头望望面前的女子，见她长相柔媚，自带风情，眼睛水汪汪的，嫣然一笑时，那鲜嫩红润的嘴唇，珍珠般洁白的牙齿，很是吸引人。但最性感的还是她身材苗条，却胸部高耸，把一个女人的魅力全都释放出来。看来这是一朵生活在底层的奇葩，一个又扎手刺人但又很勾人的女子，恰好是自己喜欢的类型……

他不禁心痒痒，但在大庭广众下只好掩饰说：嗯，唱得不错，字正腔圆，流走自然，韵味百出，有点像川戏中的高腔，把人带到一种、一种美好的境界里！

芙蓉却觉得大总督的眼光有些异样，他的眼珠子就像利剑一样刺向她，那张阔大的嘴也一张一合，好似要把她一口吞下！自她从濯锦女改唱清音，这种场合她见多了。有人赞叹之声不绝口，心里却打着坏主意。本来么，有此闲心来听曲的人，都是上流人物，要让他们对她平等相待，尊敬她这个"戏子"的艺术和人格，那也太难了！但不知为什么，今天面对这个大总督，她特别不安，竟有些慌神……

商会会长又不识时务地怂恿林汉云说：总督大人，我看你对这个小娘子颇感兴趣，不如就收她在房里，纳为如夫人吧。你身为总督，这点人之常情算什么？

芙蓉大吃一惊，这不是要霸占自己吗？所谓如夫人，就是小妾姨太太吧？听说这位总督虽然文韬武略，也曾救国救民，但却风流成性，经常流连欢场。何况自己不但有了恋人章心田，还跟他有了孩子，如今已是个有身孕的女子！

就在今天出门前，章心田突然跟她提到这件人生大事：芙蓉，三弟一直说，我们的婚姻还是要有仪式感。要不，我们过几天就摆几桌宴席，请请亲戚朋友吧？

她当时愉快地答应了。也即再过几天，她就正式成为章家二太太了！

于是她不假思索地说：不行不行，这事不行，我已经有相好，有男人了！

总督大人和商会会长互相看了看，顿时为难地呆住了，芙蓉趁机溜走。

对此提议，林汉云有所心动，但并未答应。然而被这唱清音的小贱人搅了一下子，两人都感觉讪讪的。幸亏商会会长早有准备，给大总督备下了一份他很喜欢的礼物——一把勃朗宁洋枪。这是前不久由美国人勃朗宁设计，柯尔特公司刚生产出来的11.43毫米口径半自动手枪，该枪采用枪管短行程后座原理，其大口径的枪弹杀伤力大，可靠、耐用、好维修，也是20世纪初研制的最先进最有影响力的手枪。

林汉云接过手枪，熟练地玩了几下，对商会会长笑笑：不错，你今晚有心了！

　　商会会长抹了一把汗水，不知道事后怎么对那日本人交代。桥野正夫说，让他用芙蓉去收买大总督，今后也好合起手来做买卖。现在拍马屁却拍到马蹄上了。

　　芙蓉回后台卸了妆，等了一阵，不见章心田来接她，便独自回家。悦然剧场离君平胡同很远，平时她坐轿子要一个多钟头，今天不知为啥，很快轿夫就说到了。她下了轿子抬头看，这里并非章家。正在迟疑，突然头上挨了一棒，就昏过去了……

　　林汉云却跟一众人等出了悦然剧场，又去怡春楼吃夜宵。当上总督后他很检点，平时几乎不去妓院。但今天相当于吃了一个小女子的闭门羹，心里不舒坦，便在花枝招展的包围下，多喝了几杯酒。这家妓院也装饰得古色古香，雅趣怡然，那几个弹琵琶的女子也是珠圆玉润，但他眼前始终晃着另一个女子婀娜多姿的身材，和那高高耸起的诱人的乳峰，还有那张红润的樱桃小口，竟对这里的一切都视而不见了！

　　他回到府中已经很晚，却听下人说，姨太太还在书房等他。从大门到书房这几步路，让林汉云有些脊背发凉，似有黑影从庭院里掠过，但他回头张望，又没发现什么，只觉得寒潮涌动，透人心骨，看来冬天已到，除了红袖添香，也该添衣了！

　　书房里生着火炉，炉上煨着红枣枸杞醒酒汤，他顿时觉得很温暖，便握紧了迎上来的明珠的手，笑着说：这么晚了，还在等我？今天酒喝多了，不办公务了。

　　你跟谁喝的酒？说来听听。明珠帮他摘下带流苏的帽子，脱去金光闪闪的总督服，给他披上一件家常棉袍，再把他拉到精致的小火炉旁，两人依偎着坐下。

　　左不过是怡春楼的姑娘。林汉云在这种事上从不说谎，坦然笑着说：她们一个个都无趣得很，不会说也不会唱，乐器也弹奏得不好，哪能跟你相比？

　　可你当了总督，再去妓院可不好。明珠也抿唇笑道：当然，我也挺欣赏你的风流气概。记得你在江西时，因好色染疾，两腿生大疮，疼痛不已。但听说有人请你喝花酒，立刻上马飞奔而去，哪怕两腿磨得鲜血淋淋，照样大吃大喝，痛快淋漓！

哈哈！林汉云大笑道：都是蔡锷那家伙，还有阎锡山等人，混得还不如我呢！

可我又听说，你前不久在成都也发生了一件事。明珠仍是笑眯眯地说：是否你把一个什么裁缝铺的老板娘也弄到咱府上来，风流快活了一晚，才又送走？

林汉云顿时脸上挂不住，站起来说：如夫人今天是要来训夫了？

不是的。明珠款款站起来：汉云，你曾说过，成都是个温柔富贵之乡。可你如今身负重任，万众瞩目，千万别在这温柔地富贵乡迷了心窍，办下傻事啊！

林汉云感激地握住她的手：夫人放心，我会注意，戒了这好色的毛病！

哪里戒得掉？你还年轻，正妻都未娶呢！《红楼梦》里说，你这年纪就跟馋嘴猫似的！只要不陷进去就行。明珠浅浅地笑道：今晚我身子不爽，不去你屋里了。

林汉云独自回卧室，只见院里的蜡梅已凝结着蓓蕾，即将绽放，散发着幽香。心想自己也算人生大赢家，不但面子好，里子也不错，以后真要注意检点了！

他进了自己的卧室，这里很宽大，陈设却极简单，除了一张带纱罩的大床，就是一张小圆桌、几把椅子。屋里此时没亮灯，光线很黑暗，他却隐隐看见床上坐着一个人影，动也不动，其身影映射在侧面的纱窗上，很突兀，很奇特，又很可怕……

谁？谁在那儿？他想，难道有刺客？但哪个刺客会大咧咧地坐在床上，等他就寝？他也不敢大意，如今想杀他的人可多了！于是他拔出刚才所得的勃朗宁手枪，打开保险，把子弹也推上膛，然后端着枪对准床上的人影，一步一步地走过去……

灯绳就在床头上，林汉云一把扯开灯，在耀眼的光线下，意外又惊喜！原来端坐在床上的人竟是芙蓉！她嘴里堵着一块布，双手被反绑，绑绳拴在床头上，使她动弹不得也叫不出声，此刻她又气又急，高耸的胸部一起一伏，看了更加诱人……

不知谁把她绑了来，又送进自己的卧室——这是在讨好他，还是在陷害他？林汉云顾不得细想，忙把手枪扔在小圆桌上，冲过去解开芙蓉的绑绳，取出她嘴里塞的布，一边歉意地说：哎呀，怎么会是你？真是对不住了！是谁把你弄成这样？

芙蓉几步跳起来，冲到圆桌旁，抓起那把手枪，喊道：不就是你吗？你还装什么？是不是你看见一个女人稍微好看点，就想抓了她来，满足自己的私欲？

林汉云诧异不解，一瞥之下更是惊呆了：这个唱小曲的女人现在愤怒无比，黑细的眉毛直插鬓角，水汪汪的眼里波光闪闪，那丰乳翘臀充分展示着女人的性感魅力。他一时春心萌动，无法克制，荷尔蒙和酒精都在蠢蠢作怪，既为这女子出现在自己房中而惊讶，也为此而欣喜。便不假思索地拉灭了灯，在黑暗中蓄势待发……

但出人意料的事情发生了，他突然听到一声枪响，立刻猛醒过来，竟是那女子开了枪！他可真忘了，她手中握有那把勃朗宁啊！林汉云忙又拉亮灯绳，只见芙蓉已倒在地上，左边胸前鲜血淋淋！这个饱受惊吓却不甘受辱的女子，为了保护自身的清白而勇敢地朝自己开了枪，打出生平第一颗子弹！或许她当真误以为林汉云绑架了她，或许更严重的是误以为总督要强暴自己，她竟开枪自杀，惊动了整个林府！

哎呀，你怎么这样？林汉云又惊又吓地扑向她，连连说：我不会强迫你的！事过之后，我还会派人送你回家……你这个傻女人，你不情愿，就说一声啊？！

府中的人已被枪声惊醒，文家兄妹和明珠相继冲进屋里，大概是以为有刺客，都吓坏了！却看见一个女人倒在地上，手边还掉落着一把枪，又全都惊呆了！

林汉云后悔不迭,忙用双手蒙住了自己的脸,身上直冒冷汗……

怎么回事?文光豪惊诧地指着地上的女人:难道她是刺客?她要杀你吗?

文诗洁却已认出这满身鲜血的女人是芙蓉!于是猛扑过去,想扶她起来,又轻轻摇晃着她,喊道:芙蓉姐姐,是你吗?你怎么会在这儿?这是怎么回事啊?

但这个苦命女子已经断了气,她的眼睛不愿再睁开,看向这个对她不公的世界。林汉云和文光豪见文诗洁认识这女子,也忙问她怎么回事。弄清了原委,文光豪连连跌脚,对妹妹说:原来她是海涛的二嫂?也是你的二嫂!可她怎么会来这儿?

林汉云只好为自己辩解一番,又说:我真不知道她怎么会在这儿,我是起了那个念头,但不会强迫她,更不想伤害她。可我没料到,她竟会开枪打自己!

她是个烈女子!文光豪顿脚道:汉云,我真想痛骂你一顿。你怎么对得起嘉露,还有明珠?我早跟你说过,你的行为不检点,就会害了别人,也害了你自己!

林汉云转头一看,始终不语的明珠已悄然出屋。他又抱着头,无力地坐在床沿上,喃喃说:但我真的很冤枉!不知是谁在陷害我。光豪,你可要相信我啊!

文光豪正想说,他会选择相信他,文诗洁突然放下芙蓉,两手是血地站起来,含着眼泪说了一句话,又好似炸雷一般,炸得屋里两个男人都震惊无比。

她说:我听海涛说,二嫂已经怀孕三个月……总督大人,这是一尸两命啊!

一道霹雳划过林汉云身心,他呆若木鸡!文光豪难受得捂住自己胸口,再也说不出话来。文诗洁也觉得胸口剧痛,突然喷出一口鲜血,这才"哇"地哭出声来。

这是个无眠的夜晚,林府的很多人都在痛苦中熬煎,却又对此事束手无策。他们看着沉沉的黑夜，只盼着天快些亮，但又怕天亮后，更无法面对这件事。

当晚是文诗洁派人去给章家送信。次日一早，章心田便一身素衣地跪在林府门前，他脸色苍白，面无表情，口口声声喊道：把芙蓉还给我！把她还给我……

下人去问林汉云，他沉默半晌，才艰难地吐出两个字：厚葬！

两个下人把芙蓉的尸身抬出来，又一下人托着一盘大洋。章心田看都不看大洋一眼，只抱着心爱的人儿泣不成声，惹得四周围观的人也跟着掉眼泪。然后章心田要了一顶轿子，又抱着芙蓉的尸体上轿离去。林汉云这才听说，门前聚集了很多闻讯而来的人，都对此事议论纷纷，说什么的都有。他想了想，就不顾文光豪和明珠的反对，也换了一身素衣来到门前，径直向围观的民众跪下，倒把众人都吓了一跳……

有好事的人早把昨晚的情况说了一遍，众人于是议论纷纷，都说：

原来这是总督大人的错，竟然造成了一尸两命的事，看他如何收场？

听说总督大人虽然好色，但为人却很正派，也不会强暴哪个女子……

应该是事出有因吧？只要他以此为戒，以后不再犯，也可以原谅！

文光豪连忙赶到门外，扶起林汉云，小声说：别这样，会影响你的声誉！

林汉云却站起来大声说：昨晚的事，大家并不知道内情。虽是有人故意栽赃陷害，但我也有错。身为总督，就不该因私欲而贪杯，而犯浑，以致造成千古遗恨！我自认罚款五百大洋！立刻派人送到章家，如果他们有这个要求，我再去登门谢罪。

民众呆了呆，就都鼓掌大喊：好啊！好！这才是我们的好总督！

林汉云对昨晚自己醉酒后的行为深恶痛绝，又趁热打铁，当众给自己定下"十戒令"，其中一条就是"不准烂酒"。其后新政府上行下效，纷纷拥护，威信很高。但在暗地里，林汉云又放言道：若查出谁在陷害本总督，我定要把他碎尸万段！

此时在章家，章心田给芙蓉细心地擦着身子，看见她微微隆起的肚子，再次痛哭失声！那是他们的孩子，都三个多月快出怀了，却陪她一道走了！章心田痛不欲生！两人相爱缠绵时，只觉得花好月圆，谁知他们的命运这么快就改变了！芙蓉在他的生命中，像一道火焰那样发着光，像热流一样涌进他的内心，她的呼吸犹如美好的空气包围着他，她的手指抚摸也令他沉醉不已，他不能想象自己会失去她！

他昨晚本该去接芙蓉，却因检查《锦城交子图》的织锦工序而耽误，忘了时间。这是章心田的细心之处，每幅织锦完成后，他总要检查有无瑕疵，以便补救，却无意造成了可怕的后果。他想到这里突然一激灵，敏锐地感觉到爱人的死可能与《锦城交子图》有关！因为桥野正夫又先后托织锦坊和商会来购买这幅蜀锦，定是这日本人在使坏……

这一天一夜，章心田一直呆坐在芙蓉身边，一句话也不说，一滴泪都没有。章海涛闻讯和文诗洁一同赶来，见此情形都是欲劝无语，潸然泪下。躺在床上的尸身仍是美丽非凡，就像一只蝴蝶曾经翩然展翅，穿过风雨如磐的世间，在凄风苦雨的日子里为生活而歌唱，为世人送上一段美妙歌声，也为她的生命做出了绝美的绽放。章海涛看见二哥的眼光落在芙蓉身上，一刻也不肯离开的样子，不觉担心起来，一向温顺几乎不出院门的二哥，能不能走出这个死亡的阴影？会不会有过激的行为？

次日天光大亮，居然是个冬季里少有的晴天。章心田突然开口对三弟说：今日外面的世界，定然是朗朗乾坤。我想去江边送送芙蓉，你们就别去了！

章海涛觉得有些奇怪，想问二哥为何要去江边送葬，又觉得一夜噩梦纠缠，说不定二哥都快傻了，会做出些不合情理的事，也只好随他，否则他可能永久都无法摆脱。

章心田仍是面无表情地抱着芙蓉出门，肩上还背了一个沉重的大布包，好像里面藏着什么宝贝东西似的。文诗洁要跟去，章海涛把她拉住，小声说：我们远远跟随吧。

章心田仍是乘坐轿子，因双人坐轿，轿子沉重，他给了轿夫双倍的价钱。从章家所在的君平胡同到东门大桥，一路上似乎都能听到街上行人在指指点点、窃窃私语，甚至连轿夫也神情诡秘，似乎都知道自己抬的什么人，前天又出了什么事。

章心田只是不理。到了江边，他抱下芙蓉的尸体，又扔出十几块大洋，买下一只旧船，然后打开那个布包，取出一幅卷好的蜀锦，正是那幅长长的绝美的《锦城交子图》。他把这幅价值连城的蜀锦铺展在小船上，再把心爱的女子放在这幅蜀锦上。正好阳光投射下来，五彩斑斓的锦绣上，躺着一个美丽的尸身——芙蓉仍是那身鹅黄翠绿的衣服，让人想起"锦上添花"这个此时显得无比灿烂而又极其残酷的词……

接下来的事情，旁观的人谁也没想到：章心田突然取出一盒洋火，点燃火柴后，就果断地扔到蜀锦上。那个举动真是毫不迟疑，甚至义无反顾，好像要释放出自己的全部激情！可能这蜀锦已经浇过煤油？顿时就"忽"地燃烧起来，火苗蹿了老高！在江边围观的人不少，全都吓得直往后退，有人就喊道：他疯了？居然放火！

章海涛和文诗洁随后赶来，听说江边有人愤而烧锦，连忙拨开人群冲过去，只见二哥已砍断小船上的缆绳，任那燃烧着的《锦城交子图》在锦江上漂流，载着一个锦城的清音名旦而去，在江上演绎出空前绝后的一幕——火海焚天，水深火热！

这一幕真是惊世骇俗！说不出的辉煌与震撼……

二哥！你疯了！章海涛连忙抓住章心田的手：那是你的心血之作啊！

什么心血之作？我但愿没有这心血之作！章心田昂起脸来，目光如炬地说：那时我意气风发，却不知灾难将至！若是没有这幅蜀锦，芙蓉也许还活着……

文诗洁也冲过来说：二哥，你别这么想！我们一定会调查清楚到底谁害了芙蓉姐姐。我们也一定会为她报仇雪恨……二哥，你可要清醒，别做傻事啊！

什么叫傻事？章心田抬眼看天，冷笑道：我就算再傻，也知世间没有起死回生的奇迹，更不能寄希望于任何人。唯有在那水火之中，我才能跟她永远一起……

他话没说完，突然使出浑身力气，推开章海涛和文诗洁，也跳下江去，随后又挣扎着投向那片熊熊燃烧的火海。火光映照中，他接近了小船，又奋力推着小船顺江漂去，自身也逐渐融入了火海。

岸边的人都失声叫喊！章海涛正想下水去救那幅蜀锦，猝不及防的是，二哥竟也跳江自杀！他大为震惊，也想跳下去，却被文诗洁死死抓住不放！

别去！她痛哭着喊道：二哥一心求死，你救不回来，还会伤了自己！

章海涛愣了愣，就在他稍一迟疑间，汹涌澎湃的江水冲走了火光冲天的小船，也冲走了他至亲至爱的二哥和二嫂，章海涛不禁抱着文诗洁放声大哭……

后来他跟文诗洁沿江寻找，却没找到章心田与芙蓉的踪影。他们的尸身连同那幅价值连城的蜀锦一道，在茫茫江水中灰飞烟灭了！而江边烧锦的壮举，火光冲天的小船，生死不离的恋人……这些传说却在城市里沸沸扬扬，引得许多民众唏嘘不已。

章海涛突然福至心灵地想道：二哥这一生都过得平凡无奇，与世无争，唯有他赴死之后，才算真正地活在这座城市的传说中，活在人们的心里！

30

明月朗朗，照彻古今。林汉云站在窗前心想：不知这件事，历史将如何评说？

这几天他心绪很乱，后悔与懊恼，怜惜与疼痛，一直在他心中交织。他向来不避讳自己的好色，但也从不强迫女人，反而觉得是大丈夫所为，坐得正行得端。却不料这次被人栽赃陷害，竟在这个阴沟里翻船，跳进黄河也洗不清了！那个唱清音的女子，还有她那个织蜀锦的恋人，两人虽从事不同行业，却都有一手绝活，传承着成都文化，竟被他给破坏了！更可怕的是世事藏玄机，他身为一方诸侯，也被人给暗算了！到底是谁在搞鬼？倘若查不清，他这个黑锅可能要背到下一个世纪了！

文光豪走进书房，只见大总督一脸晦气，不觉又好气又好笑。于是坐下说：这下知道锅儿是铁打的了？我早说过，你这风流无羁，必会败坏自己的名声……

别再说了！林汉云气愤地站起来：让你去查是谁在搞鬼，查出来了吗？

文光豪耸耸肩：虽然没查出来，但我们总督的敌人就这两个呀，不难猜到……

你是说邵烈风？还有那个日本人什么夫？林汉云怒火难平地向空中劈了一掌：好吧，不管是谁，我都要杀了他！因此，我倒宁愿是邵屠夫那个老贼！

为什么？文光豪明知故问：他不是主动让位，就要去川康边了吗？

是啊，但他还没走。林汉云皱眉说：其实我早就明白，自己上任伊始就面临着严重的军事危机，可谓内忧外患！光豪，我也是迫于形势，才动了杀他的念头……

明白了。文光豪故作神秘地说：除了芙蓉这件事，还有兵变那件事。关于兵变的背后指使人，至今流传着两种说法，一是说邵烈风指使巡防军作乱，以促使他本人复位；二是说林总督你唆使新军士兵，有意扰乱局势以便自己夺权。究竟是谁指使，目前很难判断。你干掉邵烈风，就可借他的人头来立威，别人便无话可说了……

你是说，我想灭他的口？林汉云气急败坏，举起一只手说：我对天发誓，我林汉云决不会用人民的血来让自己上位！我一生光明磊落，爱国爱民，只为江山不为自身，而且并不好战，怎么会做这种缺德事？文光豪，难道你还不相信我？

我当然相信你。文光豪叹道：但我希望你杀邵烈风是出于公心，而非证明自己。

我杀他当然是出于公心啊！林汉云忙说：邵屠夫制造了成都血案，屠杀过请愿民众，还打退过那些哥老会、同志军，如不杀他，就不足以平民愤啊！

好吧。文光豪想了想：这件事，我建议你去跟容先生商量。何况出了芙蓉那件事，你该去给老人家赔个不是，也给嘉露说说……你们的婚期不是快到了吗？

林汉云这才想起自己的人生大事，忙说：好吧，光豪，明天你陪我去容府。

我可不去。文光豪站起来说：这出负荆请罪的戏，还是你独自唱吧！

林汉云见他走出书房，也骂道：你算什么好朋友？就会看我的笑话……

这位大总督心里确实有些忐忑，因为芙蓉的事闹得全城皆知，就连老家的母亲也让人写信来，把他责骂了一顿。这次他去容府，还真有点负荆请罪的味道。

芙蓉的事果然传到了容嘉露耳朵里，她对此很不喜。她还听文诗洁说了章二哥火烧蜀锦，与恋人一同葬身火海的事，又挺感动，竟找到父亲嚷嚷着要退婚，不肯嫁给那位风流总督。容士轩却劝女儿别管此事，说只要林汉云能守护一方百姓就行……

次日林汉云进了容府，正碰见未婚妻带着几个丫鬟在院里踢毽子，看见他就一脸秋霜，噘起小嘴不理他。林汉云忙上前说：怎么了？小姑娘，为啥不高兴？

容嘉露气哼哼地说：第一，别叫我小姑娘。第二，诗洁二嫂因你而死，我恨你！

哎，不是这样的！林汉云忙说：你听我解释，我那天喝了酒，确实想入非非……但真是有人陷害我，否则我堂堂男子汉，岂能做那等下三烂的事？

容嘉露却流下泪来：那你结婚以后，若还是天天喝酒，我又该怎么办？

这个……林汉云又想发誓，但觉得不妥，只好说：我尽量少喝。

嘉露，别说了！容士轩突然出现在他们身边，对女儿说：汉云这事，确实荒唐了点。但你要相信，你夫君是个正派人，而且你父亲也有眼光，不会看错人。

容嘉露不再说下去，抹着眼泪，转身跑开。林汉云感到很难堪。这小姑娘不像明珠那么明事理，花解语。她养在深闺，又读了书，有新思想，确实不好欺哄。他正要向准岳父忏悔这件事，容士轩却摆手说，不用解释，我相信你是情有可原……

翁婿两人进了厅堂，立刻放下这件所谓的风流韵事，谈起正事来。

岳父，你对邵烈风此人怎么看？林汉云开门见山地问。

此人可谓老奸巨猾。容士轩思量着说：眼看大势所趋，他才无奈辞职，让你来统管四川的军政大权。他却仍然蜗居成都，还给自己留了一手，就是那三千巡防兵，表面上是保卫他的安全，其实邵烈风仍对大清江山的死灰复燃，抱着不灭的希望。

是啊，那三千巡防军，还要由我们新政府供养。林汉云不满地说：还有那次突如其来的兵变，很奇怪啊！我怀疑，就是邵烈风在暗中策划……岳父又怎么看？

我懂你的意思了！容士轩两眼炯炯有神地看着他：汉云，你想除掉邵烈风？

林汉云站起来，在屋里来回踱步，思考着说：我别无选择。四川各界都纷纷向我进言，说邵烈风一日不除，四川局势便一日不宁。毕竟这个邵屠户是百足之虫死而不僵，手里又握着三千巡防兵，对我们新政权有很大威胁……岳父，你说呢？

是啊，我们咨议局和铁路公司的股东，还有曾被他诱捕的保路人士，也认为必须除掉邵烈风，才能安定人心。容士轩激动地站起来，紧盯着准女婿：其中冯长立最激烈，他就说过，邵烈风对交出权力并不甘心，若不除去他，新政府万难稳定！

林汉云又皱紧眉头说：还有消息传来，邵烈风在兵变后，已下令川康边军队的几个心腹统领带兵赶往成都听他指挥。一旦这支部队与城内的巡防兵会合，局势将对新政府更不利。看来我必须下决心了，否则事态的发展也将脱离我们的控制……

那你还犹豫什么？容士轩坚定地说：除去他，成都民众也必然心悦诚服。这就叫天网恢恢，疏而不漏。邵屠夫屠杀成都人民的血海深仇，正该由你来报！

林汉云叹息着说：但此人并不好杀，毕竟他还有重兵在握，那三千巡防兵的战斗力也不容小觑！我怕自己并无胜算，这才来找岳父商量，想听听你的高见……

容士轩闪烁着一双睿智的眼睛，笑道：这三千巡防兵，汉云，你可智取。

林汉云被他几句话点醒，高兴地跳起来，摩拳擦掌地说：好啊！真是高明！

两人又聊了一阵，也谈及十天后的婚期，那是容士轩找人算好的日子，正是1912年的第一天。林汉云担心容嘉露的情绪，怕她不愿嫁给自己，那就太丢他这个大总督的面子了！容士轩却向他保证说，女儿那天一定会上花轿。林汉云还想在大婚时采取一个行动，也没敢告诉容士轩，怕他不放心女儿安危，会制止自己……

次日是个大冷天，虽然没降雪，但气温低到零点。邵烈风在自己府中的轩廊上喝茶，望着面前的假山石径沉思，那假山由几块大石砌成，又被藤萝缠绕，青苔密布，赫然耸立在面前，仿佛隐藏着不为人知的秘密，也让他感到无路可走的恐怖……

这时有人通报说，新任总督林汉云求见。接着林汉云全副武装地走进来，潇洒英俊，生气勃勃。邵烈风不觉自惭形秽，觉得自己与之相比简直是老朽了！

下人上茶后，林汉云坐下来就说：邵大人怎么会喜欢这个地方？一面假山挡住了视线，也看不见阳光。水塘上又烟雾萦绕，真是阴沉沉的，太不舒服了！

邵烈风却叹道：这是我女儿爱待的地方，也是老朽目前喜欢的地方。仿佛带着一种隔世的荒芜，可以感受到那种无路可去的荒野，有种找不到方向的茫然……

林汉云理解地点点头：明白了，所以大人目前还是不愿离开成都？

邵烈风站起来，走到轩廊边上，说：可事与愿违，我终归要离开这个府中。

林汉云也走过去，扶着木栏，望着下面的水塘说：是啊，我能理解，非常时期，许多事情都没那么简单。比如我虽做了总督，但未来之事，尚属未定之天……

哦？邵烈风转头看他，一双鹰眼放射出辛辣的光芒：对于时局，你怎么看？

我啊？林汉云又走回椅子边，坦然坐下去，说：对于中国时局，我现在还看不清楚。所以不瞒你说，我如今是坐山观虎斗，不知你们大清还会不会重占上风？

邵烈风高兴地哈哈笑道：是吗？林总督这话，可是说到了老朽心坎上。老朽也对中国局势的社会变革深感忧虑，如此一来，你我倒有了惺惺相惜之感……

所以啊！林汉云故意说：林某建议邵大人，在时局不明朗之际，切记不要站队。

此话怎讲？邵烈风觉得宾主相谈甚欢，这小子今天也变得不那么讨厌了。

林汉云倏地站起来，慷慨激昂地说：好吧，今天谈到高兴处，林某也在邵大人面前，起了士为知己者死的意愿。如今大势未明，革命党能否立得住，还未可知，我想同大人秘密约定：将来如清朝倒下了，我负责保全大人；如革命没成功，就由大人来负责保全我。这样于大人和我，无论谁成谁败，彼此都可以保全……怎么样？

邵烈风怔了怔，怀疑地看着他：林总督，你此话可当真？

林汉云潇洒地举手说：我对天起誓以明志，如有一句谎言，天打雷劈！

邵烈风疑虑打消，警惕全失，不禁拍手叫道：好！人生得一知己足矣！

林汉云又热情地拉他坐下，推心置腹地说：邵大人，林某还要给你一个建议：鉴于川人现在对你疑虑不满，你不如把那三千巡防兵的指挥权，也暂时在表面上交给我，以抚慰人心。但军队仍驻在你的总督府，保卫你的安全。否则成都民众会觉得，你邵大人对革命是假支持。我与大人既结同心，应付一切事情，大人也该放心嘛！

邵烈风皱起眉头，未置可否，想了想才问：你这是，要我交出兵权？

不是啊！林汉云摇头说：邵大人还没明白？这三千兵还是你的，只是名义上交给我管理。何况邵大人如今没有财政收入，听说欠了他们的饷，官兵早有怨言，闹不好又会起兵变！不如交给新政府，由我来给他们发饷，不过改个旗号，走个形式而已！

邵烈风见林汉云说得诚恳，道理上也说得过去。况且这三千巡防兵是他一手培养的部队，不会背叛自己。于是沉默良久，终于叹口气，答应下来。当天林汉云就请邵烈风写下手令，将这三千人马交由新政府接管。林汉云拿到手令后，立即来到巡防兵驻地，宣布接管这支部队，命令他们继续驻扎在总督府周围，保护邵大人安全。为分化瓦解这批人，又加发恩饷一个月，当晚还设宴款待官兵，让他们饮酒狂欢。而暗中却秘密调集新军将巡防兵包围，用火炮形成压制，如有异动，即行解决……

林汉云解除了邵烈风的兵权后，还隔三岔五给邵大人送去好吃好喝的，又时常过府去陪他谈天说地，好听的话入情入理，对其恭敬有加。并哄骗邵烈风说，会找时机让其发挥自己所长，重新去经营川康边。大盆"米汤"灌下去，硬把邵烈风这个老江湖给哄住了。他做梦也没想到，此时林汉云已经设下连环计，想要干掉自己。虽然对方没了兵权，但是当真动手开打，林汉云仍无十足把握。成都是诸葛亮管理过的地方，动智不动力，是中国人最喜欢的境界。林汉云于是跟文光豪商量策划，决定在新婚之夜明修栈道暗度陈仓，智擒邵烈风，然后诛杀他，文光豪对此深表赞同。

邵烈风父子收到请帖，林汉云请他们去参加自己的大婚典礼。邵烈风欲退进川康边地区继续为王，表面上也想跟林汉云示好，答应临走前去参加他的婚礼。如果说，邵烈风对林汉云的举动丝毫没有觉察，也不完全正确。几天前他就觉得不对劲：自己一手培养的三千精兵，如今换上新政府的旗号，拿着新政府的钱，心理活动居然大为改变，似乎再也不姓"邵"，也再没理由为他卖命了！他带着儿子去巡防兵的驻地看了几次，只见部队军容不整，聚伙成堆地饮酒打牌。他回来后，气得脸都青了！

父亲！咱们上了那个林汉云的当了！邵玉笙也气急败坏地直跺脚。

邵烈风倒在椅子上喊：快把章峻岩叫来！我要让他去杀了林汉云那小子……

因沐智贤已走，几个心腹大将也相继离开，曾经威风八面的邵大人身边也没几个干将了，想跟林汉云拼死一搏，兵权又被他夺走，只能动用这最后一击了！

深夜时分在邵府，章峻岩面无表情地来见邵烈风，领取了暗杀林汉云的任务。

你二弟和弟媳的死，轰动了整个成都市！难道你不恨那个林汉云吗？邵玉笙给他交代任务时，一副同仇敌忾的模样，却不便提或者是不敢提芙蓉的名字。

但章峻岩并不健忘，反而从四少那阴险又坏笑的嘴脸中，想起他那天在章家院子里调戏和欺负二弟与芙蓉的事。待在邵府的这段日子，他一直对两个弟弟牵肠挂肚。他来当这为人不齿的"邵屠夫"的狗腿子，除了报恩，也想在大潮汹涌的年代里有个安定的生存空间。而这一切又并非他真正想要的，如果能够，他愿永远做个在川康边的田野里自由奔跑、不谙世事的少年。有父亲和两个弟弟陪伴在身边，远胜于现在连想起二弟，都似有一把凌厉的刀一下一下地剜心而过！他也并非完全听信邵玉笙的挑拨离间，而是他本就认为这件事罪在林汉云，所以才愤而答应去杀之。

邵烈风也特别交代说：峻岩，现在你是我最信任的人，我们父子欲退往川康边，想那林汉云定会阻拦。只有杀了他，我们才能成行。你须在林汉云大婚那晚去刺杀他。那时他正志得意满，又有人奉迎，会喝很多酒，你更容易得手。

章峻岩当即给他跪下说：邵大人放心，邵大人于章家有恩，而那林汉云却与章家有仇。峻岩此去，哪怕粉身碎骨，也要完成邵大人交代的事！

邵家父子的所思所想也不同。父亲是单纯为了自保，儿子却是想来个一箭双雕，挑起章家和林家、文家的不和，让那些他忌恨的人都无法结成良缘。

但事与愿违，章峻岩在原定的暗杀之时，也即林汉云的大婚之夜，却没能及时到达林府——他被三弟缠住，定要让他见一个人，说那人将成为他们章家的大恩人。

二哥成了衣冠墓的石碑上冷冰冰的名字，章海涛再也感受不到二哥的温度，听不到他的声音。大哥虽在他受难时舍命相救，二哥却是他最好的朋友，曾陪伴他度过生命中最美好也最闪亮的少年时光，不料因这尘世间的爱恨纠缠而猝然离去。如果再没有了大哥，他今后将承受无尽的悔恨。所以章海涛从恋人那里得知林汉云智擒邵烈风的计划，就想方设法要绊住大哥，不能让他去参加林府的婚礼，但又不能透露这个计划，还要让大哥永远离开邵烈风。他想得到一个人的帮助，那就是庞逢书。

　　1912年的元旦，天气还算晴朗，没有酷寒，雾蒙蒙中又闪现着微微暖阳。成都街上好生热闹，人们都欢天喜地的迎接新年，走街串户，探亲访友。市中心皇城前偌大的坝子上，各种花样层出不穷：耍杂技的，卖打药的，算命看相的，还有唱金钱板、看西洋镜和耍猴戏的……旁边的店铺也是鳞次栉比，人流熙攘，络绎不绝。

　　到了傍晚，许多轿车都朝同一个方向奔去，那就是新总督的府第——林汉云的公馆。人们也在纷纷议论着这场盛大的世纪婚礼，据说白天是一些亲戚朋友的拜访和家宴，晚上才是正式婚宴。城里有头有脸的人都被请去了，真是热闹非凡！大总督正当华年，犹如天之骄子光芒万丈。新娘子又是全城闻名的美娇娘，金风玉露一相逢，便胜却人间无数，其光亮双双照耀着天下的芸芸众生，令人艳羡不已……

　　天黑尽时，章峻岩才打扮停当，他穿一套黑色紧身衣，正是刺客的行头，要离家时，却被章海涛冲出来拉住：大哥，你今晚哪儿也不能去，有贵人要来见你！

　　那不行，我今天有重要事。章峻岩绷着脸说：海涛，我早就跟你约定了，我不管你的事，你也别管我的事。现在我必须出门，你也拦不住我……

　　章海涛尚不知大哥有刺杀任务，只知道今晚林府有重要安排，不能让大哥去涉险地。于是他硬拉着章峻岩坐在院里的石凳上，仰着脸说：大哥，我们兄弟俩好久没谈过心了，有件事我还没告诉你，你知道吗？你师兄老鹰如今拜在荣县大袍哥七爷的手下，前阵子，他也跟随同志军来成都了，跟我碰了面，却顾不上来看你。

　　哦？章峻岩激动地抓住三弟的手：我跟他是生死之交，他怎么不来找我？

　　可能因为你在邵府，他不方便找你吧。章海涛说：在荣县，他救过我的命。

　　章海涛讲述了自己的荣县之行，又说：大哥，你知道我是革命党，你也明白清政府快完蛋了！难道你还要跟着邵屠夫死扛到底？你总不能给他陪葬啊！如今二哥死了，我不能再没有你……大哥，今晚就在家里陪陪我，等等那个未来的贵人吧。

他到底是什么人啊？章峻岩为难地说：我今晚真有重要事，必须走……

好吧，那我只问你一句话。章海涛佯装生气地站起来：你怎么从没问过我二哥是怎么死的，芙蓉嫂嫂又是怎么死的？全城都闹得沸沸扬扬，你却不关心！

怎么不关心？章峻岩也激动地站起来：不是林汉云那狗东西吗？所以我要……

他差点说漏嘴，连忙拐个弯，又说：不管是谁，我都要杀了他！

章海涛忙说：你就不怕自己没弄清事实真相，反而杀错了人？

那你说，这是谁干的？章峻岩焦躁起来，他看看天色，不想再跟三弟扯下去。

章海涛却皱眉思考着：听二哥说，有个日本人叫桥野正夫，想来买他那幅锦……总之，大哥，如今就快改朝换代了，成都也是暗流涌动，你干啥事都要小心啊！

章峻岩内心也是焦躁不安，再也按捺不住，便心生一计说：三弟，我渴了，你去给我烧点水喝，我们再好好聊聊，也等等你说的那个人……

章海涛听他这么说，一时高兴，便放松了警惕，立刻说：好，我去烧水。

章峻岩等他走进厨房，立刻抄起门上挂着的锁，轻轻锁住房门，然后悄然离去。等章海涛烧开了水，用碗盛着走出来，才发现上了大哥的当，被他锁在屋里了！

大哥！大哥！他急得喊道：你快放我出去啊！你可不能走，不能去林府啊！

叫了一阵没应答，章海涛急得满头汗。他摔了水碗，几脚踢开房门,冲到院子里,大哥已不见人影。他又跑出院门,却见外面的街巷上躺着一个人,正是庞逢书。

　　成都冬季流感和各种疫情时常发生,染病的人很多。几天前,庞逢书就发高烧躺在床上不起。他开过药房,知道自己病得不轻,外面寒风呼啸,只应卧床静养。可惜药房改茶馆时,中草药都便宜处理掉,换成同盟会的活动经费。如今他身边一点药都没有。偏在此时,章海涛派人捎信来,请他去章家劝服大哥,也绊住大哥,不能让他去林府,搅了擒贼大计。庞逢书对章家三兄弟怀着真挚朴实、关怀体贴的情感,当即答应,这晚又不顾身体不适,挣扎着前往。恰逢元旦佳节,轿子难请,他从学道街徒步走到君平胡同,足足走了两个多小时,才体力不支,倒在章家门前……

　　章海涛扶起庞逢书,发现他已昏迷,急得大喊:庞先生!老庞!你怎么啦?

　　他摸摸庞逢书的额头,烧得滚烫,连忙背起他赶往医院,也顾不得去追大哥了。

　　林府正是张灯结彩,场面隆重之极。门外的两头石狮子气势凛然,处处高挂着大红灯笼,如一朵朵祥云在夜空中飘荡,将整个府邸照耀得通明透亮。门外挤满了看热闹的市民,他们从没见过这样气派的婚礼,真是车水马龙,宾客不断……

　　而容嘉露却单独坐在府中的主卧室里,旁边只有两个丫鬟侍候。她身穿华美昂贵的红色喜服,两条黑油油的辫子拆开来,在脑后绾了一个妇人的髻,端庄秀丽,不媚不俗,头上还蒙着一块红绸布。透过丝丝红光,她看见桌面上那一对耀眼的红烛,时时爆裂出喜庆的光芒,心里却一片茫然,脑中也是一片空白,不知道自己以后的人生是个什么样的情景。最重要的,是她一直不清楚自己爱不爱林汉云,也不知道他是不是个理想的夫君。父亲却说,此人是个大英雄大豪杰,四川只有在他手中才能治理得更好,希望女儿与他同心同德,家和万事兴。温顺的她平静了心绪,默默上了花轿,一路吹吹打打到了林府,声势浩大的迎亲队伍，引起路上万众观看。在欢快的乐曲和震天的锣鼓声中，她被动机械地跟新郎官拜了天地，成了夫妻。但是未来的总督夫人，也许日后的生活就是在夫君身边为他徒增一个沏茶添香的角色，而他的政事及天下输赢，又与她何干？容嘉露想到这里，心中不禁一片悲凉……

突然，一只绵软温暖的手从红盖头下伸过来，轻轻握住了她的手。容嘉露微微吃惊，又听得一个女子用悦耳动听的北国口音说：妹妹，是我，明珠……

是你！容嘉露这才惊讶地欲站起来：姐姐，我……

妹妹别动，快坐好。明珠笑道：这是你的洞房花烛夜，新郎还没来，也没挑起你的红盖头，你不可以乱动……按理说，你是大，我是小，你是妻，我是妾。应该我叫你姐姐。但我比你年龄大那么多，又比你先来这府中，我叫不出口啊！

明珠姐姐，别这么说。容嘉露很感动，先前的一点点疑虑和担心都烟消云散了。她又说：以后我们就姐妹相称，我年纪小，不懂事，还望姐姐多指教。

明珠感慨地看着满屋子崭新而华丽的陈设，真是富丽堂皇！她那时在江西跟林汉云玉成好事，哪有这般气派？但却是她先把那个大帅哥揽入怀中，然后跟着他风里来雨里去，成就了今天的辉煌。而且他们两人的感情，直到今天仍然那么深情款款、旖旎依依，也是今天这个新娘子无法比拟的！还好林汉云虽然风流，却只是撩动耳目，还没迷入心魂。她想到这里，望着窗外漆黑宁静的夜景，心中感觉很惬意……

她微笑着安抚新娘子：没关系，你在这府中一定会过得很安逸。

她起身走到桌前，倒了一杯温热的茶水，递到容嘉露手中：来，喝口水吧。

容嘉露早就口渴难耐，接过来喝着，真是清香甘醇，沁入心脾。她也终于放下心来，眉头舒展，脸上也红若流霞，又问：我们的夫君呢？他此时在哪儿？

林汉云却是任何事都不曾瞒过明珠，所以她知道一切。前者还叮嘱她说，要来洞房里照顾好新娘子，以免她听到枪声会害怕，吓得到处乱窜就麻烦了！

于是明珠搂紧了容嘉露，柔声说：他在做他应该做的事，我们安心等他吧。

容嘉露偎依在她怀里，对方身上的淡淡体香让她好安心。她脸上露出喜悦的微笑，如同靠在亲姐姐身边，把自己放心地交给了伊人，有种温馨的甜蜜也在心头融化。桌上瓷瓶里插着的那枝梅花，静静地绽放着清香，很适合这样温情的场面……

府中却是人头攒动、热闹非凡，大红地毯从门外一直铺到厅堂，十几张圆桌上摆满了美酒佳肴，侍候上菜的丫鬟仆人还在穿梭往返。27岁的总督林汉云兴高采烈、大张旗鼓地操办着自己的婚礼，他也换了喜服，长袍上交叉背着两条大红绸带，礼帽上也插着两枝红花，喜气洋洋、风度翩翩。满堂的红烛和辉煌的灯光，映照在那张英俊的长方脸上，显得他更加年轻气盛、精神焕发。前来贺喜的客人大多是成都各种台面上的重要人物，比如袍哥舵爷，或者四川武备学堂旧部，还有各路乡绅商贾，包括新军中的各级军官，新郎均拱手热烈相迎，待人接物果断自如……

然后他发表简短的欢迎词，致谢众人说：今天大家在一起迎接新年，庆祝本督的新婚之喜。我盼望这种聚会，也喜欢这种热闹。谢谢你们抽出时间来参加我的婚礼，这也是对我的最大支持。在新年到来之际，我也衷心祝愿天下太平，愿你们每个人在新的一年里，都有钱赚，有饭吃，全家都平平安安。这是我作为地方长官的最大责任，也是本督的最高愿望。再次谢谢大家的到来，谢谢你们对本督的支持！

座中其他人也都兴高采烈，纷纷拍手说：好啊，希望每天都这样……

也有人喊道：林总督，今天你是新郎官儿，开心点儿啊！

林汉云频频点头致意，但在席中敬酒喝酒都很节制，尽管他是海量，也在酒中掺了白水。因为今晚的结婚典礼只是明修栈道，一场说干就干的兵变，即将在这场热热闹闹的婚礼下面暗度陈仓。今夜还有人即将命丧黄泉，总指挥就是伴郎文光豪。

他们的保密工作滴水不漏，直到昨晚半夜三更，漆黑的寒冬里，林汉云才对面前站成黑压压一片的手下新军压低声音说：明晚婚礼上，我们要为四川的父老乡亲报血恨之仇，他曾经屠杀了我们那么多的川籍同胞，生死存亡，决于明日！

此时官兵们才有人猜到，他们的年轻总督究竟要手刃哪个恶魔。

愿听总督调遣，誓死捍卫大汉新政府！官兵们也齐声低呼。

被迷魂的主角邵烈风却丝毫不觉。他并非对林汉云彻底放松警惕，而是他也有一个刺杀计划，要派亲信章峻岩出其不意闯进总督府，杀死林汉云。因此倒把那些早已分化的巡防兵丢在一边，只带着儿子和几个亲兵去赴这婚宴。

鸾凤和鸣，枝茎永茂！邵烈风进了喜堂，便拱手对林汉云讲了两句吉祥话。

哎呀！难得！感谢邵大人光临！林汉云忙说：快随我入主桌，饮杯喜酒……

正值席开一半，人们见这个前任总督姗姗来迟，顿觉大煞风景！因为那场屠杀民众的血案，四川老百姓对邵烈风的仇恨直到今天还没消除。谁没有父老乡亲？谁不是受害者？于是众人的情绪从窃窃私语到愤愤不平，很快就爆发了！

一个年轻军官首先跳出来，指着林汉云说：总督大人，你知道我们川人都对这个邵屠夫深恨不已，也想看你这个新任总督怎么伸张正义，你竟然把他给请来了？

别这样。林汉云笑笑说：今晚是我的喜事，邵大人是我的客人，其他事以后再说。

又一个军人大胆地说：既这样，我们不愿跟此人同席，那我们就撤了！

他把手一挥，在座的军官都纷纷离席撤走，剩下的客人见此情形，全都噤若寒蝉。也有胆小的客人见势不妙,就赶紧溜走。邵家父子站在主桌前,很是尴尬……

林汉云忙对众人说:请大家给我个面子,千万别走,还是留下来继续喝酒吧!

厅堂里鸦雀无声,但看众人的表情,却是一副敢怒不敢言的样子。

林汉云只得对邵烈风说:邵大人,林某在小厅另摆一桌酒,请随我来……

他见邵烈风迟疑,又低声说:为了你们父子的安全,还是随我移座小厅吧!

邵烈风如释重负地吐了口气,点点花白的头,带着儿子和几个亲兵随他走去。他却不知这正是林汉云的计策。那批军官撤下来后,便率部下数百人包围了林府,然后几十个带洋枪的官兵又随文光豪潜入小厅外。这里庭院深深,别有天地,小厅里摆了一张八仙桌,林汉云陪着邵家父子吃喝,那几个亲兵也在一旁喝酒吃肉……

邵烈风看看四周,静得可怕,他突然心惊肉跳,觉得有点不对劲。便跟儿子挤挤眼,然后故意笑着问林汉云:哎,新娘子呢?怎么不出来给老夫敬酒?

林汉云从容笑道:你关押过她父亲,她不待见你,不肯出来见你……

邵烈风吓了一跳,邵玉笙却站起来喝道:林汉云,你什么意思?

这意思就是,你们父子俩的末日到了!林汉云说着,把酒杯往地上狠狠一摔!

听见动手信号,埋伏在外的文光豪立即带人冲进来,一些人缴了亲兵的枪,另一些人把枪对准了邵家父子。然后林汉云慢慢站起来,冷笑道:邵烈风,束手就擒吧!

邵烈风大吃一惊,抖着花白胡子说:林汉云,你、你竟敢这样设计擒老夫?

邵玉笙在旁边着急地说:父亲,别跟他啰唆了,赶紧撤吧!

邵烈风却急对他说：你快走！别管我！去东北投靠你大伯……

想得美！文光豪高声说：你们父子俩来得就走不得！

邵玉笙大怒，瞄准林汉云欲开枪，但他哪是正规军官的对手？文光豪来得更快，邵玉笙甫一出手，早被他打出一枪，正中脑门，让这个人人痛恨的恶衙内魂归西天！

邵烈风见了，不由得瑟瑟发抖，放声大哭，道：我命休矣！

留在厅堂的客人们，已经犹如惊弓之鸟，听到这道枪声便吓得东奔西逃。守在府外的官兵也怕伤及无辜，一律放行。邵烈风却被活捉住。林汉云让人收拾邵玉笙的尸体，又派人带着邵烈风，一行人浩浩荡荡去往前厅。寒风嗖嗖，穿堂过户，在林叶间涌动。一个黑影翻墙而入，立刻隐入一个角落，但没人发现，却被邵烈风在幽幽的寂静中体会到了。他苍老的面容抖动着，发出丝丝冷笑，感觉到自己计策的美妙。

前厅的人都已跑光，只剩下一桌桌的杯盘狼藉，却正中林汉云和文光豪的意。毕竟擒拿枭雄暗藏风险，所以林汉云才让容嘉露早入洞房，文光豪也没让原定当伴娘的妹妹出场，都是为了保护她们。林汉云又叮嘱过丫鬟，若听到府里有枪声，就赶紧抚慰新娘子，说他会没事。这时两个好朋友对视，眼里都流露出大功告成的惊喜。

两人正欲商量如何处置邵烈风，突然面对厅门的文光豪脸上乍现惊讶的表情，接着他大力把林汉云往旁边一推，自己胸前却霍地中了一把飞刀！倒在地上！

光豪！背对着厅门的林汉云，尚不知发生了什么事，赶紧冲过去……

文光豪捂住自己胸口，嘴里吐出鲜血，艰难地说：有刺客！

林汉云抬头看，一把飞刀又从窗户里朝自己射来！他连忙伏身躲在餐桌下，拔出手枪，对旁边的官兵喊道：快把邵烈风这个老贼押下去，先关起来！

邵烈风哈哈大笑着被押走，那个躲在窗外的刺客似乎急了，又投来一把飞刀！剩下的几个官兵一起开枪，打得窗户纸"噗噗"响。

林汉云忙叫道：要留活口！

留你龟儿子的头！窗外有人恨声骂道：林汉云，老子今晚就要你的命！

他正骂着，却不妨大队官兵冲进府里，团团围住了他。刺客跟他们徒手搏斗一阵，打伤了几个人，但终究寡不敌众，也被擒住，五花大绑地推到厅堂里。林汉云看了却不认识，此人高大魁梧，一条黑油油的辫子还盘在头顶，满脸仇恨地瞪着他。

他只好问道：你是谁？我认识你吗？你为啥要来刺杀我？

刺客恨恨地说：我是邵大人的保镖章峻岩，我二弟和弟媳都被你害死了！弟媳还怀胎三个月，那是一尸两命啊！你这个林总督，又比那个邵总督好到哪里去？

林汉云正在惊讶，躺在地上的文光豪突然呻吟着说：你错了！你弟媳不是林总督害死……我已查清，是日本人桥野正夫的诡计……他移花接木，陷害总督！

林汉云这才想起为自己挡刀，身受重伤的文光豪，连忙冲过去扶起他，急切地问：你怎么样了？你可要挺住啊！我立刻派人去请郎中……

文光豪胸前中刀，鲜血汩汩流出，已经染红了大半个身子。他呼吸困难，喘着气说：汉云，我，我不行了……你别为难这个人，他应该是海涛的大哥……

林汉云大吃一惊，回头看，章峻岩的眼珠子也瞪得溜圆，问文光豪：你是？

文光豪苦笑着，又流出一大口鲜血：我是诗洁的哥哥，我们是，是亲家啊！

章峻岩陡然明白，眼里闪过一个妙龄女子的身影。当时她坐在马车上，自己却知道，她将伴随三弟的一生。联想到自己原该杀的是那日本人，不禁悔恨万分！

我、我错了！他懊恼地连连跺脚，眼里流下悔恨的泪水，又说：我中了邵屠夫的借刀杀人计，杀了自己的亲家……林汉云，你杀了我吧！

我也不想活了！

林汉云大怒地说：你确实该杀！快把他押下去，明日跟邵烈风一起杀掉！

等等！章海涛突然冲进来，后面跟着文诗洁，两人都是一脸惊惶……

章海涛在寒风中奔走，好不容易才找到一顶轿子，把庞逢书送进华西医院，但他只断断续续吐露了几个字，便溘然长逝！医生诊断说，是感冒引起的急性心肌炎。章海涛听说病因，捶胸顿足，后悔不迭，痛不欲生！原本他以为庞逢书是说服大哥的唯一人，谁知他已身染重病，还强自支撑着走了那么远的路去传播光明！无私无畏的同盟会成员多么令人钦佩又让人吃惊啊！章海涛不禁回想起这个引路人与自己的相识相知，那一幕幕感人的场面，又鲜活生动地浮现在脑海里。他激动地凝视着这个值得敬仰的人被送走，心里一直回响着他的临终遗嘱：跟随孙先生，寻找光明……

他在大街上独自徘徊，走了很久，不知不觉来到林府门前，见这里荷枪实弹站满了士兵，突然想起大哥的行径，会不会与此有关？他说出文诗洁的名字，才被放行，正好在庭院前碰到了文诗洁。后者是听到府中不断传来枪声，也担心哥哥的安危，于是两人互相问了问情况，才不约而同地闯进厅堂……

哥哥！文诗洁看到文光豪浑身是血躺在地上，连忙冲过去，泪水涟涟地扶起他，又叫道：你怎么样了？有没有去请郎中？要不快送医院吧？你们怎么不动啊？

章海涛见大哥被绑，文光豪身受重伤奄奄一息，已经明白缘由。他看着林汉云，似在无言地询问，后者却轻轻摇摇头，一阵悲凉便如潮水般涌上他心头……

章海涛简直不知怎么办才好——他的哥哥竟然杀了恋人的哥哥！章家和文家已成为仇人！他和文诗洁的关系也痛苦地纠结在一起：好的成了坏的，喜的成了悲的，爱的成了恨的……章海涛后背直冒冷汗，手心里也全是汗水，整个人都不寒而栗！

文诗洁更是悲痛，她抓住哥哥快要冰凉的手，声声呼唤着：这是为什么呀！

林汉云只好说：我想，这是一场误会，光豪为我挡刀，而章大哥却杀错了人……

章峻岩知道这样苍白的解释在事实面前太无力，于是说：你们也杀了我吧！都怪我！海涛，诗洁，我对不起你们，我上了邵屠夫的当，想为二弟报仇……

一语提醒在场的人，章海涛也指着林汉云怒斥：是啊，我二哥二嫂的死都因为你！你当上总督，就不该残害民众，怎么还会发生这样的事？

文诗洁也挺身指责林汉云：是啊，你害了芙蓉姐姐，我们还没找你算账呢！今天大哥来杀你，也是情有可原，他想为二哥二嫂报仇啊，可惜我哥却被误伤……

林汉云大为震怒，愤然辩解道：你们血口喷人！本督也是川人，当这个大总督就是为保一方平安，怎会残害同胞？你们再这样说，信不信我一枪毙了你们！

他拔出手枪对准章海涛，在场的士兵也都举枪对准他们，一时间屋里空气顿时变得紧张，真是一触即发！窗外也是风声呼啸，刮得破烂的窗户纸沙沙直响……

章海涛忙把文诗洁拉到身后，慨然说：开枪吧！这更说明你就是刽子手！

章峻岩却嘶声说：海涛，别这样，我也才知道，害你二哥的是个日本人……

章海涛和文诗洁都大吃一惊，望向林汉云的眼光里仇恨的火花顿时熄灭了。

不！不能再死人了……文光豪撑着最后一口气，缓缓说：我不愿再有人因我而死！汉云，我求你，放了海涛的哥哥，他是我的亲家，也是我妹妹的亲人……

林汉云叹口气，又看看在场的人，朗声说：好吧，历史会替我洗清罪名！

他让士兵给章峻岩解开绑绳，又关切地对文光豪说：你撑住，郎中很快就来……

没用的，我不行了……文光豪对他强笑道：你走吧，我想单独跟他们说句话。

你？林汉云心情复杂地看着他，又使劲握握他的手，才起身径直离开……

章海涛和文诗洁都悲痛地伏下身来，文诗洁泪如泉涌，哽咽说：哥，你要说什么？

章海涛却握住文光豪的手，强笑道：光豪哥，郎中很快就赶来，你会好的！

文光豪又吐出一口鲜血，勉力摇着头：我知道，我不行了，还剩最后一口气……你们听我说：我参加了同盟会，立誓推翻清王朝……我此去，只求明天有一线曙光！但得将来国家崛起，同胞安宁，你们别忘了给我祭一炷香……

文诗洁大恸，哭道：哥，别说了，你一定要活下去啊！

文光豪又拼着最后一口气，对她说：妹妹，我在房里给你留了一封信……

他说到这里，突然头一歪，永远闭上了眼睛，而他胸前，还赫然插着那把闪亮的飞刀！这使章峻岩的眼睛也模糊了！他看着自己造成的恶果，深悔之前没听三弟的话。如今他愧对三弟和文家兄妹，只能选择在这样的时刻悄然隐退……

于是他跪下来，对文光豪磕了三个响头，然后便起身冲出了厅堂……

章海涛怔了怔，立刻追出去，叫道：大哥，你已知真相，该将如何？

章峻岩恨声说：你别管我，我先去杀了那日本人，再出城去找你老鹰哥……

　　他话没说完，就飞身冲到对面院墙边，几步跳跃，好比兔起鹘落，便翻墙而去，消失在黑暗中。这等厉害的身手，夺尽章海涛的眼目，却只能为之扼腕叹息。他一直望着那道院墙，感到自己思想空渺，不知浮游何处，有种难以言喻的失落……

　　正当他思绪迷离之际，天空中飘起了小雪花，纷纷扬扬，飘飘洒洒，似满天飞花，一朵朵落在他头上、发上和肩上。那纯净清冷的雪花，好比人心的祭奠。章海涛缓缓地回身看去，只见几个士兵抬出了文光豪的尸体，文诗洁抹着眼泪跟在后面。

　　章海涛突然有种撕裂般揪心的疼痛，他赶紧冲过去搂住恋人，也潸然泪下……

　　雪下得更大了！飘飘大雪落在文光豪身上，那把飞刀已然拔去，露出他胸前的一片血迹。章海涛觉得，那洁白的雪花掩盖了这斑斑血迹，也唤醒了新的生命。这种意念带着一种锋锐的力量，可以穿透现实，引申出无边的张力。他陡然明白自己以后要怎么走了！而今夜本该烛影摇红的林府，在他生命中只留下一个绝版的梦。

尾声

　　自古朝代更迭，权力交替，总有伟人接踵而来。历史永远都是一种刻骨铭心的存在，一代一代的人只会追寻着时间的步履，演绎着更多的精彩。

　　1912年的元旦，一元复始，万象更新。下午5时左右，孙中山乘火车从上海到达下关车站。接着换乘市内小火车，再转乘马车，直抵两江总督署大门。

几天前，也即1911年的12月29日，通过17个独立省的代表们投票选举，孙中山以16票的绝对优势当选为临时大总统，可谓众望所归。选举结果出来后，众人立刻通知尚在上海的孙中山，让他赶紧到南京就职，并组织临时政府。

元旦这天，上海北站人头攒动，上海革命军列队整齐，鸣炮为新任大总统送行。一列扎满鲜花的火车缓缓启动，沿着沪宁铁路开往南京。列车一路飞驰，沿途每到一个城市，都受到群众热烈欢迎。苏州、无锡更是万人空巷，几乎所有人都聚集到火车站，想一睹孙先生的风采。一直到暮色苍茫后，这趟专列才缓缓抵达南京。

冬日的南京寒风刺骨。夜幕降临，在阵阵细雨中更显凄冷。然而，早已在此等候多时的各省代表和起义部队的将领们，心里却充满暖意。随着人群中爆发出一阵欢呼声，孙中山走下马车，他一手握帽，一面微笑着与大家握手寒暄……

欢迎仪式结束后，孙中山在黄兴、徐绍桢的陪同下，走进了两江总督署的大门，那一刻，古老的中国也步入了一个全新的世界，全国人民都在为之欢呼！

当晚11点整，中华民国临时大总统就职典礼正式开始，当司仪宣布"中华民国临时大总统莅位典礼开始"后，军乐队奏起了雄壮的军乐……

山西代表景耀月向与会者报告了大总统的选举经过。然后高呼：请大总统宣誓就职。

在充满信任的目光注视下，孙中山朗读了大总统誓词，随即说道：刚才我宣读了就任临时大总统的誓词，现在我还有几句话，今日国民政府已经成立，但封建朝廷依然存在。封建皇权一日不除，革命就尚未成功。

景耀月代表各省致颂词，议长汤尔和代表各省致欢迎词，并向孙中山致授大总统印。当孙中山致答词，表示"当竭尽心力，勉负国民公意"之时，全场又爆发出欢呼声。孙中山也异常激动，他不断举起双手向大家表示感谢。

那一刻，孙中山百感交集，他予三十年如一日之恢复中华，创立民国之志终于得以实现。中国历史上第一个共和制的国家政权，将与这天一起载入史册。

次日上午，在成都明远楼广场，清朝最后一任四川总督邵烈风被斩首示众。

这是个大快人心的好日子！成都市民得知林汉云要召开群众大会，公开处决邵烈风，个个都拍手称快。吃完早饭，远远近近的老百姓就一群一群地拥向皇城，围观处决邵屠户。当年张献忠将这里付之一炬，雄伟的藩王府居然成了虎狼窝。清朝康熙年间，四川省会由保宁迁回成都，才又披荆斩棘重新开出这片荒地。历尽百年沧桑，这里修起了一座颇为华丽壮观的明远楼，楼旁的皇城坝则成为一片广场，百戏杂陈，无奇不有。而今天，这个发生了多次变迁的恢宏广场，又将成为历史的见证。

天刚亮时，邵烈风便被新军的众兵士押往皇城，绑在明远楼下。这个昔日不可一世杀人如麻的清廷封疆大吏，花白的头辫零散披头，白胡须在寒风中颤抖着……

昨晚被抓后，邵烈风一直被关在林府，也曾怀着一丝微弱的希望，捎信让林汉云去看他。林汉云沉浸在失去好友文光豪的悲痛中，直到深夜才去探监。

邵烈风面色蜡黄，眼窝深陷，几个时辰就苍老了许多，儿子的死也让他内心倍受煎熬，后悔不迭。因此劈头就问林汉云：我何曾得罪于你，你要做出这样的事？

林汉云愤怒地回答：你得罪了我们几千万川人，也得罪了四万万国人！

邵烈风垂头丧气，沉了沉才问：我们都当过总督，知其难处……能让我活吗？

林汉云冷冷地说：这个，我本人没有处置权，要去问成都民众和绅商。

他们没再谈下去，林汉云转身离开。两人心里都清楚，毫无疑问，众人的意见很一致：邵烈风屠杀川人，死于血案数十上百，死于兵乱又不计其数！岂能不死？

邵烈风望着年轻总督远去的背影，脑海里闪现出此人不久前与自己订的盟誓，懊恼不已，终于忍不住破口大骂：林汉云！你这个愣头青娃娃，老子上你的当了！

此时当着全市群众的面，邵烈风竭力摆出虎死不倒威的样子，维持着一份体面。稍倾，林汉云戎装笔挺地出现在明远楼上，望着楼下黑压压一片人山人海的民众，他顿时精神大振，便声如洪钟、滔滔不绝地宣布了邵烈风犯下的种种罪行……

围观者里三层外三层，足有上万的老百姓，纷纷拍手叫好，真是激动人心！

邵烈风听了这如雷鸣般的拍手叫好声，原本桀骜不驯的头也悄然垂下来……

林汉云又大声说：邵烈风屠我川人同胞，制造了骇人听闻的成都血案！现在我把杀他的权力，交给父老乡亲，今天就请你们来决定，对此人杀，还是不杀？

成千上万的民众，全都群情激奋地大吼：杀！杀！！杀！！！

声震屋瓦，一浪高过一浪。邵烈风闭上眼睛，不禁流下了浑浊的泪水……

林汉云立刻挥手下令。站在邵烈风旁边的一个刽子手便手起刀落，白光一闪，鲜血四溅。邵烈风瞬间身首异处。刽子手当众将邵烈风的头砍下，还将他的头捧起，让群众仔细查看。霎时间，场上欢声雷动，犹如阵阵春雷滚过大地……

一代封疆大吏邵烈风从此烟消云散，他的头被挂在闹市区，示众三天。

平定兵变又杀掉邵烈风后，林汉云声名大噪，令群情慑服。事实上邵烈风的被杀，与其说是对反动旧官僚的清算，倒不如说是给革命党同盟会的投名状。邵烈风的人头也是新政权树威的道具，意在警示一切可能觊觎权力的竞争者。乱世中震慑局面的，往往是能掌控中下级军官而又心狠手辣的人物，林汉云就是成功的一例。

章海涛也在这斩杀邵屠夫的现场，当市民人人称快时，他也高兴地拍巴掌。突然又想到什么，立刻挤出人群，飞快地奔向邵府。原来他想到了邵雅兰！

这天冬阳躲着不出来，天色一直很阴霾。邵府的下人丫鬟都已跑光，偌大的邵府曾经车水马龙，如今只剩下大小姐一人。其实她一直不满父兄的行为，已对家人心灰意冷，又遭遇失恋，心如止水，早就觉得了无生趣。所以当好友容嘉露大婚，她这个本该当伴娘的闺密也没出席。得知父兄被擒被杀，她从昨晚直到今早，一直坐在那个面山临水的轩廊前，不吃不喝不思不想。但她也清楚地感觉到，有一张人生的大网正渐渐向她收拢。寒风阵阵，落叶片片，几多悲凉，无限凄惶……

章海涛赶到邵府时，只见邵雅兰无力地伏在那张石桌上，似乎没了生息！

章海涛吓了一跳，连忙冲过去，扶起她，叫道：雅兰，你怎么啦？

稍倾，邵雅兰才抬头看他，苍白的脸上浮起一丝笑容：是你？你来干什么？

我来关心你啊！章海涛顾不得言辞，只是感觉不妙，忙问：你怎么样了？

我已经吞了金子，活不过半个时辰了！邵雅兰突然抓住他的手，脸上的笑容更加惨淡，又说：我本想放火烧了这府邸，自焚而死，又怕死得痛苦，死得难看……

哎呀，你怎么会这样？章海涛跌脚喟叹：不说了，我赶紧送你去医院！

邵雅兰的手却无力地垂下，喘息着说：我有这死的心，你就让我干净地去吧！

那你何必要吞金呢？章海涛又气又急，不知道说什么好：那多难受啊！

邵雅兰抬头看着面前的假山，那里似乎布满了时间的青苔，带着硝烟弥漫过的气息，还有沉寂在岁月深处的苍凉。面前这个少年曾是她最心爱的人，如今他关切的话语也触到了她内心的一份感慨，一种难以忘怀和难以放弃的渴望——她多么希望回到那无忧无虑的青葱岁月，回到那欣欣向荣百花盛开的尘世，能让自己跟这个少年手牵着手，不休不止快快活活地走下去，走过人生所有的年华，直到地老天荒……

胸腹间掠过的阵阵剧痛，使她猛然回到了现实，寒风吹拂到她脸上，带着淡淡的萧索。她心里陡然而起的，仍是那遗世的孤独，和渴望毁灭的欲念……

于是她使出全身力气，推开面前的心上人，发狠地说：你走吧！让我独自死去！我不愿你在这儿继续待下去，不想让你看到我死后的样子！那一定很难看……

章海涛呆怔地站起来，无助地望着四周。假山上那嶙峋的断石残垣，看上去就像一堆荒废的殿宇。而邵雅兰逐渐硬下来的面目和身体，就像是一座斑驳僵挺的雕像，又好似梦里破碎的影像。他眼神迷茫，心里错乱，不知怎么办才好。难道只有人将死去时，在这片荒芜的废墟里，人和人才能真正相识与相知？但也正因为有这一份心灵的感应，邵雅兰最终还是死在章海涛怀里，她深感欣慰，他却唏嘘不已……

几乎与此同时，文诗洁去找吴仪民。她已跟章海涛商量好，两人要离开成都，去广州追寻孙中山。虽然他俩此时还不知道孙先生并不在广州，而是去了南京；但这是庞逢书的遗命，也正是文光豪的遗言——都让他们一起去寻找光明。

吴家府中也挺荒凉，因为吴万乾病倒了，下人忙着给他请医治疗，无心收拾庭院。但院中却盛开着一枝红梅，在数九寒天里傲然绽放，展示着它那惊人的美艳。吴仪民正心灰意冷地坐在梅花树下独自喝酒。他最近爱上了酒，已快到酗酒的地步了……

仪民，你怎么喝成这样子？文诗洁皱眉说：我到处找你，没想到你却这样!

是啊,我也曾到处找你,找不到,才喝成这样……吴仪民脸色阴暗地喝下一口酒,又说:我们都找错人了!诗洁,你不该来找我,去找那个章海涛啊!快去!

文诗洁感到深深的不安。寒冬腊月,对梅饮酒,独自品欢,言语凄凉……似乎这一切都预示着什么。那个曾经意气风发的才子诗人,现在到哪里去了?

你不能再喝了!她夺去了他的酒杯,生气地说:《红楼梦》里的黛玉说,这是冷酒,喝下去要用五脏六腑去温暖它……你会得病,那又何必呢?

是啊,酒入愁肠,化作相思泪!吴仪民叹道:诗洁,你没看出来?我从荣县回来后就这样,已经变得颓废,神经质,以后会成为酒疯子!你还来找我做什么?

我来找你跟我们一起寻找光明!文诗洁尽量平静了情绪说:仪民,我和海涛要去南方了,你跟我们一起去吧?你也曾经是新青年,一腔热血,我们一起走吧?

吴仪民怔了怔,就大笑起来:跟你们一起走?哈哈,我算什么?诗洁,谢谢你来找我,但我不可能成为你们的同路人!章海涛是大鹏展翅,要飞上青云!而我算什么?一只小鸟吧?诗洁,我很遗憾没能成为一个值得你喜欢的人。希望你能原谅我的懦弱,如果有来生,我们再相聚。现在你去奔向光明吧,让我留在这黑暗中……

文诗洁没等他说完,就哭着离开了他。临出吴府,她又回头看去,只见吴仪民仍立于那棵红梅树下,身影凋零,而红梅却一片片落下,在他周边漫天飞舞……

她不知道吴仪民心中也很后悔,不该说那些伤害她的话。他有意拒绝了文诗洁,只因他性情温和,不愿参加革命,又受父亲影响,无法认清形势,于是痛苦地陷入了思想的深渊。此时他抬头看看红梅,觉得它就好比刚离去的女子,那么妩媚动人,又冷漠孤清。他喃喃说:太美了！你太美了！我会好好留存，永远留存……

文诗洁冲出吴府，才发现又下雪了。飘雪纷飞中，有人为他撑起了一把伞。

她回头看到章海涛，顿时感到无限温暖，便含泪对她说：我尽力了！

我们都是。章海涛挽起她胳膊，振奋地说：没关系，我们走自己的路吧！

文诗洁听他说了邵雅兰的死，又叹道：我们三个好闺密，命运却不同……

章海涛望着伞外飘飞的大雪，笑道：因为你们走上了不同的人生道路！

林汉云听巡防兵汇报说，大东旅社的桥野正夫被一把飞刀刺死，知道是章峻岩所为，也不去追究。他回到卧室，容嘉露正在桌边独自垂泪，神情怏怏不快……

小姑娘，你怎么了？林汉云走到她身后，搂住她柔声说：小心着凉受寒哦！

他就喜欢这么称呼她，因她身量矮小，比自己柔弱许多，看上去他们简直不般配！但面对这个年轻的妻子，林汉云觉得自己的心也变得温柔了。

我不知道。容嘉露含泪说：明珠姐姐来看过我，说了你很多事。我觉得，她才是你的良配！她懂你、爱你，你们一起度过了风风雨雨，彼此不离不弃……

她说得很动情，赞扬别人的同时，也在为自己不值。若说明珠是丈夫的良人，那么自己又算什么呢？哪怕她越过总督府的高墙，在万众瞩目中做了总督夫人，但她并非丈夫的唯一。这样的爱，她真是宁可不要……但不这样，又能怎样呢？如果再给她一次机会，她又会选择谁呢？这就是刚才她在独自静思的人生难题。

林汉云蹲下来，定定地看住她，温存地说：你心里对我有疑问，那是什么呢？

好吧，那我就直说了！容嘉露倏地站起来，故作气势汹汹地发问：那个唱清音的女子之死，是不是跟你有关系？还有外面传说的兵变，真是你一手造成的？

林汉云暗暗吃惊，他原本担心容嘉露和明珠不会和平共处，两个女人之间会钩心斗角。不料单纯的妻子竟为这些事而苦恼，看来她想得更多、更远。他必须打破她心中的块垒，否则他们就会卷入江湖天下的世事纷争与滚滚红尘，那就麻烦了！

他尽量坦诚地说：嘉露，你要相信我，成都兵变绝非我所为，我不可能拿乡亲们的鲜血来染红自己的官帽。芙蓉之死更不能怪我，我是无辜的，是被人陷害的！

好吧。嘉露神情淡然地点头说：现在外面有很多传说，但我会选择相信自己的夫君。至于事实真相究竟如何，历史终究会给成都人民一个答复！

我的天！这个小妻子原来一点都不简单！林汉云内心不知是忧还是喜。

他想了想，才说：好吧，我也选择相信你。嘉露，我们现在是夫妻了，虽然我府中有不止一个女人，以后可能还会有其他女人……但你要记住，你是我最珍惜的人，我也希望你珍惜我。对于我这样的人来说，亲情比爱情更重要。懂吗？

容嘉露点头说：我懂。我们都要珍惜彼此……

但她心中却在想，如果让她选择，她会更加看重爱情。刚才她也是在暗暗悼念文光豪。每当想起这个对她一向很亲切的男子，她心里就会有种莫名的疼痛，似乎心里的什么地方被剜去了似的！但要问这是为什么，连她自己也不知道……

后来她终于对丈夫说，想去文光豪的墓前祭奠。林汉云欣慰地抱住妻子，答应次日带她去。容嘉露在他怀中留下了几行清泪。林汉云不禁又起了疑心，怀疑容嘉露心中是不是有过这个好朋友。他也觉得愧对文光豪，但他却不明白自身的局限性。虽然他如愿以偿当上了总督，很多时候，林汉云也不知道自己以后的路该怎么走。

文光豪葬在郊外凤凰山，虽是冬季，这里仍然草长莺飞，树木苍郁。幽静的山顶上，这座坟墓前香烟缭绕。林汉云和容嘉露赶到那里祭奠时，端仪将军和女儿慧敏正在他坟前烧纸。林汉云与端仪简短地聊了聊，这才知道缘由，两人都倍感遗憾……

端仪父女离开后，林汉云叹道：我一直以为，光豪不近女色，不解风情，不料却有这么漂亮的满族格格爱上了他！可惜啊，他们没有一个好结局。

容嘉露没有说话，默默地为这个可亲可爱的大哥哥烧了三炷香。

回程路上，端仪看着沉静无语的女儿，也叹道：慧敏，忘了他吧！文将军是个很好很好的男人，可惜你们俩没这个缘分……阿玛再为你另选个丈夫吧。

慧敏也不语，心里却在想：虽千万人，谁又能比得上他？

最后来扫墓的是章海涛和文诗洁，他们在坟前烧了文光豪留下的那封信。因为即将启程离开成都，前途未卜，不便带上这封信，不如烧给兄长，以此为祭。

文光豪唯恐智擒邵家父子时，自己失手，会有不测，便留给妹妹一封绝笔信。信中说：……乱世须用重典，立宪派太温和不可取。林汉云文武双全智谋超人，也算大英雄。但他始终不愿接受新思想，无法挽救这世道，或许只有革命党和同盟会才是光明的正道。虽然我可能看不到那一天，但我坚信那一天的到来。为了你们年轻人走向光明，拥抱光明，我也愿意去直面黑暗。因为我坚信，总有一天阳光会普照整个中国！当然了，从古至今没有一场革命的胜利不是用生命和鲜血换来的。如果我死了，能够唤醒那些麻木的人，能够让活着的同志们更加奋勇前进，我也愿意捐躯！妹妹，我若不在了，希望你跟海涛去南方追随孙中山，寻找一条真正的光明之路……

看着那道道青烟在坟前缭绕，文诗洁含泪说：我并不怪你哥。但我哥其实参加同盟会不久，只是个中间人，他从黑暗中反叛而来，不料却被黑暗吞噬……

章海涛叹道：是啊，光豪兄的脚踏在黑暗与光明的交界处，所以比谁都看得清楚，那些新生的军阀皆追求升官发财与中饱私囊，没人愿意放弃刚得到的权力。他们甚至为了独裁而不惜同室操戈，又有谁会去实现孙先生期望的天下大同？我们同盟会也预感到，成都只是暂时的粉饰太平。所以我们必须离开，去重新寻找光明……

几天后的清晨，章海涛和文诗洁从东门码头上船，沿锦江出发去广州。江上千帆竞发，岸边熙熙攘攘。冬阳映照着船上的一对璧人，文诗洁想起半年多前，自己跟章海涛在江边谈话的情景，感慨万千。一切景物都不曾更改，改变的却是人和事。

看着船儿漂流过桥，顺水抢滩，快要驶出成都，章海涛搂着心上人，悄声说：我收到少星和润龙的信了，他们将在黄龙溪码头登船，与我们会合，一起去广州。

好啊！文诗洁惊喜交加，欢欣鼓舞地说：我们志同道合，一起奔赴光明！

章海涛见她刚剪的短发在风中飞扬，又用手梳理着那顺滑的发丝说：你知道我喜欢你什么？我第一次见你，就从你眼光里看到了一种向往，我喜欢看你憧憬幸福的样子。当你笑起来时，好像能融化一切，这些都给了我去奋斗和追寻光明的勇气。

我第一次见你的时候，也有这种感觉。文诗洁笑道：当你面对恶势力，无所畏惧地冲上前那一瞬间，我就看到了你身上勃发的勇气，后来你也给了我无限生机。成都这场血与火的洗礼，又让我们走到一起……可惜，我们现在要离开它了！

章海涛望着远处笑道：那天我们在散花楼的时候，看着下面，觉得成都这地方好大。可那是因为我们站得不够高。其实成都多小啊，真正大的是整个中国。今天我们离开了家乡，但我相信总有一天，我们还会回来。那时成都将变得更加美丽！

文诗洁也振奋起来，跟他一起望着波澜壮阔的前方，全身充满了巨大的力量。他们曾跟家乡的脉搏一起跳动，和城市的命运共同呼吸。而今又将为着革命的前途，去到更广阔、更遥远的土地上，为了全中国人民的自由和幸福而流血战斗了！前途茫茫，他们并不知道前方等待自己的是什么，但无论是何种结果，他们都不畏惧。

文诗洁突然想到一件事，便红着脸羞涩地说：我有了，你要做爸爸了……

什么？你怀孕了？就在那一天？章海涛激动地说：就是武昌起义的日子？

文诗洁点点头，欢笑着说：对，正是在那一天，我们播下了革命的火种。

太好了！章海涛情不自禁地抱住她，雨点般的吻落在她脸上、眼睛上和秀发上……

文诗洁愉悦地抬头望着天空，在广阔无垠的天空下，每个男性都是天地山川的精华，每个生命都有璀璨星辰的映照。而她眼前的这个男人却更有某种灵秀，似乎带着大自然赋予的神奇密码，他那由内而外散发的无与伦比的生机和活力，让他在爱与生命的舞台上更加闪耀。他总是清醒地去体验生命的酸甜苦辣，去感受生活带来的每一次震撼。那么他又将赋予下一代什么样的精血和魂魄呢？

浩浩荡荡的江水上，轻盈的船儿载着他们在江波上前行，成都也在他们的视线中越来越远，那里有着一场劫难后的太平。都说水滴石穿，其实穿石的是时光。成都这座美丽的城市，也经历着岁月的浸染，好比石块终将打磨成美玉，经过千百年的沧桑，它仍然泛着绮丽的光彩，无论他们走多远，都会将它永远铭刻在心上……

一个月后，1912年2月12日，即辛亥年十二月二十五日，宣统皇帝发布退位诏书。中国两千多年的封建专制结束了。无数革命先烈的生命换来了一个崭新的制度。

八个月后，文诗洁在南京生下了他们的孩子，这是一个健康的男婴。

37年后,也即1949年,成都面临解放时,这个男婴章佩然成为"中共地下党成都临时工作委员会"的书记,将是"成都百年往事"第二部《晓看红湿处》的主角。

后　记

　　本书的主要情节取材于四川保路运动这一真实的历史事件，并且较为清晰和完整地叙述了全过程。书中另一部分情节桥段则为虚构的艺术创作。人物虽然有一些原型，但也由作者根据主题和故事的需要，对其进行了合理的改造与重塑，请读者千万别对号入座。

　　本书在写作过程中，参考了张鸣所著《辛亥：摇晃的中国》，风唤雀翎所著《辛亥风云》，田闻一所著《八千里路云追月》，高志刚和刘玲所编《我的成都》，朱晓剑、杨不易所著《匠心成都三千年》，以及朱晓剑、杨不易和林赶秋合著《九天开出一成都》，还有许蓉生所著《书香成都》；也参考了"百度"上查询而来的一些未署名的文章，并选用了其中个别句子。感谢以上文友的作品，给本书增添了厚重的文化底蕴，也带来了鲜活的人物形象。

　　辛亥秋保路死事纪念碑现位于成都市市中心的人民公园西北部，始建于1913年，是当时的川路总公司筹款，为纪念1911年四川保路运动中牺牲烈士而修建的纪念建筑，也是第三批全国重点文物保护单位之一。碑高31.85米，为砖石结构，由碑台、碑座、碑身、碑首四部分组成。纪念碑碑台仿照铁路月台修建，呈圆柱形。碑座与碑身为方锥形，其中碑座四面分别是铁轨、火车头、信号灯、转辙器和自动连接

"成都百年往事"三部曲之一

器的浮雕图案。而碑身四面嵌有长条青石，四面都刻有"辛亥秋保路死事纪念碑"字样，由当时四川书法家张夔阶（东）、颜楷（西）、吴之英（南）、赵熙（北）分别用楷、草、行、隶4种字体书写，每个字大小约有1平方米。

谨以此书纪念1911年的四川保路运动中英勇无畏的成都民众！

作者　2023年12月29日